Die Tote vom Zwieselberg

Eine schaurige Geschichte aus dem Hügelland zwischen dem Thunersee und den Bergen der Stockhornkette

Peter Beutler

Die Tote vom Zwieselberg

**Eine schaurige Geschichte aus dem Hügelland zwischen dem
Thunersee und den Bergen der Stockhornkette**

Re Di Roma-Verlag

Bibliografische Information der Deutschen Nationalbibliothek:
Die Deutsche Nationalbibliothek verzeichnet diese Publikation in der
Deutschen Nationalbibliografie; detaillierte bibliografische Daten sind
im Internet über http://dnb.ddb.de abrufbar.

ISBN 978-3-86870-214-9

Umschlagillustration: Maja Beutler-Vatter

www.rediroma-verlag.de
15,95 Euro (D)

Inhaltsverzeichnis

Prolog

Im Hügelland zwischen den Bergen der Stockhornkette und dem unteren Thunerseebecken spielte sich in den 1950er-Jahren ein blutiges Drama ab, das der Öffentlichkeit weitgehend verborgen blieb. Die Justiz und auch die Angehörigen der Opfer zeigten wenig Interesse an der Aufklärung dieses Gewaltverbrechens. Erst viele Jahrzehnte später brachte ein eigenartiger Fund den Hergang dieser Tat ans Licht.

*

Ich, Paul Burger, kam am 31. Januar 1943 zur Welt; in Zwieselberg, einem kleinen Dorf auf dem großen Moränenwall im Süden der Stadt Thun. Genau an diesem Tag kapitulierte die 6. Deutsche Armee unter Feldmarschall Paulus in Stalingrad. Das war der Anfang vom Ende des Dritten Reichs. In unserem, vom Krieg unversehrten, Land wurde diese Niederlage der Nazis mit verhaltenem Interesse zur Kenntnis genommen. Nur eine Minderheit freute sich darüber. Man fand die Herrscher im Kreml schlimmer als die braunen Machthaber in Berlin.

Meine Eltern waren arbeitsam, gläubig und arm, wie die meisten Menschen damals im Berner Oberland. Doch immer stand genügend Essen auf dem Tisch. Mein Lebensweg schien vorgezeichnet: Ich würde einer Arbeit in der eidgenössischen Munitionsfabrik in Thun nachgehen und daneben das bescheidene Heimet bewirtschaften, wie es mein Vater tat und wie es mein Großvater getan hatte. Nur die Mutter hegte insgeheim andere Pläne: Sie sah mich als zukünftigen Prediger der „Evangelischen Gemeinschaft", der meine große Verwandtschaft angehörte. Ich wollte aber nicht Prediger werden, sondern, wie die meisten Jungen damals, Lokomotivführer.

Im Berner Oberland ist es so eine Sache mit der Religion. Nirgends auf der Alpennordseite gibt es derart viele Freikirchen. Hierzulande werden sie auch Sekten genannt und die Menschen, die sich dazu bekennen, Stündeler. Um das zu verstehen, muss man einen Blick in die frühe Vergangenheit werfen: Der Stadtstaat Bern nahm nach der Reformation die aufmüpfige Bevölkerung in den Alpentälern fest in den Griff. Die Menschen dort, immer schon Neuem abgeneigt, wehrten sich dagegen, dem alten Glauben abzuschwören. Sie suchten Verbündete im benachbarten katholischen Unterwalden und erhoben sich gegen ihre Herren. Der Aufstand endete in einer schmählichen Niederlage. Seither verläuft die Grenze des Staates Bern – oder, wie man heute sagt, des Kantons – nicht mehr über die Passhöhen, sondern tief unten an den Hängen der Zentralschweizer Seite.

Die Bergler wollten sich nicht mit den neuen Verhältnissen abfinden. Sie suchten nach anderen Formen des Widerstands, eines Widerstands ohne Waffen. Nach dem verordneten Kirchgang traf man sich in den finsteren Stuben der niedrigen Häuser und betete. So entstanden im Laufe der Jahre klandestine Gemeinschaften. Man tat sich mit Gleichgesinnten aus den östlichen und nördlichen Landesteilen zusammen, die der radikal evangelischen Täuferbewegung angehörten. Ende des 17. Jahrhunderts entstand daraus die wohl eigenartigste evangelikale Glaubensgemeinschaft: die der Amischen. (Der Name „Amische" geht auf den Namen von Jakob Ammann zurück, der damals Oberhaupt der Täufergemeinde von Erlenbach im Simmental war.)

Viele ihrer Nachkommen leben heute als „Amish People" in den Vereinigten Staaten und sprechen immer noch den altalemannischen Dialekt, der damals im Simmental üblich war.

Die Unterdrückung durch das Berner Patriziat, man bezeichnete sie ehrerbietig als die gnädigen Herren, war grauenhaft. Wer bei einer heimlichen religiösen Zeremonie erwischt wurde, musste sich auf drakonische Strafen gefasst machen. Oft endete das Leben dieser Gläubigen auf dem Schafott, manchmal auf dem Scheiterhaufen, in einigen Fällen wurden die Opfer gerädert oder geviertelt. Viele Täufer entzogen sich den Häschern des alten Bern durch Flucht in die Neue Welt. Aber nicht wenige blieben und gründeten wieder neue religiöse Geheimbünde. Einige davon haben sich bis in die heutige Zeit erhalten.

Die Wunden der jahrhundertelangen Demütigung und Knechtschaft scheinen immer wieder aufzureißen. Daran konnten auch die letzten hundertfünfzig Jahre relativer Freiheit und die letzten fünfzig Jahre von bescheidenem Wohlstand nichts ändern. Ja, die Menschen zwischen den von ewigem Schnee bedeckten Gipfeln der Berner Alpen und der Ebene unterhalb der Stadt Thun sind fremden Einflüssen gegenüber verschlossen und zuweilen sogar respektlos, sind rückwärtsgewandt und fromm … fromm? Nein, das ist das falsche Wort, gottesfürchtig wäre treffender. Nicht das schlechte Gewissen der begangenen Sünden wegen plagt einen, man fürchtet sich vor dem Jüngsten Gericht, denn Gott sieht alles. Von Ausnahmen abgesehen, sind die Leute dort immer noch Untertanen und es sieht ganz danach aus, dass sie das bleiben möchten. Sie scheinen sich nach der starken, grausamen Hand zu sehnen, die ihnen in der Mitte des 19. Jahrhunderts abhandengekommen ist.

*

In diesem Geiste bin ich aufgewachsen. Nicht dass ich in meiner Jugend unglücklich gewesen wäre, gar nicht. Schon als kleiner Junge saß ich in der Abenddämmerung träumend vor dem Fenster meiner Schlafkammer und betrachtete das unter mir liegende Lichtermeer der Stadt Thun. Ich spürte dabei ein großes Verlangen, der kleindörflichen Enge zu entfliehen und in die weite Welt zu ziehen.

Im Alter von knapp elf Jahren wurde ich in die Sekundarschule Thun-Strättligen aufgenommen. Zur damaligen Zeit ein großes Privileg, denn die meisten Kinder saßen ihre neun Jahre Unterricht lustlos in der Dorfschule ab. Das genügte für ihr späteres Leben; das Schreiben verlernte man bald, das Lesen blieb wegen der allmonatlichen Lektüre des Bauernblattes einigermaßen erhalten.

Zu meinem Entzücken musste ich nicht allein den langen Schulweg unter die Füße nehmen. Ich durfte dabei meinen Gefährten, Samuel von Allmen, begleiten. Von ihm wird in der folgenden Geschichte noch oft die Rede sein.

*

Wie meiner war auch Samuels Vater ein Nebenerwerbsbauer und arbeitete in der Munitionsfabrik Thun. Man bezeichnete diese Leute damals geringschätzig als Rucksäcklibauern. Sie nannten einige Jucharten Land ihr Eigentum, besaßen eine Kuh, eine Ziege, zwei Schweine und ein paar Hühner, radelten mit dem Fahrrad zur Arbeit und die Mittagsverpflegung hatten sie im Rucksack dabei. Mit einer vielköpfigen Familie konnte man sich zur damaligen Zeit niemals ein Auto leisten.

*

Samuel und ich bestanden am Ende der obligatorischen Schulzeit das Aufnahmeverfahren für das Lehrerseminar in Bern. Dort wurden damals die Primarlehrer (Volksschullehrer) ausgebildet. Heute gibt es diese Institution nicht mehr. Die Lehrpersonen erhalten nun ihr Rüstzeug an einer Pädagogischen Hochschule.

*

Nach zwei Jahren erkannte Samuel, dass er für den Lehrerberuf nicht geeignet war. Er trat in die Polizeirekrutenschule ein. Das erstaunte uns, war er doch im Lehrerseminar Klassenbester. Bald stieg er zum Polizeioffizier auf und wurde ein tüchtiger Kriminalkommissar.

Mir gefiel das Unterrichten, doch ich konnte mir nicht vorstellen, mein ganzes Arbeitsleben in einer stickigen Schulstube mit Kindern zu verbringen, für die das Lernen eine Qual war. In den 1960er-Jahren verstand man den obligatorischen Schulbesuch noch als eine Pflicht, die man erfüllen musste. Heute ist vieles besser geworden, aber immer noch ist das Aneignen von Bildung für die meisten Heranwachsenden wenig lustvoll.

Nach drei Jahren Lehrtätigkeit immatrikulierte ich mich an der Universität Bern für ein Studium der Naturwissenschaften. Einige Jahre später war ich Gymnasiallehrer für Chemie und Physik im benachbarten Kanton Luzern. Die neue Stelle gefiel mir gut. Ich heiratete und uns wurden zwei prächtige Töchter geschenkt. War es Trägheit? War es ein Sicherheitsbedürfnis? Was man hat, gibt man nicht auf! Ich blieb bis zur Pensionierung im Jahre 2006 an derselben Schule. Mehr als drei Jahrzehnte lang! Auch Samuel gründete eine Familie, nach einigen Jahren hatte er bereits fünf Nachkommen und er hielt seinem Arbeitgeber ebenfalls die Treue.

Das war es! Wir hatten beide viel mehr erreicht, als uns von der Wiege her zustand. Doch hätte es uns nicht gegeben, wäre die Welt genau gleich, wie sie heute ist.

Nur eine kurze Zeit lang schien es mir, ich könnte einen kleinen Einfluss auf die Geschicke unserer Gesellschaft nehmen: während der wilden Jahre nach 1968. Doch das ging bald vorüber.

*

Es standen gerade Schulferien an, meine letzten. Altershalber sollte ich im kommenden Sommer in den Ruhestand versetzt werden. Das zu akzeptieren, machte mir einerseits Mühe, andererseits freute ich mich auf den nächsten Lebensabschnitt mit den nun zu erwartenden neuen Freiheiten. Ich hatte schon immer die Absicht gehabt, den Lebensabend in meiner alten Heimat zu verbringen. Durch glückliche Umstände fanden wir eine Wohngelegenheit im Dorf Einigen am Thunersee, nur wenige Kilometer vom Ort entfernt, wo ich aufgewachsen war.

Bereits vor einem halben Jahr waren wir in das neue Haus gezogen. So musste ich in den noch verbleibenden Arbeitswochen zwischen dem Thuner- und dem Vierwaldstättersee pendeln, was mir den Abschied von meinem Berufsleben erheblich erleichterte.

In der neuen, alten Heimat war vieles anders als in meiner Jugend. Doch die zwei Hügelzüge zwischen den Bergen im Süden und dem See im Norden waren immer noch dieselben. Der Simmen-, Kander- und der Aaregletscher – alle drei haben sich längst in die Hochalpen zurückgezogen – formten sie als Moränenwälle in der letzten Eiszeit. Der dem See zugewandte reicht von der Ebene westlich der Stadt Thun bis zum Spiezmoos. Der andere beginnt bei Seftigen im oberen Gürbetal und endet mit einem kleinen Felsen im Zwieselberg-Hani. Dieser wird von der einheimischen Bevölkerung „Bürgli" genannt. Vor fast tausend Jahren sollen die Edlen von Strättligen dort eine Burg errichtet haben. Heute sind davon nur noch wenige Grundfesten erhalten.

Die ungefähr fünf Kilometer lange Senke zwischen beiden Erhebungen, das einst verträumte, bewaldete Tälchen mit dem still dahinfließenden Glütschbach, wurde in den 1960er-Jahren verschandelt: Eine vierspurige Autobahn deckt seitdem einen großen Teil des Talbodens zu. Als hätte das nicht schon gereicht, nimmt nun noch eine großflächig angelegte Fabrik zur Herstellung von Munition und Sprengstoffen dem einst wunderbaren Flecken Erde den letzten Rest an Idylle.

Der Schädel am Höhleneingang

Am 5. April 2006 verspürte ich ein großes Verlangen, meinen damaligen langen Weg vom Elternhaus in die Sekundarschule Thun-Strättligen wieder einmal zu begehen.

Der frühe Morgen kündete einen strahlend schönen Tag an. In der Nacht hatte es noch einmal geschneit. Man wähnte sich mitten im Winter. Doch die aufsteigende Sonne breitete ihre helle Wärme über der Landschaft aus und die Hoffnung war groß, dass gegen Mittag das Weiß an den Südhängen einem blassen Braun und Grün weichen würde.

Das Quartier, in dem sich die Schule befand, trug übrigens nie den historisch tiefgründigen Namen Strättligen, sondern wird seit Menschengedenken Dürrenast genannt, eine Bezeichnung, die an Hitze, Sand und Trockenheit erinnert, was dem tatsächlichen Zustand dieses Ortes in keiner Weise gerecht wird. Ihm haftet im Gegenteil immer noch etwas Feuchtes, Modriges an, wenn auch die vielen Pfützen wegen des gepflegteren Straßenbelages im Laufe der Jahre deutlich weniger geworden sind.

Alte Leute aus dieser Gegend glauben es genau zu wissen: Dürrenast habe gar nichts mit einem dürren Ast zu tun. Noch bis weit über die Mitte des 19. Jahrhundert sei die Gegend unwirtlich und kaum bewohnt gewesen. Man konnte von Thun nach Gwatt nur „dür en Ascht" = „durch einen Ast", also durch das Gebüsch gelangen. Doch die Wahrheit dürfte auch das nicht sein. Plausibler scheint eine andere Erklärung: In alten Zeiten lebten dort die beiden Geschlechter „Dürren" und „Ast". Während die Asts eine Nachkommenschaft in durchaus respektabler Größe hinterlassen haben, scheint die Fortpflanzungsfähigkeit der Dürrens ins Stocken geraten zu sein. Dieses Geschlecht existiert in unserem Land nirgends mehr.

Strättligen war bis 1920 eine große Gemeinde, deren Grenze die Dörfer Gwatt, Schoren, Buchholz, Scherzligen und Allmendingen sowie die Siedlung Dürrenast einschloss. Heute sind es allesamt Quartiere Thuns.

*

In der Morgendämmerung machte ich mich zu Fuß auf den Weg, dorthin, wo das in den 1950er Jahren gerade neu erstellte Schulgebäude stand: an der Schulstraße, linker Hand, etwa 150 m westlich der Bahnunterführung. Die ganze Umgebung sieht heute völlig anders aus. Ohne die Bahnlinie hätte ich die Orientierung völlig verloren. Nach mehreren vergeblichen Versuchen, mich bei vorbeihastenden Personen nach dem Schicksal meiner alten Schule zu erkundigen, blieb schließlich ein mürrischer Passant in meinem Alter stehen und gab mir Antwort, wenn auch unwillig. Das sei – er zeigte auf den modernen Gebäudekomplex – eine Schule für die erste bis sechste Klasse. Sekundarschulen gebe es im Kanton Bern keine mehr, man sage dazu heute Oberstufenzentrum.

„Ich bin damals noch dort drüben in die Primarschule gegangen", murrte er, mit einer Kopfbewegung in die Richtung weisend, wo nun ein fabrikähnlicher Bau steht. Er habe sich immer an der Hochnäsigkeit der Sekundarschüler gestoßen, die ihm jeweils zu verstehen gegeben hätten, sie seien etwas Besseres. Dann kniff er seine hinterlistigen Äuglein zu und fragte mich, ob ich etwa auch so einer gewesen sei.

„Ja, ich habe in den 1950er Jahren dort die Schule besucht", antwortete ich leicht verlegen.

„Dachte es mir doch, und sicher sind Sie jetzt auch bald pensioniert. Ihren Händen nach zu schließen, haben Sie wohl im Leben nie hart gearbeitet", giftete er mit einem eher feindseligen Gesichtsausdruck zurück. Natürlich war mir sofort bewusst, was er noch wissen wollte. Ich verriet ihm meinen Beruf und er gab sich darauf gar noch Mühe, eine bittere, triumphierende Miene aufzusetzen. Ich würde also auch zu der Clique gehören, welche von den Steuergeldern lebten, die er zusammen mit vielen anderen kleinen Leuten mühsam zusammenkratzen müsse.

Ich wollte protestieren, dann aber trafen mich seine bösen Augen, so ließ ich es bleiben und verabschiedete mich mit übertriebener Freundlichkeit.

*

Auf einmal war dieses beklemmende Gefühl da, von der Vergangenheit eingeholt zu werden. Man wird verfolgt, weiß aber nicht genau, was auf einen zukommt. Krampfhaft suchte ich in meinem Gedächtnis nach einem Ereignis, das sich vor vielen Jahren genau an dieser Stelle abgespielt haben musste. Da tauchte es plötzlich auf, verschwommen zuerst, wie aus dichtem Nebel kommend, dann immer deutlicher und schließlich messerscharf! Ein Militär-Jeep, der mit großer Geschwindigkeit auf das Schulgelände zuraste. Ein ohrenbetäubendes Quietschen. Einen Meter vor mir stand das Gefährt still.

„Bub, was machst du da?", fragte ein Korporal auf dem Hintersitz.

Ich blieb wie angewurzelt stehen, eine Riesenangst packte mich. Der neben ihm sitzende Soldat streckte mir herzlich lachend ein Stück der Schokolade hin, genau von der Sorte, die mein Vater ab und zu nach Hause brachte.

*

Mein Vater bewachte neben seiner Arbeit in der Munitionsfabrik auch Festungen am Grimselpass. Dann war er während mehrerer Wochen weg. Kam er nach dem langen Dienst wieder heim, klappte er seinen Tornister auf, nahm eine Packung Militärschokolade heraus und stellte diese mit verschmitztem Lächeln auf den Küchentisch.

„So Kinder, das habe ich für euch in der Kantine geklaut. "

Meine Mutter fiel ihm aufgebracht ins Wort: „Sag nicht so etwas, du verlierst noch deine Stelle. Diese Schokolade ist abgelaufen, darf nicht mehr von den Soldaten gegessen werden und dann wird sie an die Festungswächter verteilt." Trotzdem: Mir mundete sie ausgezeichnet. Sie war zwar sehr hart, ich hatte mir daran all meine Milchzähne ausgebissen, aber das war's wert.

*

„Du bist doch ein strammer Bursche, kein Feigling, mach endlich deine Klappe auf", rief mir der Fahrer des Jeeps aufmunternd zu.

Ich hatte mich wieder gefasst und stammelte verlegen: „Eigentlich sollte ich im Unterricht sein, aber mein Banknachbar hat mich belästigt. Als ich ihm deswegen eine Ohrfeige verabreichte, stellte mich der Lehrer vor die Türe."

„Warum stehst du dann auf der Straße und nicht vor dem Zimmer?", wollte der Soldat wissen.

„Weil mir der Lehrer sagte, er wolle mich die ganze Stunde nicht mehr sehen."

„Gut so, du weißt dich zu wehren, wirst mal ein richtiger Soldat. Aber verrate uns jetzt: Wie kommt man von hier aus am schnellsten in das Glütschbachtälchen?"

„Fahren Sie die Schulstraße stadtauswärts. Dann überqueren Sie eine Kreuzung. Behalten Sie die Richtung bei. Nach etwa einem halben Kilometer erreichen Sie eine schmale Straße. Ein Wegweiser zeigt Richtung Gwatt, der andere Richtung Allmendingen. Der kürzere Weg führt über Almendingen. Dort biegen Sie nach links in die Staatsstraße ein. Sie gelangen nach ungefähr anderthalb Kilometern in einen Wald. Nach einer kurzen Wegstrecke erreichen Sie eine kleine Brücke. Biegen Sie nach links ab und Sie sind im Glütschbachtälchen."

„Du bist ein helles Kerlchen. Das hast du ausgezeichnet beschrieben. Doch sag keinem Menschen, auch deinen Eltern nicht, ein Sterbenswörtchen von dem, was du eben erlebt hast. Das ist ein militärisches Geheimnis. Wer militärische Geheimnisse verrät, wird erschossen!", sprach der Fahrer, nahm die Pistole aus dem Halfter und zielte auf mich.

„Lass das, der Kleine wird ja kreidebleich!", wies ihn der Korporal zurecht. Dieses Geheimnis behielt ich übrigens für mich, träumte jedoch noch viele Nächte davon.

*

Ich musste mich in der Zwischenzeit zügig vom Standort dieses zeitlich weit zurückliegenden und, wie ich immer noch glaubte, völlig belanglosen Ereignisses entfernt haben. Unvermittelt stand ich bei der Haltestelle „Strandbad" an der Gwattstraße. Ich bestieg den Bus Richtung Gwatt, verließ diesen wieder an der Station „Moos", bei der Bäckerei Linder, dort, wo der „Alte Gwattstutz" in die Hauptstraße nach Spiez einmündet.

Der „Alte Gwattstutz" ist das erste steile Stück des Sträßchens, das über den Einschnitt Gwattegg, eine kleine Häusergruppe auf dem Rücken des Strättlighügels, die andere dicht bewaldeten Seite hinunter ins Glütschbachtal, von dort wieder hinauf über den unteren Zwieselberg beim Weiler Glütsch vorbei ins Simmental führt. Bis tief ins 18. Jahrhundert war es der Hauptverkehrsweg ins westliche Oberland und angrenzende bernische Untertanengebiet „Pay d'en Haut", das Waadtländer Oberland, das nach dem Einfall der Franzosen von 1798 dem neu geschaffenen Kanton Waadt einverleibt wurde.

*

Vor 1713 floss zwischen den beiden Hügelzügen noch die Kander, die bei Kiesen in die Aare mündete. Die Straße über den Strättlighügel musste also in der Talsenke kein sanft dahinplätscherndes Bächlein, sondern einen bisweilen wilden Fluss überqueren. Der Abt des damaligen Klosters Amsoldingen ließ zu diesem Zweck um 1330 eine Brücke errichten. Heute sind bei der ‚Alten Schlyffi' am Fuße des Steilhangs zum Zwieselberg immer noch Steinblöcke der alten Pfeiler zu sehen. Nach der Reformation ging die Brücke wie alle Kirchengüter in den Besitz des Stadtstaates Bern über.

Wie beschwerlich damals die Reise von Zwieselberg über den Strättlighügel nach Thun war, wird in alten Chroniken beschrieben. Wer die Brücke im Tal passieren wollte, durfte dies nur unter Abgabe einer Zollgebühr. Davon ausgenommen waren lediglich die Burger der Stadt Bern, der Flussübergang war ja schließlich deren Eigentum. Viele Reisende von damals hatten jedoch wenig Geld zur Verfügung und so waren sie gezwungen, das Gewässer schwimmend, auf Pferden oder mit Floßen zu überqueren.

Mit dem Durchstich von 1713 zwischen der Strättligburg und dem Spiezer Weiler Riederen wurde die Kander in den Thunersee umgeleitet und die Brücke damit überflüssig. Der Weg ins Städtchen Thun war von da an für alle Bewohner am linken Ufer frei begehbar. Die Menschen am Unterlauf des Flusses atmeten auf. Bei Hochwasser blieben die verheerenden Überschwemmungen aus, die vielen Sümpfe verschwanden und mit diesen auch die Malaria, die zahlreiche Menschen dahingerafft hatte. Am Bürgli-Felsen im Zwieselberg-Hani erinnert eine gut erkennbare rote Inschrift an diese Flusskorrektur. Es war die erste dieser Dimension nicht nur in der Schweiz, sondern im Gebiet nördlich der Alpen.

Doch das in ganz Europa bestaunte Wunderwerk hatte auch seine Schattenseiten. Infolge des Gefälles – es waren vierundvierzig Meter auf einer Strecke von weniger als einem halben Kilometer – erreichte das Wasser eine große Durchflussgeschwindigkeit. Die Folge war eine Vertiefung und Erweiterung des Stollens. Bei einer Besichtigung durch eine Delegation des kleines Rates von Bern kam es zu einem folgenschweren Unfall. Die beiden Herren von Wattenwyl wagten sich zu weit über eine unterspülte Uferpartie hinaus, diese gab nach und so büßte der Stadtstaat zwei Mitglieder seiner Regierung ein. Einige Monate später, am 18. August 1714, stürzte der Hügel über dem Tunnel zusammen und wurde, ein Delta formend, an den Thunersee geschwemmt. Die rege benutzte Straße ins östliche Oberland war damit unterbrochen. Am Aareausfluss in Thun wurden sämtliche Mühlen von den nun hereinbrechenden Wassermassen weggerissen. Konnte man vor 1713 im Hani noch ebenen Fußes an die Gestade der Kander gelangen, entstand in der kurzen Zeit von hundert Jahren ein tiefes, wildromantisches Tobel. Die Natur hatte damit einen dilettantisch begonnenen Eingriff des Menschen in erstaunlich kurzer Zeit großartig vollendet.

*

Die Wanderung von der Bäckerei „Linder" zur „Alten Schlyffi" dauert normalerweise eine knappe halbe Stunde. Ich brauchte dafür fast doppelt so lange. Immer wieder blieb ich stehen und verglich das, was ich sah, mit den Bildern aus meinem Gedächtnis. Auf der Anhöhe fasste ich die verstreuten Häuser auf dem gegenüberliegenden Zwieselberg ins Auge.

Da hatte sich eigentlich recht wenig verändert, ebenso am Weiler Gwattegg. Und die durch den Wald führende stark abschüssige Fahrstraße ins Glütschbachtal sah genau so aus wie vor fünfzig Jahren: ungeteert, mit zahlreichen faustgroßen Steinen und heruntergefallenen Ästen übersät. Als ich unten ankam, stand wie damals linker Hand noch die kleine Scheune mit Heubühne und Stall, allerdings leer. Der steile, einst grasbewachsene Rain dahinter ist nun von dichtem Gehölz überwuchert.

Die Wiese vor dem alten Gebäude trägt noch heute den Namen „Brüggmatte". Sie bildet eine Waldlichtung und wird durch die Autobahn vom Abhang des Zwieselbergs getrennt.

Ein finsterer Gang unterquert diesen Verkehrsweg und führt an den still dahinfließenden Glütschbach. Dieser strömt, was mich schon damals als kleinen Jungen fasziniert hatte, direkt unter dem Haus durch, das „Alti Schlyffi" genannt wird.

Das Gebäude muss einige Jahre nach dem Kanderdurchstich errichtet worden sein. In seinem Inneren drehte sich dereinst ein Wasserrad, das einen großen Schleifstein in Bewegung setzte. An diesem wurden Messer, Äxte, Sägen, Sensen und andere Werkzeuge scharf gemacht. Bis in die zwanziger Jahre des vorigen Jahrhunderts gab es in dieser Gegend zahlreiche Handwerksbetriebe, die ihre Energie direkt aus dem fließenden Wasser bezogen. Dann wurden diese an das elektrische Stromnetz angeschlossen und die Wasserräder durch Elektromotoren ersetzt. Doch auch das konnte nicht verhindern, dass die meisten Kleingewerbler aufgeben mussten.

*

Auf der linken Talseite, einen Katzensprung vom Bach entfernt, wirft ein steiler Hang die meiste Zeit des Jahres seinen Schatten auf die „Alti Schlyffi". Bis in die 1980er Jahre führte von dort aus ein Fußweg direkt zu den Höhen des Zwieselbergs. Der unterste Teil ist immer noch begehbar, die ersten Meter sind in ein kleines Felsband gehauen, wir nannten es „Flüehli", für mich der aufregendste Abschnitt meines Schulwegs.

Eine kurze Distanz talabwärts befindet sich eine gut hundert Schritt tiefe Höhle. Allerdings hatte diese nicht die Natur geschaffen. Es handelt sich um die übrig gebliebenen Reste eines von Menschenhand in den verfestigten Schotter des Moränenwalls gegrabenen Stollens. Dieser war Teil des in der zweiten Hälfte des 17. Jahrhunderts errichteten, viele Kilometer messenden Bewässerungssystems, das von den reichen Quellen am Fuße der Moosfluh gespeist wurde. (Die Moosfluh ist eine imposante Felswand in der Stockhornkette.)
*

Als Knabe war ich häufig in die Höhle hineingekrochen. Allerdings immer mit anderen zusammen. Jedes Mal beschlich mich dabei eine eigenartige Angst. Damals machte ich auch die Feststellung, wie gut das menschliche Auge sich an die Dunkelheit gewöhnen kann. Wir begingen die Höhle mit Streichhölzern als Leuchtkörper, Taschenlampen waren zu dieser Zeit noch zu kostspielig, um diese Kindern zur Verfügung zu stellen. Weit im Berg drin sahen wir tote, weiß gefiederte Hühner liegen. Ein Fuchs hamsterte dort offensichtlich seine Vorräte.

Doch eines schönen Tages standen wir vor dem mit Kies zugeschütteten Eingang; davor ein Holzbrett mit dem Hinweis in roten Lettern: „Geschlossen wegen Einsturzgefahr".
*

Ich konnte der Versuchung nicht widerstehen, die grusligen Erinnerungen an meine frühe Jugendzeit aufzufrischen. So suchte ich die Eintrittsstelle der Höhle wieder auf. Zu meinem Erstaunen steckte die Holzkarrette, die nach der Sperrung dort belassen wurde, immer noch im Kieshaufen. Davon ausgehend, dass der Eigentümer wohl kaum mehr Ansprüche auf den Karren stellen würde, versuchte ich diesen freizumachen. Dabei fiel das morsche Transportgerät auseinander ... und die Überreste eines menschlichen Schädels kollerten vor meine Füße. Nicht dass mich menschliche Knochen in Schrecken versetzt hätten, gar nicht! Hatte ich doch während meiner Unterweisung – so wird der evangelische Unterricht vor der Konfirmation bezeichnet – in der Umgebung der historischen Kirche Amsoldingen massenweise alte Gräber ausgehoben, die Skelette darin fein säuberlich gereinigt und in einer speziell dafür bereitgestellten Gruft gestapelt. Derlei makabre Verrichtungen haben auf mich schon immer einen aparten Reiz ausgeübt.

Doch dieses eine Mal war mir ein wenig mulmig zumute. Von einer regulären Bestattung konnten die Knochen jedenfalls nicht stammen. Die dazugehörige Person musste wohl zur gleichen Zeit da hingebracht worden sein, als der Höhleneingang zugeschüttet wurde.

Meine Neugierde trieb mich dazu, den Kieshaufen nach weiteren sterblichen Überresten zu durchwühlen. Und tatsächlich! Da kam ein ganzes Gerippe zum Vorschein: Brustkorb, Beckenknochen, Schienbein und dergleichen. Daraufhin wählte ich am Handy den Polizeinotruf Nr. 117.

„Kantonspolizei, Posten Dürrenast", antwortete eine umgängliche Stimme und erkundigte sich nach der Dringlichkeit meines Anliegens. Bei ihnen sei gerade „der Teufel los". Ein Stier und drei Kühe seien aus einem Tiertransporter entwichen und lieferten sich nun auf der Frutigstraße ein Wettrennen.

Die Polizei würde deswegen mit Anrufen überhäuft. Dringend war mein Anliegen wohl nicht. „Gut so", er werde mich weiterverbinden.

Nach einer Minute, die mir fast wie eine Ewigkeit vorkam, krächzte es aus meinem Handy: „Grüß Gott, Posten Schwäbis, wo brennt's denn?" Ich erzählte dem Beamten von meinem Fund in einer Ausführlichkeit, die ihn offensichtlich nervte. Ich solle mich bitte kürzer fassen.

Das, was ich gesagt hätte, sei ein Gestürm. Es sei derzeit niemand auf der Vermisstenliste. Er werde die Angelegenheit aber weiterleiten. Jemand werde in den nächsten Tagen dort mal vorbeigehen, um sich die Sache anzuschauen. Bevor er den Hörer auflegte, brummte er noch so etwas wie: „So ein Spinner, aber heute ist eben Föhn."

*

Es bestand kein Anlass zur Hektik. Die neben mir liegenden menschlichen Überreste würden sich kaum in die nächsten Tagen aus dem Staub machen. So deckte ich meinen Fund sorgsam zu.

Zu Hause angelangt, erzählte ich von meinen Erlebnissen und stieß dabei auf mäßige Anteilnahme.

Ich rief Moritz Bratschi, den ehemaligen Regierungsstatthalter, an. Ich kannte ihn von meiner Studentenzeit her. Er zeigte sofort Interesse an der Angelegenheit, fand es aber völlig richtig, wie man auf dem Polizeiposten reagiert habe. Er gehe morgen für einen Monat auf die Kanaren in die Ferien, aber nach seiner Rückkehr würde er sich gerne dieses Falls annehmen.

Er schlug vor: „Wir treffen uns zu einem gemütlichen Mittagessen in der ‚Hohlinde'. Ich bringe noch einige Kollegen aus unserer Studienzeit mit. Du kennst sie alle auch. Dann nehmen wir uns die Knochen vor. Du weißt ja sicher noch, wo die ‚Hohlinde' ist?"

Klar wusste ich das! In meiner Jugendzeit war ich häufig dort gewesen. Die „Hohlinde" ist eine Gartenwirtschaft zwischen den Gemeinden Zwieselberg und

Höfen auf etwa achthundert Metern über Meer, mit einem prächtigen Ausblick auf die Stadt Thun.

*

Mit Ungeduld wartete ich das Ende der Ferienabwesenheit Bratschis ab. Jeweils in Abständen von zwei, drei Tagen machte ich einen Ausflug ins „Kandergrien" – so wird das untere Glütschbachtälchen im Volksmund genannt –, um mich zu vergewissern, ob die Gebeine noch dort waren.

Die Bergung

Alles klappte. Am 3. Mai 2006, einem Mittwoch, trafen wir uns um 1200 Uhr in der „Hohlinde" zum Mittagessen. Moritz Bratschi brachte noch vier weitere ehemalige Studienkollegen mit: Kari Räber, er amtete bis vor kurzem als Gerichtspräsident im Amt Niedersimmental; Samuel von Allmen, den nun pensionierten Kommissar der Kriminalpolizei in Bern; Gusti Leibundgut, bis vor einem Jahr Archäologe in Tübingen; und Fortunat von Büren, emeritierter Medizinprofessor an der Universität Genf.

Moritz Bratschi orientierte uns über seine Gespräche mit dem Chef des Polizeipostens Schwäbis. Dieser habe ihm zu verstehen gegeben, dass sie eigentlich nicht für alte Knochen zuständig seien. Man habe jedoch nichts dagegen, wenn sich Interessierte darum kümmerten.

*

Auf dem Menuplan stand „Suure Mocke", Kartoffelstock und „Nüssler"-Salat mit „Merängge" als Dessert. An den Wein erinnere ich mich nicht mehr. Ich kann Rotwein von Weißwein lediglich an der Farbe unterscheiden.

*

Wir frischten alte gemeinsame Erinnerungen auf, tauschten Erfahrungen unseres nun abgeschlossenen Berufslebens aus und stellten fest, dass wir als Achtundsechziger recht weit weg von unseren Jugend-Idealen gelandet waren. „Immerhin ist keiner von uns abgestürzt", tröstete uns Fortunat von Büren.

Gestärkt und gut gelaunt machten wir uns auf den Weg zum Skelett am Höhleneingang hinter der „Alten Schlyffi". Wir pferchten uns in den Kombi von Räber und den alten Opel von Bratschi. An alles hatten wir gedacht: Pickel, Schaufel, eine zum Sarg umfunktionierte lange Kiste, Kamera, Mikroskop, Pinzette und eine Menge größerer und kleinerer Papiersäcke zum Aufbewahren abgefallener Knochen. 20 Minuten dauerte die Fahrt über holprige Waldwege, bis wir beim Stollen anlangten.

Unter fachkundiger Anleitung von Gusti Leibundgut legten wir den Schädel behutsam frei. Daneben kamen noch weitere Knochen zum Vorschein.

„Da hat sich aber bereits jemand vor uns damit beschäftigt!"

Gusti musterte mich misstrauisch.

„Ja, ich habe bereits ein wenig gestochert", musste ich etwas verschämt eingestehen.

Sorgsam legten wir die einzelnen Knochen auf dem Badetuch zu einem Gerippe zusammen. Fast alle waren noch da. Samuel von Allmen zeigte nachdenklich auf den Schädel. Er habe am Hinterkopf ein Loch, das wie eine Schussverletzung aussehe. Man müsse davon ausgehen, dass hier ein Tötungsdelikt vorliege. Eine forensische Untersuchung könnte vielleicht an den Tag bringen, um was

18

für eine Schusswaffe es sich gehandelt habe. Darüber, wie lange der Bursche hier schon begraben liege, sei noch keine Aussage möglich.

Gusti Leibundgut fiel ihm ins Wort: Es handele sich nicht um einen Burschen. Das Knochengestell stamme von einer Frau. Die Berühmtheit eines Ötzi werde sie wohl nicht erlangen. Die winzigen Kleiderreste könnten darauf hindeuten, dass die Tote kaum mehr als 50 Jahre da gelegen habe. Um das Alter einigermaßen abzuklären, sei eine gerichtsmedizinische Untersuchung nötig.

Mir war die Sache nicht mehr geheuer.

„Wäre es nicht doch besser, die Polizei mit einzubeziehen?"

„Das bringt nichts", erwiderte Kari Räber.

„Wir müssen das selber durchziehen. Ich war lange genug Untersuchungsrichter. Das Delikt liegt offensichtlich Jahrzehnte zurück und ist mit Sicherheit verjährt. Bei der Justiz dürfte heute kaum jemand Hand bieten, einen solchen Kriminalfall aufzuklären."

„Was machen wir jetzt?", fragte Fortunat von Büren grinsend.

„Kein Problem", meinte Bratschi, „Ich kenne in Bern einen Forensiker, der Mittel und Wege finden wird, den Resten der Umgebrachten Alter und Tatzeit zu entlocken. Ich gehe davon aus, dass auch eine DNA-Analyse Ergebnisse bringen wird."

„Gut!", schloss Gusti Leibundgut die Diskussion ab, nahm einen Zipfel des Badetuchs und bat von Büren, Räber und mich, es ihm gleichzutun. Vorsichtig hoben wir das Tuch, um den sorgsam geordneten Inhalt nicht durcheinanderzubringen, und legten die kostbare Fracht behutsam und mit Würde in den provisorischen Sarg. Diesen verstauten wir dann hinten in Räbers großen Subaru-Stationswagen.

Wir fuhren zur „Hohlinde" zurück und genehmigten uns noch ein köstliches Zvieri: Milchkaffee und Erdbeerkuchen mit viel Nidle.

Als Teller und Tassen leer waren, nahm Bratschi umständlich einen Zettel und das Handy aus der rechten Rocktasche, setzte seine Lesebrille auf und tippte mit steifen Fingern eine Nummer ein. Infolge seiner Funktion als ehemaliger Kommandant einer Artillerieeinheit war sein Gehör etwas beeinträchtigt, und deshalb programmierte er sein Mobiltelefon so, dass man noch in zwanzig Metern Abstand alles verstand: seine Worte und die des Gesprächspartners.

„Otto Horlacher am Apparat … hallo alter Krieger, habt ihr alle Bestandteile vom Oberländer Fossil eingesammelt? Ich stehe vor meinem Institut und erwarte mit Spannung euren makaberen Fund", dröhnte es durch die Gaststube. Alles sei in Ordnung. In einer halben Stunde treffe er in Bern ein, gab Bratschi etwas gereizt zurück. (Der militärische Lebensabschnitt war ihm übrigens etwas peinlich – im Innersten war er aber auch ein wenig stolz darauf.)

19

Bratschi verabschiedete sich, nicht ohne uns noch aufzufordern, genau in einem Monat um 12 Uhr zum Mittagessen in der „Hohlinde" zu erscheinen. Er werde uns über die Ergebnisse aus der Berner Gerichtsmedizin informieren. Erst dann könnten wir das weitere Vorgehen besprechen.

Die herausgerissenen Seiten

Am 1. Juni 2006 war gutes Wetter. Die schriftlichen Maturaprüfungen hatte ich korrigiert. Diesmal ein bisschen wohlwollender als sonst. Es war schließlich das letzte Mal. Trotzdem verspürte ich plötzlich wieder Lust nach geistiger Nahrung. Einfach nur im Garten herumwühlen und mich zwischendurch im kühlen Nass des Sees zu erfrischen, behagte mir nicht. So beschloss ich, nach Thun zu fahren und mich im Bücherladen „Krebser" umzuschauen.

*

Ganz in ein Buch vertieft, wurde ich durch einen Klaps am Hinterkopf wieder in die Wirklichkeit zurückgeholt. Hinter mir stand der kaum einen Meter sechzig große, drahtige Samuel von Allmen, mein langjähriger Schulgefährte. Erstaunt begrüßte ich ihn mit den Worten: „So, du liest in deinen alten Tagen auch Bücher."

„Klar doch, aber immer noch bemerke ich, was um mich herum läuft. Gut dass ich dich sehe. Ich wollte dich heute noch anrufen. Ich schlage vor, wir gehen in das gegenüberliegende ‚Waisenhaus' einen Kaffee trinken. Ich muss mit dir eine heikle Angelegenheit besprechen."

Wenn Samuel solche Worte in den Mund nahm, dann lag etwas Spannendes in der Luft.

*

Samuel von Allmen und ich saßen im Garten vor dem ‚Waisenhaus', tranken Kaffee, schauten über die Straße, die das untere Bälliz durchzieht, und fragten uns, warum ausgerechnet neben einem alten, ehrwürdigen Bücherhaus ein moderner „Bookstore" eröffnet worden war. Aber vielleicht waren ja die Mannen und Frauen in der näheren und weiteren Umgebung von Thun plötzlich zu Leseratten mutiert. Das war nämlich in unseren jungen Jahren keineswegs so gewesen. Die Männer gingen in ihrer Freizeit in die Wirtschaften, jassten dort und tranken Bier oder Wein; die Frauen ‚lismeten' (strickten) – zu Hause.

*

Samuel kam nun auf das zu sprechen, was ihm auf der Zunge brannte. „Ich habe die vergangenen Tage alle unaufgeklärten Vermisstmeldungen der Jahre 1950 bis 1970 im Gerichtsarchiv unseres Amtsbezirkes aufgestöbert. Es waren immerhin zwanzig Fälle. Gut möglich, dass die Tote von Zwieselberg aus einem anderen Gerichtskreis stammt. Aber etwas hat mich dabei ein wenig beunruhigt. Unter diesen vermissten Personen befindet sich auch die Mutter von Fortunat von Büren. Sie ist seit dem Jahre 1954 vermisst. Fortunat war damals elf Jahre alt. Sein Vater war zu dieser Zeit Gerichtspräsident des Amtsbezirkes Thun, wohnte am Strättlighügel, in einem großen Haus mit wunderbarer Sicht auf den Thunersee. Das benachbarte Grundstück gehörte dem Großvater von Fortunat,

Adrian von Büren. Zehn Jahre später wurde die vermisste Frau als verschollen erklärt.

Beim Durchsuchen der Unterlagen über Frau von Büren, Yolanda war ihr Vorname, fiel mir auf, dass einige Seiten aus einem Heftordner herausgerissen waren. Vielleicht wollte man der Nachwelt etwas vorenthalten. Nur ein kleiner Kreis hatte Zugang zu diesen Akten. Die noch übrig gebliebenen Dokumente sind nicht aussagekräftig. Auffallend ist aber, dass genau zur selben Zeit eine weitere Person als vermisst gemeldet wurde, die ebenfalls nie mehr aufgetaucht ist. Bei knapp einer verschollenen Person pro Jahr ein sonderbarer Zufall.

Ich schaute die Akten dieser Person genauer an. Es handelte sich um einen damals bekannten Fußballer des Fußballklubs Thun, Ferdinand Meyer, genannt der Bombenmeyer. Er kam zu diesem Namen, weil er als Mittelstürmer häufig die Torhüter der gegnerischen Mannschaften bezwang.

Und nun der Clou: Auch bei ihm wurden mehrere Seiten aus dem gehefteten Dokument herausgerissen. Das nährt natürlich den Verdacht, dass die beiden Fälle in irgendeinem Zusammenhang zueinander standen."

„Was soll ich nun tun?"

„Du kannst ja diskret Fortunat von Büren fragen, ob seine Mutter ein außereheliches Verhältnis hatte."

„Was würdest du dir davon versprechen?"

„Kaum etwas!"

„Siehst du, das habe ich mich auch gefragt und bin zur genau gleichen Antwort gekommen. Nein! Da gibt es einen anderen, taktvolleren Weg. In Bern können sie eine DNA-Analyse machen. Eine Speichelprobe von Fortunat dürfte dann genügen, um festzustellen, ob die Tote seine Mutter war."

*

Am 5. Juni 2006 trafen wir uns wieder auf der „Hohlinde". Es war ein regnerischer Tag, für diese Jahreszeit eher zu kalt. Wir wählten deshalb auf der Menu-Karte Schnitzel, Pommes frites mit gemischtem Salat. Zum Trinken bestellten meine Kollegen eine Flasche Rotwein. Ich entschied mich für Mineralwasser, weil ich eigentlich Wein gar nicht besonders mag, ausgenommen vielleicht Champagner oder einen süßen Schaumwein.

Kari Räber eröffnete uns das Ergebnis der forensischen Untersuchung: „Bei der Toten handelt es sich um eine Frau, die wahrscheinlich zwischen 1950 und 1970 durch einen Kopfschuss umgebracht wurde. Die sterblichen Überreste des Opfers waren so gut erhalten, dass eine DNA-Analyse vorgenommen werden konnte. Mehr wissen wir noch nicht."

Das war natürlich geschummelt. Kari hatte Samuel bereits informiert und dieser hatte ihm das vorläufige Resultat seiner Recherchen im Gerichtsarchiv bereits mitgeteilt.

Fast hatte ich es so erwartet. Fortunat von Büren meldete sich zu Wort. „Das könnte ja meine Mama sein?! Sie wird seit 1954 vermisst. Ich möchte unbedingt wissen, ob die Tote meine Mutter war. Ich stelle mich für einen DNA-Test zur Verfügung."

Er war plötzlich blass geworden und aß nicht mehr weiter.

„Hat jemand ein kleines Fläschchen für meine Speichelprobe?" Er fragte die Serviertochter danach, und diese brachte ihm ein kleines Konfitüreglas mit Schraubverschluss. Nachdem er ein paar Mal hineingespuckt hatte, verabschiedete er sich mit den Worten: „Bitte entschuldigt mich. Aber das muss ich zuerst verdauen. Bitte, Kari, ruf mich an, sobald du Bescheid weißt!"

Etwas betreten setzten wir das Mittagessen fort. Auch uns war der Appetit vergangen.

Fortunat war der einzige noch übrig gebliebene Sprössling aus dem Hause von Büren. Sein Vater, sein Großvater und weitere Vorfahren waren Anwälte und krönten ihre Laufbahn jeweils mit dem Amt eines Oberrichters. Man sah ihm schon von außen an, dass er etwas Besseres war. Mehr als einen Meter neunzig groß, fein gegliedert, nervös, empfindsam. Seine Sprache war diejenige der Berner Patrizier.

Dass er sich für ein Medizinstudium entschied, war so eine Art Protest und ein Versuch, sich von alten Traditionen zu lösen. Immerhin: Ärzte akzeptierte man in seinen Kreisen allemal. Dass mit dem Verhältnis zu seinem Vater irgendetwas nicht stimmte, ahnten wir zwar, aber Konkretes erfuhren wir diesbezüglich nicht. Fortunat von Büren vermied es, über private Angelegenheiten zu sprechen.

Dreimal schickte er uns eine Vermählungsanzeige, dreimal eine Postkarte, mit der kurzen Mitteilung, er sei wieder Junggeselle. Nachkommen hat er keine. Wir schätzten ihn seiner zurückhaltend noblen Art, seiner Belesenheit und hohen Intelligenz wegen außerordentlich. Er wirkte nach 1968 mit uns zusammen in einem „linken" Diskussionszirkel, war immer noch ein Kämpfer für soziale Gerechtigkeit und engagierte sich, wo er nur konnte, gegen den neu aufkeimenden Rechtspopulismus in unserem Land. Er verstand zwar die Sprache der einfachen Menschen, tragischerweise war aber das Umgekehrte nicht der Fall.

Damit kam Gusti Leibundgut schon besser zurecht. Sein Vater, Sebastian, war zuerst Pfarrer, später Theologieprofessor an der Universität Bern. Er war mit Karl Barth, seinem weltbekannten Kollegen aus Basel, befreundet. Sebastian Leibundgut machte in unseren Diskussionszirkeln mit und ging bisweilen so weit, an einer Demo mitzumarschieren, wenn auch nicht gerade in der vordersten Reihe. Er konnte uns die Ideale einer gerechten und friedlichen Welt verständlicher machen als jeder andere. Gusti war sein gelehrigster Schüler. Vielleicht war es ein Glück für ihn, dass er Archäologie als Brotberuf wählte und nicht Politiker. In unserem Land wäre er in Stücke gerissen worden. Nicht verwunderlich, dass er in der akademischen, weltoffenen Gemeinde des fernen Tübingen seine berufliche Bleibe fand. Leibundgut war übrigens der einzige unter uns, der nicht geheiratet hatte. Er hatte sich nie etwas aus Frauen gemacht. Und da wäre noch Moritz Bratschi, der sechste im Bunde. Er entstammte einer Hotelierfamilie aus Lenk. Dort gibt es viele Bratschis. So viele, dass Moritz nicht genau wusste, welche mit ihm verwandt waren. Zu unserem Achtundsechziger Diskussionszirkel war er auf seine damalige Freundin gestoßen. Als angehender Jurist, der eine Laufbahn beim Staat im Auge hatte, war ihm bewusst gewesen, dass er sich sowieso einer der etablierten Parteien würde anschließen müssen, um beruflich Fuß zu fassen.

Für ihn eine zwiespältige Angelegenheit, waren doch in seiner Sippe Mitglieder von bürgerlichen Parteien in ansehnlicher Anzahl vertreten. Doch mit seiner Politisierung nach der Studentenrevolte kam für Moritz eine bürgerliche Partei nicht in Frage. So schloss er sich den Sozialdemokraten an. Bei seiner Wahl für das Amt des Regierungsstatthalters im Bezirk Interlaken hatte ihn sein Vater, ein ehemaliger FdP-Gemeinderat, tatkräftig unterstützt. Im ländlichen Teil des Berner Oberlands spielten die politischen Parteien bis zur Schwelle ins 21. Jahrhundert nur eine untergeordnete Rolle; wahlentscheidend waren vielmehr Freund- und Verwandtschaften.

Moritz Bratschi, eigentlich ein unpolitischer Mensch, hatte einen ausgeprägten Sinn für soziale Gerechtigkeit. Diese Eigenschaft verschaffte ihm großen Respekt in der Bevölkerung. Er ehelichte eine Frau aus seiner Heimatgemeinde, mit der er drei Kinder großzog. Im Jahre 1999 verunfallte seine Lebenspartnerin auf einer Klettertour tödlich. Er hatte bis heute nicht wieder geheiratet.

Yolanda und Ferdinand

Mitte Juni 2006 erhielten wir von Kari Räber ein Mail mit folgendem Inhalt: *Die Ergebnisse der DNA-Analyse sind mir eben zugestellt worden. Mit großer Wahrscheinlichkeit kann davon ausgegangen werden, dass es sich bei der Toten von Zwieselberg um die Mutter Fortunat von Bürens handelt.*

Also doch!

Die Antwort von Fortunat ließ nicht lange auf sich warten: *Danke für die Nachricht. Ich bin erschüttert und erleichtert zugleich. Ich brauche noch etwas Zeit, um das zu verarbeiten. Ich möchte gerne mehr über die Umstände des Todes meiner Mutter wissen. Aber bitte, versteht mich nicht falsch: Die Suche nach der Wahrheit überlasse ich euch gerne. Falls ihr meine Hilfe benötigt, werde ich euch selbstverständlich zur Seite stehen.*

Einen Tag später erhielten wir die folgende elektronische Nachricht: *Ich habe mir über die Mails von Kari Räber und Fortunat von Büren einige Gedanken gemacht. Fortunat möchte zunächst nicht einbezogen werden, deshalb verschone ich ihn mit meinen Ideen und Vorschlägen.*

Aus meiner Sicht kommen für den Mord an Yolanda von Büren zwei mögliche Täter in Frage: der Fußballer Ferdinand Meyer oder Jakob, der Vater von Fortunat. Ist der Letztere der Täter, müssen wir davon ausgehen, dass er den Fußballer ebenfalls umgebracht hat. In diesem Fall besteht eine kleine Chance, dass in der Nähe der Frauenleiche auch die Leiche von Meyer vergraben wurde. Es wäre deshalb sinnvoll, die Umgebung des Fundortes der Toten nach weiteren Menschenknochen abzusuchen. Ich schlage dafür den 21. Juni 2006 vor. Treffen wir uns zuvor zum Mittagessen in der ‚Hohlinde'? Denkt über diesen Vorschlag nach. Bitte gebt mir bis morgen Bescheid.

Samuel von Allmen

*

Wir kamen alle fünf. Mit Gummistiefeln, Spaten und Schaufeln. Wir fanden zwar ein paar Knochen, aber das waren diejenigen von einigen Hühnern und einer Gans aus einem Fuchsbau, den wir anstachen. Samuel entschuldigte sich für das erfolglose Großaufgebot.

„Aufgeben? Nein! Auch wenn wir den hier vermuteten Meyer nicht ausgegraben haben, könnte es trotzdem sein, dass er anderswo ruht. Oder lebt er mit einem anderen Namen in einem fernen Land weiter? Ich sehe den nächsten Schritt so: Wir müssen herausfinden, ob er noch Angehörige hat und wo diese wohnen."

Kari unterbrach Samuel: „Lass mich das machen. Ich habe einen guten Draht zum Präsidenten des FC Thun. Wir werden uns heute Abend bei einem Nachtessen begegnen. Schaut morgen Nachmittag in eure Mail-Box. Ich werde euch einen Vorschlag unterbreiten, wie wir weiter vorgehen könnten."

Am 22. Juni 2006 bekam ich die folgende Nachricht von Kari:

Die 98-jährige Mutter von Ferdinand, Irma Meyer, lebt noch, im Hünibach. (Hünibach, am rechten Seeufer gelegen, gehört zur Gemeinde Hilterfingen und grenzt an die Stadt Thun). Ich habe sie bereits telefonisch um ein Gespräch gebeten. Sie erwartet uns morgen um 10 Uhr in ihrer Wohnung. Würde es dir nichts ausmachen, mich zu begleiten?

Ich sagte sofort zu.

Am 23. Juni 2006, genau um 10 Uhr, läuteten wir an der Wohnungstür von Frau Meyer. Eine liebenswürdige alte Dame hieß uns willkommen. Irgendetwas stimmte aber mit ihrem Blick nicht. Ihre Augen flackerten eigenartig. Irritierend auch ihre Bekleidung: offener Schlafrock, darunter ein elegantes Kleid, Pantoffeln, der rechte am linken Fuß und umgekehrt.

Sie führte uns in den Salon mit prächtiger Sicht auf den See. Die alte Frau musste sich eine Heidenmühe gegeben haben. Der Tisch war sehr ordentlich gedeckt. Drei Teller, auf einem Brett ein sorgsam geschnittener Zopf, in der Mitte ein kunstvoller Teekrug mit einer auffallend schön bearbeiteten gläsernen Zuckerschale.

Sie freue sich auf jeden Besuch, ganz besonders von jungen Männern. Dass diese Frau sich vom anderen Geschlecht angezogen fühlte, konnten wir uns gut vorstellen. Auch ihre Furchen im Gesicht und das schlohweiße, schon etwas schüttere Haar konnten nicht darüber hinwegtäuschen, dass sie einmal eine Schönheit gewesen sein musste.

Als wir uns gesetzt hatten, begann sie zu sprechen: „Sie kommen wegen Ferdinand. Er ist mein einziger Sohn. Man hat ihn mir weggenommen. Einfach weggenommen! Aber nun kommt er jeden Tag zu mir, umarmt mich und wünscht mir alles Gute. Dann ist er plötzlich weg. Er sieht noch gleich gut aus wie 1954. Nicht wie mein verstorbener Mann, der immer dicker und hässlicher wurde."

Wir nickten verständnisvoll! Und Kari Räber fragte darauf: „Können Sie mir noch jemanden nennen, den Ferdinand kannte?"

„Ja sicher! Da war der Andi, da war der Peter, da war der … der Dölf, da war die Hedi, da war …. Da waren noch viele."

„Wissen Sie vielleicht noch die Nachnamen?", bohrte Kari mit unterdrückter Ungeduld nach.

„Nein, nein, er hat seine Freunde und Freundinnen immer nur mit Vornamen vorgestellt."

Schon fast ein wenig resigniert machte Kari noch einen Versuch, um aus der Greisin eine brauchbare Information herauszuholen.

„Haben Sie noch eine Tochter?"

„Ja, das habe ich. Aber die kümmert sich überhaupt nicht um mich."

„Wie heißt sie denn?"

„Erna."

„Erna … wie?"

„Ich sage nur Erna zu ihr. Wie ihr Mann heißt, weiß ich sowieso nicht mehr. Ich mag ihn nicht leiden. Er ist ein Versager. Er war im Gefängnis, und das geschah ihm recht. Er hat unser Land verraten."

„Wie verraten?"

„Er hat sich geweigert, ins Militär zu gehen. Mein Mann hat sich grün und blau geärgert. Wissen Sie, der war Major oder Leutnant … ich kann es nicht mehr sagen."

Kari unternahm einen letzten, aussichtslosen Versuch, wenigstens einen vagen Hinweis zu ergattern: „Wo wohnt denn Ihre Tochter heute?"

„Diessikofen oder Brenzibach oder was weiß ich."

Könnte sie in Oberdiessbach sein?

„Ja, könnte!"

„Oder in Brenzikofen?"

„Ja, könnte … aber es ist mir vollkommen gleichgültig, wo sich dieser Totsch herumtreibt"

Plötzlich läutete es. Die noch rüstige Alte stand auf und ging mit zügigen Schritten an die Wohnungstür.

„Guten Tag, Frau Müller, gehen Sie wieder, drei Freunde sind bei mir."

„Ich möchte trotzdem rasch hereinkommen." Sie schritt geradeaus in den Salon und stellte sich vor: „Marta Häsler, von der Spitex, mit wem habe ich die Ehre?"

„Ich heiße Paul Burger und mein Kollege heißt Kari Räber. Vielleicht kommt Ihnen sein Gesicht bekannt vor. Er war noch bis vor vier Jahren Gerichtspräsident."

Lachend gab sie zurück: „Für Gerichte habe ich mich halt nie interessiert, aber ich erweise Ihnen meinen Respekt."

Weiter wollte sie wissen, was der Grund unserer Anwesenheit in dieser Wohnung sei.

„Das ist eine verzwickte Sache", leitete ich meine Rechtfertigung ein. Ich erzählte ihr in ein paar Sätzen, warum wir uns an die alte Dame heranmachten.

„Ich bin beruhigt. Sie wollen ihr zum Glück keine Illustrierte oder Versicherung andrehen."

„Danke, Frau Häsler, aber vielleicht können Sie uns helfen. Wie heißt die Tochter von Frau Meyer und wo wohnt sie?"

„Sie heißt Erna Schmidt-Meyer und wohnt in Oberdiessbach. Sie finden sie unter dem Namen ihres Mannes im Telefonbuch: Dr. Franz Schmidt, Zahnarzt. Er arbeitete bis vor einigen Jahren in der zahnmedizinischen Poliklinik des Inselspitals Bern. Heute genießt das Ehepaar seinen Ruhestand auf dem Land, wenn es nicht durch die Haushaltsführung von Frau Meyer in Anspruch genommen wird, was in letzter Zeit immer häufiger der Fall ist. Die alte Dame weigert sich standhaft, den längst fälligen Schritt ins Altersheim zu machen."

„Herzlichen Dank, Sie haben uns sehr geholfen", erwiderte Samuel erleichtert – und wollte sich gerade erheben.

„Ach, bleiben Sie doch. Frau Meyer freut sich so über Besuch." Frau Meyers Blick erhellte sich. Pflichtschuldig blieben wir bei der alten Dame sitzen. „Unterhalten Sie sich noch ein wenig miteinander und genießen Sie das feine Znüni!", antwortete die Spitex-Frau mit leicht schadenfrohem Unterton.

Der Zopf war ausgezeichnet. Der Tee wäre es wahrscheinlich auch gewesen, hätte das zierliche Glasgefäß daneben Zucker statt Salz enthalten. Aber wir konnten damit leben und gaben uns Mühe, die Flüssigkeit ohne Gesichtsverzerrungen hinunterzuspülen. Für Kari unbestritten eine Leistung, denn er hatte die Angewohnheit, den Tee oder den Kaffee jeweils mit vier gehäuften Löffeln Zucker zu versüßen.

Frau Meyer war trotz ihrer Demenz unter Anwendung aller möglichen Tricks in der Lage, uns noch mindestens eine Stunde in ihrer Wohnung festzuhalten.

*

Zu Hause angekommen, setzte sich Kari sofort mit den Schmidts telefonisch in Verbindung. Erna Schmidt-Meyer zeigte großes Interesse und lud uns zu sich nach Oberdiessbach ein. Sie brauche allerdings noch ein paar Tage, um im Estrich nach den Unterlagen zu Ferdinands Verschwinden zu suchen, die sie uns bei unserem Treffen zeigen wolle. Auch ihr Mann werde dabei sein. Er sei wie Ferdinand beim FC Thun gewesen, allerdings habe er es im Gegensatz zu ihrem Zwillingsbruder nie bis in die erste Mannschaft gebracht. Franz, ihr Gatte, sei bereits mit Ferdinand befreundet gewesen, als sie sich kennenlernten.

Sie schlug uns vor, am 30. Juni 2007 zum Zvieri nach Oberdiessbach zu kommen. Sie wohnten etwa zehn Gehminuten vom Bahnhof entfernt. Die verwinkelten Gassen des Dorfes machten es schwierig, ihr Haus zu finden. Es liege am Höhenweg. Wir müssten uns halt durchfragen, das sei kein Problem, auf den Gassen seien immer Leute anzutreffen und diese erteilten gerne Auskunft, allerdings nicht immer die richtige.

*

Kari Räber war eine eingefleischte Beamtenseele. Er schrieb liebend gerne Berichte. Seit er in der Lage war, einen PC zu bedienen, wurden diese noch häufiger und umfangreicher. Am Abend des 23. Juni 2007 konnten Samuel von

Allmen und ich eine ausführliche Zusammenfassung des Gesprächs mit der Mutter von Ferdinand Meyer aus der Mailbox herunterladen.

Samuel zog als passionierter Kriminalist sogleich seine Schlüsse daraus und machte folgenden Vorschlag per Email.

„Ich würde gerne dabei sein, brächte dann den Kuchen mit. Bei solchen Treffen ist es unter Umständen sehr wichtig, die richtigen Fragen zu stellen. Das habe ich mein ganzes Berufsleben getan, oder es wenigstens versucht."

Die Antwort von Kari ließ nicht lange auf sich warten. „Ist in Ordnung. Die Schmidts haben nichts dagegen. Sie lassen dir ausrichten, dass sie keinen Nusskuchen mögen, Schokolade- oder Früchtekuchen hingegen sehr."

*

Am 30. Juni 2007 trafen wir uns zur Vorbesprechung im Bahnhofbuffet von Thun. Es war eines der letzten Restaurants dieser Art: große Armleuchter, alte Fenster, Parkettboden. Zwei abgetrennte große Säle, die an Nachmittagen gespenstisch leer wirkten. Im Bahnhof Thun musste man nicht mehr lange auf die Anschlüsse warten. Wir gingen gerne hin und hätten es schade gefunden, wenn auch dieses Bijou aus alten Zeiten zu einer neumodischen Fastfood-Verpflegungsstätte verkommen wäre.

Samuel versprach sich viel von dem bevorstehenden Treffen. Leute, die Dokumente archivieren, seien in der Regel zuverlässige Zeugen. Wichtig sei vor allem, einen guten Eindruck zu machen. Vielleicht würden die Schmidts uns die Dokumente aushändigen. Auch scheinbar belanglose Informationen seien manchmal von großer Bedeutung. Wir einigten uns darauf, dass Samuel von unserer Seite aus das Gespräch führen sollte.

*

Die Schmidts, beide schon fast achtzig, aber immer noch rüstig und geistig gut in Form, hießen uns herzlich willkommen. Sie führten uns in ein Zimmer, das zwischen den großen Fenstern fast flächendeckend mit vollen Büchergestellen bestückt und offensichtlich als Treffpunkt für die Besucher des Hauses gedacht war. Die Namen auf den Bücherrücken verrieten schon auf den ersten Blick die Weltanschauung der beiden alten Leute. Bert Brecht, Peter Bichsel, Max Frisch, Günter Grass, Friederich Dürrenmatt, Friederich Glauser, Martin Walser … dann zeitgenössische, kritische Titel über den Rechtsradikalismus und nationalistischen Populismus. Viel Raum nahm die Literatur zu der 68ger-Bewegung ein und fast noch mehr die Schriften über den spanischen Bürgerkrieg und die russische Revolution.

Franz Schmidt schaute Kari Räber verschmitzt an, streckte ihm die Rechte entgegen und sagte: „Franz heiße ich. Ich kenne ja deine politische Einstellung aus den Kolumnen der ‚Berner Zeitung'. Sie decken sich weitgehend mit meinen.

Es tut immer gut, Leute zu treffen, die bisweilen gegen den Strom schwimmen und sich für Gerechtigkeit und Menschenwürde einsetzen."

Das Eis war gebrochen und wir waren alle per Du.

Franz bemerkte meinen zu den Büchern gerichteten Blick. „Weißt du, wir führen unsere Gäste immer zuerst in die Bibliothek. Dann merken wir sofort, ob sie die gleiche Wellenlänge wie wir haben." Er machte eine Pause und schaute uns der Reihe nach mit einem vielsagenden Blick an.

„Wie der Name verrät, bin ich ursprünglich Deutscher. Meine Eltern flüchteten mit meiner Schwester und mir 1933 in die Schweiz. Ich war damals acht Jahre alt. Mein Vater war Chemiker und konnte kurz nach seiner Ankunft in den Buntmetallwerken Selve und Co. eine Arbeitsstelle antreten. Das war nicht selbstverständlich. Es herrschte ja damals eine schwere Wirtschaftskrise. Wir kauften ein einfaches Haus in Oberdiessbach. Ich ging da zur Schule und besuchte ab der fünften Klasse das Gymnasium Kirchenfeld in der Stadt Bern. Das war immer ein Weg, sage ich euch! Ich stieg in den ersten Zug nach Konolfingen, dann in den Schnellzug nach Bern, danach ging es mit dem Tram bis zum Helvetiaplatz, und dann noch fünf Minuten zu Fuß zur Schule.

1945 sollte unsere Familie eingebürgert werden. Es kam eine Kommission unter Leitung des Vizegemeindepräsidenten, eines gewissen Kurt Häberli, zu uns nach Hause. Auch mein Vater unterhielt eine umfangreiche Büchersammlung. Häberli schritt zur Bücherwand, blieb dort ein paar Minuten stehen und fragte schließlich meinen Vater mit grimmiger Miene, ob er Kommunist sei. Mein Vater verneinte. Aber wohl ein Sozi sei er, geiferte Häberli weiter.

Mein Vater gab recht aufgebracht zurück, das sei ja nun wirklich nicht verboten.

Häberli giftete, von denen hätten wir schon genug in der Schweiz, sogar in unserem Dorf. Wir bräuchten nicht noch welche aus dem Ausland zu importieren.

Daraufhin platzte einem anderen Mitglied der Einbürgerungskommission der Kragen. Barsch titulierte er den Vizegemeindepräsidenten als versoffenen Kavalleriefeldweibel mit frontistischem Sündenregister. Wenn er nicht sofort schweige, werde er ihn beim Justiz- und Polizeidirektor des Kantons Bern anzeigen. Das wirkte!

Zwei Monate später stimmte die Gemeindeversammlung unserem Einbürgerungsgesuch mit knapper Mehrheit zu. Dieses Abstimmungsresultat erstaunte uns schon ein bisschen. An der Versammlung hatte sich kein Gemeindebürger gemeldet, um gegen uns etwas vorzubringen. Seitdem waren wir uns bewusst, dass uns im Dorf längst nicht alle mochten. Die Stimmung kippte dann vollends gegen uns, als ich mich weigerte, Militärdienst zu leisten. Ich stand deswegen vor dem Divisionsgericht in Wimmis.

Der Auditor, so wird der öffentliche Ankläger bei der Militärjustiz genannt, fragte mich, weshalb ich den Dienst verweigere. Ich antwortete ihm: ,Solange es in der Schweizer Armee noch so viele Offiziere gibt, die sich während des Zweiten Weltkriegs in keiner Weise von den Machthabern des Dritten Reiches distanziert haben, möchte ich nicht in dieser Armee dienen.'

Ich vergesse nie das Gesicht dieses Anklägers, der die Uniform eines Oberstleutnants trug: Er lief blutrot an, bei den darauf folgenden Sätzen überschlug sich seine Stimme. Was er gesagt hat, weiß ich nicht mehr. Ich erhielt eine neunmonatige Gefängnisstrafe. Das war auch für die damalige Zeit, in der übelsten Phase des Kalten Krieges, ungewöhnlich hoch. Nach der Freilassung musste ich als ehemaliger Sträfling noch ein Jahr warten, bis ich mich an der Universität immatrikulieren durfte.

Ich habe euch das nicht gesagt, um über die Schweiz herzuziehen. Ich möchte damit nur ausdrücken, dass ich sehr wohl weiß, was es heißt, als Verbrecher abgestempelt zu sein. Ich habe mit Menschen zusammengelebt, die eine echte Straftat begangen hatten. Einige davon sind noch heute meine Freunde."

„Wenn du den Gästen deine ganze Familiengeschichte auftischst, müssen sie noch bis Mitternacht bei uns ausharren", unterbrach ihn seine Gattin.

Zu uns gewandt, versuchte sie, das Mitteilungsbedürfnis ihres Gatten erklärend zu entschuldigen: „Er hat als Zahnarzt eben immer mit seinen Patienten gesprochen, und die konnten ihn ja nicht unterbrechen."

Samuel von Allmen aber winkte, beide Hände zu Hilfe nehmend, ab: „Ich bin sehr froh über alle Informationen. Das könnte uns bei der Aufklärung dieses Kriminalfalles helfen."

„Handelt es sich denn um ein Verbrechen?", fragte Erna Schmidt, spürbar beunruhigt.

„Wir müssen davon ausgehen, ja, um ein Tötungsdelikt, das allerdings möglicherweise nicht mehr geahndet werden kann", antwortete Samuel.

„Wer hat wen getötet?"

„Genau, um das herauszufinden, sind wir da. Aber lasst mich kurz berichten, was uns über den Fall bereits bekannt ist." Er fasste alles zusammen, was in den vergangenen Wochen im Zusammenhang mit der Toten von Zwieselberg vorgefallen war.

„Ziehst du denn auch in Betracht, dass Ferdinand Yolanda von Büren umgebracht haben könnte?", fragte Erna.

„Als Kriminalist bin ich es gewohnt, alle Eventualitäten einzukalkulieren. Aber das ist nur eine von verschiedenen Möglichkeiten. Deshalb frage ich dich und Franz ganz direkt: Hättet ihr Ferdinand so eine Tat zugetraut?"

„Ich bin natürlich befangen, aber meine Antwort wäre auch sonst nein", erwiderte Franz trotzig.

31

„Ich könnte mir das auch nicht vorstellen, Aber eben: Auch ich bin befangen, Ferdinand war schließlich mein Zwillingsbruder", pflichtete ihm Erna bei.

„Gehen wir jetzt gemeinsam die Unterlagen durch, die ihr uns dankenswerterweise zusammengestellt habt. Gut möglich, dass wir danach die für euch unvorstellbare und schmerzlichste Eventualität bereits ausschließen können."

Erna Schmidt nahm einen großen Koffer, hob ihn auf den Tisch und öffnete ihn. Wir waren erstaunt über das viele Material: drei große Bundesordner und ein ganzer Stoß von Klarsichtmäppchen, alles ordentlich beschriftet. Offenbar hatten die Schmidts viele Stunden damit verbracht, die umfangreiche Sammlung zu sortieren.

„Verschwinden von Ferdinand, August und September 1954" stand auf dem ersten Ordner, den Erna hervorzog.

„Haben die Untersuchungsbehörden die darin enthaltenen Unterlagen auch gesehen?", fragte Samuel.

„Teilweise, ausgenommen einige Fotos und heikle private Sachen wie handgeschriebene Briefe. Aber wir wurden ja auch verhört", sagte Erna.

Kari: „Wer wurde verhört?"

„Wir alle: mein Vater, meine Mutter und ich."

Samuel: „Was war der Beruf deines Vaters?"

„Er war stellvertretender Direktor der ‚Spar- und Leihkasse Thun'."

Ich konnte mich diesmal nicht zurückhalten und bemerkte beiläufig: „Diese Bank ist vor noch nicht langer Zeit pleitegegangen. Mein Schwager und meine Schwester haben dabei viel Geld verloren.

Es hätte wenig gefehlt und ihr Geschäft, das sie in mehreren Jahrzehnten aufgebaut hatten, wäre ruiniert gewesen.".

Franz, der plötzlich seine Sprache wiedergefunden hatte, ergänzte: „Das war am 3. Oktober 1991. Für viele, vor allem kleine Leute, ein herber Schock. Ihr über Jahre Angespartes löste sich plötzlich in Luft auf. Der Traum des eigenen Häuschens zerplatzte. An unserer Straße gab es zwei Familien, die deswegen ihr Haus verkaufen mussten. Was besonders abstoßend ist: Keiner der schuldigen Bankmanager wurde angemessen zur Verantwortung gezogen. Ich gehe davon aus, dass die den Konkurs verursachenden Banker heute wieder exorbitante Saläre und Boni einstreichen."

„Ich habe mich geschämt", fügte Erna hinzu, „obwohl meinen Vater keine Schuld traf. Als er in den Ruhestand ging, war diese Sparkasse noch ein gut gehendes Unternehmen. Allerdings, auch er hat Geld gescheffelt und damit sich und meiner Mutter einen komfortablen Lebensabend ermöglicht. Wir profitieren ja auch davon! Nun, Nachkommen haben wir leider keine und wenn die Welt nicht vor unserem Ableben untergeht, dürfen wir einiges wieder zurückgeben. Das haben wir uns fest vorgenommen."

Samuel, der sich ein wenig Sorgen um die zerrinnende Zeit machte, holte uns wieder auf den Boden zurück: „Wann hat die Polizei die Unterlagen zurückgegeben?"

„Überhaupt nicht. Wenn von den Unterlagen vorher keine Lichtpausen angefertigt worden wären und unser Anwalt nicht einige Dokumente in Verwahrung genommen hätte, würdet ihr jetzt mit fast leeren Händen dastehen. Der Untersuchungsrichter hatte uns zum Glück einen halben Tag vor dem Eintreffen der Polizei benachrichtigt."

Samuel konnte das Lachen nur schwer unterdrücken. „Da habt ihr noch zu den Privilegierten gehört. Hausdurchsuchungen kündigt man in der Regel nicht vorher an!"

„Richtig, das hat uns dann der Untersuchungsrichter auch unter die Nase gerieben. Er sei schön blöd gewesen, uns im Voraus über die bevorstehende Durchsuchung informiert zu haben. Mein Vater rastete nämlich bei der Vernehmung mehrmals aus."

Im Ordner über Ferdinands Verschwinden fanden wir mehrere Fotos. Einige stammten von Yolanda, einige zeigten Yolanda und Ferdinand zusammen.

„Diese dürften die einzigen Bilder sein, die noch von den beiden existieren. Wir haben sie an einem geheimen Ort aufbewahrt", sagte Erna. „Die Polizei hatte alles mitgenommen, was ihr von meinem Bruder in die Hände fiel."

„Gab es auch Kopien von den Fotos, die von der Polizei beschlagnahmt wurden?"

„Nein, sie haben alle Filme mitgenommen und gar nichts davon zurückgegeben."

„Hatte Ferdinand ein Verhältnis mit Yolanda von Büren?"

„Das wäre schwerlich zu leugnen", gestand Erna, mit dem Zeigefinger ein Bild deutend, auf dem ihr Bruder mit Frau von Büren eng umschlungen zu sehen war.

„Hast du das schon vor dem Verschwinden gewusst?"

„Ja, habe ich!"

„Und deine Eltern?"

„Ich nehme es an. Niemand hat aber davon gesprochen. So etwas war tabu. Was nicht sein darf, gibt es nicht. Und was es nicht gibt, über das spricht man nicht."

„Kannst du mir noch sagen, wann diese Beziehung anfing?"

„Mein Bruder gestand mir, dass er Yolanda 1953 kennengelernt hatte. Sie war damals achtundzwanzig Jahre alt, mein Bruder fünfundzwanzig. Ferdinand wurde von den Frauen umschwärmt, er war ja ein Fußballstar und Yolanda eine sehr hübsche Frau mit einem fast zehn Jahre älteren Ehemann.

„War von Büren über diese Liaison informiert?"

„Das ist möglich. Aber Ferdinand hatte mir gegenüber nie etwas davon gesagt. Jedenfalls wäre eine Scheidung kein Thema gewesen."

„Ferdinand hat sich gewiss gefragt, ob und wie diese Liebschaft weiter bestehen konnte?"

„Ja, da kommen wir auf den Punkt. Yolanda und Ferdinand wollten sich gemeinsam nach Südafrika davonmachen."

„Aber Yolanda von Büren hatte noch einen neunjährigen Sohn."

„Eben. Und sie war fest entschlossen, ihr Kind dem Vater zu überlassen. Sie war erst zwanzig Jahre alt, als sie Mutter wurde, und offenbar innerlich nicht dazu bereit. Ihre Schwiegermutter war es jedenfalls, die den jungen Fortunat unter die Fittiche nahm. Das führte denn auch zu Spannungen innerhalb der Ehe der jungen von Bürens und zwischen den beiden Frauen. Wenn du mich fragst, sage ich dir ganz offen, dass mich Yolanda zutiefst befremdete. Ich riet aus diesem Grunde Ferdinand dringend, diese Beziehung zu beenden. Er wollte nicht, und so war ich ihm behilflich, die Flucht nach Südafrika vorzubereiten."

„Und … wie bist du dabei vorgegangen?"

„Ich eröffnete ein Konto, allerdings nicht bei der Bank meines Vaters. Es sollte dazu dienen, die Reise und den Start ins neue Leben zu finanzieren."

„Bei welcher Bank?"

„Berner Kantonalbank."

„Wer hat außer dir noch auf dieses Konto einbezahlt und Zugriff darauf?"

„Yolanda und Ferdinand. Außer uns dreien hat niemand von diesem Vorhaben gewusst."

„Wie viel war auf dem Konto?"

„Ich habe 5.000 Franken beigesteuert, Yolanda 20.000 und Ferdinand 15.000. Für die damalige Zeit eine ansehnliche Summe.

„Wie konnte denn Yolanda ohne Einwilligung ihres Mannes über einen so großen Geldbetrag verfügen?"

„Das war mir auch schleierhaft. Jedenfalls: Ihre Mutter war sehr begütert."

„Wann und wie sollte die Abreise vonstattengehen?"

„Sie war für den 24. August 1954 vorgesehen. Mit einer Swissair-Maschine von Kloten aus über Madrid, Rabatt nach Kapstadt. Abflug: fünfzehn Uhr. Am Vortag hatten beide unabhängig voneinander je zwei Koffer am Bahnhof Thun mit Bestimmungsort Kloten, Flugplatz, aufgegeben. Das restliche Gepäck sollte dann per Schiff nach Südafrika spediert werden. Wo ich es genau hinschicken sollte, wollte mir Ferdinand mitteilen, wenn sie eine Bleibe gefunden hätten.

Ferdinand verabschiedete sich von mir am 24. August um acht Uhr. Er sagte mir, er würde sich bei der Strättligburg mit Yolanda treffen, um gemeinsam mit ihr von Thun und der Schweiz Abschied zu nehmen. Da hätten sie sich kennengelernt. Da seien sie auch immer wieder hingegangen. Ferdinand war eben ein

Romantiker. Es war das letzte Mal, dass ich meinen Bruder gesehen habe. Seither sind mehr als 50 Jahre vergangen. Wenn mein Bruder noch am Leben wäre, hätte er mir längst ein Zeichen von sich gegeben."

„Wie hat Ferdinand deinen Eltern seine bevorstehende Abreise erklärt?"

„Er sagte, er würde eine Reise nach Uruguay machen. Uruguay hatte zu dieser Zeit eine weltberühmte Fußballmannschaft, die plante, 1955 nach Thun zu kommen und dort zu spielen. Dass er beabsichtigte, nach Südafrika zu reisen und dort zu bleiben, hat er ihnen natürlich nicht verraten."

„Was geschah dann?", erkundigte sich Samuel.

„Es vergingen drei Tage, ohne dass etwas geschah. Dann meldete sich ein Kantonspolizist bei uns. Wir waren gerade am Abendessen. Es war dem Ordnungshüter unangenehm. Er hatte eine Schreibmaschinenseite mit sechs Fragen, die er uns unbeholfen vorlas. Unsere Antworten schrieb er mit einem Tintenbleistift auf einen Notizblock.

Er fragte, wann Ferdinand abgereist sei und mit was für einem Verkehrsmittel. Die Antwort darauf war kein Problem.

Auf die Frage, mit wem er gereist sei, sagten wir, das wüssten wir nicht.

Ob wir wüssten, wer Yolanda von Büren sei.

Wir konnten das bejahen.

Wie wir diese Frau kennengelernt hätten.

Meine Mutter sagte, sie sei mit Yolandas Mutter in die Schule gegangen.

Ob Frau von Büren Ferdinand näher kenne.

Meine Eltern verneinten dies vehement. Ich sagte nichts darauf.

Ob sich Ferdinand seit der Abreise bei uns gemeldet habe. Wir verneinten.

Am Schluss bat er uns, mit unserer Unterschrift die Antworten zu bestätigen.

Meine Eltern unterschrieben sofort, ich zögerte ein wenig; unterschrieb schließlich auch, fragte aber dann: „Was hat das Ganze eigentlich zu bedeuten?" Er könne dazu keine Angaben machen, sagte der Polizist etwas befangen. Er habe einfach den Befehl ausgeführt, uns die Fragen zu stellen und die Antworten festzuhalten.

Der Polizist verabschiedete sich freundlich und sagte noch, es würde sich in den nächsten Tagen jemand von der Justiz bei uns melden.

Am 30. August 1954 lagen zwei Briefe von der Berner Kantonalbank in unserem Briefkasten. Einer für Ferdinand, der andere für mich.

Neugierig riss ich das Kuvert auf. Was ich darin las, beunruhigte mich sehr. Am 25. August sollen von einer Bank in der Stadt Zürich 37.000 Franken abgehoben worden sein, und zwar von Ferdinand. Am 27. August traf eine Zahlung von der Swissair ein: 850 Franken als Rückerstattung für den am 23. August telefonisch annullierten Flug.

Ich muss kreidebleich geworden sein. Meine Mutter bemerkte dies und fragte nach dem Grund. Nun konnte ich nicht anders, als alles über die misslungene Flucht von Ferdinand und Yolanda offen zu legen.

Die Mutter fiel aus allen Wolken. Sie verlor die Fassung und verpasste mir eine Ohrfeige. Sie könne nicht begreifen, wie ich auf die wahnwitzige Idee gekommen sei, Ferdinand mit dieser verheirateten Hure zu verkuppeln.

Nun überstürzten sich die Ereignisse. Entsetzen bescherte uns die Lektüre der ebenfalls der Post beiliegenden Zeitung. Im ‚Tägu‘, wie das ‚Thuner Tagblatt‘ noch heute genannt wird, stachen uns auf der zweiten Seite die Bilder von Ferdinand und Yolanda ins Auge. Darüber stand in dicken Lettern: ‚Mann und Frau aus Thun vermisst‘. Es brauchte keine allzu große Fantasie, um auf den Gedanken zu kommen, dass die Vermisstmeldungen miteinander in Verbindung stehen könnten. Wir konnten uns an fünf Fingern abzählen, wie es nun in der Gerüchteküche brodeln würde. Die Berner Oberländer sind bekannt für ihre blühende Fantasie, wenn es um Sachen geht, die man insgeheim vielleicht gerne tun möchte, aber nicht tun darf, weil es der liebe Gott oder der Anstand oder etwas anderes verbietet.

Mein Vater, Otto F. Meyer, rief sehr erregt vom Büro aus meine Mutter an. Der Untersuchungsrichter, Otto Wenger, habe ihm eben telefonisch eine Hausdurchsuchung für den kommenden Abend angekündigt. Ferdinand werde verdächtigt, ein Kapitalverbrechen begangen zu haben. Dann berichtete sie ihm von meinem gerade abgelegten Geständnis. Ein paar Sekunden lang verschlug es meinem Vater die Sprache. Aber nach einer längeren Pause legte er los, dass meine Mutter den Hörer um eine Armlänge vom rechten Ohr fernhalten musste. Das sei jetzt das Resultat ihrer Erziehung. Diese Saugoofen brächten ihn noch unter die Erde. Dann ging es einige Minuten so weiter. Mein Vater war ein Grobian und meine Mutter hatte sich mit den Jahren dieser Eigenart angepasst. Sie gab dann auch entsprechend zurück. Allerdings wurden solche Flegeleien nur in den eigenen vier Wänden ausgetragen. Nach außen war man peinlich darauf bedacht, die Fassade einer gesitteten Partnerschaft zu wahren, wie es sich für eine Familie des gehobenen Bürgertums geziemte.

Die Mutter bat mich nach diesem Gespräch, ja nicht das Haus zu verlassen. Der Vater werde sich umgehend nach einem Fürsprecher umsehen und dann gleich zurückrufen. Das geschah bereits innerhalb von zehn Minuten. Der Anwalt sei gefunden worden. Sein Name: Albert Stähli. Wir sollten sofort alle Dokumente Ferdinand betreffend in einen Koffer packen und mit demselben um vierzehn Uhr in Vaters Büro erscheinen. Fürsprecher Stähli, ein alter Dienstkollege meines Vaters, hatte ich als aalglatten Typen in Erinnerung. Immer übertrieben freundlich und scheinheilig zuvorkommend. Ein Mensch, der meist anders dachte, als er redete.

*

Vater leerte den Inhalt des Koffers auf den mächtigen Besprechungstisch in seinem Büro, das fast die Größe eines Schulzimmers hatte.

Stähli wühlte im riesigen Papierberg herum und brachte es fertig, in erstaunlich kurzer Zeit drei Haufen daraus zu machen. Einen Haufen – er enthielt sämtliche Abzüge von Ferdinands Fotoaufnahmen und alle meist handgeschriebenen Briefe – verstaute er in seine große schwarze Aktenmappe. Diese Unterlagen nehme er in seine Kanzlei mit. Dann wies er mit dem Zeigefinger auf den zweiten Haufen. Diesen dürften wir wieder mit nach Hause nehmen und an seinem ursprünglichen Aufbewahrungsort ablegen. Die Papiere aus dem übriggebliebenen Haufen sollten wir kopieren, die Lichtpausen ihm bringen und die Originale wieder so ungeordnet im Zimmer Ferdinands unterbringen, wie wir sie vorgefunden hätten. Damals war das Kopieren noch recht umständlich. Die Apparate zum Anfertigen von Kopien waren monströse Kästen, die sich nur größere Betriebe leisten konnten. Der Vater schickte die Mutter und mich in ein Besprechungszimmer und wies uns an, dort auszuharren, bis die Kopien der Dokumente angefertigt seien. Es war schon nach fünf Uhr, als wir mit dem halb gefüllten Koffer unsere Heimreise antreten konnten.

Um neunzehn Uhr läuteten vier Landjäger an unserer Haustür. In unseren Nachbarhäusern bewegten sich die weißen Vorhänge. Die Uniformierten hielten der Mutter einen an meinen Vater adressierten Brief unter die Nase. Darin stand, dass auf richterliche Anordnung bei uns eine Hausdurchsuchung vorgenommen werden müsse.

Wir hätten dabei alles zu unterlassen, was den dafür beauftragten Beamten hinderlich wäre. Bei Zuwiderhandlung würden wir mit Buße oder Gefängnis bestraft. Meine Mutter war so etwas nicht gewohnt und sagte den verdutzten Ordnungshütern ihre Meinung: Sie lasse sich nicht gern von Leuten aus dem einfachen Volk derart schikanieren. Sie hätte das besser unterlassen, denn die Landjäger machten ihr klar, dass sie bei widerborstigen Personen, vor allem, wenn diese sich zu den Besseren zählten, gar keine Rücksicht nehmen würden.

Sie durchsuchten denn auch jeden Schrank und jede Schublade in allen Räumen und Gängen, ein riesiges Durcheinander hinterlassend. Die Polizisten verstauten in zwei Leinensäcken sämtliche Sachen, von denen sie annahmen, die Untersuchungsbehörden könnten sich dafür interessieren. Dann reichten sie meiner Mutter eine mit fast unleserlicher Schrift zusammengestellte Liste des konfiszierten Materials und baten sie, ihren Namen darunterzusetzen. Meine Mutter sagte aufgebracht, sie würde gar nichts unterschreiben. Der Anführer der Gruppe, ein Polizeikorporal, sagte unbeeindruckt, es spiele gar keine Rolle, wenn das Dokument nicht unterzeichnet sei. Sie würden die Sachen so oder so auf den Posten mitnehmen.

37

Zum Abschied deckte meine Mutter die Polizisten mit einer geballten Ladung von deftigen Schimpfwörtern ein, bis sich einer der Angesprochenen umdrehte und sie mit einem breiten Grinsen darauf aufmerksam machte, dass es in ihrem Auto noch genügend Platz für aufsässige Damen habe. Dann gab sie Ruhe.

Wir hatten gerade mit dem Aufräumen begonnen, als der Vater ins Haus stürmte. Ob die Sauerei von den ‚Tschuggern‘ stamme, stieß er gereizt hervor. Da hätten wir das Geschenk! Seit die Gerichte von Sozis durchsetzt seien, könne man sich nicht mal mehr beschweren.“

„Haben deine Eltern die Leute von der Justiz persönlich gekannt?“, fragte Samuel.

„Mein Vater kannte den Gerichtspräsidenten und den Staatsanwalt, nicht aber den Untersuchungsrichter. Der Staatsanwalt war Sozialdemokrat, und gegen Linke hatte mein Vater sowieso etwas. Der Gerichtspräsident war ein Freisinniger oder gehörte der Bauern-, Gewerbe-, und Bürgerpartei an. Den mochte er auch nicht. Einmal ist in der Spar und Leihkasse etwas vorgefallen, das eine Intervention des Thuner Amtsgerichts zur Folge hatte. Die Angelegenheit soll nicht im Sinne meines Vaters ausgegangen sein. Worum es dabei gegangen ist, weiß ich allerdings nicht.“

Samuel unterbrach: „Wie haben sich denn eure Nachbarn verhalten, nachdem sie in der Zeitung von Ferdinands Verschwinden erfahren haben?“

Erna stieß ein verächtliches Schnaufen aus: „So wie man hierzulande in solchen Fällen reagiert. Man grüßte, gab aber unverkennbar zu verstehen, dass etwas nicht stimmte. Die Blicke verrieten eine Mischung aus Neugier, Übelwollen und Schadenfreude. Die Leute schienen über uns Bescheid zu wissen. Angesprochen hat uns natürlich niemand auf die Angelegenheit

Kurz: Die Nachbarn wurden uns unerträglich, wir versuchten ihnen, wenn immer möglich, aus dem Weg zu gehen.

„Alle haben euch aber nicht geschnitten“, warf Franz ein. „Ihr habt auch viele Sympathiebezeugungen bekommen.“

„Na ja, die hielten sich doch in Grenzen, aber immerhin: du hast dich ja rührend um uns gekümmert.“ Erna lächelte ihrem Mann zu.

„Dein Vater hat mich trotzdem nicht gemocht.“

Erna winkte ab und erzählte weiter: „Am ersten Montag im September klingelte morgens um sieben Uhr das Telefon. Wir waren gerade am Frühstück. Ich hob ab. Eine heisere, tiefe Männerstimme tönte so laut aus dem Hörer, dass alle am Esstisch verstanden, was gesagt wurde. Es war Korporal Siegenthaler von der Kantonspolizei. Wachtmeister Neuenschwander lasse ausrichten, die ganze Familie Meyer habe sich um siebzehn Uhr abends auf dem Posten Thun-Stadt einzufinden. Das gefiel meinem Vater gar nicht. Er rief sogleich Stähli an. Dieser war zwar wenig begeistert, hatte er doch für den späteren Nachmittag bereits einen Termin vorgemerkt. Doch er war meinem Vater zu sehr verbunden, um ihm eine Bitte abzuschlagen; so versprach er, rechtzeitig auf dem Polizeiposten zu sein."

Samuel redete dazwischen: „Stand Stähli in irgendeinem Abhängigkeitsverhältnis zu deinem Vater?"

„Das kann man wohl sagen. Stähli hatte eine günstige Hypothek bei der Spar- und Leihkasse. Deshalb war er meinem Vater stets zu Diensten. Geschäftlich und nun auch privat. Obwohl Fürsprecher damals im Kanton Bern ein hohes Ansehen genossen, zählten doch diejenigen, die über viel Geld verfügen konnten, noch etwas mehr."

Franz konnte sich nicht zurückhalten: „Du glaubst wohl nicht im Ernst, heute sei es anders."

Erna wiegelte ab: „Geld spielt heute eine noch größere Rolle. Aber das Ansehen der Anwälte ist nicht mehr sehr hoch."

Samuel fragte, auf die Uhr schauend: „Wer war denn alles dabei, bei der Einvernahme?"

„Der Untersuchungsrichter Wenger, Wachtmeister Neuenschwander und ein Gerichtsschreiber, der das Protokoll führte, Fürsprecher Stähli, meine Eltern und ich."

„Ich könnte mir vorstellen, dass dein Vater darüber verärgert gewesen ist!"

„Ja, er hat sich völlig daneben benommen. Er konnte es einfach nicht ertragen, Leuten, die jünger und gesellschaftlich unter ihm standen, Red und Antwort zu stehen. Er hat fast sein ganzes Vokabular an Schimpfwörtern in die Verhörrunde geknallt. Das leichte Zupfen des immer röter werdenden Stähli am Ärmel meines Vaters blieb völlig wirkungslos. Der Vater kam erst zur Vernunft, als der Untersuchungsrichter ihn darauf aufmerksam machte, dass alles Gesagte aufgezeichnet werde, dass solche Beleidigungen, die er gegen Amtspersonen ausstoße, ihm zum Nachteil gereichen könnten."

„Erna, ich bin verblüfft, dass du nach so langer Zeit fast alles noch weißt, als wäre es gestern gewesen. Du erinnerst dich wohl noch an Fragen, die in diesem Verhör gestellt wurden."

„So ein tolles Gedächtnis habe ich auch wieder nicht. Aber ich hatte seinerzeit vieles detailliert aufgeschrieben, was im Zusammenhang mit dem Verschwinden von Ferdinand geschehen war. Von den Vernehmungsprotokollen wurden auch Lichtpausen oder Durchschläge angefertigt. Sie befinden sich in diesem Ordner. Bevor ihr gekommen seid, habe ich alles nochmals durchgesehen."

„Was für Fragen wurden gestellt?"

„Zuerst gar keine. Dr. Wenger hatte uns mit den Ergebnissen der bisherigen Ermittlungen konfrontiert. Das war hart. Es bestehe ein dringender Verdacht, dass Ferdinand Yolanda von Büren umgebracht habe. Eine Leiche sei zwar noch nicht gefunden worden. Aber sie würden gezielt danach suchen. Zu diesem Schluss kämen sie aus folgender Erkenntnis:

Es sei am Tag des Verschwindens der beiden Vermissten viel Geld abgehoben worden, und zwar von Ferdinand.

Stähli unterbrach den Untersuchungsrichter: Ob es sicher sei, dass Ferdinand das Geld abgehoben habe. Zum Beziehen von so großen Geldbeträgen an einem Bankschalter müsste ja ein Pass vorgelegt und es müsste auf jeden Fall unterschrieben werden. Ob die Unterschrift auf ihre Echtheit geprüft worden sei.

Wenger entgegnete unwirsch, das sei doch gar keine Frage, sie seien Profis. Worauf Stähli zurückgab, da sei er sich eben nicht so sicher. Er verlange diesbezüglich Klarheit. Er wolle auf jeden Fall diese Unterschrift sehen. Auch ein Strafverteidiger dürfe sich nicht in ein laufendes Verfahren einmischen, belehrte ihn Wenger. Er könne durchaus bis zu einer eventuellen Anklageerhebung warten, dann aber müsse die Unterschrift auf dem Bezugsformular verifiziert sein, beharrte Stähli. Für ihn bleibe dies ein zentraler Punkt. Ob weiteres belastendes Material gegen Ferdinand vorliege, wollte Stähli wissen. Das sei vorläufig alles, meinte Wenger. Aber nun habe er noch einige Fragen.

Erstens, ob meine Eltern gewusst hätten, dass Ferdinand zusammen mit Yolanda von Büren und mir ein Konto eröffnet habe. Die Antwort meines Vaters: Das hätten sie erst nach dem Verschwinden von Ferdinand durch mich erfahren.

Zweitens, von wem Ferdinand und ich das viele Geld bekommen hätten. Mein Vater entgegnete gereizt: Sein Sohn und seine Tochter seien sparsam und hätten deshalb von ihm einen Erbvorbezug von je 10.000 Franken erhalten.

Drittens, ob meine Eltern gewusst hätten, dass Ferdinand mit Yolanda von Büren ein Verhältnis habe oder gehabt habe. Nach einigem Zögern bejahte das mein Vater.

Viertens, ob meine Eltern Ferdinand deshalb nicht zur Rede gestellt hätten. Nach wiederholtem Leerschlucken sagte mein Vater sichtlich betreten, sie seien eben tolerante Eltern, das sei die Sache von Ferdinand."

Samuel ungläubig: „War das wirklich so?"

„Bestimmt nicht. Mein Vater, aber auch meine Mutter waren das Gegenteil von tolerant. Aber seinem Sohn nahm er solche Abenteuer nicht übel nahm. Hätte ich das getan, wäre er mit Sicherheit dagegen vorgegangen."

„War der Untersuchungsrichter mit den Antworten zufrieden?"

„Er hat offenbar nichts anderes erwartet. Er sagte jedenfalls noch, das Verhör sei damit beendet. Er müsse uns aber bitten, ihn sofort zu benachrichtigen, falls wir ein Lebenszeichen von Ferdinand bekämen. Täten wir dies nicht, machten wir uns strafbar. Wir sollten ihn auch vor längeren Abwesenheiten, wie etwa vor Ferienreisen, benachrichtigen. Es könnte sein, dass er von uns weitere Auskünfte bräuchte."

„Was geschah in den Wochen darauf?"

„Zu unserem Erstaunen überhaupt nichts. Nicht nur in den folgenden Wochen. Ich habe Wenger seither nie mehr gesehen. Soviel mir bekannt ist, verstarb er vor etwa zehn Jahren als pensionierter Oberrichter."

„Dann ist die Untersuchung im Sand verlaufen?"

„Davon mussten wir ausgehen. Auf Umwegen haben wir noch erfahren, dass Ferdinand zur Verhaftung ausgeschrieben war, und zwar auch international."

Nun wandte sich Samuel an Franz Schmidt: „Was war eigentlich Ferdinand für ein Mensch? Er war ja ein Freund von dir und du hast ihn als Sportskameraden gut gekannt."

„Er war sympathisch, spontan und sehr kontaktfreudig. Ein bisschen oberflächlich, kein Büchermensch jedenfalls. Wir gingen zusammen ins Thuner Progymnasium. Er schaffte es gerade bis zur Quarta. Dann vermittelte ihm sein Vater eine Lehrstelle bei der Kantonalbank. Mein Schwiegervater hätte ihn gerne als künftigen Bankdirektor gesehen. Dazu war er aber ganz und gar nicht geeignet, und er wollte das eigentlich auch nicht. Eine Banklehre war schon damals eine feine Sache und versprach später eine glänzende Karriere, vorausgesetzt, die notwendigen Beziehungen standen zur Verfügung, vorausgesetzt auch, die anderen Qualifikationen wie Fleiß, Durchsetzungsvermögen waren ebenfalls vorhanden. An den guten Beziehungen hätte es nicht gefehlt. Immerhin: Mit Ach und Krach bestand Ferdinand die Abschlussprüfung als Bankkaufmann.

Drei Banken in der Region Thun stellten ihn der Reihe nach ein. Alle drei entließen ihn dann aber bald wieder. Unserem Vater behagte das gar nicht.

Schließlich fand Ferdinand eine Stelle als Bürolist bei ‚Gafner Transporte', einer alteingesessenen Thuner Firma, die, anders als die ‚Spar- und Leihkasse', heute noch existiert und immer noch gute Geschäfte macht.

Mein Vater machte der Mutter Vorwürfe, sie hätte den Buben verwöhnt. Aber auch Ferdinand ließ er seinen Unmut spüren. Bei allen Mahlzeiten – Ferdinand verköstigte sich in der Regel zu Hause – sagte er zu ihm, er sei ein Taugenichts. In seinem gelernten Beruf habe er jämmerlich versagt. Im Militär habe er es nicht einmal zum Korporal gebracht. "

*

Das Offiziersbrevet war in der Schweiz noch in den 1950er Jahren häufig ein Muss für eine erfolgreiche Karriere. Wer es in die Teppichetage eines größeren Unternehmens, einer Bank oder einer höheren Schule bringen wollte, musste sich in der Regel in der Schweizer Armee bis mindestens zum Major hochdienen. Auch die von den bürgerlichen Parteien gehaltenen wichtigen politischen Ämter wurden meist von höheren Reserve-Offizieren besetzt. Das galt ebenso für wichtige Beamtenstellen beim Bund, in den Kantonen und in den größeren

Städten. Allerdings: Bei den Sozialdemokraten spielten die Rangabzeichen der Schweizer Armee kaum mehr eine Rolle. Der SP- Bundesrat und Finanzminister Max Weber hatte sogar den Militärdienst verweigert und war deswegen aus der Armee ausgeschlossen.

*

Samuel lag noch eine weitere Frage auf der Zunge: „War Ferdinand beliebt?" „Das kann man wohl sagen. Alle mochten ihn, er hatte keine Feinde. Er war ein toller Sportler, der auch anderen etwas gönnte. Heute würde man sagen, er sei der ideale ‚Team-Player'. Wie es an seinem Arbeitsplatz war, kann ich natürlich nicht sagen. Er war sicher mehr der freundliche, liebenswerte Kollege als der fleißige, ehrgeizige Schwerarbeiter. Immerhin: Bei ‚Gafner-Transporte' fühlte er sich glücklich und das dürfte auch für seinen Arbeitgeber zugetroffen haben. Er hat bis zu seinem Verschwinden in dieser Firma gearbeitet."

„ Leben noch einige seiner Freunde, die du auch kennst?"

„Ja, ein Arbeitskollege, der mit ihm zusammen bei ‚Gafner-Transporte' im Büro saß. Er heißt Abraham Wyler und wohnt in der Stadt Thun. Ich treffe ihn bisweilen in der ‚Metzgere'. Wir trinken dann zusammen ein Bier, reden über alte Zeiten und immer auch von Ferdinand. Wyler hat das Verschwinden Ferdinands sehr mitgenommen.

Dann kenne ich noch drei seiner Mitspieler aus der ersten Mannschaft des FC Thun. Es sind: Markus Hänni aus Oberhofen, Peter Imobersteg aus Konolfingen und Otto Kernen aus Reutigen, alle vier rüstige Männer, so um die achtzig Jahre alt. Du findest ihre Namen im Telefonbuch. Wenn du sie triffst, lass alle von mir grüßen."

„So weit gut, das wäre es vorerst!", bemerkte Samuel.

Kari bedankte sich herzlich bei den Schmidts. Sie hätten ihnen sehr geholfen. Sie würden die Unterlagen genau studieren und sie auf dem Laufenden halten. Erna legte ihm die rechte Hand auf die linke Schulter und sagte mit feuchten Augen, sie wäre sehr glücklich, die Wahrheit über das tragische Ende ihres Bruders zu erfahren. Sie sei übrigens felsenfest davon überzeugt, dass auch er umgebracht worden sei.

Wir verabschiedeten uns. In zwei großen Plastiksäcken schleppten wir die Unterlagen mit. Uns stand eine Menge Arbeit bevor. Ich schaute auf die Uhr und sagte: „Jetzt ist unser Zug gerade abgefahren. In einer halben Stunde fährt der nächste nach Thun. Gehen wir doch noch rasch einen Kaffee trinken."

Vor uns stand das Wirtshaus „zum Bären". Dort kehrten wir ein und berieten uns über das denkwürdige Treffen mit den Schmidts.

Samuel fasste kurz zusammen: „Wir sind weitergekommen. Aber die Angelegenheit ist viel komplizierter, als ich dachte. Wir müssen noch mehr über Ferdinand herausfinden. Jedenfalls kommen wir nicht darum herum, das Material, das uns die Schmidts übergeben haben, genau durchzuarbeiten. Könnte Ferdinand der Mörder sein? Ich kann darüber nur vage Vermutungen anstellen. Ich glaube eher nein. Aber ganz so sicher bin ich mir natürlich nicht.

Dann müssen wir weiteren Spuren nachgehen. Könnte ein Bekannter von Yolanda von Büren mit im Spiel sein? Vielleicht ihr Ehemann, ein ehemaliger Geliebter oder jemand in ihrem verwandtschaftlichen Umfeld? Darüber wissen wir noch überhaupt nichts. Wie kommen wir an ehemalige Bekannte und Verwandte von Yolanda heran? Ja, ich weiß, Fortunat ist der nächste Verwandte der Toten. Sollen wir ihn jetzt schon mit einbeziehen? Ich schlage vor, zuerst nach anderen Quellen zu suchen. Vielleicht kommen wir über ehemalige Bekannte von Ferdinand Meyer dazu. Wir haben ja jetzt vier weitere Namen."

„Du siehst als nächsten Schritt ein Gespräch mit den vier ehemaligen Freunden von Ferdinand vor", bemerkte Kari und fuhr gleich fort: „Sollten wir nicht zuerst wieder ein Treffen auf der ‚Hohlinde' vereinbaren und das Vorgehen auch mit Moritz Bratschi und Gusti Leibundgut besprechen?"

Ich stimmte Kari zu, regte aber an, dass wir zuerst einmal die vorliegenden Unterlagen genau studieren, das Wesentliche zusammentragen und dann darüber reden sollten.

Dabei müssten wir auch erwägen, ob es nicht ratsam wäre, Fortunat wieder mit einzubeziehen. Samuel nickte, gab aber zu bedenken, dass sich die Sache damit in die Länge zöge. Er als Kriminalist sei es halt gewohnt, alles speditiv zu erledigen. Er habe oft unter Zeitdruck gehandelt. In diesem Fall wäre es aber nicht so. Er könne gut mit meiner Anregung leben.

„Ich schlage aber vor", fuhr Samuel fort, „die Unterlagen von den Schmidts möglichst bald durchzuforsten. Besucht mich doch morgen Nachmittag bei mir zu Hause. Um vierzehn Uhr?" Wir nickten.

Eine Bemerkung konnte ich mir nicht verkneifen: „Plötzlich haben wir alle Zeit, der Ruhestand hat auch seine Vorteile. Ist euch denn bewusst, wie wir noch vor ein, zwei Jahren verzweifelt in unseren Agenden herumblätterten, um einen Termin zu finden?"

Briefwechsel zwischen Yolanda und Ferdinand

Samuel von Allmen wohnte seit einiger Zeit im Dürrenast. Er kaufte sich dort ein älteres, einfaches Einfamilienhaus. Es gibt in diesem Quartier heute nur noch wenige Sträßchen mit solchen Liegenschaften; die meisten Menschen leben in kleinen, eher langweiligen Wohnblöcken.

Samuel und seine Frau Marie empfingen uns mit der ihnen eigenen zurückhaltenden Warmherzigkeit. Es war schönes, aber nicht heißes Wetter. Das Grundstück der von Allmens bestand aus einer Naturwiese mit drei Obstbäumen, zwei Gemüsebeeten und einigen in die Erde eingegrabenen Blumentöpfen. Die benachbarten kleinen Eigenheime wurden von englischen Rasen umgeben, aufgelockert mit Gartenzwergen. Samuel hatte uns gekränkt gestanden, dass die übrigen Bewohner der kleinen Einfamilienhaussiedlung etwas gegen Naturgärten hätten, diese würden ihre gepflegten Rasen mit lästigen Unkrautsamen verseuchen.

„Samuel nimmt solche Sachen immer noch tragisch. Ich tue das schon längst nicht mehr. Die Natur, so wie sie Gott geschaffen hat, ist viel schöner als die langweiligen, kitschigen Grünflächen. Eine saftig gelber Löwenzahn ist doch kein Unkraut", fand Frau von Allmen mit einem leicht gequälten Lächeln, und bat uns dann:

„Nehmt Platz, ich bringe gleich eine Stärkung für eure abenteuerliche Arbeit." Unter dem alten Zwetschgenbaum, der einen angenehmen Schatten warf, stand ein etwas angerosteter eiserner Gartentisch, umgeben von leicht verwitterten, aber soliden Metallstühlen mit Eichenholzleisten. Sitzgelegenheiten, die man sich heute nur noch antiquarisch erwerben kann.

Nach wenigen Minuten erschien Marie von Allmen mit einem Tablett, auf dem sie eine große Kanne dampfenden Kaffees, einen selbstgebackenen Schokoladekuchen, Tassen und kleine Teller balancierte. Wir ließen es uns schmecken. Auch Kari konnte den Süßigkeiten nicht widerstehen, obwohl er sich seit ein paar Tagen auf Diät gesetzt hatte.

„Kari, seit ich dich kenne, bist du am Abnehmen, doch dünner wirst du dabei nicht. Mach dir nichts draus, mein übergewichtiger Onkel hat dies auch immer so gemacht und ist damit gut gefahren. Er ist im biblischen Alter von 98 Jahren an einem Zimmerbrand erstickt. Ohne die schlechte Angewohnheit, im Bett Stumpen zu rauchen, wäre er mit Bestimmtheit über hundert Jahre alt geworden."

„Paul, du kannst es wieder mal nicht unterlassen, deinen alten Kumpel zu hänseln", entgegnete mir Kari mit resignierendem Unterton.

Schließlich legte Samuel den großen Ordner und die prallvollen Klarsichtmäppchen auf den Tisch. „Es ist derart viel, dass wir heute Nachmittag zu wenig

Zeit haben, alles durchzustöbern. Ich bin die Sache aber schon durchgegangen. Die letzte Nacht habe ich deshalb nur zur Hälfte geschlafen, sehr zum Missfallen von meiner Frau. Doch es hat sich gelohnt. Das Interessanteste darunter ist wohl der Briefwechsel zwischen Yolanda von Büren und Ferdinand Meyer. Yolanda hatte offenbar all die Briefe, die sie von Ferdinand erhielt, immer wieder zurückgeschickt. Es scheint, dass sie diese bei sich zu Hause nicht sicher aufbewahren konnte."

Das Durchlesen der Briefe dauerte eine gute halbe Stunde und war mühsam. Die erotischen Anspielungen von Ferdinand Meyer wirkten auf uns eher belustigend, bei Yolanda von Büren waren sie entschieden deftiger. Ferdinand musste über beide Ohren verliebt gewesen sein. Nach der Lektüre dieses Gedankenaustausches war uns aber eines klar: Die bestimmende Person in dieser verbotenen Beziehung war eindeutig Yolanda von Büren. Sie hatte die geheimen Treffen vereinbart, sie hatte Ferdinand Meyer dazu überredet, mit ihr nach Südafrika zu fliehen. Etwas aber hatte sie in ihren Briefen nur angedeutet. Es musste etwas Finsteres gewesen sein, das sie auf keinen Fall schriftlich festhalten wollte. Dieses Finstere musste mit Fortunat in Zusammenhang stehen. Mehrere Stellen ließen unverhohlen eine Abneigung ihrem Sohn gegenüber erkennen.

Samuel: „Wir sollten aus diesem Grunde Fortunat noch nicht einbeziehen. Es wäre sehr schmerzlich für ihn, wenn er diese schriftlichen Zeugnisse zu Gesicht bekäme. Ich habe die aus meiner Sicht bemerkenswerten Passagen herauskopiert."

Brief vom 15. Mai 1952 von Yolanda

Lieber Schatz
Ich habe heute Nacht schlecht geschlafen. Vielleicht beruhigt es mich, wenn ich dir jetzt einige Zeilen schreibe. Es war wunderbar gestern. Ich sehne mich nach deinem Körper. Aber vergiss nie das Versprechen, das du mir gegeben hast: Vertraue keiner Menschenseele an, was ich dir gestern gestanden habe. Wir treffen uns morgen an der abgemachten Stelle. Mir ist bewusst, du kommst dann zu spät ins Training. Aber ich werde für dich eine glaubhafte Entschuldigung ausdenken. Ich bin schon am Zusammenstellen meiner Unterwäsche für morgen. Sie wird dich erregen!
Ganz ein liebes Küssli
Yolanda

Brief vom 17. Mai 1952 von Ferdinand

Geliebtes Mäuschen
Ich küsse dich. Ich umarme dich. Bei dir ist es so schön. Hast du mich auch ein bisschen gern? Trainer Andy Aebi hat mir die Entschuldigung nicht abgenom-

men. Er hatte bei uns zu Hause angerufen und meine Mutter sagte ihm, ich müsste schon längst im Stadion sein, ich sei eine Stunde früher gegangen als üblich. Er war wütend und glaubt mir jetzt nichts mehr. Ich könne froh sein, dass ich so viel Talent besäße. Wenn ich aber bei den nächsten drei Spielen kein Goal schießen würde, käme ich auf die Ersatzbank.

Ganz ein liebes Küssli

Ferdinand

Auszug aus dem Brief vom 28. Mai 1952 von Yolanda

... Fortunat geht mir so auf die Nerven. Er streicht wie ein läufiger Kater um meine Beine und wimmert „Mami, Mami, Mami". Gestern ist mir die Hand ausgerutscht. Ich weiß, das schickt sich nicht. Seine Nase blutete, ich habe ihm dann übers Haar gestreichelt und die verwundete Stelle mit Watte betupft. Statt dass er wütend auf mich gewesen wäre, hat der blöde Bub noch gesagt: „Mami, ich habe dich so gern!"

Er nimmt das Verhalten von Jakob an! Mich bringt das zur Verzweiflung. Ich kann diesen Mann aufs Übelste beleidigen. Er macht ein trauriges Gesicht, aber er weicht jeglichem Streit aus. Dieser Einfaltspinsel würde sich noch entschuldigen, wenn er uns beide zusammen im Bett überraschen würde. Dann ist so einer noch Richter ...

Auszug aus dem Brief vom 12. März 1953 von Yolanda

... Tut mir so leid, gestern konnte ich nicht kommen. Mein Schwiegervater Adrian hatte Geburtstag, da musste ich hingehen. Schon eindrücklich: Der Mann ist 74 jährig und macht noch einen Handstand. Er sieht immer noch gut aus, vor allem wenn er seine Uniform trägt. Immer bei Familienfesten erscheint er als schneidiger Artillerieoffzier. Unglaublich, wie so einer einen solchen Schlappschwanz von Sohn haben kann. Unglaublich, wie so einer sich eine Frau wie meine Schwiegermutter zulegen konnte. Diese blöde Kuh! Das habe ich dir noch gar nicht gesagt. Sie hatte 1941 Juden versteckt und damit ihren Mann in große Schwierigkeiten gebracht. Mein Vater hat ihr dann das Handwerk gelegt ...

Auszug aus dem Brief vom 5. Mai 1953 von Ferdinand

... Meine Mutter hat mich gestern zur Rede gestellt. Jemand hätte uns gestern im Wald zusammen gesehen. So etwas sei gar nicht gut für den Ruf unserer Familie. Dein Vater sei 1944 nicht an Herzversagen gestorben, sondern er habe sich erschossen, weil er ein „Fröntler" gewesen sei. Auf meine Frage, was denn mit „Fröntler" gemeint war, hat meine Mutter geantwortet, diese hätten mit den

46

Nazis sympathisiert. Ich interessiere mich aber nicht für Politik und habe dich trotzdem sehr gern ...

Auszug aus dem Brief vom 6. Mai 1953 von Yolanda

... Ja, mein Vater wurde in den Tod getrieben. Schuld waren die Linken: die Sozis und die Kommunisten. Leute, die so denken wie deine Eltern, machten damals einen großen Fehler. Dein Vater hat erst nach der Schlacht von Stalingrad plötzlich eine Kehrtwende vorgenommen. Vieles, was nach 1933 in Deutschland geschehen war, hat er gut gefunden. So sympathisierte er mit dem Klub der zweihundert Persönlichkeiten, die 1941 eine offene Haltung der Schweiz gegenüber dem Dritten Reich verlangten. Leider konnten sich diese nicht durchsetzen. Auch zum Schaden deines Vaters.

Er müsste sich heute nicht mehr mit den Forderungen der Gewerkschaften und Sozialisten herumschlagen. In Spanien ist das gut gegangen: Man fand einen Mittelweg. Dort hat man das linke Pack noch nach der Niederlage Hitlers an die Wand gestellt. Nun, mach dir keine Sorgen. Halt dich aus der Politik heraus. Das ist ein Drecksgeschäft. Wir treffen uns morgen wieder. Ich freue mich ...

Auszug aus dem Brief vom 15. Juni 1953 von Yolanda

... Ich verreise morgen früh nach Bonn. Wir sind zu einem großen Fest eingeladen. Wie ich dir letzte Woche gesagt habe, wurde ein Onkel von mir zum Staatssekretär im deutschen Kanzleramt von Konrad Adenauer ernannt. Er ist ein Bruder meiner Mutter. Von 1938 bis 1945 war er ein hoher Beamter unter dem Reichsaußenminister von Ribbentrop. Meine Eltern standen auch während des Krieges in engem Kontakt mit ihm. Sie haben jeweils wertvolle Informationen ausgetauscht. Dann wollten die Amis den Onkel umerziehen. Beim letzten Besuch in Thun, das war noch in diesem Frühling, hat er darüber Witze gemacht. Haben wir gelacht. Sobald ich zurück bin, erhältst du ein Lebenszeichen von mir ....

Brief vom 24. Februar 1954 von Ferdinand

Liebe Yolanda
Ich hatte heute mit meiner Mutter einen heftigen Streit. Sie verlangt, dass ich die Beziehung mit dir abbreche. Überall im Quartier würden die Leute über uns zwei tuscheln. Sie hat gedroht, mich rauszuwerfen, falls ich nicht mit dir breche. Was soll ich nur tun?
Ganz viele heiße Küsse
Ferdinand

Brief vom 25. Februar 1954 von Yolanda

Lieber Ferdinand
Aber, aber! Du enttäuschst mich. Ich versichere dir, deine Mutter wird dich niemals rauswerfen. Sag ihr doch einfach, du hättest schon lange keine Beziehung mehr mit mir. Sei doch ein Mann!
Morgen treffen wir uns am vereinbarten Ort zur vereinbarten Zeit. Bitte komme diesmal pünktlich!
Ich umarme dich!
Yolanda

Brief vom 15. Mai 1954 von Yolanda

Lieber Ferdinand
Nun haben wir ein Problem. Der Alte hat offenbar von unserer Beziehung Wind bekommen. Er hat mir klar zu verstehen gegeben, dass er so etwas nicht dulde. Ich gehe davon aus, dass er auch Jakob eingeweiht hat. Das ist aber noch das kleinste Problem. Natürlich bin ich überhaupt nicht bereit, meinem Schwiegervater zu gehorchen. Ich habe eine Lösung im Kopf und möchte sie mit dir besprechen. Wir müssen uns übermorgen treffen. Am üblichen Ort zur gewohnten Zeit.
Liebes Küssli
Yolanda

Brief vom 5. Juni 1954 von Yolanda

Mein lieber Schatz
Heute habe ich Nachricht von einem entfernten Verwandten aus Südafrika bekommen. Er ist nach Ende des Krieges aus Deutschland dorthin geflohen und es ist ihm gelungen, eine neue Existenz aufzubauen. Er wäre bereit, uns in seiner Firma zu beschäftigen. Auch ein kleines Haus will er uns zur Verfügung stellen. Es habe allerdings nicht ganz den Komfort, den wir uns gewohnt seien.
Trotzdem brauchen wir noch etwas Geld. Ich habe zwanzigtausend Franken auf meinem Konto. Es wäre sehr schön, wenn du ebenfalls so viel beisteuern könntest.
Wir bekämen in Südafrika eine neue Identität. Nicht wegen dir, sondern wegen mir. Ich lasse alles zurück und muss die Brücken zu Thun vollständig abbrechen: zu meinem Gatten mit Vergnügen, zu meinem Kind nicht ohne Bedauern, aber seine Bezugsperson ist ohnehin die Schwiegermutter.
Unsere Abreise muss geheim erfolgen. Versteck um des Himmels willen diesen Brief. Niemand darf ihn sehen.
Wir treffen uns in drei Tagen am üblichen Ort zur gewohnten Zeit.

Ich vertraue fest auf Dich
Deine Yolanda

Brief vom 6. Juni 1954 von Ferdinand

Liebe Yolanda
Du hast mich fest im Griff. Vielleicht liegt meine Schwester richtig, wenn sie
mir vorwirft, ich sei Dir hörig. Aber vermutlich brauche ich das, jedenfalls bin
ich nicht unglücklich dabei. Es fiele mir auch gar nicht ein, dein Vorhaben zu
durchkreuzen. Die zwanzigtausend Franken von meiner Seite her sind organi-
siert. Fünfzehntausend Franken liegen sowieso auf meinem Konto, die Schwes-
ter leiht mir noch fünftausend Franken. Allerdings musste ich sie in unsere
Pläne einweihen. Kein Problem, sie wird meinen Eltern nichts davon erzählen.
Sie macht aber zur Bedingung, dass wir ein Konto einrichten, auf das wir alle
drei Zugriff haben. Damit gehen wir überhaupt kein Risiko ein, im Gegenteil!
Vielleicht müssten wir kurzfristig einen größeren Betrag abheben, dann könnte
sie zusätzlich Geld einschießen.
Noch eine Frage: Hast du mich eigentlich genügend lieb, um mit mir dein
künftiges Leben zu teilen?
Ich umarme Dich
Dein Ferdinand

Brief vom 26. Juli 1954 von Ferdinand aus dem Militärdienst

Meine Liebste
In ein paar Tagen werde ich wieder zu Hause sein. Gut, dass ich nicht arbeiten,
sondern nur Befehle befolgen muss. Meistens dürfen wir allerdings warten und
sitzen untätig herum. Das ist gut so. Ich denke fortwährend an unsere Zukunft.
Ein bisschen aufgeregt bin ich schon. Es ist mir unmöglich, meine Abreise vor
meinen Eltern geheim zu halten. Ich werde sie aber anschwindeln: eine Reise
nach Uruguay, um Kollegen aus der dortigen Fußball-Nationalmannschaft zu
treffen. Das nehmen mir Vater und Mutter sicher ab.
Küssli
Ferdinand

Brief vom 26. Juli 1954 von Yolanda

Mein Liebster
Du fehlst mir. Eben habe ich deinen Brief erhalten und bin jetzt ein bisschen
besorgt.
Das mit Uruguay finde ich zwar blendend. Hast du dabei an das Mitteilungs-
bedürfnis deiner Mutter gedacht? Sie wird es anlässlich ihrer vielen Teekränz-
chen den Freundinnen erzählen. Dazu gehören auch mindestens zwei aus der

Sippe deines Arbeitgebers. Hast du auch deinen Chef darüber informiert? Daran musst du unbedingt denken!

Ganz liebes Küssli

Deine Yolanda

Brief vom 28. Juli 1954 von Ferdinand aus dem Militärdienst

Mein Schätzli

Mach dir keine Sorgen. Vor dem WK (militärischer Wiederholungskurs) habe ich bei meinem Chef zwei Wochen Ferien ab Mitte August eingegeben. Dann noch um zwei Wochen unbezahlten Urlaub gebeten. Dieser ist mir bewilligt worden. Für die längere Abwesenheit musste ich sowieso einen Grund angeben. Mein Vorgesetzter weiß also, dass ich für vier Wochen verreise.

So habe ich auch gegenüber meinem Arbeitgeber kein schlechtes Gewissen, er hat mich bis jetzt immer sehr fair behandelt. Für den August wird auf mein Konto noch der mir zustehende Lohn überwiesen. Sobald ich in Kapstadt angekommen bin, teile ich der Firma mit, dass ich nicht mehr zurückkehren werde. Ich schätze, sie werden mir ihr Bedauern darüber kundtun, aber insgeheim ist mir natürlich bewusst, dass sie eher erleichtert über meinen Entschluss sind, das Arbeitsverhältnis aufzulösen.

Siehst du, mein Liebes, das Denken überlasse ich nur noch zum Teil dir, zum anderen Teil meiner Schwester, sie hat mir zu all dem geraten ...

Am 31. Juli, am nächsten Samstag, werden wir entlassen. Etwa um die Mittagszeit treffe ich im Bahnhof Thun ein. Um 16 Uhr könnten wir uns treffen. Antoinette, schätze ich, wird wieder mal diskret verschwinden. Diesmal könnte es ja etwas länger dauern.

Ich umarme dich und küsse dich ganz fest

Dein Ferdinand

Das war die letzte Botschaft aus diesem Briefwechsel.

„Kann gut, sein, dass ich etwas übersehen habe. Die Sammlung ist ja sehr umfangreich: mehr als 100 Briefe!", gab Samuel zu bedenken. „Noch etwas Wichtiges: In der Mappe fand ich einen Handzettel, auf dem Folgendes notiert ist:

‚Erna! Bewahre diese Briefe so auf, dass sie nicht meinen Eltern in die Hände fallen. Ich werde dir sobald als möglich unsere Wohnadresse in Südafrika mitteilen, dann kannst du sie uns zuschicken. Sei aber so lieb und lies sie nicht. Es wäre mir schon ein bisschen peinlich!'"

Kari: „Danke für die gute Zusammenfassung. Wir werden nicht darum herumkommen, alle Briefe nochmals sorgfältig durchzulesen. Je nach Stand unserer Erkenntnisse könnten wir weitere Informationen darin finden. Etwas steht für mich aber jetzt schon fest: Ferdinand Meyer ist nicht der Mörder von Yolanda von Büren."

Samuel: „So sehe ich es auch. Die Briefe enthalten viele wertvolle Hinweise. Zum Beispiel über die im letzten Brief genannte Antoinette, offensichtlich eine Freundin von Yolanda. Diese Antoinette hat dem Paar ihre Wohnung als Liebesnest zur Verfügung gestellt. Sollte sie noch leben, könnte sie uns möglicherweise weiterhelfen.

Aber noch etwas anderes ist mir aufgefallen: der von Yolanda von Büren als ‚Alter' bezeichnete Schwiegervater. Was war das für eine Person? Wie stand er zu Yolanda? Darüber wissen wir noch so gut wie nichts.

Kari, könntest du alles Wesentliche, das wir bis jetzt herausgefunden haben, zusammenstellen und uns allen per Mail zustellen? Allerdings bin ich der Meinung, Fortunat nicht mit einzubeziehen."

Kari: „Werde ich tun. Richtig, Fortunat sollten wir noch nicht einweihen!"

Ich nickte, wünschte aber in nächster Zeit ein Treffen im „Lamm", dem gepflegten Landgasthof in Gwatt, und schlug dafür den 4. Juli 2006 vor. Der Termin passte meinen beiden Kameraden. Wir gingen davon aus, dass auch Gusti und Moritz zu diesem Zeitpunkt kommen könnten. Beide hatten sich unerbittlich von allen anderen Verpflichtungen losgesagt.

Am Abend des 1. Juli, es war ein Samstag, lag das Resümee von Kari in unserer Mailbox.

Zum vereinbarten Zeitpunkt fanden wir uns im „Lamm" ein. Der strahlend blaue Himmel verjagte uns aus der Gaststube unter die Schatten spendenden Bäume des Vorgartens.

Kari Räber, wie konnte es auch anders sein, ernannte sich zum Vorsitzenden.

Er erteilte Gusti Leibundgut das Wort: „Ich bin sehr beeindruckt über eure Recherchen. Das Ganze ist spannend wie ein Krimi. Das Treffen hier wäre nicht nötig gewesen, um weiterzukommen. Es ist aber nötig, um das schöne Wetter, das gute Essen und unsere Kameradschaft zu genießen. Vielen Dank. Alles geht heute auf meine Rechnung!"

Moritz Bratschi drängte darauf, auch etwas zu sagen.

„Ich habe mit meiner Frau Anna darüber gesprochen. Sie hat mich gefragt, ob wir nicht besser vorwärtskämen, wenn uns noch eine Frau zur Seite stehen würde."

„Das hätte gerade noch gefehlt", protestierte Kari, nahm sich dann aber beschämt zurück, als er unsere betretenen Mienen bemerkte: „So habe ich es natürlich nicht gemeint. Aber wir waren halt schon immer ein Männerclub. Im Forum Politicum, der linken Studentenorganisation, gab es zwar ebenfalls Frauen, für unsere Politik konnten sie sich aber nur bedingt erwärmen. Sie haben sich vielmehr zu feministischen Zirkeln zusammengeschlossen."

Das Thema war damit vom Tisch, ganz wohl war uns aber nicht dabei.

Samuel brachte uns wieder auf den vertrauten Weg zurück:

„Erstens. Wir müssen folgende Personen kontaktieren: Abraham Wyler, Markus Hänni, Peter Imobersteg und Otto Kernen, alle vier noch lebende ehemalige Freunde von Ferdinand.

Zweitens. Wir müssen herausfinden, wer diese Antoinette ist oder war.

Drittens. Wir müssen mehr erfahren über den Vater und den Großvater von Fortunat. Können wir das aber, ohne Fortunat mit einzubeziehen?

Viertens. Wie müssen herausbekommen, was für eine Verbindung zwischen den Eltern Fortunats und denjenigen Yolandas bestand. Da wird uns Erna Schmidt zur Seite stehen."

„Das ist ein rechtes Stück Arbeit", gab Gusti zu bedenken.

„Wenn ihr Hilfe braucht, wäre ich bereit, mich beim einen oder anderen Gespräch auch zu beteiligen. Ich sage das nur, um ein bisschen mein Gewissen zu entlasten."

„Ich habe dich richtig verstanden, Gusti. Du wirst uns wieder wertvolle Dienste leisten, wenn wir die nächste Leiche ausbuddeln."

Mit diesen Worten sprach Kari den Archäologieprofessor von den anstehenden Nachforschungen frei.

„Darf auch ich mich von den weiteren Recherchen dispensieren lassen? Meine Frau hat nämlich vor, mich in nächster Zeit für Gartenarbeiten einzuspannen", ließ Moritz Bratschi leicht verlegen verlauten.

Kari, Samuel und ich nickten.

„Ich empfehle nun, das Mittagessen zu bestellen. Sollten wir uns nicht für den Fitnessteller mit Pouletbrüstchen, etwas Gemüse und knackigem Salat entscheiden? Es ist viel zu heiß für die köstlich schmeckende ‚Berner Platte', schade!", sprach Kari, wohl um sich selber zu überzeugen.

Wir akzeptierten seinen Vorschlag ohne große Begeisterung.

Diesmal schmeckte es uns nicht so sehr. Grünzeug mit Bier hinunterzuspülen, ist eine zwiespältige Sache. Zum Trost stand noch ein Dessert an: Wir genehmigten uns je ein mächtiges Stück Schokoladentorte mit geschwungener Nidle und Milchkaffee.

Kari war am schnellsten fertig und setzte zum Abschlussvotum an:

„Wir, Paul, Samuel und ich, müssen nun die in dieser Runde beschlossenen Vorschläge in die Tat umsetzen. Paul nimmt Kontakt mit den vier alten Kollegen von Ferdinand auf."

„Zu Befehl, Herr Major, wird durchgeführt!", sprach ich meinen Kollegen mit seinem militärischen Dienstgrad an.

Kari überging diese unartige Anspielung und erteilte weitere Aufträge:

„Samuel, findest du nicht auch, Erna Schmidt hätte uns noch einiges zu sagen über die Verbindungen ihrer Eltern mit der Familie von Yolanda von Büren? Du bist die geeignete Person, um diese Sache in Angriff zu nehmen."

Samuel: „Einverstanden. Bei den Gesprächen sollten aber alle drei von uns anwesend sein. Dieses Team hat sich zumindest bei den Schmidts sehr bewährt. Wenn ich richtig verstanden habe, geht es zunächst darum, Termine für die Verabredungen zu finden. Für die Fragen an Erna Schmidt reicht meines Erachtens eine Mail aus. Ich werde das tun, sobald ich bei mir zu Hause eintreffe."

„Ich frage mich: Haben uns die Schmidts alles gesagt, was sie wissen?"

Samuel: „Nein, davon gehe ich nicht aus! Sie konnten einfach noch nicht wissen, was für unsere Erkundungen wirklich von Bedeutung ist. Übrigens: Ferdinand Meyer hatte seine Schwester zwar gebeten, die Briefe aufzubewahren, ihr jedoch aufgetragen, sie nicht zu lesen. Und sie hat diese Bitte in all den Jahren beherzigt! Ich habe darauf keine Fingerabdrücke von ihr gefunden. Einem Menschen, der sich so an sein Wort hält, vertraue ich voll."

Ferdinands Kollegen

In Einigen angekommen, machte ich mich sogleich an die Hausaufgaben: Ich fand einen gemeinsamen Termin für alle vier ehemaligen Kumpel von Ferdinand: übermorgen Donnerstag, am 6. Juli 2006. Es gelang mir auch, sie zu überreden, in den Landgasthof „Lamm" zu kommen. Dort könnten wir uns ungestört unterhalten. Kari und Samuel informierte ich noch am selben Abend.

Ich holte die vier alten Männer mit meinem Wagen, einem kleinen Suzuki Swift, ab. Zum Glück war keiner von ihnen korpulent, sonst hätte ich zweimal fahren müssen.

Nach einem allzu reichlichen Mittagsmahl war wieder einmal unser Kriminalist gefordert.

„Wie alt sind Sie eigentlich, Herr Wyler?"

Abraham Wyler, kaum einen Meter sechzig groß, gebeugt und mager, schaute Samuel prüfend durch sehr dicke Brillengläser an. Sie wirkten wie starke Lupen vor seinen Augäpfeln. Dadurch bekam sein Blick etwas Furchterregendes. Er war es sich offensichtlich nicht gewohnt, so direkt gefragt zu werden.

Uns wurde ein bisschen unbehaglich zumute. Aber nach einer Weile kam die Antwort doch noch.

„ Am 12. Dezember dieses Jahres werde ich achtzig."

„Wie lange haben Sie bei ‚Gafner' mit Ferdinand Meyer zusammengearbeitet?"

„Lassen Sie mich überlegen: Herr Meyer trat im Sommer 1951 in die Firma ein. Wir arbeiteten von da an bis zu seinem Verschwinden im selben Büro. Das dauerte fast auf den Tag genau drei Jahre. Man würde wohl heute sagen, ich wäre sein Mentor gewesen."

„Brauchte er denn einen Mentor?"

„Ich meine, das braucht jeder, der an einen neuen Arbeitsplatz kommt."

„War er ein angenehmer Kollege?"

„Auf jeden Fall, ja!"

„Hat er effizient gearbeitet?"

„Was soll diese Frage? In unserer Firma haben fast alle ihr Bestes gegeben. Der eine mehr, der andere weniger. Unser Patron war noch einer von altem Schrot und Korn. Er hat auch Leute beschäftigt, die nicht so leistungsfähig waren. Man hat früher noch nicht so viel verdient. Aber irgendwie hatte man mehr Sicherheit. Es brauchte mehr als heute, bis jemandem gekündigt wurde. Ich will damit nicht sagen, dass alles gut war. Manchmal gab es auch Ärger, manchmal hatten wir das Gefühl, wir müssten zu viel arbeiten für unseren Lohn. Doch das Leben war erträglich und wir waren im Grunde zufrieden. Und sehen Sie mich doch an: Glauben Sie, ich bekäme heute als Sehbehinderter so ohne weiteres eine Stelle? Früher beurteilte man die Menschen viel weniger nach ihrer Erscheinung.

Ferdinand Meyer? Er gehörte nicht zu den Arbeitstieren, zu den besonders Leistungsfähigen. Aber er war sich dessen bewusst und begnügte sich mit einem tieferen Gehalt. Alle im Betrieb waren wir auf seine Kunststücke als Sportler stolz. Er war hervorragend. Heute wäre er mit seinem Talent ein Spitzenverdiener. In den Fünfzigerjahren des vergangenen Jahrhunderts konnte man aber mit Fußballspielen noch nicht reich werden. Auch Spitzensportler mussten ihr Brot durch harte Arbeit verdienen."

„Haben Sie gewusst, dass Samuel mit einer verheirateten Frau ein Verhältnis hatte?"

„Habe ich, ja. Ich glaube, alle in unserer Firma haben das gewusst. Aber wenn Sie mich so fragen: Das ging mich überhaupt nichts an! Nicht alle akzeptierten das allerdings so wie ich. Wir hatten bei uns auch viele Moralapostel. Keiner von denen brach aber deswegen über Ferdinand den Stab. Man schob die Schuld dafür vielmehr seiner Geliebten zu. Ferdinand wurde sozusagen als dummer verliebter Junge gehandelt, der in die Fänge einer gefährlichen Frau geraten war."

„Sahen Sie das auch so?"

„Pah … ich habe Ihnen doch gesagt, dass mich das nichts angeht. Aber wenn Sie es unbedingt wissen wollen: Ich riet Ferdinand, dieses Verhältnis zu beenden. Er war ein großer, starker Mann, aber mit dem Herzen und dem Verstand eines Kindes. Nicht, dass ich damit sagen möchte, er wäre dumm gewesen. Nein, ganz im Gegenteil. Ich staunte immer wieder, wie rasch er eine Korrespondenz erledigt hatte. Er konnte sich schriftlich wie mündlich erstaunlich gut ausdrücken. Punkto Schulwissen war er den meisten in unserer Abteilung weit überlegen. Er beherrschte auch die französische Sprache wie keiner von uns. Aber irgendwie perlte sein Wissen an der Realität ab. Er brauchte eine Person, die ihn durch das Leben führte. Dass er diese ausgerechnet in Yolanda von Büren sah, war eine Tragödie."

„Kannten Sie auch Menschen im Umfeld seiner Geliebten?"

„Das ist schon so lange her. Ich entsinne mich an eine Freundin der jungen Frau von Büren. Ich glaube, sie hieß Schäuble Annette, oder vielleicht auch Antoinette. Es soll sich um eine Cousine der Yolanda von Büren gehandelt haben. Sie soll nach dem Krieg aus Deutschland in die Schweiz gekommen sein, wie zahlreiche ihrer Verwandten. Ferdinand hatte durchblicken lassen, dass sie immer noch von Hitler schwärmte."

„Hat sich Ferdinand Meyer nicht daran gestört?"

„Das Geschichtsbewusstsein wurde von seinem Elternhaus geprägt. Der Vater von Ferdinand war als Sozialistenhasser und Militarist bekannt. Er himmelte

Mussolini und Franco an. Bis zur Schlacht von Stalingrad war er auch ein Bewunderer der deutschen Wehrmacht. Dann wechselte er die Seiten, wie so viele andere in unserem Land. Ferdinand war sich sehr wohl bewusst, dass die Nazis entsetzliche Verbrechen begangen hatten. Er liebte aber seine Eltern sehr, vor allem die Mutter. Seine Art war, Konflikten nach Möglichkeit aus dem Wege zu gehen. Mit der Zeit hat er eine Meisterhaftigkeit im Verdrängen entwickelt, sozusagen als Selbstschutz. Trotzdem: Ich verzieh es ihm und mochte ihn sehr. Er war im Grund ein herzensguter Mensch. Er hat sich immer vehement hinter mich gestellt, wenn meine Kollegen mich meines Äußeren wegen veräppelten."

Alle von uns hatten plötzlich ernste Mienen. Dieser alte Mann beeindruckte uns.

Wyler wollte unbedingt noch etwas loswerden.

„Die Schweiz hat eben keine Entnazifizierung erlebt. Nach 1945 gab es in unserem Land immer noch viel Antisemitismus.

Ich erinnere mich noch an ein Gedicht in einem bernischen Lesebuch für die Primarschulen, das ich 1937 auswendig lernen musste. Es begann mit den Worten

‚Der Jude ging durch den Wald ...‘

1954 wurde dieses Buch immer noch benutzt, mein Neffe musste dasselbe Gedicht vor der Klasse auswendig aufsagen.

Erst nach dem Sechstagekrieg schien es, die Stimmung in unserem Lande schlage um. Ich war mir aber dessen nie ganz sicher. Seit der Kontroverse um die nachrichtenlosen Vermögen der Holocaust-Opfer weiß ich, dass mich mein Gefühl nicht täuschte. Aber glauben Sie ja nicht, ich würde die gegenwärtige Politik des offiziellen Israels gegen die Palästinenser gut finden."

Samuel: „Danke, Herr Wyler, Sie haben uns sehr geholfen!"

„Gerne geschehen; sollten Sie noch weitere Fragen haben, werde ich Ihnen bereitwillig Auskunft geben. Sie kennen ja meine Telefonnummer."

Nun richtete sich der Blick von Samuel auf einen anderen Gast.

„Herr Hänni, ich möchte nicht wieder den Fauxpas begehen und Sie nach dem Alter fragen ..."

Markus Hänni schnitt Samuel sogleich das Wort ab: „Ich schäme mich meines Alters nicht. Ich bin im Januar 78 Jahre jung geworden und fühle mich immer noch topfit."

„Herr Hänni", fuhr Samuel ein wenig irritiert weiter, „Sie waren ein Sportskamerad von Ferdinand Meyer. Wie war Ihr Verhältnis zu ihm?"

„Mit Ferdinand kamen alle aus. Trotzdem gab es Menschen, die er nicht besonders mochte. Aber er ließ sie das nicht spüren. Er war ein netter Kerl, der uneigennützigste Spieler, der mir je begegnet ist. Dabei war er so unheimlich gut. Aber seine Art machte es fast unmöglich, auf ihn neidisch zu sein."

„Können Sie mir sagen, wie Ferdinand Yolanda von Büren kennengelernt hatte? Ich gehe davon aus, dass dies über den Fußballclub geschehen ist."

„Das ist richtig. Die Mutter von Yolanda war sehr begütert. Sie hieß Elfriede, Elfriede Knecht. Die Knechts sollen Bern-Burger gewesen sein. Elfriede, mit Mädchennamen Schönborn, entstammte dem Patriziat einer südbadischen Stadt und war dadurch dem Kreis der gnädigen Herren aus Bern sehr genehm. Diese Elfriede Knecht war eine Gönnerin unseres Sportvereins und wir hatten deswegen artig zu ihr zu sein, was nicht allen von uns leicht fiel. Sie war sehr hochnäsig und behandelte uns von oben herab. Sie sprach verächtlich von ihren Gladiatoren. Einmal pro Jahr lud sie die Spieler der ersten Mannschaft, den Trainer und den Vorstand zu einem Jahresschlussessen in die Schadau ein."

„Machte Yolanda von Büren über diese Treffen Bekanntschaft mit Ferdinand Meyer?"

„Nicht ganz! Ferdinand war sozusagen nur ihre zweite Wahl …"

Markus Hänni stockte und legte beide Hände übers Gesicht, als ob ihm etwas ungewollt rausgerutscht wäre.

„Was? Das verstehe ich nun überhaupt nicht", reagierte Samuel von Allmen verunsichert.

„Yolanda von Büren hatte zuvor noch eine andere Liaison. Ebenfalls mit einem Sportskameraden des FC Thun", fuhr Hänni zögerlich weiter.

„Was für ein Weib! Die hatte es faustdick hinter den Ohren!", warf Samuel mit gespielter Entrüstung ein.

„Etwas soll mit ihrem Ehemann nicht gestimmt haben. Man munkelte, er sei nicht der Lage gewesen, seine ehelichen Pflichten zu erfüllen. Irgendwie habe er sich seinem eigenen Geschlecht mehr zugetan gefühlt. Das war aber nur ein Gerücht. Genaues weiß ich nicht."

„Gibt es diesen Vorgänger von Ferdinand Meyer noch?"

„Kann ich nicht sagen. Er ist bereits im Frühjahr 1952 von Thun weggezogen. Ich glaube, ins Tessin. Jedenfalls war sein Name danach längere Zeit auf der Spielerliste des FC Bellinzona."

„Hätten Sie eine Idee, wie wir diese Spur weiterverfolgen könnten?"

Hänni überlegte einige Augenblicke.

„Er hieß Santschi, Arnold Santschi … Ich bin mir fast sicher, dass seine Schwester noch in unserer Gegend lebt. Vor einem Monat habe ich sie jedenfalls im Bälliz gesehen. Eine alte Frau mit Stock. Sie ist schon längst verwitwet. Ihr Mann hieß Brawand. Schauen Sie doch im Telefonbuch nach: Trudi Brawand-Santschi, unter Steffisburg. Sie dürfte allerdings kaum sehr gut auf ihren Bruder zu sprechen sein. Sie gehört einer christlichen Gemeinschaft an: Pfingstler?

Adventisten? Neuapostolen? Brüderverein? Irgend so etwas. Seitensprünge, die sich ihr verheirateter Bruder gelegentlich genehmigte, entsprachen ganz und gar nicht der Lebensanschauung von Trudi Brawand. Wenn Sie behutsam vorgehen, wird sie Ihnen verraten, ob es ihren Bruder noch gibt. Sie ist eine liebenswürdige Person, dem Herrgott sehr zugetan. Und nehmen Sie es ihr nicht übel, wenn sie versucht, Ihnen ihren Glauben anzudrehen. Sie schleppt ständig eine Menge Traktätchen in ihrem Einkaufswägelchen mit. Noch etwas: Bisweilen macht sie einen verwirrten Eindruck. Vor einem Jahr ist ihr Enkel im Drogenrausch umgekommen. Nach dem tragischen Freitod ihrer Tochter haben die Brawands diesen Buben aufgezogen. Sein Hinschied traf die alte Frau derart, dass sie sich hintersann und vorübergehend in der psychiatrischen Klinik Münsingen versorgt werden musste. Ich kann mir vorstellen, dass sie einen Hausbesuch einem Telefongespräch vorzieht."

„Fällt Ihnen noch mehr über Ferdinand ein? Etwas, das wir nicht wissen können?"

„Nein, Abraham Wyler hat das Wesentliche gesagt."

„Mir kommt noch etwas in den Sinn", half uns Otto Kernen weiter. „Ferdinand Meyer hatte vor Yolanda von Büren schon eine Freundin."

„Wissen Sie noch mehr darüber?", fragte Samuel interessiert nach.

„Eine unschöne Sache. Sie hieß Elisabeth, war damals ein ausgesprochen hübsches Mädchen und zwei Jahre jünger als Ferdinand Meyer. Ihr Elternhaus galt als gutbürgerlich und sehr rechtschaffen. Elisabeths Vater hatte aber seine Prinzipien. Vor der Ehe waren höchstens Backenküsse zugelassen. Spaziergänge kamen nur begleitet in Frage. Abendlicher Ausgang wurde nicht toleriert. Und wie hätte es anders kommen können? Ferdinand Meyer erhielt genau das von Yolanda von Büren, was er vergebens bei Elisabeth gesucht hatte. So ging die Beziehung, die im Grunde gar keine war, in die Brüche. Für Elisabeth war es ein harter Schlag, der sie so sehr traf, dass sie sich nie mehr mit einem Mann einließ. Sie ist zu einer schrulligen alten Jungfer geworden. Übrigens: Elisabeth lebt noch, besitzt ein schönes Haus in Spiez, ist sehr begütert und karitativ tätig. Sie hat keine Geschwister. Ihre mutmaßlichen Erben, entfernte Verwandte, wachen mit Sperberaugen über sie. Mag sein, dass sich diese noch etwas müssen gedulden müssen. Die zierliche alte Dame ist immer noch kerngesund. Und wenn sie so weiterlebt, dürfte sie die Schwelle zu ihrem hundertsten Geburtstag spielend überschreiten. Tut mir leid, ihren Nachnamen habe ich vergessen."

Kernen schaute in die Runde.

„Ihr Name? Ihr Vater hatte eine Arztpraxis in Gwatt … Morbus Alzheimer?"

Kernen lachte über sich selber.

„Wer steht mir jetzt zur Seite?" Er fixierte denjenigen, der heute noch nichts gesagt hatte:

„Peter, sag es mir doch, ich bin sicher, du weißt es." Als ehemaliger Lokomotivführer war Imobersteg alles andere als redselig.

„Ja, weiß ich!", nahm Imobersteg dankbar den Faden auf. „Er war schließlich unser Hausarzt. Martin Brechbühl, Dr. med., unheimlich Respekt einflößend. In Thun eine stadtbekannte Persönlichkeit. Er saß viele Jahre im Stadtrat. Wenn ich mich nicht täusche, war er freisinnig."

Kernen nickte.

„Was könnte er anders sein? Die Ärzte waren damals Herren und die Herren bekannten sich meistens zum Freisinn."

„Aber er war sehr beliebt und trotz seiner Parteizugehörigkeit von einem sozialen Sendungsbewusstsein geprägt", wehrte sich Imobersteg.

„Ein Abstinenzler, ein unermüdlicher Kämpfer gegen den Alkoholismus. Seine Praxis betrieb er auf der Straßenseite direkt uns gegenüber. Er besuchte bisweilen an den Abenden die Gaststuben der beiden Wirtschaften ‚Rössli' und ‚Lamm'. Er pfiff die ihm bekannten Säufer heraus. Es wäre keinem von denen eingefallen, auch nur zu murren. Sie bezahlten und torkelten wie begossene Pudel nach Hause.

Traf er einen von ihnen zu oft in der Wirtschaft an, fackelte er nicht lange. Arbeitgeber und Fürsorgebehörde wurden informiert. Am kommenden Montag um 6 Uhr früh stand der Landjäger mit einem Abholungsbefehl und einem Koffer vor der Haustür. Dem Unglücklichen wurden noch ein paar Minuten zugestanden, sich von seinen Angehörigen zu verabschieden, frische Unterwäsche, einen Pullover und ein paar Ersatzhosen einzupacken. Er bekam Handschellen verpasst und trottete dem Uniformierten hinterher zur Polizeiwache. Dort empfing ihn der Wachtmeister mit den Worten: ‚Ab mit dir, i d Nüechtere (Alkoholentzugsanstalt).' Nach einem halben Jahr kam der entwöhnte Trinker wieder zurück. Bei den meisten fing die Sauferei aber bald wieder von vorne an.

Noch ein anderer Umstand belastete Brechbühls Methode, der Trinksucht den Garaus zu machen. In den Jahren nach dem Krieg kippte in Thun langsam die politische Mehrheit von rechts nach links. Die Behörden waren immer weniger bereit, dem selbsternannten Sozialdirektor freie Hand zu gewähren. Zum Glück, vor allem für Brechbühl selber!"

Kari setzte mit sonorer Stimme zu einer Lobesrede an. Wie alle vier sie uns sehr geholfen hätten. Wir seien ihnen unendlich dankbar. Am Schluss konnte er die Gäste allerdings nur mit unserer Hilfe überreden, sich zum anschließenden Mittagessen einladen zu lassen.

Dann fuhr ich die vier Alten wieder an ihre Wohnorte zurück, während meine Kollegen im „Lamm" sich Gedanken darüber machten, was als Nächstes zu tun wäre.

Eine Stunde später stieß ich wieder zu ihnen.

Samuel resümierte: „Wir wissen jetzt viel mehr. Die Frage ist nur, ob wir damit klüger geworden sind. Ich habe so eine leise Ahnung, eine Lösung könnte sich sehr in die Länge ziehen. Einfacher ist die Sache nicht geworden. Wir haben jetzt drei mögliche Täter:

Erstens: Ferdinand Meyer, eher wenig wahrscheinlich. Aber solange wir nicht wissen, ob er im August 1954 ebenfalls umgebracht wurde, können wir ihn als Verdächtigen noch nicht ausschließen.

Zweitens: Jakob von Büren, der Mann von Yolanda.

Drittens: Arnold Santschi, Yolandas erster Liebhaber.

Der Kreis könnte noch größer werden. Wie gehen wir weiter vor?

Da ist sicher einmal diese Antoinette, die Freundin und Cousine von Yolanda von Büren. Wir wissen nun, welchen Nachnamen sie hat oder hatte. Falls sie noch am Leben ist, könnten wir vielleicht herausfinden, wo sie wohnt. Gehen wir davon aus, dass sie ledig geblieben ist und immer noch in der Schweiz lebt, wären die Chancen groß, sie aufzutreiben."

„Wie willst du denn das anstellen?", wollte Kari wissen.

„Du enttäuschst mich, Kamerad. Ich hätte dir mehr Geschick im Umgang mit dem Internet zugetraut. Suche doch mal in elektronischen Telefonbüchern! Das Geschlecht ‚Schäuble‘ ist in unserem Land nicht häufig anzutreffen."

„Dann …", setzte Samuel seine Ausführungen fort, „müssen wir Trudi Brawand-Santschi in Steffisburg einen Besuch abstatten.

Es bleibt noch Elisabeth Brechbühl, die Jugendliebe Ferdinands. Auch mit ihr gilt es einen Termin zu vereinbaren. Das wird nicht einfach sein. Ich werde mich bemühen, dabei sehr behutsam vorzugehen. Ich wünschte mir, dass sowohl Paul wie auch Kari bei den Treffen mitmachen. Ich werde diese wie die vergangenen vorbereiten und die Fragen stellen."

Kari und ich sagten spontan zu.

Elisabeth Brechbühl

Kaum zu Hause angekommen, öffnete ich meine Mailbox. Kari hatte uns bereits eine Nachricht mit der Telefonnummer von Antoinette Schäuble und einer Adresse aus Locarno geschickt.

Kurze Zeit später traf eine Meldung Samuel von Allmens ein: „Habe bereits angerufen. Es meldete sich ein automatischer Telefonbeantworter mit schwäbischem Akzent: Frau Antoinette Schäuble sei leider am 21. Juni 2006 verstorben. Bei Fragen werde man gebeten, sich an Gerhard Schäuble zu wenden. Angegeben wurden eine Adresse aus Balingen, Baden Württemberg, sowie eine Handynummer. Ich wählte die angesagte Nummer. Eine Frauenstimme meldete sich mit ‚Gertrud Schäuble'.

Als ich den Grund meines Anrufes nannte, stieß ich auf unerwartetes Wohlwollen. Die Antoinette Schäuble sei eine Tante von ihrem Mann gewesen. Sie und ihr Mann hätten die Wohnung der Verstorbenen geräumt und sich um ihren Nachlass gekümmert. Dabei seien auch mehrere Tagebücher zum Vorschein gekommen, die uns bestimmt interessieren würden. Ja, das Verschwinden von Yolanda von Büren sei in ihrer Familie lange ein Thema gewesen. Dass nun ihre Leiche gefunden wurde, bestätige ihre Vermutung, Yolanda sei einem Verbrechen zum Opfer gefallen. Wenn wir zur Aufklärung des Todes von Yolanda von Büren etwas beitragen könnten, würden sie alles tun, uns dabei zu unterstützen. Gertrud Schäuble anerbot uns sogar, sie und ihren Mann in Balingen zu besuchen. Sie hätten ein großes Haus mit vielen Gastzimmern. Es wäre für sie überhaupt kein Problem, drei Leute während ein paar Tagen zu beherbergen. Wir könnten bei dieser Gelegenheit die aufbewahrten Papiere und Tagebücher ansehen. Selbstverständlich sagte ich sofort zu.

Wir vereinbarten sogar einen provisorischen Termin: den 1. August 2006. Das sei in der Schweiz ein Feiertag, der mir wegen der Knallerei auf die Nerven ginge.

Ich denke, wir benötigen höchstens einen Tag, um die Unterlagen von Yolanda zu durchsuchen. Wir wären dann am Abend des 2. Augusts wieder bei unseren Familien. Geht das in Ordnung?"

Es ging in Ordnung, auch für Kari.

Das Treffen mit Elisabeth Brechbühl kam nicht auf Anhieb zustande. Am 3. Juli traf von Samuel eine sonderbare elektronische Nachricht ein. Die bejahrte Jungfer habe ihm einen Korb gegeben. Ein Aufwärmen der Geschichte mit Ferdinand Meyer ertrage sie in ihrem Alter nicht mehr. Dies würde nur längst verheilte Wunden aufreißen. Überhaupt, ihre Beziehung zu Herrn Meyer habe nie etwas mit Frau von Büren zu tun gehabt.

„Sie konnte aber kaum annehmen, dass ich sie mit dieser Aussage bei einer Lüge ertappte", schrieb Samuel.

Er verspreche sich zwar nicht viel von einem Treffen mit Elisabeth Brechbühl. Allerdings läuteten bei ihm immer die Alarmglocken, wenn ohne Not eine Unwahrheit gesagt werde. Wir müssten Peter Imobersteg mit einbeziehen, möglich, dass er doch noch eine Verabredung mit Frau Brechbühl zustande bringe. Er möchte aber nicht so weit gehen, den Namen der immer noch verletzten, verlassenen Liebhaberin auf die Liste der Verdächtigen zu setzen. Aber ganz so sicher sei er sich nicht mehr.

Der pensionierte, schweigsame Lokomotivführer enttäuschte uns nicht. In erstaunlich kurzer Zeit schien er Elisabeth Brechbühl um den Finger gewickelt zu haben.

Am 6. Juli 2006, um 16 Uhr sollten wir uns bei ihr zu Hause einfinden.

Eine Villa mit schönster Seesicht und parkartigem Garten. Ein buckliger, sehr großer, uralter Bediensteter in schwarzem Anzug und weißen Handschuhen empfing uns am Eingangstor zur Liegenschaft.

Er führte uns wortlos in ein hohes, großes Gemach, an dessen Wänden ölgemalte Porträts ihrer Vorfahren hingen. Die Brechbühls waren ein vornehmes Geschlecht, das wurde uns nun bewusst.

Aus einer Seitentür trat plötzlich die gepflegte, zierliche, schwarzhaarige Dame des Hauses in den Raum. Ihr Alter musste nach unseren Berechnungen mindestens fünfundsiebzig sein. Sie schien aber zwanzig Jahre jünger.

Trotzdem hatte sie etwas sehr Altes an sich, das irgendwie unheimlich wirkte. Ihre Gesichtszüge waren hart und verbissen, sie machte auf uns einen herrschsüchtigen, sehr unangenehmen Eindruck. Diese Frau war ein Stück Vergangenheit, sie schienen in einer Zeit zu leben, die hundert Jahre oder mehr zurücklag.

Sie streckte zuerst Peter Imobersteg ihre Hand entgegen. Sie musste ihn ja noch aus ihren Jugendjahren kennen. Er war höchstens ein paar Jahre älter als sie.

„Peter, schön dich wieder einmal zu sehen. Immerhin ist aus dir etwas Anständiges geworden. Du hast einen Beruf gewählt, der dir zusteht, und nicht einen, den du dazu benutzt hast, um unsere Gesellschaft auf den Kopf zu stellen."

Sie warf dabei einen scharfen Seitenblick auf Kari Räber. Dann wandte sie sich wieder Imobersteg zu.

„Ich erinnere mich noch gut an deine Eltern. Sie waren bescheidene, nette Leute. Wären alle so gewesen, würde es in unserem Land heute besser aussehen."

Samuel und Kari schauten mich streng an, wohl wissend, dass ich am meisten gefährdet war, eine Bemerkung bei unpassender Gelegenheit fallen zu lassen.

Und das durfte in diesem Moment gerade nicht sein.

Mir war nicht entgangen, wie Imobersteg die Begrüßung über sich ergehen ließ. Sein Ausdruck war vielsagend. Etwas zwischen gespielter Unterwürfigkeit, vorgetäuschtem Respekt und unzähligen Erinnerungen an verletzten Stolz. Ungeachtet dessen war seine Stimme ruhig und freundlich. Doch ich sollte mit dieser Einschätzung nicht ganz richtig liegen.

„Ja, ich weiß noch gut, als ich dir einen Flugdrachen zusammenbastelte, deine Mama mir ein ,Füfzgi' (Fünfzigrappenstück) zusteckte und mich ermahnte, es nicht gleich zu ,vergänggele'. Ich weiß noch, als du ein Luftgewehr zu deinem Geburtstag geschenkt bekamst. Ich stand hinter dem großen Kirschbaum, an dem du die selbst angefertigte Zielscheibe befestigt hast. Ich brachte dir jeweils die abgeschossenen Metallpfeile zurück und durfte als Dank auch zweimal schießen. Ich hätte mir auch ein solches Spielzeug gewünscht."

„Haben Sie später auch noch geschossen, Frau Brechbühl?", mischte sich Samuel ins Gespräch ein.

„Oh, excusez-moi, fast hätte ich Sie vergessen. Sie müssen Herr von Allmen sein, der Kriminalkommissar im Ruhestand."

Sie gab ihm zögerlich doch noch die Hand.

„Nun haben Sie Ihren Beruf zur Freizeitbeschäftigung gemacht. Muss schön enttäuschend sein, verhaften können Sie jetzt niemanden mehr."

„Nein, das tun jetzt andere für mich. Doch täuschen Sie sich nicht. Seit meiner Pensionierung habe ich bereits drei Gesetzesbrecher ausgemacht und diese den Untersuchungsbehörden zugeführt."

„Im Fall von Yolanda von Büren dürften Sie damit kaum Erfolg haben."

„Da liegen Sie richtig. Der Fall ist längst verjährt. Der Mörder - oder war es eine Mörderin? - muss schon betagt oder verstorben sein und könnte kaum mehr zur Verantwortung gezogen werden. Trotzdem sehe ich einen Sinn darin, die Wahrheit herauszufinden."

Elisabeth Brechbühl drehte sich zu Kari.

„Herr Räber?"

„Ja, der bin ich."

„Ich kenne Sie aus der Zeitung. Sie waren vor ein paar Jahren noch unser Gerichtspräsident. Ob ich Sie in dieses Amt gewählt hätte, möchte ich jetzt nicht verraten."

Räber streckte ihr seine Hand so entgegen, dass sie nicht umhin kam, diese anzunehmen.

Mich nahm Elisabeth Brechbühl gar nicht zur Kenntnis, was mir keineswegs ungelegen kam.

Samuel war sichtlich unbehaglich zumute. Trotzdem riss er sich zusammen und sprach die Frau freundlich an:

„Darf ich Ihnen einige Fragen stellen?"

„Fragen Sie nur. Ich bin ja nicht verpflichtet, Ihnen zu antworten."

„Wie haben Sie Ferdinand Meyer kennengelernt?"

„Meine und Ferdinands Eltern waren befreundet. Sie besuchten sich häufig gegenseitig. Ferdinand kannte ich schon als kleines Mädchen. Er war vier Jahre älter als ich. Ich war gerade achtzehn geworden, als er mich zu einem Ball einlud. Es war sehr aufregend, wir waren ein schönes Paar, viele beneideten uns."

„Hatte es Ihnen nichts ausgemacht, dass Ferdinand Meyer beruflich wenig Erfolg hatte?"

„Hatte er das nicht? Ich glaube, das hätte sich mit dem Ende seiner Sportskarriere schon geändert. Er stammte aus gutem Haus und verfügte damit über die besten Beziehungen."

„Wie ist dann seine Beziehung mit Ihnen zu Ende gegangen?"

„In gegenseitigem Einvernehmen. Wir hatten zueinander ein kollegiales Verhältnis, aber wir liebten uns nicht so, wie das für eine Ehe notwendig gewesen wäre."

„Glauben Sie, dass Ferdinand Meyer Yolanda von Büren umgebracht hat?"

„Darüber habe ich mir wirklich nie Gedanken gemacht. Ich hätte ihm jedenfalls so etwas nie zugetraut."

„Haben Sie Yolanda von Büren gekannt?"

„Nicht näher, vom Sehen vielleicht."

Samuel wunderte sich, wie ihm Elisabeth Brechbühl so rasch und so bereitwillig antwortete, was ihn dazu bewog, nun etwas heiklere Fragen zu stellen.

„Hat es Ihnen nichts ausgemacht, dass Ferdinand Meyer so kurz nach Abbruch der Beziehung zu Ihnen ein Verhältnis mit Yolanda von Büren angefangen hat?"

„Das ging mich überhaupt nichts mehr an. Er hatte mir gegenüber keine Verpflichtungen. Ich möchte Sie aber jetzt bitten, Herr von Allmen, keine so persönlichen Fragen mehr zu stellen."

„Ich werde mir Mühe geben, das nicht zu tun. Eine Frage liegt mir aber noch auf der Zunge:

Sie haben als Mädchen mit einem Luftgewehr gespielt. Haben Sie später auch mit richtigen Gewehren geschossen?"

„Das darf ich wohl mit Ja beantworten. Ich war eine ausgezeichnete Sportschützin. Stört Sie das etwa? Ich gehe nun davon aus, Sie halten Ihr Wort und belästigen mich mit keinen weiteren Fragen."

„Ich werde Sie nicht mehr fragen. Danke sehr für die Antworten. Sie haben mir sehr geholfen."

„Sie haben sicher auch schon besser gelogen, Herr Kriminalkommissar. Die Emma, meine Haustochter, wird Ihnen nun Tee mit Gebäck servieren. Und Theophil, unser Diener, wird Sie dann aus meiner Liegenschaft herausbegleiten.

64

Ich verabschiede mich jetzt. Auf dem Bauernhof gegenüber wartet schon ein Hengst auf mich. Er möchte ausgeritten werden."

Sie verschwand so unauffällig, wie sie aufgetaucht war.

Dann betrat die Emma mit einem großen Tablett den Raum. Es war keine Tochter, sondern eine gebeugte, alte Frau mit schlohweißen schütteren Haaren.

Wir tranken den Tee, verschmähten aber das Gebäck. Uns war irgendwie der Appetit vergangen. Keiner sprach ein Wort. Der alte Diener schaute uns aus einer Ecke des Zimmers diskret zu. Schließlich bat er uns zuwinkend an die Türe und geleitete uns aus dem Hause.

Erst als wir die Liegenschaft mindestens hundert Meter hinter uns gelassen hatten, fanden wir die Sprache wieder. Kari bemerkte:

„Dass es heute noch so was gibt! Ist euch aufgefallen, dass der alte Mann nicht ein einziges Wort zu uns gesagt hat?"

Imobersteg erklärte uns warum:

„Dieser Mann wird Goliath genannt. Ob er wirklich so heißt, entzieht sich meiner Kenntnis. Er war schon zu Zeiten, als ich noch ein Junge war, bei den Brechbühls angestellt. Er ist gehörlos."

Samuel: „Umsonst war die Begegnung mit der Jungfer Brechbühl sicher nicht. Ich schlage vor, dass wir noch eine Weile im Bahnhofbuffet Spiez zusammensitzen und das weitere Vorgehen besprechen."

„Ich denke, meine Anwesenheit ist dabei nicht nötig", sagte Imobersteg mit einem fragenden Unterton.

Samuel entgegnete sehr bestimmt:

„Doch, doch! Genau Sie könnten uns jetzt sehr helfen. Bitte kommen Sie mit, wir laden Sie ein!"

Das Buffet war zu dieser Zeit schwach besetzt, so fanden wir einen abseits stehenden Tisch, an dem wir uns ungestört unterhalten konnten.

Samuel wandte sich zu Imobersteg: „Haben die Brechbühls Sie schon früher so von oben herab behandelt?"

„Ja! Sie waren eben etwas Besseres, und das ließen sie einen auch spüren. Aber wir konnten damit leben. Der Vater von Elisabeth war unser Hausarzt. Er war immer zur Stelle, wenn wir seine Hilfe benötigten. Meine Eltern mussten damals jeden Rappen umdrehen, bevor sie ihn ausgeben konnten. Wir hatten noch keine Krankenkasse. Wenn wir nicht in der Lage waren, das Geld für eine Behandlung aufzubringen, konnte meine Mutter dieses durch Putzen im großen Haus der Brechbühls abverdienen und mein Vater pflegte deren Garten."

„Sind Sie damals Goliath oft begegnet? Was war er für ein Mensch?"

„Gesehen habe ich ihn häufig. Er war mir ein wenig unheimlich, vielleicht weil ich mit ihm nie sprechen konnte. Er musste enorm kräftig gewesen sein. Hätte er keinen Buckel, wäre er heute noch über einen Meter neunzig hoch. Ich stellte mir seine Rolle als die eines riesengroßen Hundes vor, der seine Herrschaften unablässig bewachte. Manchmal wurde ich in den Garten der Brechbühls gebeten, um mit der Elisabeth zu spielen. Goliath stand dabei hinter einem Baum und schaute uns zu. Niemals hätte ich es gewagt, Elisabeth nur ein Haar zu krümmen, obwohl sie mich bisweilen mit Dreck bewarf oder mit wüsten Schimpfwörtern eindeckte."

„Wie haben sich die Brechbühls mit Goliath unterhalten?"

„In der Gehörlosensprache. Auch Elisabeth konnte auf diese Weise mit Goliath kommunizieren."

„Haben Sie den Eindruck, Goliath sei geistig behindert?"

„Nein, diesen Eindruck hatte ich nie. Ich beobachtete oft, wie er in eine Zeitung vertieft war oder sogar Bücher gelesen hat."

Imobersteg schaute leicht angespannt auf seine Uhr:

„Mein Zug fährt in fünf Minuten. Darf ich euch jetzt verlassen?"

„Schon gut, Herr Imobersteg. Wir möchten Sie nicht weiter aufhalten", beruhigte ihn von Allmen.

„Sollten noch weitere Fragen auftauchen, würde ich mich gerne wieder an Sie wenden."

Imobersteg sagte: „Selbstverständlich!", erhob sich und ging raschen Schrittes dem Ausgang zu.

„Ich könnte mir vorstellen, dass Imobersteg nicht alles preisgegeben hat, was er über die Brechbühls weiß", sagte Samuel, nachdem unser Gast außer Sichtweite war.

„Was bringt dich zu dieser Vermutung?", wollte Kari wissen.

„Seine Distanz zu Elisabeth Brechbühl schien mir gekünstelt. Die beiden kennen sich besser, als es den Anschein machte, davon bin ich überzeugt. Fast möchte ich sagen, dass sie Geheimnisse miteinander teilen."

Mich erstaunte diese Aussage ein wenig:

„Du meinst, wir hätten auf dieses Treffen verzichten können?"

„Ganz und gar nicht!", stellte Samuel richtig.

„Die beiden haben mir wahrscheinlich mehr verraten, als ihnen lieb ist."

„Warum hat überhaupt die Frau Brechbühl einer Unterredung mit uns zugestimmt?", fragte ich.

„Ich gehe davon aus, dass sie von irgendwoher erfahren hat, dass wir bereits mit den Schmidts im Gespräch sind. Sie wollte dann offensichtlich herausfinden, was wir von der Sache wissen. Und sie musste sowieso davon ausgehen, dass wir ohnehin alles über sie erfahren würden, was sie uns anvertraute."

„Noch etwas", gab Samuel zu bedenken.

„Habt ihr die auffällige Narbe an Imobersteg linkem Ohr bemerkt?"

„Ja, das ist mir auch aufgefallen", erwiderte ich.

„Aber ich kann mir mit dem besten Willen nicht vorstellen, was das mit der Aufklärung unseres Falles zu tun hat."

„Ich schon!", meinte Samuel schmunzelnd.

„Ich habe beim Betrachten von Fotos festgestellt, dass Ferdinand Meyer am linken Ohr einen Ring trug. Das Tragen von Ringen war bei Männern zu dieser Zeit gar nicht üblich. Ich schließe daraus, dass auch Imobersteg einen solchen Ring trug, der aber durch irgendeinen Unglücksfall abgerissen worden sein muss. All dies hätte wenig zu bedeuten, wenn nicht auch das linke Ohr von Elisabeth Brechbühl mit einem genau gleichen Ring verziert gewesen wäre.

Das habt ihr wahrscheinlich gar nicht festgestellt, weil an beiden Ohren noch auffallend große Gehenke baumelten. Zwischen Ferdinand Meyer, Peter Imobersteg und Elisabeth Brechbühl muss eine besondere Verbindung bestanden haben. Aber: Was war das für eine Verbindung?"

Kari: „Ich denke, wir sollten nächstens die Schmidts darauf ansprechen. Zumindest Erna muss ja die Brechbühls gut gekannt haben."

„Das sehe ich genauso", entgegnete Samuel. „Doch alles schön der Reihe nach. Zuerst müssen wir uns die Trudi Brawand-Santschi vornehmen, dann folgt der Termin mit den Schäubles in Balingen. Danach dürften wir wesentlich mehr wissen. Das Ganze ist so wie ein Puzzle. Wir haben jetzt schon sehr viele kleine Teilchen. Allein, wir wissen noch nicht, wie diese zusammenpassen."

„Dieses Puzzle scheint aber um einiges komplizierter zu sein, als wir zunächst dachten. Wir sollten einen Termin zum Besuch von Frau Brawand ausmachen. Mir ginge das übermorgen, 8. Juli", schlug Kari vor.

Ich protestierte: „Samstags und sonntags werde ich zu Hause gebraucht. Am Montag oder Dienstag könnte aber das Treffen von mir aus stattfinden."

Kari sagte:

„Am Dienstag, den 11. Juli 2006."

Samuel nickte.

Trudi Brawand

In einem der verwinkelten Gässchen Steffisburgs stießen wir auf das alte kleine Häuschen, wo Trudi Brawand seit dem Tod ihres Enkels allein lebte.

Es war morgens um 10 Uhr. Wir mussten dreimal an die Türe klopfen, bis wir schlurfende Schritte vernahmen und die Haustür sich langsam öffnete. Vor uns stand eine alte, gebrechliche Frau mit großen traurigen Augen. Ihr Blick hatte etwas angenehm Sanftes.

Es schien, als ob sie uns erwartet hätte.

Sie führte uns durch eine alte, aber blitzsaubere Küche mit „Chunscht" und einer sorgfältig aufgeschichteten Scheiterbeige in die einfache, heimelige Wohnstube. An deren Wände hingen drei vergilbte Bilder, die Christus am Kreuz, beim Verteilen von Brot und beim Predigen darstellten. Auf einem kleinen Tischchen nahe beim einzigen Fenster lag eine massive Bibel, geöffnet, mit großer Schrift, daneben eine altertümliche Lesebrille.

Sie bat uns mit den Worten „Machen Sie es sich gemütlich" an den großen Holztisch, der mit einem kunstvoll gestickten Tuch bedeckt war.

„Was darf ich Ihnen anbieten? Tee oder Kaffee?"

„Herzlichen Dank, nur keine Umstände, wir sind vor kurzem zusammengesessen und haben dort bereits einen Kaffee getrunken", wehrte Kari ab.

„Ich bin nicht überrascht, dass Sie bei mir auftauchen. Letzten Samstag traf ich einen alten Bekannten auf dem Markt im Bälliz, der hat mir Ihren Besuch angekündigt."

„Dann wissen Sie auch, worum es geht?", bemerkte Samuel.

„Es geht um meinen Bruder Arnold."

„Lebt er noch?", fragte Samuel fast ungeduldig.

„Ja, er wohnt immer noch im Tessin, in Bellinzona. Er hat wieder zu Gott zurückgefunden und seitdem geht es ihm gut."

„Hat er eine Familie?"

„Ja und wie! Sieben Kinder aus zwei Ehen, eine stattliche Anzahl Enkel und bis jetzt etwa zehn Urenkel."

„Was machte er beruflich?"

„Er macht immer noch! Er treibt Handel mit Häusern und Grundstücken. Ich glaube, er ist sehr reich geworden."

„Gibt er Ihnen ein bisschen davon ab?"

Sie lächelte. „Ich bin mein ganzes Leben lang ohne fremde Hilfe ausgekommen. Ich habe die AHV und die Pension meines verstorbenen Mannes. Das reicht für meinen Lebensunterhalt. Ich kann sogar etwas beiseite legen, um mich für Unvorhergesehenes abzusichern. Bald wird der Herrgott mich zu sich rufen.

Dann wird noch ein bescheidenes Vermögen übrig bleiben, für das meine Kirche sicher Verwendung finden wird."

„Sagt Ihnen der Name ‚Yolanda von Büren' etwas?"

„Ja, aber nichts Gutes. Mir kommen dabei unangenehme Erinnerungen. Ich kann immer noch nicht verstehen, was in Arnold gefahren war, als er mit dieser Frau ein Techtelmechtel anfing. Mein kleiner Bruder Arnold war damals noch ein dummer Junge und seine sportliche Karriere ist ihm in den Kopf gestiegen. Dabei war er bereits verheiratet mit einer liebenswürdigen Frau, einer Freundin von mir. Wir haben oft zusammen gebetet und der liebe Gott hat uns schließlich erhört."

„Was geschah dann?"

„Das Verhältnis von Arnold mit der jungen Frau von Büren missfiel seinem Trainer, dessen Vater ein aktives Mitglied unserer Glaubensgemeinschaft war. Arnold bekam ein Angebot des FC Bellinzona.

Er ist dann mitsamt der Familie ins Tessin gezogen, fand dort auch eine gute Stelle als kaufmännischer Angestellter.

Aber er entging der Strafe Gottes nicht: Kaum drei Jahre später baute er einen schweren Motorradunfall, der seiner Karriere als Fußballer ein jähes Ende bereitete. Es vergingen danach nur wenige Monate, bis seine geliebte Frau im Kindbett verstarb, meine liebe, herzensgute Freundin!"

Sie wischte sich dabei eine Träne aus dem Gesicht.

„Zu seinem Glück fand er bald wieder eine Mutter für die drei Kinder. Doch das war zuerst nicht leicht für ihn. Die Frau, eine Tessinerin, war katholisch und tat sich lange schwer, den Glauben zu wechseln. Schließlich konnte sie sich doch dazu durchringen, zu ihrem und dem Wohl der Familie."

„Haben Sie noch Kontakt zu Arnold?"

„Nicht einen sehr engen. Er schickt mir immer Grüße zu Ostern, Weihnachten und meinem Geburtstag. Als ich seelisch krank wurde, ist er mir aber beigestanden. Nach meinem Kuraufenthalt in Münsingen durfte ich drei Wochen zu ihm ins Tessin. Nun geht es mir wieder gut."

„Was wissen Sie über Yolanda von Büren?"

„Eigentlich wenig. Sie kam aus Kreisen, mit denen ich nichts zu tun haben wollte. Ich gehöre zu den einfachen Leuten. Es kommt nie gut, wenn Menschen aus verschiedenen Gesellschaftsschichten sich zu nahe kommen."

„Sie haben offenbar nicht viel über die Liebesbeziehung zwischen ihrem Bruder und Yolanda von Büren gewusst."

„Was mir zugetragen wurde, genügte mir vollends."

„Wissen Sie denn, wann diese Beziehung begann?"

„So genau weiß ich das nicht. Sie dauerte vielleicht ein Jahr. Jedenfalls war sie mit dem Wegzug von Arnold ins Tessin im Sommer 1952 zu Ende."

„Denken Sie, Arnold Santschi würde mir mehr darüber sagen?"

„Vielleicht, fragen Sie ihn doch!"

Mit diesen Worten reichte sie mir einen handgeschriebenen Zettel mit der Adresse und der Festnetznummer von Arnold Santschi.

„Lieben Dank für Ihre Mühe. Ich gebe Ihnen meine Visitenkarte, falls Ihnen doch noch etwas über Yolanda von Büren und ihren Bruder Arnold einfällt."

Wie gewohnt, trafen wir uns danach noch zu einer Nachbesprechung. Diesmal im „Bären" an der Straße nach Schwarzenegg.

Die alte Frau hatte mich nachdenklich gemacht. Es gab offenbar immer noch Menschen, die schwere Schicksalsschläge ohne Verbitterung über sich ergehen lassen können.

Unter dem Dach eines tiefen Glaubens ist eben fast alles möglich. Mag sein, es ist eine Strategie zum Überleben. Aber wie lässt sich das mit Gerechtigkeit in Einklang bringen?

„Ich werde gleich versuchen, wenn ich wieder zu Hause bin, Arnold Santschi telefonisch zu erreichen. Wir dürfen uns von einer Unterhaltung mit ihm einiges versprechen", gab Samuel zu verstehen.

Der Besuch im Tessin kam zustande. Santschis Haus verriet den Reichtum des Besitzers. Nicht den eines Superreichen, wie sie am Lago Maggiore oder am Lago di Lugano anzutreffen sind, aber doch den eines Bürgers mit einem ansehnlichen Vermögen.

Ein rüstiger, gepflegter und immer noch schlanker Hausherr empfing uns sehr freundlich.

Gebannt schauten wir plötzlich alle auf sein linkes Ohr. Er trug denselben Ring, wie ihn Samuel bei Ferdinand Meyer und Elisabeth Brechbühl beschrieben hatte. Was hatte das zu bedeuten?

Offenbar hatte Santschi etwas von unserer Beobachtung bemerkt. Unwillkürlich schnellte seine rechte Hand an das Ohr, als ob er sich vergewissern wollte, ob der Ring noch immer dort hing.

„Ein Sonnenstrahl hat wohl einen Augenblick lang genau Ihren Ohrring getroffen und das Licht reflektiert", sagte ich geistesgegenwärtig.

Santschi lachte beruhigt: „Ich weiß, es ist unüblich für einen alten Mann, so einen Ohrschmuck spazieren zu führen. Ich trage ihn schon seit meiner Jugend. Von meiner Mutter weiß ich, dass ein Ring am linken Ohr gut für die Augen ist."

Santschi führte uns in seine Parkanlage. Noch nicht ganz ausgewachsene Kastanienbäume und Palmen spendeten angenehmen Schatten. Drei Springbrunnen warfen Wasser mehr als zwei Meter hoch, das plätschernd in Teiche fiel, deren Ränder mit kitschigen Steinfiguren verziert waren. Zahlreiche schmale, mit Natursteinplatten ausgelegte Wege durchzogen den Garten. Eine ungefähr zwei

Meter hohe Mauer trennte das Grundstück von den benachbarten Liegenschaften. Alles schien kaum älter als zwei, drei Jahrzehnte. Der Gastgeber lenkte uns zu einem großen Steintisch, auf dem mehrere große Krüge mit farbigen Getränken, fünf Trinkgläser aus Kristallglas und eine Schale mit Zitrusfrüchten standen.

„Haben Sie etwas dagegen, wenn meine Frau auch dabei ist?"

„Selbstverständlich nicht!", sagte Kari, das Gesicht leicht verziehend.

„Carla", rief darauf Santschi und eine dunkel gekleidete, füllige aber immer noch gut aussehende ältere Dame kam uns entgegen. Sie sah etwas jünger aus als ihr Gatte.

Sie begrüßte uns überschwänglich! Dann sagte sie beinahe nachdenklich:

„Sie sind gekommen, um die Vergangenheit meines Mannes aufzuwühlen? Aber glauben Sie ja nicht, danach würden Sie klüger sein. Trotzdem: Wir haben immer Freude, wenn jemand von jenseits der Alpen uns einen Besuch abstattet. Stellen Sie meinem lieben Mann ungeniert Ihre Fragen, wir haben keine Geheimnisse voreinander."

Wir wunderten uns, wie perfekt Carla Santschi der deutschen Sprache mächtig war. Wir wunderten uns aber auch, wie sie es verstand, sich so handfest in den Mittelpunkt der Gesprächsrunde zu setzen.

Samuel begann mit einer einleitenden Frage:

„Herr Santschi, kannten Sie Ferdinand Meyer gut?"

„Aber sicher doch! Wir haben zusammen mehrere Jahre Fußball gespielt. Er war gleichsam mein Lehrling. Ich habe dem um vier Jahre jüngeren Ferdinand viele Tricks beigebracht. Dass er dann plötzlich um einiges besser war als ich, nahm ich gerne in Kauf."

„Was sagt Ihnen der Name ,Yolanda von Büren'?"

Die Miene von Santschi verfinsterte sich auffallend.

„Die Frau war mir bekannt. Ihre begüterte Mutter hat seinerzeit dem Fußballklub Thun finanziell unter die Arme gegriffen."

Carla Santschi fuhr nun dazwischen: „Mach aus deinem Herzen keine Mördergrube, Arnold! Gib doch zu, dass Yolanda deine Geliebte war. Niemand wird dir heute deswegen einen Vorwurf machen. Ohne es zu wollen, warst du in eine Ehe, die dich nicht erfüllte, hineingeschlittert. Wie ein dummer Junge konntest du dann den Verlockungen einer attraktiven Frau nicht widerstehen."

Samuel schaute Kari und mich vielsagend an: War Arnold Santschi eine schwache Persönlichkeit, ebenso wie Ferdinand Meyer? Die beiden hatten in der Tat viele Gemeinsamkeiten, allerdings mit einer großen Ausnahme: ihrer Herkunft.

„Ihre Schwester ist sehr gläubig. Sind Sie das auch?"

Santschi lachte röhrend:

„Nein, die Ration an Bibelzitaten während meiner Jugendzeit hat mir für den Rest des Lebens gereicht."

„Aber Sie sind immer noch in der Glaubensgemeinschaft Ihrer Schwester und Ihrer verstorbenen Eltern?"

„Oh, das hat Ihnen sicher meine Schwester so erzählt. Es stimmt aber nicht. Um sie zu schonen, habe ich sie ein bisschen angeschwindelt. Meine Schwester ist, wie Sie vielleicht wissen, psychisch etwas angeschlagen, sodass sie die Wahrheit oft nicht erträgt. In Wirklichkeit bin ich formal zum Katholizismus übergetreten, einfach nur, damit wir kirchlich heiraten konnten. Die Eltern meiner jetzigen Frau wollten es so. Doch Carla und ich pfeifen auf die Religion. Meine Gattin ist ein Goldschatz. Ihr habe ich diesen schönen Wohnsitz zu verdanken."

Er machte eine kreisende Handbewegung, um die Größe des Grundstücks nachzuzeichnen.

„Sie hat mich eben gelehrt, Kompromisse zu machen. Das hat sie übrigens von ihrem Vater geerbt, einem tüchtigen Mann, der sich von niemandem übers Ohr hauen ließ."

Ich wollte etwas sagen. Doch dann traf mich wieder der scharfe Blick Samuels. So blieb mir nichts anderes übrig, als die Frage nach dem „Kompromiss" zu unterdrücken.

Carla Santschi strahlte selbstzufrieden.

„Kannten Sie auch Elisabeth Brechbühl?"

„Ja, sie war die Jugendfreundin von Ferdinand Meyer."

„Täusche ich mich, wenn ich jetzt mal behaupte, der junge Meyer sei der Nachfolger ihres Mannes als Geliebter von Yolanda von Büren gewesen?"

„Meinen Sie?", antwortete Carla Santschi schmunzelnd.

„Arnold hat Yolanda von Büren nicht an Ferdinand Meyer weitergegeben. Diese hat sich ihre Liebhaber schon selbst ausgewählt. Und sie hatte auch eine Berechtigung dafür. Schließlich war ihr Mann nicht geschaffen für sinnliche Frauen. Ich hätte mich in einer solchen Situation auch nach jemand anderem umgesehen."

Samuel hatte offenbar einen wunden Punkt getroffen. Aber er wusste nicht, was sich darin verbarg.

„Schatz, gib bitte keine Auskunft mehr über Yolanda, und schon gar nicht über Elisabeth."

Samuel war verunsichert. Er versuchte es noch einmal:

„Wissen Sie etwas über Peter Imobersteg?"

Carla Santschi schaute ihren Mann aufmerksam an. Es schien, als ob sie ihn zu größter Vorsicht ermahnen wollte.

Nach einigen Sekunden kam es zögerlich über Santschis Lippen: „Peter war ein Sportskamerad von mir. Ein aufgestellter, netter Kerl. Damit habe ich alles gesagt."

Samuel wusste nun, dass da nichts Weiteres zu holen war.

„Trinken wir doch etwas und freuen uns am schönen Wetter und den prächtigen Bergen um uns herum. Die Gegenwart und die Zukunft sind viel wichtiger als die Vergangenheit."

Mit diesen Worten beendete Frau Santschi die Fragerei von Allmens.

Eine Stunde später saßen wir im Zug nach Luzern. Im Speisewagen aßen wir ausgiebig und spülten unseren Frust hinunter. Erst als wir durch den Bahnhof Göschenen fuhren, raffte sich Kari als Erster auf, um über die Visite bei Santschis zu sprechen.

„Das hat wohl wenig gebracht."

„Ganz so scheint mir das nicht", tröstete ihn Samuel.

„Ich könnte mir vorstellen, dass neben Ferdinand Meyer auch Elisabeth Brechbühl, Peter Imobersteg und Arnold Santschi in der Sache drinhängen. Allerdings frage ich mich, ob nicht noch weitere dazukommen. Vieles passt einfach nicht zusammen. Ich muss zugeben: Zurzeit stehe ich vor einem Rätsel. Ich werde mir das Foto von Yolanda noch einmal genau ansehen."

„Das heißt, du suchst bei ihr nach einem Ring am linken Ohr", mutmaßte ich.

„Du sagst es!"

Samuel fuhr weiter:

„Aber warten wir doch noch das Treffen in Balingen ab, dann können wir weitersehen."

Die Schäubles

Wir trafen uns am 1. August um 9 Uhr am Bahnhof Thun. Wir bestiegen den Intercity nach Zürich, dort wechselten wir den Zug und fuhren über Schaffhausen, Horb, Tübingen nach Balingen. Etwa um 15 Uhr kamen wir im Bahnhof Balingen an, wo uns die Schäubles abholten. Ein sympathisches, unauffälliges Paar, nach unseren Schätzungen etwa um die fünfzig Jahre alt.

Sie wohnten in einem bescheidenen, aber großen Haus mit kleinem Umschwung. Wir fühlten uns dort sofort wohl.

Gerhard Schäuble, Gymnasiallehrer mit der Amtsbezeichnung ,Studienrat' sah genau so aus, wie man sich einen Mann dieses Berufes vorstellt: hager, starke Brillengläser, ein wenig verträumt. Gertrud, eine stämmige Frau, passte ausgezeichnet zu ihm.

Schäuble führte uns in sein Studierzimmer, das von Büchern beinahe überquoll. Er zeigte auf seinen Schreibtisch. Dort lagen ein großer Ordner und daneben etwa fünf kleine braun eingefasste Hefte. Es handelte sich offensichtlich um die Tagebücher von Antoinette Schäuble. Darin würden wir vielleicht Dinge finden, die uns interessierten. Aber zuerst sollten wir doch mit seiner Frau und ihm etwas essen und trinken, wir hätten sicher Hunger und Durst nach der langen Reise. Er finde es wunderbar, dass wir mit öffentlichen Verkehrsmitteln angereist seien. Der Gartentisch sei bereits gedeckt. Wir nahmen das Angebot sehr gerne an. Es wurde ein angenehmes Gespräch. Samuel unterließ es zunächst, Fragen zu stellen.

Doch die Schäubles schnitten das Thema von sich aus an.

Ihre Verwandtschaft sei typisch für Deutschland. Zur Hitlerzeit hätten sich einige von ihnen den Nazischergen durch Flucht entzogen. Andere seien nach 1945 untergetaucht, weil sie davon ausgehen mussten, wegen ihrer wohlwollenden Haltung gegenüber dem Dritten Reich zur Rechenschaft gezogen zu werden. Viele Anpasser wären jedoch geblieben, hätten die Turbulenzen ausgesessen und auf ,bessere' Zeiten gewartet. Das treffe besonders auf einen entfernten Verwandten von ihnen zu, der zwischen 1933 und 1945 als hoher Justizbeamter sein Unwesen getrieben habe und dann tatsächlich unter Adenauer einen verantwortungsvollen Posten in der Regierung übernehmen konnte: Er wurde Staatssekretär im Kanzleramt. Gerhard Schäuble schlug entrüstet mit der Faust auf den Tisch:

„Er hatte sogar noch die Frechheit, zur Berufungsparty meinen Vater einzuladen, der 1935 als 18-Jähriger in die Schweiz hatte flüchten müssen. Unsere Tante Antoinette hatte sich bei den ,braunen Mädeln' herumgetrieben, wahrscheinlich mehr aus Naivität als aus Verstand. Als die Nazi-Brut in Berlin ausgeräuchert worden war, ist sie in die Schweiz zu ihren Verwandten abge-

74

schlichen. Wir hörten aber erst wieder von ihr, als uns die Schweizer Behörden über ihr Ableben informierten."

Es sei noch ein kleines Vermögen da, das ihnen als nächste Verwandte zustände. Sie müssten aber die Bestattung organisieren, die Wohnung kündigen und besenfertig an den nächsten Vermieter übergeben. Am Schluss bleibe dann vielleicht nicht mehr viel übrig.

„Es blieb gar nichts übrig", gestand Schäuble. „Wir mussten sogar noch ein klein wenig drauflegen. Aber die Sache ging für uns in Ordnung. Das ist alles, was wir zur Person unserer Tante sagen können.

Da sind jedoch noch die Unterlagen auf meinem Schreibtisch. Ich hoffe, diese werden Ihnen weiterhelfen."

Im Ordner fanden wir auch mehrere Fotos der Yolanda von Büren. Und tatsächlich: Zwei davon zeigten sie mit einem kleinen Ring am linken Ohr, wie wir ihn bei Ferdinand Meyer, Arnold Santschi, Peter Imobersteg und Elisabeth Brechbühl ausfindig gemacht hatten. Das war aber noch nicht alles. Wir bemerkten auch ein Foto von Antoinette Schäuble, auf dem diese ebenfalls einen Ring am linken Ohr trug. Drei Frauen und drei Männer teilten offensichtlich ein Geheimnis miteinander.

„Drei dieser Menschen leben noch, zwei davon sind tot, und von einem, von Ferdinand Meyer, wissen wir nichts seit seinem Verschwinden 1954", gab Kari zu bedenken.

Nun nahmen wir uns die Tagebücher vor. Das war nicht einfach. Antoinette Schäuble hatte eine schlecht entzifferbare Schrift.

Die erste Stelle, die unser Interesse weckte, fanden wir unter dem

Eintrag vom 10. Januar 1949

Elisabeth Brechbühl war heute bei mir. Sie hat mir geklagt, sie langweile sich zu Hause. Über der Straße lebe ein Junge, der ihr gefalle. Aber ihr Vater wolle nichts davon wissen. „Peter passt nicht zu unsereinem. Schlag dir das aus dem Kopf", habe er ihr klipp und klar zu verstehen gegeben. Sie hat mir versichert, sie denke gar nicht daran, den Forderungen ihres Vaters nachzukommen. Peter ist ein Fußballer beim FC Thun. Letzten Sonntag hat er das erste Mal in der A-Mannschaft gespielt und dabei prompt ein Tor geschossen. Ich habe Elisabeth Hoffnungen gemacht: „Ich werde einen Weg finden, euch zusammenzubringen."

Eintrag vom 12. Januar 1949

Elisabeth hat herausgefunden, dass das Zimmer von Peter genau gegenüber von ihrem liegt. „Warte, bis es dunkel ist. Schiebe die Vorhänge beiseite und ziehe dich direkt am Fenster aus. Aber achte darauf, dass nicht noch andere Fenster gegenüber beleuchtet sind", riet ich ihr.

Eintrag vom 20. Januar 1949

Elisabeth war vor Freude aus dem Häuschen. „Es hat funktioniert, zuerst hat er bei sich das Licht gelöscht, aber zwei Tage ließ er das Licht brennen, stand vors Fenster und entblößte seinen Oberkörper. Dann stand ich auf einem Stuhl, sodass er von mir alles sehen konnte. Ich winkte ihm zu. Er begriff offenbar, was ich wollte, und zeigte mir auch einiges. Ich möchte nun alles von ihm haben, bitte hilf mir dabei." Ich sagte ihr zu und ermutigte sie zu diesem Schritt. Ich hätte das zum ersten Mal erlebt, als ich beim deutschen Reichsfunk kurz vor der Kapitulation als Hilfsjournalistin arbeitete. Ich sagte ihr hemmungslos:
„Alle meine Kolleginnen hatten sich ihren Kollegen hingegeben, sie würden sowieso bald von den Russen vergewaltigt werden, rechtfertigten sie ihr Tun. Ich hatte dann auch mitgemacht und es nie bereut. Es machte ungemein Spaß."

Eintrag vom 21. Januar 1949

Habe heute mit Yolanda telefoniert.
„Du, ich brauche deine Hilfe. Deine Mutter ist doch als Spenderin beim FC Thun engagiert. Ich habe eine Verwandte, die sich für einen Spieler interessiert."
Sie mache gerne mit, hat sie mir versprochen. Sie helfe jeder Frau, ihre Sinneslust auszuleben. Niemand müsse ihr sagen, wie man leide, wenn man sexuell keine Befriedigung zu finde. Schließlich habe sie einen impotenten Mann.

Eintrag vom 22. Januar 1949

Peter und Elisabeth trafen sich heute Nachmittag bei mir. Ich ging einkaufen und überraschte sie nach drei Stunden immer noch im Bett. Wunderbar!
Ich gab Elisabeth aber zu bedenken, ja vorsichtig zu sein, ihre Eltern dürften nichts davon erfahren.

Mindestens noch vierzig weitere Einträge handelten von Zusammenkünften Elisabeths mit Peter, aber nirgends stand etwas von einem Treffen zwischen Elisabeth Brechbühl und Ferdinand Meyer.

Eintrag vom 1. Februar 1949

Yolanda war heute bei mir. Sie bat um eine Gegenleistung. Ob ich ihr zwischendurch meine Wohnung zur Verfügung stellen könne. Klar! Ich kenne ja die Not von Yolanda. Ich würde mich niemals freiwillig derart fesseln lassen. Sehr anzunehmen, dass ich die Hilfe von Yolanda nächstens auch brauche.

Eintrag vom 15. Februar 1949

Yolanda hat sich heute mit Arnold bei mir getroffen. Wir sind dann zusammen mit ihrem neuen Renault zur Moosfluh gefahren. Unter der Fluh wird während der Woche Kies abgebaut. Der Ort eignet sich gut für unsere Übungen. Wenn wir Schalldämpfer verwenden, hört uns kaum jemand. Weit und breit steht kein Wohnhaus. Arnold und Yolanda amüsieren sich, dass die Leute aus ihrem Umfeld glauben, sie hätten etwas miteinander.

Eintrag vom 17. Februar 1949

Ich habe heute Elisabeth in unser Vorhaben eingeweiht. Ich habe es nicht anders erwartet: Sie will mitmachen, aber nur unter der Bedingung, dass auch Peter aufgenommen wird. Elisabeth sagt, er sei verschwiegen. Ich muss aber noch Yolanda und Arnold fragen.

So oder so: Die beiden haben sich einer Prüfung zu unterziehen.

Eintrag vom 28. Februar 1949

Heute haben wir Elisabeth und Peter auf Herz und Nieren geprüft. Elisabeth schießt ausgezeichnet. Peter schon ein bisschen weniger gut. Aber darauf kommt es ja nicht an. Wichtig ist, dass beide dichthalten. Bei Elisabeth lege ich dafür die Hände ins Feuer. Und sie hat Peter voll im Griff. Solange das so ist, müssen wir uns keine Sorgen machen. Aber Yolanda meint, dass Liebschaften in unserem Kreis eben ein Risikofaktor sind. Sie muss es ja wissen.

Eintrag vom 16. April 1949

Gestern haben wir an der Moosfluh eine Übung durchgeführt. Zuerst lief alles gut. Dann aber kamen fünf Buben, die Sprengversuche mit Karbid durchführten. Arnold überraschte sie dabei und gab ihnen noch ein paar gute Tipps. Dann ermutigte er sie, morgen weiterzumachen. Der Sonntagmorgen sei immer besser als der Samstagnachmittag. Das könnte jemand hören und dann würden ihre Eltern es ihnen verbieten. Die Buben zottelten verständnisvoll ab. Typisch Arnold. Der war schon immer raffiniert.

Nachtrag: Yolanda und Arnold fanden, fünf sei nicht eine gute Zahl für eine Gruppengröße: Entweder vier oder sechs, es müsste eine gerade Zahl sein.

Wir überlegten lange, wer da noch in Frage käme. Mir kam Ferdinand in den Sinn. Ein ähnlicher Typ wie Peter.

Eintrag vom 25. Mai 1949

Langes Gespräch mit Ferdinand. Yolanda auch dabei. Ferdinand hat zugesagt. Aber er ist ein bisschen ängstlich.

Eintrag vom 22. Juni 1949

Gestern haben wir in der Kanderschlucht unseren Schwur abgelegt. Alle mussten mit dem eigenen Blut unterschreiben. Das Dokument haben wir in einer Blechbüchse, deren Deckel Peter auflötete, bei der Strättligburg vergraben. Niemand darf dieses Dokument finden! Von nun an sind wir Blutsbrüder und Blutsschwestern. Am linken Ohr tragen wir einen kleinen Goldring mit einem winzigen Rubin. Yolanda hat alle 6 Ringe gespendet.

Eintrag vom 15. Oktober 1949

Glück im Unglück. Unsere Aktion in B. musste kurz nach dem Beginn abgebrochen werden. Im letzten Moment bemerkten wir, wie jemand unsere Autonummern aufschrieb. Wir hatten die beiden Wagen in einer Waldlichtung abgestellt. Die Simmentaler scheinen misstrauische Leute zu sein. Wir müssen in Zukunft diese Gegend meiden.

Eintrag vom 22. November 1949

Diesmal hat es geklappt. Wir sind einfach geschickter vorgegangen. Ich bin gespannt darauf, was morgen in der Zeitung darüber steht.

Wir fanden weitere Einträge über eine „erfolgreiche Aktion": 24. Dezember 1949, 31. Dezember 1949, 12. März 1950, 31. Juni 1950, 1. August 1950, 24. Dezember 1950, 31. Dezember 1950 und 15. März 1950, der letzte dieser Art.

Eintrag vom 1. Mai 1950

So ein Pech! Wir waren am Üben unter der Moosfluh. Plötzlich tauchte ein Landjäger auf. Ein alter, schon fast weißhaariger Knacker. „Was macht ihr da?", fragte er und befahl: „Gebt diese Schiesseisen her." Dann lachte er blöd. Das seien dumme Spielzeuge. Er nahm unsere Personalien auf. Er zeigte auf Yolandas Ehering und fragte, ob sie verheiratet sei. Als sie bejahte, wollte er wissen, was ihr Mann mache. „Ah, der Fürsprecher. Sachen gibt's", bemerkte er nicht ganz ohne Schadenfreude. Offenbar kannte er Yolandas Angetrauten. Dieser war vor seiner Wahl zum Richter Strafverteidiger gewesen und oft im Schloss Wimmis anzutreffen.

Bei Ferdinand, Peter und Arnold fand er rasch heraus, dass sie Fußballer beim FC Thun waren.

Die noch mädchenhaft aussehende Elisabeth fragte er nach deren Vater. „Aha, eine Arzttochter!"

An Antoinette störte ihn der Akzent. „Das hat uns gerade noch gefehlt. Eine Deutsche, so, so! Ihr habt in der ganzen Welt schon genug herumgeschossen! In

78

unserem Land könnt ihr das sein lassen." Als wir protestierten, erinnerte er uns daran, dass er eine Amtsperson sei und nur seine Pflicht ausübe. Sollte es uns etwa einfallen, noch frech zu werden, mache er kurzen Prozess, er würde uns alle ins Schloss Wimmis bringen und dort einsperren. Aber wahrscheinlich wäre er dann wieder der „Glünggi" (Dummkopf), die „Mehrbesseren" blieben sowieso nie lange im „Chefi". Andere Menschen müssten hart arbeiten, um ihr Leben zu bestreiten, und Leute wie wir könnten sich dem Müßiggang hingeben, in Saus und Braus leben und dem Herrgott die Zeit stehlen.

Klar! Mit der Moosfluh ist es jetzt Schluss. Wir müssen uns nach einem anderen Ort umsehen.

Über „Übungen" an einem andern Ort fanden wir allerdings keine Einträge. Die ganze Geschichte vom sonderbaren Geheimbund der drei Frauen und drei Männer schien damit ein Ende zu haben. „Wieder eine Spur, die irgendwo ins Dickicht führt", stellte Kari ernüchtert fest.

„Ja, die Spur mag sich verlaufen, trotzdem sagen die Notizen der Antoinette Schäuble doch etwas aus. Umsonst ist die Lektüre der Tagebücher sicher nicht. Jedenfalls muss man noch herausfinden, was es mit der Zeit vom 22. November 1949 bis 15. März 1950 auf sich hat. Sobald wir wieder ins Oberland zurückgekehrt sind, werde er ich mich dieser Sache annehmen. Falls in dieser Zeitspanne etwas Gravierendes geschehen ist, werde ich das auf jeden Fall herausfinden. Und da sind ja noch andere bemerkenswerte Stellen."

So etwa:

Eintrag vom 5. Mai 1950

Yolanda erzählte mir von einem heftigen Streit mit ihrem Gatten. Es störe ihn ja nicht, wenn sie sich mit anderen Männern treffe, falls dies diskret geschehe. Aber eine Ehefrau, die in einer kriminellen Bande mitmache, das könne er nicht dulden.

Eine Scheidung komme für sie aber noch nicht in Frage. Sie werde sich vorläufig von der „Gruppe" lösen müssen. Ich tröstete sie, seit dem Vorfall vom 1. Mai sei es so der so zu riskant, weiterzumachen.

Eintrag vom 6. Mai 1950

Habe Ferdinand, Elisabeth, Peter und Arnold von der Absicht Yolandas informiert. Sie zeigten Verständnis.

Eintrag vom 11. Juni 1951

Elisabeth hat mich heute Vormittag besucht. Ihr Vater habe sie zur Rede gestellt wegen Arnold. Ihm wäre zugetragen worden, dass sie etwas miteinander hätten. Ein solches Verhältnis sei ein Skandal, nicht nur, weil Arnold verheiratet sei, sondern weil er auch aus Kreisen komme, die nicht zu der Familie Brechbühl passten. Sollte sie nochmals mit Arnold zusammen gesehen werden, würde er nicht zögern, sie in ein Institut ins Welschland zu versorgen. Lachhaft: Wie blöd ist dieser Alte; vom tatsächlichen Verhältnis mit Peter scheint er überhaupt nichts zu ahnen. Arnold ist wirklich ein armer Kerl. Seit einiger Zeit dichtet man ihm eine Liaison mit Yolanda an, und nun ist Elisabeth an der Reihe. Geschieht ihm aber ein wenig recht. Wenn er eine ihm bekannte Frau in der Stadt antrifft, lädt er sie zu einem Kaffee ein. Er genießt es eben, in der Öffentlichkeit beobachtet zu werden.

Eintrag vom 1. Juli 1951

Anruf von Arnold. Sein Trainer habe ihn nach dem Spiel zu sich gerufen. Der FC Bellinzona sei an ihm interessiert. Alles sei schon vorgespurt. Sein Arbeitgeber sei informiert. Die neue Stelle würde er am 1. September in Bellinzona antreten. Die Wohnung in Thun müsse er am 29. August abgeben, der Vermieter habe sein Einverständnis gegeben. In Bellinzona könne er am gleichen Tag einziehen. Die Kosten für den Umzug gingen auf die Rechnung des FC Bellinzona. Auf die Frage, ob er dazu auch noch etwas zu sagen habe, bekam Arnold eine klare Antwort: Er habe gar keine andere Wahl, als zuzustimmen. Seine Verhältnisse mit Frauen, die ihm nicht zuständen, seien stadtbekannt. Ein Teil der Finanzierung des FC Thun laufe über Sponsoren. Diese würden jetzt seinen Abgang verlangen. Er könne sich noch die Finger lecken, dass ihm der Abgang so versüßt werde. Wäre er als sein Trainer nicht für ihn eingestanden, würde er jetzt auf der Straße stehen.

Eintrag vom 25. Juli 1951

Elisabeth war wieder da. Ihre Eltern wollen sie mit Ferdinand verkuppeln. Die Brechbühls hätten zusammen mit der Familie Meyer ein Fest für den 1. August vereinbart. Vorgesehen sei, ab 22 Uhr eine Tanzveranstaltung zu besuchen. Ausgerechnet im „Bären" von Dürrenast! Wenn sie sonst einkehrten, dann immer in noble Lokale, sicher nicht in „Arbeiterbeizen". Peter werde es mit Fassung tragen, aber so etwas wäre ja zu erwarten gewesen.

Eintrag vom 3. August 1952

Ich sollte jetzt drei Paar Unterhosen anziehen, es bestehe die Gefahr, dass ich mein Wasser nicht mehr zurückhalten könne, wenn sie über den Tanz im „Bären" berichte. Mit diesen Worten überfiel mich Elisabeth gestern. Immerhin beherrsche Ferdinand die wichtigsten Tanzschritte, anders als Peter, der wie ein in den Hintern gezwickter Ziegenbock auf der Bühne herumhopse. Sie hätten unter den aufmerksamen Blicken ihrer beider Eltern sehr darauf geachtet, dass sich ihre Körper sogar beim Walzer Tanzen nie berührten. „Als die Blechmusik ‚Rufst du mein Vaterland...' (ehemalige Schweizer Nationalhymne) spielte, küssten wir uns artig auf die Backen. Wir schwoften gerade um den Tisch unserer Eltern. Meinem Vater liefen vor Rührung die Tränen über die Wangen. Sie winkten uns zu sich und boten uns zur Stärkung etwas zum Essen an. Der Herr Meyer senior wollte Kaviar bestellen, worauf ihn die Servietochter nur dumm ansah und fragte, was dieser Blödsinn denn solle. Als Ferdinand sich dann noch anschickte, vor Lachen herauszuprusten, verabreichte ich ihm unter dem Tisch mit meinen Stöckelschuhen einen derartigen Tritt, dass sich seine Miene augenblicklich verdüsterte. So ging es den ganzen Abend weiter. Als ich endlich allein zu Hause in meinem Zimmer anlangte, musste ich derart lachen, dass ich Bauchschmerzen bekam ....“

Eintrag vom 5. August 1952
Anruf von Yolanda. Sie fragt, ob ich ihr zwischendurch ein Zimmer in meiner Wohnung zur Verfügung stelle. Wer nun der Pechvogel sei, den sie aufgegabelt habe. Ich war nicht überrascht, als ich den Namen hörte: Ferdinand! Mir ist ja nicht entgangen, dass sie ihm schon vor zwei Jahren schöne Augen gemacht hat. Aber wahrscheinlich hatte er lange nicht den Mut, sich in eine Liebschaft mit der verheirateten Yolanda zu verstricken. Ich bin gespannt, wie der sensible Ferdinand mit einer solchen Situation umgehen kann. Jedenfalls werde ich den beiden nicht vor ihrem Glück stehen.

In der Folge fanden wir mehr als 100 Einträge von Stelldicheins zwischen Yolanda von Büren und Ferdinand Meyer bis zum Verschwinden der beiden. Oft mit genauer Zeitangabe.

Als wir am Nachmittag des 2. August 2006 im Zug den Bahnhof Balingen verließen, waren wir ein wenig ernüchtert. Vieles, was gestern noch im Dunkeln lag, wussten wir nun. Doch eine Lösung des Mordfalles war eher weiter in die Ferne gerückt.

Samuel: „Wir müssen nochmals mit den Schmidts reden. Das sind zurzeit die Einzigen, denen wir voll vertrauen können. Dann sollten wir das Umfeld der von Büren noch ein wenig ausleuchten. Wenn's geht, zuerst ohne Fortunat. Wer weiß einen Rat?“

„Wir könnten doch einige Studienkollegen von Fortunat ausfindig machen?“, schlug ich vor.

„Hinter seinem Rücken?“ fragte Kari zweifelnd.

81

Er riet davon ab und schlug stattdessen vor, Fortunat von Büren zu fragen, ob er sich vorstellen könne, dass eine ihm bekannte Person Auskunft über seine Familie geben dürfte.

Samuel und ich hatten nichts dagegen einzuwenden.

„Eines verstehe ich aber nicht! Warum hat Arnold Santschi uns und andere zuvor im Glauben gelassen, er hätte ein Verhältnis mit Yolanda von Büren?", wunderte ich mich.

Samuel schmunzelte: „So etwas ist mir in meiner Karriere als Kriminalist oft begegnet. Das ist nicht mehr und nicht weniger als männliche Eitelkeit. Die junge Frau von Büren war unbestritten eine stadtbekannte Schönheit. Und der eher beschränkte Arnold Santschi genoss diesen falschen Verdacht. Solche Menschen werten die Anschuldigung, ein Frauenheld zu sein, als Kompliment. Sie vermeinen, damit ihr Ansehen zu steigern. Es waren längst nicht immer die Intelligenten und Gerissenen, die meine Untersuchungen schwierig machten; die Dummen konnten dies häufig besser."

Bereits am Abend des 3. August 2006 schickte uns Samuel folgende Nachricht: „Sechs der acht ‚erfolgreichen' Aktionen zwischen dem 24. Dezember 1949 und 15. März 1950 der verschworenen Gemeinschaft von der Kanderschlucht konnte ich lokalisieren. Ich durchsuchte die Ausgaben des ‚Thuner Tagblatts' während dieser Zeitspanne. Es handelte sich um Grabschändungen auf verschiedenen Friedhöfen des Oberlandes. Die umgestürzten Grabsteine wurden mit Nazisymbolen verschmiert: dem Hakenkreuz und der aus zwei S-Runen kombinierten Doppel-Sigrune, einem von der SS häufig verwendeten Zeichen."

Alle waren wir uns einig: Das war offenkundig die Handschrift der Antoinette Schäuble, die wahrscheinlich die treibende Kraft des absonderlichen Geheimbundes war.

Wir fragten uns, ob der Mord an Yolanda von Büren etwas mit dieser Neonazigruppe zu tun haben könnte.

Ich fand, man müsste das auf jeden Fall weiterverfolgen.

„Wer sich einer solchen Ideologie verschreibt, ist durchaus zu einem Mord fähig."

Kari wollte das nicht ausschließen, gab aber zu bedenken, dass Motive für Kapitalverbrechen in den meisten Fällen Eifersucht, enttäuschte Liebe, Sex oder Geld seien. Politische Motive wären in unserem Land sehr selten.

Samuel sah das auch so. Trotzdem müsse man den Geheimbund im Auge behalten. Er halte es für nicht ausgeschlossen, dass neben Ferdinand auch die noch übrig gebliebenen vier den Mord an Yolanda hätten begehen können.

Wir vereinbarten mit den Schmidts ein weiteres Treffen in Oberdiessbach. Es sollte am 5. August 2006 stattfinden.

Das Tagebuch

Als Erna Schmidt sich in die Kopien von Antoinette Schäubles Tagebüchern vertiefte, runzelte sie die Stirn. Offensichtlich überraschte sie darin doch einiges. Das Zwillingspaar hatte also doch Geheimnisse voreinander gehabt. „Ferdinand war sicher kein Nazi. Aber er war völlig naiv und ganz und gar unpolitisch. Er ließ sich gerne in eine Gruppe einbinden. Er war stets auf der Suche nach Geborgenheit. Das soll nur eine Erklärung, aber keine Entschuldigung für die Dummheiten sein, die er angestellt hat."

Ihr Mann Franz stand ihr bei: „Was verraten uns diese Tagebücher eigentlich? Was darin steht, scheint nur im ersten Moment überraschend. Liest man sie sorgfältig, muss man zum Schluss kommen, dass sie eigentlich nichts Neues verraten."

Samuel war nicht ganz zufrieden mit diesen Schlussfolgerungen. Er hakte nochmals ein und fragte, an Franz Schmidt gewandt: „Hast du denn etwas vom Verhältnis zwischen Elisabeth Brechbühl und Peter Imobersteg gewusst?"

„Ich hatte eigentlich keine Kenntnis davon. Ganz überraschend kommt es für mich aber nicht. Wir Fußballer veranstalteten oft kleine Feste oder Essen mit unseren Angehörigen und Bekannten. Da war auch Elisabeth Brechbühl, die offizielle Freundin von Ferdinand Meyer, dabei. Die beiden waren kaum ein Liebespaar, das fiel nicht nur mir auf. Wir hatten aber alle den Eindruck, dass Peter Imobersteg und Elisabeth Brechbühl ein Verhältnis miteinander hatten."

„Siehst du, ganz ohne Aussage sind die Tagebücher doch nicht", rechtfertigte sich Samuel.

„Ich habe sie gestern nochmals sorgfältig durchgelesen. Es gibt darin noch weitere interessante Stellen, die mir zuerst nicht aufgefallen sind."

Eintrag vom 22. August 1952

Gestriger Besuch von Yolanda. Sie hat mir anvertraut, meine Person sei ihrem Schwiegervater nicht ganz geheuer. Was ich eigentlich über ihn wisse.

Darauf habe ich gewartet! Dieser alte von Büren! In den dreißiger Jahren war er Anwalt der Nationalen Front, in seinem tiefsten Inneren den Nazis wohl gesinnt. Noch rechtzeitig, als sich die Niederlage Hitlers abzuzeichnen begann, hat er wie viele seiner Gesinnungsgenossen die Fronten gewechselt.

Ich habe Yolanda angeboten, ich könnte ja meine Verwandten in Deutschland und Südafrika bitten, unter ihnen ein wenig nachzuforschen, ob der Name von Büren ihnen etwas sagt. Mir ist davon allerdings noch nichts bekannt. Aber ich möchte nicht ausschließen, dass er bis 1943 enge Kontakte zu Nazikreisen in Deutschland pflegte.

Eintrag vom 15. Dezember 1952

Brief aus Südafrika von Wilhelm Schönborn, einem ehemaligen SS-Gruppenführer und Onkel von mir, betreffend Adrian von Büren. Wilhelm schrieb:

„Adrian von Büren hat uns Informationen über in die Schweiz geflüchtete Juden weitergegeben. Er machte sich damit nicht strafbar.

Wir waren sehr froh darüber, das hat unsere Arbeit erleichtert, wir konnten dann diese Personen auf unseren Fahndungslisten gesondert aufführen und mussten sie nicht mehr in Deutschland ausfindig machen. Eigentlich schade, dass unser Adolf nicht in die Schweiz einmarschiert ist. Mit den Helvetiern wäre er besser zurechtgekommen als mit den Russen. Bezüglich militärischer Angelegenheiten war von Büren leider nicht bereit, mit uns zu kooperieren. Das sei ihm zu heiß. Als ehemaliger Frontisten-Anwalt würde die Bundespolizei sowieso ein Auge auf ihn werfen. Jedenfalls: von Büren hat sich auch 1945 als großzügig erwiesen. Er hat mitgeholfen, dass einige aus unserer Verwandtschaft sich noch rechtzeitig nach Südafrika und Argentinien absetzen konnten."

Eintrag vom 14. Januar 1953

Rendez-vous mit Yolanda im Gasthaus „Metzgern" in Thun. Ich habe sie über die guten Dienste ihres Schwiegervaters gegenüber dem Dritten Reich informiert. Sie war ein bisschen enttäuscht. Offenbar wäre es ihr recht gewesen, wenn da noch mehr herausgekommen wäre. Sie hätten den Alten dann ein bisschen unter Druck setzen können.

Eintrag vom 3. März 1953

Telefon von Yolanda. Sie berichtet über eine Auseinandersetzung mit ihrem Schwiegervater wegen der Liaison mit Ferdinand. Sie habe ihn dann mit seinen Verbindungen zu Nazideutschland konfrontiert. Es seien nur Anspielungen gewesen, so dass er annehmen musste, sie wisse wesentlich mehr davon, als ihr wirklich bekannt war.

Eintrag vom 6. März 1953

Telefon von Yolanda. Sie habe mit Jakob über die Liaison mit Ferdinand gesprochen. Er habe das ja schon längst gewusst, sagte er. Wichtig sei einfach, dass sie diskret vorgehe. Es tue ihm zwar weh, aber er wisse, dass er ihr nicht das geben könne, was sie wolle. Sie solle auch an Fortunat denken. Er sei ihr Sohn und habe Anspruch auf eine faire Behandlung. Sie solle den Buben wie eine Mutter, nicht wie ein unbeteiligtes Kindermädchen behandeln. Das wenigsten dürfe er von ihr erwarten. So viel beanspruche Fortunat sie ja gar nicht, er sei sowieso die meiste Zeit bei seiner Großmutter (der Mutter von Jakob). Jakob habe dabei geweint. Das sei ihr peinlich gewesen. Das Schicksal meine es schlecht mit ihr. Ihr Mann sei so ein Waschlappen.

Eintrag vom 8. August 1954

Yolanda war eben bei mir. Unangemeldet! Sie habe wirklich Probleme zu Hause. Der Druck des Alten auf sie nehme extrem zu. Er werfe ihr vor, sie würde den Namen der Familie in den Dreck ziehen. Als sie ihm antwortete, sie wüsste wirklich nicht, was es da noch zu beschmutzen gebe, habe er ihr tatsächlich eine Ohrfeige verabreicht. Und so etwas lasse sie sich nicht mehr bieten. Natürlich könnte sie sich bei Jakob über ihn beschweren. Aber der sei sowieso ein armer Teufel und könne sich gegen seinen Vater überhaupt nicht wehren. Übrigens brauche sie in nächster Zeit Jakob vielleicht noch.

Das war der letzte Eintrag über Yolanda von Büren in den Tagebüchern der Antoinette Schäuble.

Erna fiel der wunde Punkt sofort auf:

„Tante Antoinette, die beste Freundin Yolanda von Bürens, war nicht über die bevorstehende Flucht nach Südafrika informiert."

„Das ist mir auch aufgefallen und hat mich etwas erstaunt. Offensichtlich traute Yolanda Antoinette Schäuble doch nicht so ganz. Ungeachtet dessen, dass sie ja in Kauf nehmen musste, dass Antoinette es von ihren Verwandten in Südafrika erfahren könnte."

Man müsste davon ausgehen, folgerte Samuel, Antoinette Schäuble sei über das Verschwinden sehr betroffen gewesen oder habe es doch im Voraus gewusst. Warum aber kein einziges Wort darüber im Tagebuch?

„Nach all dem benötigen wir unbedingt mehr Informationen über die von Bürens. Erna, kennst du Leute aus dem damaligen Umfeld dieser Familie? Oder vielleicht du, Franz?", fragte Samuel schließlich.

Franz kratzte sich in den Haaren: „Ganz sicher bin ich mir nicht. Aber ich war tatsächlich einmal zu Besuch bei von Bürens. Mein Vater schien Jakob von Büren zu kennen. Soviel mir geblieben ist, hielt er große Stücke auf ihn. Er sei ein feiner Mensch und habe es nicht leicht in seinem Leben; er sei sozusagen der Gefangene seiner Gesellschaft und tue sich schwer, auszubrechen."

Ja, er wisse noch von einer Frau, die seinerzeit bei den von Bürens angestellt war, um Hausarbeiten zu verrichten. Er habe diese noch vor einigen Tagen in der Stadt gesehen und ein paar Worte mit ihr gewechselt. Sie lebe heute in Thierachern. Allein, ihr Name wolle ihm partout nicht einfallen. Es handle sich um eine Witwe, deren Mann so um 1950 herum auf seinem Weg zur Arbeit von einem besoffenen Oberst totgefahren worden sei.

Ich sah Samuel verblüfft an:

„Das muss doch die Emma Böhlen sein."

„Du sagst es!", kam es erleichtert über die Lippen von Franz Schmidt.

„Von woher kennt ihr beiden diese Frau?"

„Das ist eine tragische Geschichte, die auch meine Eltern am Rande betroffen hat", klärte ich Franz auf.

Der betrunkene Oberst als Todesfahrer

Walter Böhlen, Emmas Ehemann, arbeitete wie mein Vater in der Munitionsfabrik Thun. Frühmorgens an Werktagen fuhr er jeweils mit seinem Fahrrad vom Hani her über Gwatt und Dürrenast an seinen Arbeitsplatz in den Südwesten von Thun. Die in den 1950er Jahren noch enge Straße zwischen Gwatt und Thun war verkehrsmäßig ein Flaschenhals. Fast der ganze Verkehr aus dem Oberland rollte hier durch. Damals gab es die Autobahn noch nicht. Jährlich verunfallten auf diesem Straßenstück Dutzende von Menschen, allzu häufig mit Todesfolgen. Die Umstände, die zum tödlichen Unfall des Walter Böhlen führten, hatten die Volksseele von Thun und Umgebung richtig zum Kochen gebracht.

*

Manchmal gibt es Ereignisse, die liegen viele Jahrzehnte zurück und trotzdem erinnert man sich daran, als wären sie erst gestern geschehen. So erging es mir in diesem Fall.

Das Unfallfahrzeug, eine große Mercedes Limousine, war mit drei schwer betrunkenen Offizieren besetzt. Am Steuer saß ein Oberst und Fabrikbesitzer aus dem Kanton Zürich.

*

Ich hielt plötzlich inne und fragte in die Runde, ob diese Geschichte überhaupt jemand interessiere, das sei ja kein Beitrag zur Aufdeckung unseres Kriminalfalls. Samuel fand, ich müsse unbedingt weitererzählen. Aus seiner Erfahrung würden solche Erzählungen nicht selten versteckte, zunächst übersehene Hinweise enthalten.

Franz bestand eindringlich darauf, ich solle damit fortfahren, solche Sachen interessierten ihn sowieso. Erleichtert setzte ich meine Schilderung fort.

Ich besuchte damals die erste Klasse der Gesamtschule in Zwieselberg. Meine Sitznachbarn waren Samuel von Allmen und Willy Böhlen. Im Raum von der Größe eines heutigen Schulzimmers saßen fünfundvierzig Kinder im Alter von sechs bis fünfzehn Jahren. Der Lehrer M. G. rückte gegen siebzig. Es war sein erstes Schuljahr in dieser Gemeinde. Lange Zeit hatte er nur in einer Sonderschule unterrichten dürfen. Ein Gerücht hielt sich hartnäckig: In seinen jungen Jahren soll er sich an Schulmädchen vergangen haben. Die Erziehungsdirektion des Kantons Bern stufte ihn jedenfalls zur Unterrichtsperson für Lernschwache zurück. Erst der akute Lehrermangel und sein fortgeschrittenes Alter verhalfen ihm wieder zu einer Stelle an einer normalen Schule. Die Herren der Schulkommission in Zwieselberg sollen gefunden haben, ein bald siebzigjähriger Greis sei für Mädchen keine Gefahr mehr. Was sich dann wohl auch bewahrheitete. Er rührte meines Wissens kein Mädchen mehr an, umso ausgiebiger verdrosch er aber uns Knaben mit einem Rohrstock.

*

An einem finsteren Novembermorgen klopfte es an die Tür und plötzlich stand ein schwarz gekleideter Mann in der Schulstube. Der Lehrer wachte jäh aus seinem Nickerchen auf und erhob sich, Haltung annehmend. Der Eingetretene stellte sich aber nicht als Inspektor vor, sondern fragte lediglich nach Willy Böhlen und bat diesen, zusammen mit dem Lehrer ins Freie zu kommen, er müsse ihnen etwas Wichtiges mitteilen.

Wir nahmen das alle mit Befriedigung zur Kenntnis. Jede Abwechslung im eintönigen Schulunterricht behagte uns.

Nach einigen Minuten kam der Lehrer mit ernster Miene wieder zurück, ohne Willy. Er müsse uns eine traurige Nachricht überbringen. Der Vater von Willy sei heute Morgen auf seinem Weg zur Arbeit tödlich verunglückt. Dann sprach M. G. ein kurzes Gebet, setzte sich ans Harmonium und spielte einen Choral. Das war sonst immer ein Gaudi: Das Instrument hatte einen durchlöcherten Blasbalg, sodass der alte Mann wie wild die Pedale treten musste, was einen stampfenden Lärm verursachte, der die Töne zu einem gerade noch vernehmbaren Surren verunstaltete. Diesmal lachten wir aber nicht, sondern sangen inbrünstig mit. Dann setzte sich M. G. auf den Stuhl neben seinem Katheder und döste wieder ein.

Genau um zwölf Uhr erlöste uns die Glocke vom Stillsitzen im stickigen Raum. Wir schwärmten in alle Richtungen aus und erzählten am Mittagstisch vom Unglück, das über die Familie Böhlen hereingebrochen war. So verbreitete sich die Nachricht wie ein Lauffeuer im Dorf, am Abend kannte sie dort jede Menschenseele.

Doch mein Vater wusste noch mehr. Ganz bleich erzählte er uns beim Nachtessen davon. Immer noch klingen mir die Worte, die er damals unter Schluchzen von sich gab, in den Ohren:

„Ich fuhr einige Meter hinter Böhlen und erlebte Schreckenssekunden. Es hätte genauso gut mich treffen können. Der große Mercedes überholte mit übersetzter Geschwindigkeit einen korrekt fahrenden Lastwagen auf der Höhe des Bonstettenguts, geriet ins Schleudern und stieß frontal mit dem Radfahrer Böhlen zusammen. Zum Glück für mich wurde das Unfallfahrzeug ins angrenzende Wiesland abgetrieben. Dann öffnete sich langsam die vordere linke Wagentüre, ein Oberst der Schweizer Armee stieg aus und fiel gleich der Länge nach hin. Ich eilte zum am Boden Liegenden, half ihm wieder auf die Beine und stellte dabei fest, dass er auffällig nach Alkohol roch. Der Offizier musste sich an der Wagentür festhalten, um nicht wieder umzukippen.

Im Nu umringten gegen zwanzig Arbeiter mit ihren Velos die Unfallstelle. Böhlen lag regungslos neben der Kühlerhaube des Unglücksautos. An der Stirn eine klaffende Wunde, die sehr stark blutete, die Augen weit aufgerissen, starr

88

ins Leere blickend. Allen war sofort klar: Dieser Mann lebte nicht mehr. Der besoffene Fahrer lallte dann noch etwas wie ‚Schwein gehabt, mir tut gar nichts weh'. Das war zu viel! Ich konnte mich nicht mehr zurückhalten. Meine Faust prallte auf die rot angelaufene Kartoffelnase des Trunkenbolds.

‚Bravo, bravo, Burger, gut gemacht! Gib es dem noch mal!', tönte es um mich herum! Der Oberst ging in die Knie, kippte nach hinten und sein Gesäß flutschte auf den morastigen Boden."

Meine Mutter, deren Augen immer größer wurden, schrie entsetzt auf! „Was hast du um des Himmels willen getan? Einen Oberst ins Gesicht geschlagen? Das bringt dich noch ins Gefängnis. Wie soll ich dann unsere fünf Kinder allein durchbringen?"

„Da wärest du nicht allein", setzte mein Vater seine Erzählung fort. „Dann öffnete sich die linke hintere Seitentür und ein Major stolperte auf die Wiese. Mühsam mit seinem Gleichgewicht ringend, zog er seine Pistole und richtete sie auf mich. Einen Augenblick später war es die hintere rechte Türe, die sachte nach außen gedrückt wurde. Eine weitere Jammergestalt arbeitete sich aus dem Fahrzeug und hangelte sich um das Heck auf die andere Seite des Fahrzeugs. Es war ein Feldprediger im Range eines Hauptmanns. Hätte er geschwiegen, wäre wahrscheinlich nichts Weiteres passiert. Er sagte aber zu seinem mit der Waffe drohenden Kollegen, man sollte dieses Gesindel über den Haufen schießen. Das war das Signal für die anderen Arbeiter: Unversehens trommelten etwa ein Dutzend kräftige Männerfäuste auf die mit feinem Stoff eingekleideten Herren. Diese riefen erbärmlich um Hilfe und baten hündisch, sie doch am Leben zu lassen.

Gott sei Dank, dass der Meister Lauber einige Momente später am Ort des Geschehens eintraf und mit wenigen Worten die wütende Menge beruhigte."

Wir waren, die Mutter ausgenommen, alle mächtig stolz auf unseren Vater. Die ganze Sache hatte ihn sehr mitgenommen. Ich habe ihn seither nie mehr mit Tränen in den Augen gesehen.

Wir waren gerade mit dem Essen zu Ende, als jemand an unserer Haustüre klopfte. Es war der Meister meines Vaters, der im Nachbardorf Amsoldingen wohnte.

„Ich komme wegen dem Unfall von heute Morgen. Es liegt eine Anzeige wegen Körperverletzung gegen dich vor. Mach dir aber nicht allzu sehr Sorgen. Ich habe von der Sache gehört, Übereinstimmendes aus verschiedenen Quellen. Jeder mit nur einer Spur Selbstachtung hätte ebenso gehandelt wie du. Übrigens bist du nicht der Einzige, auch gegen fünf andere wurde ein Verfahren eingeleitet. Drei arbeiten in der Munitionsfabrik, zwei in der Konstruktionswerkstätte, beides eidgenössische Betriebe.

„Komme ich vor Divisionsgericht?", fragte beunruhigt mein Vater.

„Nein, das bestimmt nicht. Wenn überhaupt, dann höchstens vor das Amtsgericht Thun.

Morgen um sechs Uhr wird dich ein Landjäger zur Vernehmung im Schloss Thun abholen. Ich denke, so gegen Mittag bist du wieder auf freiem Fuß. Am Nachmittag erwarte ich dich am Arbeitsplatz. Und noch etwas: Mein Bruder, wie du weißt, ist er Großrat, hat sich der Angelegenheit angenommen. Von ihm wird morgen ein ausführlicher Artikel in der ‚Tagwacht' erscheinen."

Am nächsten Tag klopfte es genau um sechs Uhr an unserer Haustür. Der Landjäger war sehr freundlich zu meinem Vater und gab sich alle erdenkliche Mühe, ihm zu bedeuten, dass er einen Befehl ausführen müsse, den er sehr bedaure. Er sei fast sicher, er käme ungeschoren davon. Er kenne den Richter in Thun und der sei ein Mann mit großem Gerechtigkeitsgefühl.

Am Abend, als mein Vater von der Arbeit zurückgekommen war, berichtete er über diesen für ihn unvergesslichen Tag.

„Meine fünf Kollegen und ich wurden von den Landjägern in einen großen Raum geführt. Die ohnehin schon kleinen Fenster spendeten wegen der davor angebrachten Gitterstäbe noch weniger Licht. Es hieß, wir müssten uns einen Moment gedulden. Als der letzte Polizist das Lokal verlassen hatte, hörten wir, dass er einen Schlüssel drehte. Wir waren Gefangene. Es vergingen fünf, fünfzehn, dreißig, sechzig Minuten und niemand holte uns heraus. Erst nach zweieinhalb Stunden vernahmen wir Schritte von schweren Schuhen. Sechs uniformierte, mit Revolvern bewaffnete Männer erschienen an der Türe. Es musste sich um Gefangenenwärter handeln. Jeder von ihnen rief einen unserer Namen und befahl: ‚Mitkommen!' Sie führten uns in einen langen Gang, an dessen Wänden schmale, unbequeme Holzbänke angebracht waren. Wir mussten uns dort neben unsere Begleiter setzen.

Dann geschah etwas, das ich nicht für möglich gehalten hätte. Plötzlich tauchte ein Oberst mit den Insignien der Militärjustiz auf. Er sagte in abfälligem Ton, da hätte man ja eine feine Gesellschaft zusammengetrieben, früher wären solche Radaubrüder ohne Federlesens an die Wand gestellt worden. ‚Soso, der Herr Oberst Scheidegger!', hörten wir plötzlich eine sanfte aber bestimmte Stimme. Sie gehörte zu einem großgewachsenen, gut gekleideten Herrn, der eben eine Tür zum Gang öffnete. Er sei froh, dass diese Zeiten der Vergangenheit angehörten. Nun sei er gespannt, warum die Militärjustiz ihm einen Besuch abstatte. Der Oberst antwortete, er habe den Befehl, dem Verhör beizuwohnen. Das hier sei ein Zivil- und kein Militärgericht. Hier hätte er als Richter zu entscheiden, wie die Befragungen durchzuführen seien, belehrte ihn der große Herr mit ruhiger Stimme. Der Herr Oberst dürfe sich aber am frühen Nachmittag in seinem Arbeitszimmer melden, er würde ihn dann über den Verlauf des Verhörs orientieren. Er bestehe darauf, bei der Befragung anwesend zu sein, insistierte der Offizier. Worauf der Richter freundlich erwiderte, er bitte ihn jetzt, diese Räumlichkeiten zu verlassen. Im Gesicht des Obersten begannen die Muskeln zu zucken, mitten über der Stirn quoll eine Ader tiefblau auf. Dann schien er förmlich zu explodieren: So eine Unverschämtheit sei ihm in seinem Leben bis jetzt noch nie begegnet.

Der Richter wies uns an, sein Büro zu betreten. Ein Büro ist allerdings untertrieben. Es war eher ein nobel eingerichteter Saal, in dessen Mitte ein großer Tisch aus Eichenholz stand, links und rechts davon mehrere antik aussehende Schreibpulte. Die Wände behangen mit Ölgemälden, an eine Ahnengalerie erinnernd. Wir wurden nun gebeten, uns an den großen Tisch zu setzen. Am oberen Ende, auf einem schön verzierten Stuhl, nahm der Richter Platz. Das sollte nicht lange dauern, sagte er. Er sei über den Vorfall von gestern detailliert informiert worden. Plötzlich ging jäh die Türe auf, der Oberst stampfte hinein und setzte sich provozierend neben den Richter an den Tisch. Worauf der Richter einen Blick auf seine Uhr warf und sich mit betont freundlicher Stimme an den Eindringling wandte: Er gebe ihm eine Minute Zeit zum Nachdenken und zum Verlassen des Raums.

Der Angesprochene machte keine Anstalten, dieser Aufforderung Folge zu leisten. Als die Bedenkzeit verstrichen war, erhob sich der Richter, schritt gemächlich zum altertümlichen Wandtelefon, das neben der Eingangstüre angebracht war, wählte eine zweistellige Nummer und sagte, zwei Wärter sollten kommen. Wenige Augenblicke später betraten diese den Raum, packten den Obersten je am rechten und am linken Oberarm und führten ihn ab. All dies lief trotz den lautstarken Kraftausdrücken des Gemaßregelten mit einer eindrücklichen Selbstverständlichkeit ab.

Erst als der Oberst von der Bildfläche verschwunden war, huschte ein ganz kurzes Schmunzeln über des Richters Gesicht.

Nun könnten wir ungestört weiterfahren, stellte er fest. Zu mir gewandt, sagte er, ich hätte mit einer Buße zu rechnen, die allerdings angesichts der Umstände minimal ausfallen werde. Dreißig Franken! Er sei sich bewusst, dass dies für einen Arbeiter und Familienvater immer noch viel sei. Aber jemand mit einem Faustschlag zu traktieren, sei eben eine Straftat. Da spiele es keine Rolle, ob das Opfer es verdient habe oder nicht. Mir würde in den nächsten Tagen vom Landjäger ein Strafmandat zugestellt. Ich hätte dann noch dreißig Tage Zeit, um dagegen Einspruch zu erheben, was er mir aber nicht empfehlen würde. Wenn ich das täte, käme es zu einem Prozess und dessen Kosten würde diejenige der Buße um ein Vielfaches übersteigen. Die anderen Vorgeladenen könne er nicht belangen. Ihm sei mitgeteilt worden, es wären weit mehr als fünf Personen an der Prügelei beteiligt gewesen. Im Sinne der Rechtsgleichheit müsste er dann alle Beteiligten zur Rechenschaft ziehen, was in diesem Falle aber nicht möglich sei.

Ob wir noch Fragen hätten, sagte der Richter, in die Runde blickend.

Einer der Vorgeladenen streckte den Zeigefinger auf: ‚Wieso sind dann willkürlich Leute ausgewählt und verhört worden?' Das sei eine berechtigte Frage, erwiderte der Richter. Er werde sich Mühe geben, darauf eine Antwort zu finden. Die Namen seien ihm von Oberst Scheidegger mitgeteilt worden. Er habe offenbar diese und sicher einige andere mehr von einem Zuschauer bekommen. Daraus habe er diejenigen ausgewählt, die in den Militärbetrieben beschäftigt seien. Das sei nachvollziehbar, weil eine gerichtliche Aburteilung auch Sanktionen am Arbeitsplatz nach sich ziehen könnte. Er schaute mich an und hielt ausdrücklich fest, eine Buße in der Höhe von unter fünfzig Franken falle nicht darunter.

Dann erhob sich der Richter, schüttelte jedem die Hand und geleitete uns persönlich zum Ausgang. Wir waren erleichtert."

Ich fuhr fort: „Ihr könnt euch vorstellen, dass die Stimmung bei uns zu Hause plötzlich wieder viel besser war. Mein Vater rief uns aber in Erinnerung, dass das Unglück von gestern damit nicht ungeschehen gemacht worden sei. Schließlich zog er die ‚Tagwacht' aus der Tasche und las uns den Artikel des Bruders seines Chefs vor.

Ich habe diesen Artikel ausfindig gemacht und werde ihn morgen euch allen als E-Mail zustellen."

„Wie ist es dann weitergegangen?", wollte Franz wissen.

Bereits am folgenden Tag waren die Spalten der Lokalzeitungen voll von Leserbriefen über den Tod des Arbeiters Böhlen. Es hatte sich rasch herumgesprochen: Die pietätlosen Sprüche der stockbetrunkenen Offiziere im Unfallauto und das darauf folgende Eingreifen der umstehenden Arbeiter. Das Erstere empörte die einfachen Leute, das Letztere quittierten sie mit Genugtuung. Vier Tage nach dem Unglück wurde Böhlen beigesetzt. Noch selten hatte Zwieselberg eine so lange Leichenprozession erlebt.

In der „Tagwacht" erschienen in der Folge mehrere Artikel mit zum Teil brisantem Inhalt. Sicherlich auch deswegen, weil in der Stadt Thun Wahlen anstanden, die dann auch mit einem Sieg der Sozialdemokraten ausgingen.

Als mein Vater das Strafmandat erhielt, wandte er sich, wie vorher verabredet, an den politisierenden Bruder seines Vorgesetzten. Dieser organisierte an einem Morgen vor Arbeitsbeginn außerhalb des Eingangstors der Munitionsfabrik eine Sammlung. Der Bußenbetrag wurde innert weniger Minuten aufgebracht. Der Direktor der Munitionsfabrik schaute der Aktion grimmig zu. Einigen Unteroffizieren, die auf dem Waffenplatz Thun ihren Wiederholungskurs absolvierten, ging dieser stumme Protest zu wenig weit. Sie schickten sich an, unter Androhung von Waffengewalt das gesammelte Geld zu beschlagnahmen, was zu einer wüsten Schlägerei führte, die mit einer empfindlichen Niederlage der Militärpersonen endete.

Gedemütigt setzten sich diese in die Kaserne ab. Auch beim juristischen Nachspiel zogen sie den Kürzeren: Es sei nicht verboten, auf öffentlichem Grund Geld für einen Kollegen zu sammeln, hingegen sei es ein grober Gesetzesverstoß, in der Uniform der Schweizer Armee gegen Zivilisten gewalttätig vorzugehen. Die Verletzungen, die sich die Unteroffiziere bei diesem Übergriff zugezogen hätten, wären eine Folge der Notwehr der Angegriffenen und könnten deshalb nicht geahndet werden. Dass die von den Zivilisten sichergestellten Armeewaffen in verschiedenen Senklöchern entsorgt worden waren, sei zwar zu missbilligen, aber in Anbetracht der Umstände nachvollziehbar. Dieser Urteilstext wurde übrigens an vielen Hauswänden der Bundesbetriebe in Thun angeschlagen. Der Direktor der Munitionsfabrik ließ die Aushänge unverzüglich entfernen.

Der Prozess vor Divisionsgericht gegen den Todesfahrer, Oberst der Artillerie C. B., fand im Schloss Wimmis unter Ausschluss der Öffentlichkeit statt. Nur ausgewählte Journalisten und ein Gerichtszeichner durften der Verhandlung beiwohnen. Der Angeklagte wurde zu einer lächerlich kurzen bedingten Strafe verurteilt. Er durfte seinen militärischen Rang behalten und weiterhin das Kommando über sein Regiment ausüben.

„Wer war eigentlich der Richter, der gegen die aufmüpfigen Arbeiter ermittelte?", wollte Kari wissen.

Samuel lächelte: „Nach den Schilderungen von Paul weiß ich nun, wer er ist."

Er öffnete daraufhin den Ordner mit den Kopien des Tagebuches von Antoinette Schäuble. Nach kurzem Blättern fand er die Stelle:

Tagebucheintrag der Antoinette Schäuble vom 12. November 1950

Yolanda hat mich heute Nachmittag besucht. Zu Hause hänge der Haussegen wieder einmal schief. Ihre Schwiegereltern hätten gestern bei ihnen zu Mittag gegessen. Der alte von Büren habe dabei ihrem Mann heftige Vorwürfe gemacht, weil er im Zusammenhang mit dem Zwischenfall beim Bonstettengut sein Richteramt missbraucht und sich wieder einmal auf die Seite des Pöbels gestellt habe. Er habe zwei Urteile zugunsten von aufrührerischen Arbeitern gefällt. So einer sei ein Nestbeschmutzer, ein Feind unserer Armee. Ausgerechnet in einer Zeit, wo die Sozis immer frecher würden, habe er in die Hosen gemacht und es zugelassen, dass ein Oberst, ein Major und ein Hauptmann ungestraft von einer unzivilisierten Meute zusammengeschlagen worden seien. Dass er wenig später noch aufrechte Unteroffiziere schmählich verraten habe, bringe das Fass endgültig zum Überlaufen.

Jakob sei daraufhin wortlos vom Tisch verschwunden, was den Alten vollends erzürnte.

Sie, Yolanda, sei auch langsam der Meinung, ihr Mann würde übertreiben. Seit seiner Krankheit habe er einen Gerechtigkeitswahn und scheine zu vergessen, woher er komme und wohin er gehöre.

Emma Böhlen

Es war nicht schwierig, Emma Böhlen in Thierachern zu finden. Wir waren überrascht, wie rüstig und geistig frisch diese Frau mit fast neunzig Jahren noch war. Sie habe nach dem frühen Hinschied ihres Mannes vier Kinder – das jüngste sei damals noch gar nicht auf der Welt gewesen – allein aufgezogen. Sie sei sehr froh gewesen, dass sie keines hatte weggeben müssen.

„Trotz dem tragischen Unfalltod meines Ehegatten meinte es das Schicksal doch gut mit mir. Die im Jahre 1949 vom Schweizer Volk angenommene AHV hat mein Los erträglicher gemacht."

Dann sei noch der Richter von Büren gewesen. Er habe sie nicht nur als Hausangestellte beschäftigt, sondern sich auch sehr darum gekümmert, dass sie zu ihrem Recht kam. Der Oberst, der ihren Mann zu Tode gefahren habe, sei zunächst nicht bereit gewesen, seinen Verpflichtungen nachzukommen.

„Der Dr. von Büren machte ihm schließlich Beine und so sind mir die zugesprochenen zehntausend Franken doch noch überwiesen worden."

Sie entschuldigte sich, dass sie uns ihr Herz ausgeschüttet habe, sie sei halt eine betagte, redselige Frau. Selbstverständlich würde sie gerne versuchen, unsere Fragen über Jakob von Büren zu beantworten, über diesen Mann gebe es nur Gutes zu berichten.

„Wann sind Sie von Büren zum ersten Mal begegnet?", wollte Samuel wissen.

„Das war Mitte November 1950, ungefähr einen Monat nach dem Tod meines Mannes. Er bestellte mich in sein Büro. Dr. von Büren erkundigte sich, ob ich für den Monat November den Lohn meines Mannes schon erhalten habe, es stünden mir noch zwei Monatsgehälter zu, dann bekäme ich vom Arbeitgeber eine Witwenrente, die allerdings bescheiden sei. Dazu würde aber eine monatliche Unterstützung durch die neu geschaffene Hinterlassenenversicherung kommen."

„Und haben Sie den Lohn noch erhalten?", wollte sich Samuel vergewissern.

„Ja, aber zuerst nur für einen Monat. Von Büren hatte sich dann eingeschaltet und ich erhielt umgehend den mir zustehenden Restbetrag. Das war aber nicht die einzige Hilfeleistung von ihm. Er kümmerte sich auch bei der Gemeinde um mich. Ich wurde unmittelbar nach dem Unglück von Existenzängsten geplagt. Ich wusste nicht, wie ich die Miete für unsere bescheidene Wohnung aufbringen, wie ich den Kindern ausreichend zu essen geben sollte, von den Kleidern, die bei Heranwachsenden immer, kurz nachdem man sie gekauft hatte, zu klein waren, ganz zu schweigen. Nach der Beerdigung ging ich zum Gemeindepräsidenten und fragte um Rat. Ich solle mir keine Sorgen machen, in seiner Gemeinde sei seit Menschengedenken niemand mehr verhungert, beruhigte er mich. Aber eigentlich sei er nicht zuständig für Sozialfälle, das sei Sache des Gemeindeschreibers. Ich ging zu diesem, der im Hauptberuf Viehhändler war. Er habe jetzt keine Zeit, in Zweisimmen finde in der kommenden Woche ein großer Viehmarkt statt, darauf müsse er sich jetzt vorbereiten. Ich solle doch bei Ueli Horlacher vorbeischauen, der betreue im Gemeinderat die Fürsorgefälle. Aber ich wisse ja, es sei besser, bei ihm morgens anzuklopfen, am späteren Tag sei er jeweils nicht mehr ansprechbar, da habe er viel Branntwein intus.

Leider war das bereits am Vormittag der Fall. Als ich ihn am nächsten Morgen um neun Uhr aufsuchte, legte er den Arm über meine Schultern und hüllte mich in eine Alkoholfahne, dass mir beinahe schwindlig wurde. Er sei traurig über das, was mir widerfahren sei.

Auf meine Frage, wie ich denn zu meiner Hinterlassenenversicherung komme, schaute er mich ratlos an: Da könne er nicht helfen. Er glaube, unsere Gemeinde habe mehrheitlich sowieso gegen die AHV gestimmt. Da bekäme ich sicher nichts. Aber er sei ein sehr hilfsbereiter und großzügiger Mensch. Er hätte da eine Idee. Ich solle ihm doch meinen Ältesten, den Willy, zur ‚Aufzucht' übergeben. Dann hätte ich ein Maul weniger zu stopfen. Er könnte ein solches Knechtlein gut gebrauchen. Natürlich rentiere ihm das zunächst nicht. Der Kleine könne seiner Frau in der Küche an die Hand gehen, ihm beim Tränken der Säue zur Seite stehen, den Vorplatz wischen und andere einfache Verrichtungen ausführen. Je früher ein solcher Bub arbeiten lerne, desto besser sei er später zu gebrauchen.

*

Nie würde ich es zulassen, dass Willy verdingt wird, dieses traurige Schicksal habe schon sein Vater erdulden müssen, sagte ich zu Horlacher. Dieses Angebot brach mir damals fast das Herz. Am Tag zuvor las ich noch in der Zeitung, dass sich im Schwarzenburgerland ein fünfzehnjähriger Verdingbub das Leben genommen hatte. Wäre sein Abschiedsbrief nicht durch einen Zufall an die Redaktion des Thuner Tagblatts gelangt, hätte später niemand von diesem bedauernswerten Jungen gesprochen. Dann aber war sein tragischer Tod einige Tage in aller Munde. Damit ließ es aber dieser Horlacher nicht bewenden. Er zeigte auf meinen Bauch – ich war damals im siebenten Monat schwanger – und stellte mir die anzügliche Frage, was ich denn mache, wenn das Junge ausgeschlüpft sei. Ich müsse ja wieder nach einem Manne Ausschau halten. Eine Frau wie ich könne wohl nicht ohne männliche Zuwendung leben. Dabei legte er seine Hände auf meine Brüste und verzog sein Gesicht zu einem schlüpfrigen Grinsen. Ich hätte ihn am liebsten ins Gesicht gespuckt, ließ es aber bleiben, weil ich genau wusste, dass dies meine Situation noch verschlimmert hätte."

Wir könnten uns ja vorstellen, was ein Mensch wie Jakob von Büren ihr damals bedeutete. Als sie sich bei ihm bedanken wollte, habe er abgewinkt. Es sei der Pfarrer von Amsoldingen gewesen, der ihn auf ihr Schicksal aufmerksam gemacht habe. Er habe ihn auf die fürsorgerischen Unzulänglichkeiten in der Gemeinde Zwieselberg hingewiesen.

„Dieser Pfarrer war eine barmherzige Seele, unmittelbar nach der Beisetzung meines Mannes musste er sich einem längeren Kuraufenthalt unterziehen und konnte sich so nicht mehr um seine Schäfchen kümmern. Ich möchte ja nicht alles von damals schlechtreden. Es gab auch in diesen Zeiten viele Menschen, die Gutes taten."

Kari und ich hielten ein wenig den Atem an; wir fürchteten schon, Samuel würde jetzt Emma Böhlen fragen, ob Jakob von Büren zu einem Mord fähig wäre. Zum Glück hatten wir sein Fingerspitzengefühl unterschätzt.

„Wann haben Sie bei von Bürens zu arbeiten begonnen?", fragte Samuel stattdessen.

„Am 1. Juni 1951. Die von Bürens stellten mir ihre kleine Dienstbotenwohnung zur Verfügung. Das war für uns ein Glücksfall. Es erlaubte mir, so häufig wie möglich bei meinen Kindern zu sein. Ich durfte meine Kleinen bei den Hausarbeiten mitnehmen. Das ging sehr gut. Der einzige Wermutstropfen war die Frau von Büren. Sie behandelte einen von oben herab. Aber ich beschwerte mich nie. Alles kann man nicht haben. Frauen aus diesen Verhältnissen sind eben so erzogen worden."

„Wie kamen die von Bürens miteinander aus?"

„Eine Antwort auf diese Frage fällt mir schwer. Eigentlich geht mich das ja gar nichts an. Andererseits: Meine Tätigkeit dort liegt ja schon mehr als ein halbes Jahrhundert zurück. Unverblümt gesagt: Es war eine schlechte Ehe. Wenn ich der Familie am Mittagstisch zudiente, schien mir die Luft oft so dick, dass man sie mit einem Messer hätte entzweischneiden können. Nicht dass grobe Worte gefallen wären, nein, im Gegenteil, man war vordergründig freundlich zueinander. Die Blicke aber, der Tonfall und die Sätze zwischen den Zeilen sprachen Bände. Mir hat der kleine Fortunat leidgetan. Er war im Alter von Willy. Nie vergesse ich, wie er einmal sagte: ‚Mami, Mami, hab doch den Papi ein wenig lieb.' Nur Kinder können solche Stimmungen so in Worte fassen."

„Erschrecken Sie nicht, wenn ich Ihnen jetzt eine sehr indiskrete Frage stelle. Falls Sie nicht darauf antworten möchten, verstehe ich das sehr gut: Man hat gemunkelt, Jakob von Büren sei homosexuell gewesen. Was halten Sie von diesem Gerücht?"

„Gar nichts! Ich habe das auch schon gehört. Die Wahrheit ist: Er war Ende der Vierzigerjahre schwer erkrankt. Prostatakrebs! Der Tumor konnte zwar wegoperiert werden, zur Erfüllung seiner ehelichen Pflichten war er aber danach nicht mehr fähig. Seine Frau, mehr als zehn Jahre jünger, ertrug das offenbar schlecht. Um ihre sexuellen Bedürfnisse zu befriedigen, deckte sie sich mit Liebhabern ein. Ich weiß, das klingt sehr bös, es war aber so."

97

„Hat Herr von Büren mit Ihnen manchmal über seine Frau gesprochen?"

Emma Böhlen hielt die Hände vors Gesicht: „Wo denken Sie hin? Niemals hätte dieser Mann mit einer Hausangestellten über seine Ehe geredet. Das Einzige, das er in dieser Sache mir gegenüber offenbarte, war seine Krebserkrankung und deren Folgen. Ich denke, er hat dies auch nur getan, um das Verhalten seiner Frau zu rechtfertigen."

„Haben Sie am Tag des Verschwindens von Yolanda von Büren, am 24. August 1954, etwas Besonderes festgestellt?"

„Ja und nein! Die junge Frau von Büren verließ das Haus bereits um halb acht, das war eher außergewöhnlich, sie stand selten früh auf. Sie hatte dies damit begründet, dass sie nach Deutschland zu Verwandten verreise und eine Woche wegbleiben werde."

„Was geschah dann?"

„Ein paar Tage später kam ein Angestellter des Bahnhofs Thun mit den zwei Reisekoffern, die ich für Frau von Büren einen Tag vor ihrer Abreise gepackt hatte. Er sagte, die Gepäckstücke seien an ihrem Bestimmungsort, dem Flugplatz Kloten, nicht abgeholt worden. Das verstand ich natürlich nicht. Einmal fragte ich mich, warum Kloten? Es war damals überhaupt nicht üblich, nach Süddeutschland einen Flug zu buchen. Dann konnte ich mir noch weniger erklären, weshalb die Gepäckstücke in Kloten liegen gelassen wurden. Etwas Sonderbares musste Frau von Büren zugestoßen sein. Ich rief umgehend Herrn von Büren im Schloss Thun an. Er dankte mir, sagte noch, ich solle mir darüber keine Sorgen machen. Er werde sich sofort der Angelegenheit annehmen. Sollte jemand zu Hause anrufen, müsste ich das Gespräch in sein Büro weiterleiten. Das war zu dieser Zeit etwas ganz Neues und längst nicht so einfach wie heute."

„Fanden Sie es dann nicht sonderbar, dass Herr von Büren so gelassen auf diese höchst beunruhigende Nachricht reagiert hat?"

„Überhaupt nicht. Ich habe kein einziges Mal gesehen, dass Herr von Büren durch etwas aus der Fassung gebracht worden wäre. Einmal ist ein Gärtner beim Schneiden der Bäume von der Leiter gefallen. Alle schrien hysterisch auf. Herr von Büren – zum Glück war er zu Hause – öffnete das Fenster, schaute zur Unfallstelle, ging zum Telefon und rief den Notarzt an. Das hat dem Verunglückten wahrscheinlich das Leben gerettet."

„Haben Sie das Gefühl, das mysteriöse Verschwinden seiner Frau habe Herr von Büren überhaupt nicht beeindruckt?"

„Was mögen Sie wohl von diesem Mann denken! Natürlich war er davon sehr betroffen. Er war viel bleicher als sonst und hat über Tage fast nichts gegessen. Aber er sprach mit mir nie ein Wort darüber."

„Fand bei den von Bürens eine Hausdurchsuchung statt?"

Emma Böhlen schaute mich verständnislos an: „Hören Sie mal! Herr Dr. von Büren war doch Richter. Meinen Sie, jemand von der Polizei hätte so etwas gewagt?"

„Wie hat Fortunat auf das Verschwinden seiner Mutter reagiert?"

„Schwer zu sagen. Ich habe ihn in den darauf folgenden Wochen häufig still weinen sehen. Ihn musste eine tiefe Traurigkeit erfasst haben. Aber er sprach mit mir nie über seine Mutter."

„Kannten Sie die Eltern von Jakob von Büren?"

„Schon! Aber nicht so gut. Sie waren häufig zu Besuch. Mir ist dabei aufgefallen, dass zwischen Vater und Sohn eine gespannte Beziehung herrschte. Beide hätten auch nicht unterschiedlicher sein können. Der Sohn war ein feiner, ausgeglichener Mensch, der Vater ein cholerischer Grobian. Kam es während der Mahlzeiten zu verbalen Auseinandersetzungen, war es nie der Sohn, der ausfällig wurde. Er sprach immer sehr ruhig und versuchte, die Wogen zu glätten. Aber vielleicht war es gerade das, was den alten von Büren jeweils so in Rage brachte. Denken Sie ja nicht, Jakob von Büren wäre ein Mensch ohne klare Standpunkte gewesen. Er hat immer kurz und prägnant seine Meinung vertreten, aber nie verletzend, nie ohne Verständnis für sein Gegenüber."

„Was war denn die Mutter von Jakob von Büren für eine Person?"

„Sie schien dieselbe Art wie ihr Sohn zu haben. Eine Spur weniger sanft vielleicht. Jedenfalls habe ich sie nie ein böses Wort reden hören. Auch sie war eine starke Person, hatte aber den Nachteil, dass Frauen in dieser Zeit ohnehin wenig zu sagen hatten."

„Wie war das Verhältnis zwischen Schwiegertochter und Schwiegermutter?"

„Spinnefeind! Die beiden Frauen hätten sich aufgefressen, wären sie dazu in der Lage gewesen. Aber auch da: Die alte Frau von Büren verlor nie die Fassung. Sie war stets versucht, Auseinandersetzungen zu meiden. Das konnte so weit gehen, dass sie Äußerungen Yolandas einfach ignorierte. Es war offenkundig: Die junge Frau von Büren war ihrer Schwiegermutter nicht gewachsen. Ich habe noch selten in meinem langen Leben einen solchen Hass beobachtet; nur Unterlegene sind dazu fähig."

„Wie kam Yolanda von Büren mit ihrem Schwiegervater aus?"

„Als ich meine Stelle bei den von Bürens antrat, noch sehr gut. Dann schien es zwischen beiden immer mehr Probleme zu geben. In den Wochen vor dem Verschwinden Yolandas war es ganz schlimm. Sie gingen sich wenn immer möglich aus dem Wege."

„Was war die Ursache dieses Zerwürfnisses?"

„Ich kümmerte mich nie um die inneren Angelegenheiten dieser Familie. Das stand mir als Haushilfe auch nicht zu. Natürlich machte ich mir schon Gedanken darüber: Vielleicht lag es am Lebenswandel von Yolanda, der fast zum Stadtgespräch wurde."

„ Gab es Leute, die häufig mit bei von Bürens zu Besuch waren?"

„Besuche fanden im Hause von Büren nicht übermäßig statt. Doch es gab schon Leute, denen ich dort mehrmals begegnet bin. Zum Beispiel die Käsers, die Tscharners oder die Muralts.

Am häufigsten sah ich das Ehepaar Käser. Er war einige Jahre jünger als Jakob und als Strafverteidiger tätig. Der Herr von Büren musste ihn durch seine Tätigkeit kennengelernt haben. Auch die Herren Tscharner und Muralt waren Fürsprecher. Sie waren Studienkollegen von Jakob.

„Entsinnen Sie sich noch an die Vornamen dieser Herren und haben Sie eine Ahnung, wo diese nun wohnen?"

„Lassen Sie mich nachdenken … Konrad Käser … Benedikt Muralt ... Derjenige von Tscharner fällt mir gerade nicht ein. Der Käser und der Muralt hatten ihre Büros in Thun und wohnten beide in Oberhofen. Ob sie noch dort leben, weiß ich nicht. Der Tscharner ist aber noch unter uns. Ich sehe ihn manchmal in der Stadt, vielleicht wohnt er im Hünibach; die meisten noblen Leute wohnen entweder im Hünibach oder in Oberhofen."

„Was für Dienstboten waren bei den von Bürens angestellt?"

„Es gab ein Mädchen für alles, man nannte sie Stini. Amtlich hieß sie Christine Durtschi. Eine junge, stämmige Bauerntochter aus dem Stockental. Sie diente sowohl den jungen wie den alten von Bürens."

„Wie kam Yolanda von Büren mit ihr zurecht?"

„Das ist wahrlich eine gute Frage. Die beiden Frauen mochten sich nicht leiden. Im Frühjahr 1954 kam es zu einem handfesten Streit, mit der Folge, dass die Stini für die Zeit, als Yolanda noch im Haus war, nur noch bei den alten von Bürens arbeitete. Falls es Sie interessiert, möchte ich dieses Ereignis gerne loswerden."

„Wir hören mit Interesse zu."

„Die Begebenheit fand in der Eingangshalle statt. Ich putzte gerade in einem angrenzenden Zimmer. Durch den Spalt der nicht ganz geschlossenen Türe konnte ich an einem Spektakel teilhaben, das einer spannenden Theateraufführung alle Ehre gemacht hätte. Die Stini hatte im Garten gerade Salat geerntet und diesen im Brunnen in einem großen Drahtsieb vorgewaschen. Worauf sie damit zur Haustür rannte und im Laufschritt die Eingangshalle Richtung Küche durchquerte. Natürlich tropfte es auf den Boden. Die junge Frau von Büren schrie sie an: Sie mache den Empfangsraum schmutzig, sie solle das nächste Mal diese Sauerei gefälligst lassen. Stini sagte, sie würde das beim nächsten Mal genau gleich machen. Wasser habe noch keinem Steinboden geschadet. Übrigens verbitte sie sich, geduzt zu werden, sie sei eine erwachsene Person. Dienstboten hätte man in ihrer Familie immer schon geduzt, stellte Yolanda von Büren klar. Kein Problem, gab Stini zurück; im Stockental würden alle einander duzen; sie werde von nun an auch sie (Yolanda) mit Du anreden. Was sie sich eigentlich einbilde, protestierte die Herrin des Hauses: Sie lasse sich nicht auf Intimitäten mit Dienstpersonal ein, ganz sicher nicht mit einer solchen Schlampe. Von einer Edelhure lasse sie sich solche Frechheiten nicht bieten, konterte die Stini. Das war zu viel für die Herrin. Sie schlug der Stini mitten ins Gesicht. Das hätte sie besser bleiben lassen. Stini verabreichte Yolanda von Büren zwei kräftige Ohrfeigen, dass diese taumelte. Damit noch nicht genug, wie eine Wildkatze setzte Stini zum Sprung auf Yolanda von Büren an, sodass diese das Gleichgewicht verlor und stürzte. Sie wehrte sich so gut es ging. Aber gegen ein kräftiges Bauernmädchen musste eine kleine, zierliche Frau ja den Kürzeren ziehen. Ich hätte die blauen Flecken auf dem Leib der Yolanda von Büren nicht zählen wollen. Mit andern Worten: Die Stini hatte sie windelweich geprügelt. Ich muss Ihnen aber eins sagen: Dieses hochnäsige Weibsbild hat es verdient. Natürlich war nach diesem Ereignis an eine Weiterbeschäftigung bei den jungen von Bürens nicht mehr zu denken."

„Gibt es diese Stini noch?"

„Ja, sicher. Wir besuchen uns gegenseitig immer noch mehrmals im Jahr. Sie hatte kurz nach dem Zwischenfall mit Yolanda in Stocken einen Bauern namens Christian Rüegsegger geheiratet. Gebar eine ganze Schar von Kindern. Ihr Mann starb vor zwei Jahren im Alter von fast neunzig Jahren. Sie lebt heute noch im Stöckli des Bauernhofes, auf dem sie fast dreißig Jahre lang das Regiment geführt hatte. Ihr jüngster Sohn bewirtschaftet seit mehr als zehn Jahren mit der Schwiegertochter und den drei Enkelkindern den Landwirtschaftsbetrieb. Stini ist körperlich und geistig immer noch rüstig.

„Gab es neben Stini und Ihnen noch weitere Hausangestellte bei den von Bürens?"

„Fast hätte ich es vergessen. Ja, es gab noch den gehörlosen Oskar. Er hat einen eineiigen Zwillingsbruder mit dem gleichen Gebrechen, der ebenfalls Dienstbote war, bei einer mit den von Bürens befreundeten Arztfamilie. Diese wohnten, falls ich mich richtig erinnere, im Gwatt. Aufgefallen ist mir, dass Stini ein sehr gutes Verhältnis mit dem Oskar hatte. Sie hat mir einmal anvertraut, der Oskar sei sehr gebildet: Er lese Bücher und verstehe es, sich vortrefflich schriftlich auszudrücken. Die Dienstboten, der Gebärdensprache nicht mächtig, konnten ja nur schriftlich mit Oskar verkehren."

Als wir die Wohnung der Emma Böhlen verließen, läuteten die Glocken der nahen Kirche gerade den Mittag ein.

Unsere Mägen knurrten. Wo es wohl in Thierachern etwas zu essen gab? Wir fragten den Erstbesten, der uns auf der Straße begegnete. „Wenn Sie Hunger haben, empfehle ich den ‚Löwen', an der Kreuzung nach Amsoldingen, Blumenstein und Uetendorf."

Wie Recht er hatte!

Schon die große, aber heimelige Gaststube ließ erahnen, dass man diese keinesfalls hungrig wieder verlassen würde. Es war ein für die Jahreszeit kalter, regnerischer Tag. Wir entschlossen uns, dieses eine Mal zuzuschlagen: panierte Schnitzel, Pommes frites mit gemischtem Salat. Das Schnitzel den ganzen großflächigen Teller überdeckend, das Grünzeug knackig, frisch vom Garten gepflückt, die Pommes frites goldgelb, dazu eine Flasche Hauswein, zum Nachtisch „Merängge" mit viel „Nidle"! Keine Kost für Stubenhocker! Aber wer hätte dieser Versuchung widerstehen können! Kari Räbers Diätprogramm wurde um mindestens eine Woche zurückgeworfen. Um seinen langsam aufkommenden Frust zu mildern, beschloss er, sich zum reichlich genossenen Roten noch einen kräftigen Kafi Kirsch zu genehmigen. Samuel hielt mit, soweit es seine Statur zuließ. Und ich war der Fahrer: Meine beiden Kumpel achteten peinlich genau darauf, dass ich die gesetzlich festgelegte Limite von einem Glas Wein nicht überschritt.

Allein, mit der großen Menge Fleisch wurde sogar Kari nicht fertig. Als ich sah, wie die Serviererin die Teller mit den übrig gebliebenen happigen Schnitzelresten abräumte, stiegen in mir Erinnerungen aus meiner Jugendzeit auf. Damals konnte sich eine Arbeiterfamilie kaum mehr als einmal in der Woche Fleisch leisten. Bei Nebenerwerbsbauern, wie im Elternhaus von Samuel oder in meinem, mochte es ein wenig mehr sein. Brachte der Vater nach dem Zahltag eine Büchse „Corned Beef" heim, lief einem das Wasser im Mund zusammen. An den kirchlichen Feiertagen und an den Geburtstagen gab es ein Festessen: Im Sommer und Herbst jeweils ein Kaninchen aus Vaters Zucht; im November kam der Störmetzger und schlachtete ein Schwein; das musste dann für den ganzen Winter reichen, aber nicht für uns allein: für die Großeltern, zwei Tanten, einen Onkel und den Prediger, der zum Ärger meines Vaters immer die schönsten Stücke davon behändigte.

Nach der strapaziösen Nahrungsaufnahme und das heruntergespült mit reichlich Getränken, löste sich Karis Zunge: „Ich frage mich, ob wir jemals das Geheimnis des Mordes von Zwieselberg lüften können. Je mehr wir darüber wissen, desto weiter entfernen wir uns von der Aufdeckung des Verbrechens.

Also aufgeben? Nein! Wir müssen uns einmal die Frage nach dem Motiv stellen. Wer hatte das größte Interesse am Beseitigen der Yolanda von Büren gehabt? Das war doch ihr Ehemann. Nun, wenn Jakob von Büren ein Schurke wäre! Doch er war genau das Gegenteil davon. Ein Ehrenmann, ein Gerechtigkeitsapostel, ein Ausbund an Pflichterfüllung und Gesetzestreue. So einer ist niemals zu einem Kapitalverbrechen fähig. So einer ist nicht mal in der Lage, ein, zwei Kilometer pro Stunde schneller zu fahren als erlaubt."

Samuel sah das Ganze doch etwas nüchterner, obwohl er den geistigen Getränken auch ordentlich zugesprochen hatte: „Ich schlage vor, wir statten zuerst Stini einen Besuch ab. Sie könnte uns auch einiges über die alten von Bürens verraten, ich meine damit die Großeltern von Fortunat."

Stini könnte uns einen großen Schritt weiterbringen, darin waren wir uns einig.

Als Kari telefonisch mit Christine Rüegsegger-Durtschi ein Treffen vereinbarte, gab es keine Probleme. Ihre Freundin, die rührige Emma Böhlen hatte sie vorgewarnt. Offensichtlich war die Frau Rüeggsegger eine leutselige Person, die sich auf jeden Besuch freute.

Stini

Der Weg zu Christine Rüegsegger-Durtschi wurde von einem Zwischenfall überschattet, der leicht hätte übel ausgehen können. Um zum Domizil der Stini zu gelangen, mussten wir zu Fuß den Hof des Nachbarn überqueren. An dessen Scheune war ein riesengroßer Berner Sennenhund angekettet. Er schien fremde Besucher nicht besonders zu mögen. Als wir an ihm vorbeigingen, knurrte und bellte er bedrohlich. Kari Räber meinte, er müsse zurückbellen. Das aber ging dem Tier doch zu weit. Der offenkundig intelligente Hund trat ein paar Schritte von uns weg, so dass die Kette schlaf herunterhing, nahm einen wilden Anlauf, taumelte zurück, versuchte es noch mal und noch mal: Die Kette riss und das Tier stürzte auf Kari zu, stellte sich die Hinterbeine und legte die Vorderpfoten auf dessen Schultern.

„Schau ihm nicht in die Augen!", rief Samuel entsetzt.

Diesen Ratschlag befolgte Kari, was ihm möglicherweise die Nase rettete. Nach ein paar Schrecksekunden öffnete sich ein Fenster und eine Frau rief laut und bestimmt:

„Nero, du verdammter Sauhund, lass das!"

Mit eingezogenem Schwanz trottete das Tier unverzüglich, wenn auch leise knurrend, zurück in seine Hütte, legte sich hin, nicht ohne uns verächtlich das Hinterteil zuzukehren.

Christine Rüeggsegger-Durtschi hatte die Szene von ihrem Stubenfenster aus beobachtet. Dem immer noch käsebleichen Kari Räber bot sie einen starken Kaffee an. Sie tröstete ihn zudem damit, dass der Nero auch etwas gegen den Briefträger habe. Schon zweimal habe der Hund sich in dessen Hosen verbissen. Aber dass er jemanden auf Augenhöhe gestellt habe, das sei bis jetzt noch nie vorgekommen. Zum Glück habe die Nachbarin ihren Hund normalerweise voll im Griff.

Kari blieb während dem ganzen Gespräch wortkarg, was wir von ihm gar nicht gewohnt waren.

*

Sie habe in ihrem Leben oft über das Verschwinden der Yolanda von Büren nachgedacht, gestand uns Stini:

„Bis ich von Herrn Räber über deren Tod aufgeklärt worden bin, war ich fast sicher, die junge Frau von Büren habe sich aus dem Staub gemacht. Sie hätte ja Gründe für einen solchen Schritt gehabt: Ihr waren sowohl der Ehemann als auch das Kind lästig geworden. Den Tod hätte ich ihr allerdings nicht gerade gewünscht."

„Wer könnte Yolanda von Büren umgebracht haben?", kam Samuel zur Sache.

„Das ist schwierig zu sagen. Ganz bestimmt nicht ihr Ehemann, obwohl er ja einen Grund dazu gehabt hätte. Vielleicht war es einer ihrer zahlreichen Liebhaber. Möglich sogar, dass ihr Schwiegervater die Hände im Spiel hatte."

„Warum schließen Sie denn Jakob von Büren aus?"

„Diesen Mann hätte sich niemand als Mörder vorstellen können. Ganz abgesehen davon hätte er andere Möglichkeiten gehabt sie loszuwerden. Er wollte sie aber offenbar noch bei sich behalten: Fortunat sollte nicht ohne Mutter aufwachsen."

„Sie waren ja noch in der Familie von Adrian von Büren, dem Vater von Jakob, angestellt. Sie müssen den alten von Büren recht gut gekannt haben, dass sie ihm zutrauen, vielleicht seine Schwiegertochter beiseitegeschafft zu haben."

„Wissen Sie, diese Frau war ein derartiges Luder, dass man dies vielen Menschen hätte zutrauen können, sicher auch dem alten von Büren. Er sah sich sozusagen als Oberhaupt eines angesehenen Geschlechts. Ich kann mir schwerlich vorstellen, dass so einer es tatenlos hinnimmt, wenn seine Familie in den Dreck gezogen wird."

„Wie war das Arbeitsklima bei den alten von Bürens?"

„Das war in Ordnung. Ich bekam einen Lohn, der über dem Durchschnitt von Hausangestellten lag. Natürlich galt auch in diesem Haus der Grundsatz, „die da oben und die da unten". Es wäre nie vorgekommen, dass Dienstboten und Herrschaften am gleichen Tisch gegessen hätten. Wir verköstigten uns in der übergroßen Küche im Kellergeschoss, an einem langen hölzernen Tisch, zwischen den Mahlzeiten, die wir im Esssalon zu servieren hatten. Eine laute elektrische Glocke kündigte uns jeweils an, was gerade von der feinen Gesellschaft gewünscht wurde. Ein langer Schrillton bedeutete Suppe, Frühstück oder Zvieri bringen, bei zwei kurzen Schrilltönen war die Hauptmahlzeit an der Reihe, drei kurze Schrilltöne waren das Signal für den Nachtisch und nach zwei langen Schrilltönen durften wir abräumen; dann ließen uns die Herrschaften eine Zeitlang in Ruhe. Übrigens, bei einem Zwischenfall, was zum Glück nicht jeden Tag vorkam, gab es Alarm: Ein sich wiederholendes langes Läuten, gefolgt von einem kurzen, hieß für uns, sofort nach oben kommen.

Irgendetwas war dann schiefgelaufen: die Suppe zu wenig heiß oder versalzen, ein Weinglas umgekippt oder Ähnliches. Aber wir hatten immer reichlich und vorzüglich zu essen. Das war zu diesen Zeiten ja nicht selbstverständlich."

„Was für einen Eindruck machte der alte von Büren auf Sie?"

„Einen großen, das muss ich eingestehen! Er strahlte Autorität, aber auch eine eigenartige Kälte aus. Er hatte es nicht nötig, fortwährend unterschwellig auf die sozialen Unterschiede hinzuweisen. Er benahm sich so, dass dies eine Selbstverständlichkeit war, ganz im Gegensatz zu seiner Schwiegertochter, die etwas Ordinäres an sich hatte."

„Sie wollen damit ausdrücken, dass Sie die junge Frau von Büren nicht besonders mochten?"

„Nicht besonders mochte? Das ist wohl untertrieben! Sie hat mich angeekelt! Eine aufgepäppelte Puppe mit dem Verstand eines pubertierenden Schulmädchens: eingebildet und dumm! Diese Frau hatte in ihrem ganzen Leben wohl nie richtig arbeiten müssen. Nur etwas hat sie meisterhaft verstanden: den Männern den Kopf zu verdrehen. Aber Männer, die sich mit einer solchen Frau einlassen, sind ja selber blöd."

„Dann war in Ihren Augen also auch Jakob von Büren blöd?"

„Nun bringen Sie mich in Verlegenheit!", winkte Stini ab. „Der junge von Büren war ein feiner Mensch. Sein Unglück war, dass er sich an eine Gesellschaft anpasste, von der er sich immer mehr entfernte."

Dann fasste sie den still dasitzenden Kari ins Auge:

„Sie stammen ja wohl auch von den Besseren ab, Herr Räber! (Womit sie nicht ganz Recht hatte.) Dann müssten Sie doch wissen, wie man in Ihren Kreisen noch vor wenigen Jahrzehnten Paare verkoppelt hat. Ein Mann oder eine Frau aus der Oberschicht musste viel Durchhaltevermögen und Eigensinn aufweisen, um sich einem solchen Verfahren zu entziehen. Das hat offenbar damals dem jungen Jakob von Büren gefehlt."

Samuel versuchte nun, das Gespräch wieder auf die alten von Bürens zu lenken:

„Können Sie sich noch erinnern, mit welchen Leuten die Eltern von Jakob von Büren verkehrten?"

„Ja, wie sagte man damals: mit der ‚High Society' von Thun und Umgebung. Dazu gehörten Ärzte, Fürsprecher, Notare, Direktoren und Offiziere. Ganz besonders Offiziere, die hatten einen großen Stellenwert bei den oberen Zehntausend. Das habe ich in dieser Zeit einmal am eigenen Leib erfahren müssen. Als ich an einem frühen Morgen in einer Bäckerei anstand, um frisches Brot und frische Gipfeli für den Zmorgentisch der Herrschaften zu besorgen, betrat eine Dame in Pelzmantel und Schuhen mit hohen Absätzen den Laden. Sie beachtete die lange Schlange nicht, sondern drängelte direkt zum Verkaufstisch. Ich wies Sie zurecht, möglicherweise mit einigen Schimpfwörtern. Im Gesicht der Verkäuferin spiegelten sich einerseits Verständnis und klammheimliche Zustimmung, andererseits eine unangenehme Vorahnung dessen, was nun auf sie zukommen würde.

Ich müsse mich jetzt gedulden, zuerst würde die Frau Oberst bedient, das sei so üblich in Thun. Schließlich sei der Mann dieser Frau für die Sicherheit unseres Landes besorgt. Ausgerechnet!, maulte ich zurück, im letzten Krieg hätten einige dieser Brüder die Schweiz glatt verraten, wären die Nazis in unser Land eingefallen. Vor solchen Leuten hätte ich gar keinen Respekt, besonders dann nicht, wenn diese besoffen rechtschaffene Arbeiter zu Tode fahren würden, wie das gerade kürzlich passiert sei. Nach diesen Worten klatschten die Umstehenden kräftig Beifall.

Irgendwie hatte der alte von Büren von dem Vorfall in der Bäckerei Wind bekommen. Er bestellte mich in sein Studierzimmer und sagte, er könne mich zwar verstehen, aber ich dürfe ja nicht glauben, alle Offiziere seien gleich wie der Todesfahrer von Bonstetten. Übrigens könne ein Zusammenleben nur richtig funktionieren, wenn es Menschen gäbe, die lenkten, und solche, die gehorchten. Das müsse auch ich akzeptieren lernen, wenn ich in Frieden weiterleben wolle. Schwarze Schafe gebe es unten wie oben. Das sei aber noch lange kein Grund, diese Ordnung, die sich seit Jahrhunderten bewährt habe, auf den Kopf zu stellen, wie das jetzt die Kommunisten täten. In diesem Zusammenhang möchte er mich jetzt etwas fragen. Die Antwort darauf habe aber keine weiteren Folgen auf mein Arbeitsverhältnis bei ihm. Ob mir der Name Kurt Durtschi etwas sage.

Natürlich, das sei mein Großvater gewesen. Ich wüsste sicher, dass dieser Mann ein Sozi gewesen sei und im Stadtrat von Thun gesessen habe, rief mir mit leicht anklagendem Unterton von Büren in Erinnerung. Aber immerhin, aus seinem Sohn, meinem Vater also, sei dann noch etwas Rechtes geworden. Er habe eine Bauerntochter geheiratet und führe nun einen der größten Landwirtschaftsbetriebe im Stockental. Mir war ein wenig unbehaglich zumute: Ich wollte eigentlich dem alten von Büren klarmachen, dass mir mein Großvater ein Vorbild gewesen sei, dass sein Verhältnis zu meinem Vater nie getrübt war. Doch irgendwie traute ich mich nicht, einer solchen Respektsperson zu widersprechen."

Samuel nickte beeindruckt, obwohl er eigentlich eine kürzere, aber konkretere Antwort auf seine Frage erwartet hätte. Er versuchte es noch mal:

„Können Sie sich noch an die Namen der Gäste der alten von Bürens erinnern?"

„Was bringt denn das noch? Die sind mit Sicherheit nicht mehr unter den Lebenden. Ich habe mir angewöhnt, mein Gedächtnis nicht mit unnötigen Dingen zu belasten. Aber wenn's sein muss, ein Name ist mir noch haften geblieben: die Brechbühls, eine Arztfamilie aus Gwatt, waren oft zu Besuch. Sie beschäftigten beide einen Gehörlosen als Bediensteten. Ein Zwillingspaar, beide sind übrigens noch am Leben.

Mir taten die zwei Brüder irgendwie leid. Sie waren bevormundet, obwohl sie offensichtlich intelligenter waren als die meisten ihrer Mitmenschen. Der Vormund des einen war der Dienstherr des andern. Oskar konnte mit mir nur schriftlich kommunizieren. Ich war über seine Fertigkeit, sich schriftlich auszudrücken, verblüfft. Mein jüngerer Bruder hatte seine liebe Mühe mit der Schriftsprache. Einmal musste er als Hausaufgabe einen Aufsatz schreiben. Er bat mich um

Hilfe, aber leider war ich auch nicht gerade eine Leuchte im schriftlichen Ausdruck. Da hatte ich die vortreffliche Idee, Oskar mit einzubeziehen.

Das Ergebnis war dann so, dass allen klar war: Mein kleiner Bruder hätte so
etwas niemals selbst schreiben können. Doch das bereitete dem Schulmeister
weniger Kopfzerbrechen als die Tatsache, dass es in unserem Bekanntenkreis
jemanden gab, der besser mit der Schriftsprache zurechtkam als er selber. Wer
zum Teufel denn diesen Aufsatz geschrieben habe, wollte er von meinem Bruder
wissen. Oskar anerbot sich dann auch noch, meinem Bruder bei den Rechnungs-
aufgaben beizustehen, was prompt den Lehrer bewog, von meinen Eltern Rechenschaft einzufordern. Zuerst sagten sie ihm, dass Stini jemanden kenne, der
des Schreibens und Rechnens besonders kundig sei. Als der Dorf-Pädagoge
verunsichert bemerkte, Stini habe doch einen festen Freund und der könne es
sicher nicht sein, den kenne er nämlich vom Unterricht her, blieb meinen Eltern
nichts anderes mehr übrig, als ihm zu sagen, wer dieser Könner in Schrift und
Zahl war. Der Lehrer verstand die Welt nicht mehr und ging.

*

Wir entschädigten Oskar mit Zopf, Speck und geräucherten Würsten. Nicht dass
er bei den von Bürens unzureichend zu essen bekommen hätte, aber die Küche
behagte ihm dort nicht besonders. Mir übrigens auch nicht, ich war eben an
deftige Speisen gewöhnt. Das war unsereinem angemessen: Wir verrichteten
schließlich harte körperliche Arbeit.

Als der alte von Büren Anfang der 1970er Jahre an einem Schlaganfall verstarb, setzte Fortunat alles daran, dass beiden Zwillingsbrüdern die bürgerlichen
Rechte zugestanden wurden. Nach einem heftigen Streit mit dem Arzt Brechbühl konnte er sich mit diesem Anliegen durchsetzen. Ich schreibe Oskar immer
noch eine Karte zu seinem Geburtstag, er dankt jeweils mit rührenden Worten.
Seit einem Jahr hat er auch ein Handy, nun tauschen wir alle paar Tage eine
SMS miteinander aus.“

Samuel war hartnäckig. Immer noch vermutete er, dass Stini nicht alles gesagt
hatte, was sie von den alten von Bürens wusste.

Ob sie noch Hausangestellte beschäftigten, die sie nicht mit der Familie ihres
Sohns teilten, bohrte Samuel weiter.

Da habe es noch eine Näherin gegeben. Eine ausgesprochen hübsche Person
mit einem außerehelichen Sohn. Man vermutete den alten von Büren als dessen
Erzeuger.

„Sie trug den Namen Berta Ramseier. Vielleicht hat sie später doch noch einen
Mann gefunden.“

„Haben Sie eine Idee, wie man das herausfinden könnte?“

„Wollen Sie das wirklich erfahren? Ich wüsste im Moment nur zwei Personen,
die das vielleicht wissen könnten: die taubstummen Brüder. Aber Sie werden

wohl kaum an diese herankommen. Lassen Sie mich das machen. Ich kann Ihnen vielleicht schon morgen Bescheid geben, falls Sie mir Ihre Handynummer verraten. Ich schreibe Ihnen dann eine SMS."

Erst als uns Stini mit Süßigkeiten vollgestopft hatte, gelang es uns, ihr zu entkommen. Aber immerhin: Wir waren uns einig, dass diese Frau uns einen großen Schritt weitergebracht hatte.

Nun war es an der Zeit, Jakob von Bürens alte Kollegen Käser, Muralt und Tscharner aufzustöbern. Leichter gesagt als getan! Wir fanden nach längerem Suchen heraus, dass Käser – er war inzwischen Witwer geworden – in einer gehobenen Seniorenresidenz in der Berner Elfenau seinen späten Lebensabend verbrachte. Muralt konnte uns leider nicht mehr weiterhelfen. Er hatte im höheren Alter die Gewohnheit angenommen, den heimeligen Wirtsstuben in der Thuner Altstadt der Reihe nach einen Besuch abzustatten. Im November 2000 ging dann etwas schief. Bei Nacht und Nebel irrte er sich in einer Treppe, die anstatt in ein Kellerlokal direkt zur Aare hinunterführte. Seine Überreste wurden am folgenden Tag unterhalb der Eisenbahnbrücke bei Uttigen gefunden. Den Tscharner konnten wir zwar ausfindig machen, er schien aber in einer anderen Welt zu leben und konnte sich nicht mehr daran erinnern, jemals einen Jakob von Büren gekannt zu haben.

Max Ramseier

Samuel von Allmen, Kari Räber und ich trafen Konrad Käser in einem Café beim Zytgloggenturm. Der schlanke, kleine und noch immer quicklebendige Mann machte uns drei, ebenfalls schon in die Jahre gekommenen Senioren Mut: Bei einem gesunden Lebenswandel hatten vielleicht auch wir die Chance ohne Gehhilfe um mindestens zehn Jahre jünger aussehend die Schwelle des fünfundachtzigsten Geburtstages zu betreten. Dieses Alter werde er im nächsten Jahr erreichen, gestand er uns mit diskretem Stolz. Er habe fast alle Viertausender der Alpen bestiegen. Der letzte sei der Mont Blanc, der höchste Gipfel in Europa, gewesen. Das sei ihm aber eher wie ein Spaziergang vorgekommen. Damals gerade richtig für einen Fünfundsiebzigjährigen.

Jakob von Büren habe er als seinen besten Freund in Erinnerung. Sie hätten zusammen viele Gerichtsfälle bearbeitet. Jakob sei der Begabtere gewesen: Von ihm habe er viel profitiert. Um sich erkenntlich zu zeigen, habe er Jakob auf Klettertouren mitgenommen. Auf diesem Gebiet sei er allerdings nicht gerade sehr talentiert gewesen, aber nichtsdestotrotz, die Kraxelei habe ihm gut getan und ihn wieder in ein seelisches Gleichgewicht gebracht. Als Strafverteidiger habe er immer wieder erlebt, dass hochintelligente Menschen mit ihrer Psyche weniger zurechtkamen als einfache Geister, wie er, Konrad Käser, einer sei. Wir könnten ihm, Jakob von Büren betreffend, unbekümmert Fragen stellen; soweit seine Erinnerungen es erlauben würden, bekämen wir darauf eine Antwort, anerbot uns der alte Mann.

Was die Frau von Jakob von Büren denn so für ein Mensch gewesen sei, wollte Samuel wissen. Käser pfiff leise durch die Zähne. „Um es offen zu sagen: eine überdrehte Schreckschraube. Nur ein gutmütiger Trottel konnte sich so eine Kreatur aufschwatzen lassen. Intelligent und trottelig sind Eigenschaften, die sich leider nicht ausschließen. Dabei hätte er ein tolles Mädchen gehabt. Aber sie war seinem arroganten und aristokratischen Vater von zu wenig edlem Geblüt. Das mag er dann später bitter bereut haben."

„Wie ist dann diese Liaison ausgegangen?"

„Zwischen tragisch und komisch. Aber im Nachhinein fand sie ein gutes Ende. Nicht dass Berta seine große Liebe gewesen wäre. Mir offenbarte Jakob etwas, das ich bis zum heutigen Tag nie preisgab. Er sei sich plötzlich über seine sexuelle Ausrichtung nicht mehr im Klaren und das irritiere ihn. Er fühle sich hin und hergerissen zwischen beiden Geschlechtern. Und er könne sich vorstellen, dass Berta ihn wieder an das richtige Ufer lotsen werde."

Ledig hieß sie Ramseier. Sie wurde schwanger von Jakob, als er ein 24-jähriger Student war. Er wollte sie heiraten. Doch Adrian von Büren, sein Vater, machte ihm einen dicken Strich durch die Rechnung. Er drohte Jakob, ihn aus dem Haus zu werfen und sein Studium nicht mehr weiterzufinanzieren, falls er sich diese Frau aus minderem Hause nehme. Jakob war nicht lebenstüchtig genug, sich dem zu widersetzen. Er willigte schließlich in einen Kuhhandel ein. Adrian von Büren zahlte Berta eine Abfindung von zehntausend Franken und bot ihr eine Stelle als Näherin an. Berta hatte einen Lehrabschluss als Schneiderin. Zudem versprach er, für die Erziehung und Ausbildung des zu erwartenden Kindes aufzukommen. Berta, eine lebensfrohe Frau, mit beiden Beinen in der Welt stehend, konnte sich mit dieser Lösung abfinden, umso mehr, als eher sie es war, die Jakob verführt hatte. Sie wohnte von da an im Dienstbotenhaus der alten von Bürens. Jakob wurde in ein Zimmer an der Länggassstraße in der Nähe der Universität Bern einquartiert. Besuchte Jakob an den Wochenenden seine Eltern, wurde er strikte von Berta ferngehalten. Im Januar 1936 kam der illegitime Bub zur Welt. Er wurde Max getauft und entwickelte sich prächtig. Erst als er volljährig wurde, heiratete seine Mutter: einen verwitweten Bäckermeister namens Oesch mit fünf Kindern. Berta blühte auf. Sie brachte das verlotterte Geschäft ihres neu Angetrauten wieder auf Vordermann. Das Ehepaar lebt heute sorgenlos im Ruhestand. Auch mit Max meinte es das Schicksal gut. Seinen Lehrpersonen fiel er als intelligenter, stiller und arbeitsamer Junge auf. Er schaffte es ohne Probleme ins Gymnasium, schloss die Maturaprüfung mit Bestnoten ab, studierte an der Universität alte Sprachen und wurde Gymnasiallehrer für Latein und Griechisch. Er hätte das Zeug für eine akademische Karriere gehabt. Doch an der Berner Universität waren dafür auf lange Zeit keine Stellen in Aussicht. Er verspürte keine Lust, in eine andere Stadt umzuziehen, vielleicht fehlte es ihm auch am dafür notwendigen Ehrgeiz. Ihm machte es Spaß, jungen Menschen die alten Sprachen beizubringen. Seine Schülerinnen und Schüler mochten ihn. So lehrte er fast vierzig Jahre, bis zu seiner Pensionierung, am Gymnasium Kirchenfeld. Auf einer seiner häufigen Reisen lernte er seine spätere Frau, Maria Dolores, eine Spanierin, kennen. Deren Eltern hatten sich im letzten Moment den Schergen Francos entziehen und nach England flüchten können. Er gründete mit ihr eine Familie, zwei Straßen von seinem Arbeitsort entfernt.

Die jungen Ramseiers – Max nahm den ledigen Namen seiner Mutter an, obwohl ihn sein Vater als Sohn anerkannte – zogen vier Kinder auf. Sein jüngstes, ein Sohn, erlag dem plötzlichen Kindstod, das war bis jetzt der einzige schwere Schicksalsschlag in seinem Leben. Nach seiner Pensionierung – die Kinder waren schon längst erwachsen – siedelte das Ehepaar Ramseier nach Andalusien, der alten Heimat von Dolores, um. Dort genießen sie ihren Lebensabend. Sie schreiben mir übrigens alle paar Monate. Nach dem überraschenden Sieg der PSOE im Frühjahr 2004 luden sie mich sogar zu einer Wahlfeier ein. Ich nahm die Einladung freudig an. Maria Dolores war außer sich vor Freude, dass der

Sozialist Zappatero neuer Ministerpräsident wurde, was ich gut nachvollziehen konnte. Mehrere ihrer Verwandten waren in den Verliesen der faschistischen Francodiktatur qualvoll zu Tode gekommen. Die Partei der abgewählten Regierung hatte immer noch viele Faschisten in ihren Reihen, auch der von den Spaniern in die Wüste geschickte Aznar diente Franco als Minister. Ich weiß, die Information über die politische Einstellung von Max und Maria Dolores Ramseier erscheint auf den ersten Blick kaum hilfreich für die Aufklärung des Verbrechens vor mehr als fünfzig Jahren. Aber sie gehört eben zu dieser Geschichte. Max ist zwar nie einer Partei beigetreten. Das heißt aber nicht, dass er sich keine Gedanken über die Entwicklung der Gesellschaft macht; dafür dürfte auch seine Frau sorgen. Sie ist ein durch und durch politischer Mensch, sicher auch bedingt durch ihre Herkunft. Ihr Vater war unter der spanischen Volksfrontregierung der dreißiger Jahre des vergangenen Jahrhunderts Bürgermeister in einer andalusischen Küstenstadt. Die wohlwollende Haltung vieler Schweizer Meinungsmacher gegenüber dem Caudillo Franco konnte sie nie akzeptieren. Sie sah darin Überreste einer Gesinnung, zu der sich ein guter Teil der Schweizer Eliten bis zum Niedergang des Dritten Reiches offen bekannte."

In den Jahren nach 1945 tat man dies zunächst nur hinter vorgehaltener Hand. Doch mit dem Ausbruch des Kalten Krieges wurden faschistische Ansichten in der Schweiz wieder salonfähig. Franco und Salazar waren in rechtsbürgerlichen Kreisen als Speerspitzen gegen den Kommunismus wohlgelitten.

„Ich erinnere mich noch an einen Leserbrief im ‚Bund', den Maria Dolores Ramseier in den turbulenten Wochen des zusammenbrechenden Francoregimes geschrieben hatte", fuhr Käser fort.

„Sie hatte darin unter anderem Franco als alten Schrumpfkopf bezeichnet, was prompt zur Replik von Max' Kollegen Adolf Hurni führte. Er schrieb darin, man sollte rechtlich gegen die Autorin vorgehen, weil sie ein im Westen respektiertes Staatsoberhaupt verunglimpfe. Der Kollege, ein Historiker, wurde später sogar Prorektor des Gymnasiums. Max, ein Mensch mit ausgeprägtem Harmoniebedürfnis, war stets bemüht, einem Konflikt mit Hurni aus dem Wege zu gehen. Von seiner spanischen Gattin konnte man dies weniger behaupten.

Anlässlich eines Jahresabschlussessens der Lehrpersonen – deren Ehepartner wurden dazu auch eingeladen – brach das schwelende Zerwürfnis dann doch noch offen aus. Es war im Jahre 1986, und man hätte eigentlich davon ausgehen können, über die Sache wäre Gras gewachsen. Ich durfte damals als Vertreter der Schulkommission auch mit dabei sein. Ohne meine Anwesenheit wäre dieser Konflikt wahrscheinlich nicht ausgebrochen. Bei derartigen Anlässen war Max stets bemüht, sich in der möglichst größten Entfernung von Hurni niederzulassen.

112

Meine Funktion brachte es aber mit sich, dass ich an den Tisch der Schulleitung gebeten wurde. Und da das Ehepaar Ramseier mir als einziges persönlich bekannt war, konnte es sich meinem Wunsch, an meiner Seite Platz zu nehmen, kaum entziehen. Allerdings: Ohne eine Reihe von dummen Zufällen wäre es nicht zum Ausbruch des Wortgefechts zwischen Hurni und Maria Dolores Ramseier gekommen. Der wenig sensible und allzu sehr auf sich bezogene Hurni realisierte nicht, dass ich mit den Ramseiers freundschaftlich verbunden war. Ihm stieß ihre Präsenz am Schulleitungstisch sauer auf: Er wolle die Ramseiers ja nicht vertreiben, aber ob sie nicht an einen anderen Tisch gehen könnten, es würden sicher noch weitere Mitglieder der Schulkommission eintreffen. Ich stellte dann sofort richtig, dass dies nicht der Fall sei. Und die Ramseiers blieben.

Nun brauchte es noch eine unbedachte Bemerkung des Rektors namens Ursus Niklaus Krähenbühl. Dieser Krähenbühl begriff offensichtlich nicht, dass sich in seiner Umgebung langsam dicke Luft ansammelte. Jetzt hätten wir ja zwei Spanierinnen am Tisch. Mit der einen Hand zeigte er auf Maria Dolores, mit der anderen auf Hurnis Frau, Aurelia Carmela. Er hatte dabei nicht daran gedacht, obwohl er es eigentlich hätte wissen müssen, dass der Vater von Frau Hurni ein Offizier der Francopolizei und damit einer der Hauptbeteiligten an den Verbrechen der spanischen Faschisten war. Maria Dolores setzte einen abweisenden Gesichtsausdruck auf, sagte aber zunächst nichts.

Hurni war ohnehin verärgert, dass dem Ehepaar Ramseier so viel Ehre zuteilwurde. Er hatte sowieso eine große Wut im Bauch: Die bürgerliche Parteien verloren wenige Wochen zuvor ihre bislang komfortable Mehrheit in der Regierung, übrigens zum ersten Mal in der Geschichte des Staates Bern. Das mochte ihn dazu verleitet haben, mit einer Stichelei den glimmenden Brand anzufachen. Offenbar brauche es noch einen zweiten Stalin, damit die Berner endlich begriffen, wohin der Sozialismus führe, sagte er in gehässigem Tonfall. Maria Dolores führte ihren Zeigefinger an die Stirn und warf dabei Hurni einen Blick zu, der verächtlicher nicht hätte sein können. Dem Rektor war unbehaglich zumute. Der kleine Mann rutschte nervös auf der Stuhlfläche hin und her.

Als ein Mensch, dem Streit zuwider war, machte Krähenbühl einen verzweifelten Versuch, den Ausbruch einer offenen Fehde im letzten Moment noch im Keim zu ersticken: Er sei auch kein Linker, wirklich nicht, aber Kollege Hurni übertreibe doch ein wenig, wenn er die Berner Sozialdemokraten mit den Kommunisten gleichsetze.

Der Gemaßregelte verzog seinen Mund, als hätte er gerade eine Tasse Essig in sich hineingeschüttet. Er brummte dann noch so etwas wie: Auch die Sozis würden die Internationale singen.

Nun meldete sich Max Ramseier doch noch zu Wort: Ihm sei keine sozialde-mokratische Regierung bekannt, die nicht aufgrund demokratischer Wahlen an die Macht gelangt sei. Aber sein Kollege Hurni lege offenbar nicht großen Wert auf Demokratie, sonst hätte er nicht dem Staatsstreich des chilenischen Generals Augusto Pinochet in aller Öffentlichkeit applaudiert.

Viele in unserem Land dächten gleich wie er, verteidigte sich Hurni. Sein Freund Peter Sager, mit dem er sich fast jede Woche einmal treffe, urteile in dieser Sache genauso.

Eine solche Haltung sei doch problematisch für einen Geschichtslehrer, stieß Max Ramseier nach. Nun fühlte sich Krähenbühl in die Pflicht genommen, dem bedrängten Kollegen beizustehen. Adolf Hurni sei ein guter Geschichtslehrer.

Vielleicht weil er mit seinem Unterricht bis knapp zum Ersten Weltkrieg komme, warf Maria Dolores mit gespielt sachlichem Tonfall ein. Hurni wollte protestieren, sah aber die abwehrenden Handbewegungen des Rektors und schwieg. Nun war es Max, der nicht locker ließ: Er, Adolf Hurni, solle doch einmal erklären, warum er rechte Putschgeneräle demokratisch gewählten linken Staatspräsidenten vorziehe.

Das müsse man eben differenziert ansehen, antwortete Hurni mit grimmiger Miene. Es gebe Völker, die noch nicht reif für die Demokratie seien, wie die Südeuropäer, die Lateinamerikaner, die ‚Neger' und andere farbige Populatio-nen. Auch so genannte Demokraten könnten eine Gefahr für den freien Westen sein. Salvador Allende sei ein Beispiel dafür. Immerhin habe die USA, die größte Demokratie der Welt, den Sturz dieses Marxisten bewirkt. Auch Franco, den er, wie viele andere in unserem Land, bewundere, sei heute eine unverzicht-bare Stütze des freien Westens.

Dass ihm Hitler und Mussolini beim Bürgerkrieg zur Seite gestanden hätten, würde heute viel zu sehr aufgebauscht. Franco habe sich damals einfach für das kleinere Übel entschieden. Er habe Spanien vor dem Kommunismus gerettet.

Max griff nach der Hand seiner Gattin, die kurz vor dem Platzen war. Hurni spürte Oberwasser und setzte noch einen drauf: Schade, dass der Militärputsch vom 23. Februar 1981 gegen Adolfo Suarez misslungen sei. Spanien wäre damit der Sozi Felipe Concales erspart geblieben.

Maria Dolores schwieg immer noch. Aber Hurni konnte es nicht lassen: Er kenne den dafür verantwortlichen Putsch-Oberisten, Antonio Tejero, den Kom-mandanten der Guardia Civil, sehr gut, er zähle ihn sogar zu seinen besten Freunden.

Das brachte nun das Fass zum Überlaufen. Maria Dolores konnte sich nicht mehr zurückhalten: ‚Dann fühlen Sie sich ja wohl in einem kriminellen Umfeld, Herr Adolf Hurni', den Vornamen noch extra betonend. Die Putschoffiziere Tejero, Pinochet, Franco oder die griechischen Obristen seien faschistische

Verbrecher. Wenn jemand solche Leute bewundere, offenbare er damit eine menschenverachtende Gesinnung. Eine Gesellschaft sei schwer krank, wenn sie zulasse, dass solche Leute in den Unterrichtszimmern mit ihren perversen Fantasien die Jugend besudelten.

Hurni wurde kreidebleich vor Entsetzen und Zorn. Er lasse Freunde von sich nicht in den Dreck ziehen. Solche Leute befänden sich bereits darin, man könne sie höchstens noch herausziehen, aber es gäbe sicher wenige, die sich dabei schmutzig machen möchten, gab Maria Dolores schlagfertig zurück. Krähenbühl trommelte immer schneller mit den Schuhsohlen auf den Boden, eine Tätigkeit, zu der er – wie man mir später sagte – immer dann Zuflucht nahm, wenn ihm ein Geschehen aus dem Ruder zu laufen drohte.

Hurni stand auf und eröffnete uns, dass er und seine Frau sich nun von uns verabschieden müssten. Das Ehepaar Ramseier werde seine Unverschämtheiten noch bitter bereuen. Noch nie im Leben habe er sich solche Respektlosigkeiten anhören müssen. Max Ramseier solle sich am nächsten Morgen vor Unterrichtsbeginn in seinem Büro melden. Da gäbe es ein kleines Problem, sagte Max lächelnd: Das sei sein unterrichtsfreier Vormittag. Hurni bestand darauf: Er erwarte ihn trotzdem um halb acht Uhr. Doch Max Ramseier ließ sich nicht abwimmeln. Da müsse er ihn leider enttäuschen, er habe zu dieser Zeit einen anderen Termin. Er werde sich aber nach Unterrichtsschluss am späten Nachmittag, zirka um Viertel vor fünf, bei ihm einfinden.

Als Hurni auf seinem Vorschlag beharrte, rief Max ihm in Erinnerung, dass sie sich hier nicht im Militär, sondern an einem Gymnasium befänden. Ob das Treffen zwischen Hurni und Ramseier am folgenden Tag stattfand, entzog sich meiner Kenntnis. Für mich als Mitglied der Schulkommission war aber klar, dass ein Lehrer und Schulleitungsmitglied, der an einem offiziellen Anlass offen ein faschistisches und rassistisches Bekenntnis abgab, nicht tragbar war.

Kurz nachdem das Ehepaar Hurni wutentbrannt das Lokal vorzeitig verlassen hatte, teilte ich dies vor den noch verbleibenden Teilnehmern Ursus Niklaus Krähenbühl unmissverständlich mit. Ich würde ein Verfahren gegen Hurni einleiten.

Die Gesichtsfarbe des Schulleiters wechselte innerhalb Sekundenbruchteilen von bleich zu aschfahl. So etwas könne ich doch nicht machen, protestierte der verdatterte Krähenbühl. Hurni sei sowohl an unserer Schule wie auch in der Berner Gesellschaft fest verankert. Er sei zudem ein Milizoffizier im Range eines Majors. Dezidiert belehrte ich den Rektor: Vor ein paar Monaten hätte das Hurni wahrscheinlich noch davor bewahrt, zur Rechenschaft gezogen zu werden; ich könnte mir aber schwerlich vorstellen, dass die neue Berner Regierung einen solchen Pädagogen, der dazu noch eine exponierte Funktion ausübe, im Schulbetrieb tolerieren könne. Ursus Niklaus Krähenbühl entgegnete – nicht ohne einen scharfen Blick auf Maria Dolores und Max Ramseier zu werfen –, ihm sei übel, er wolle jetzt auch gehen, der Abend sei so oder so verdorben,.

Der Zwischenfall war den übrigen Besuchern des Anlasses natürlich nicht entgangen. In den nächsten Tagen war er Hauptgesprächsthema im Lehrerzimmer. Max gab seinen Kollegen bereitwillig Auskunft darüber, dies tat allerdings auch Adolf Hurni. In der Folge bildeten sich zwei Lager: Das größere schlug sich auf die Seite von Hurni. Aber auch hinter Max stellten sich zahlreiche Kolleginnen und Kollegen."

Samuel erkundigte sich, wie die Sache dann ausgegangen sei.

„Krähenbühl hat Max Ramseier aus dem Unterricht geholt und ihm eröffnet, dass er zu weit gegangen sei. Auch er teile nicht alle Ansichten von Hurni, aber diesen wegen einer freien Meinungsäußerung derart zu beschimpfen, könne er als Rektor nicht einfach so hinnehmen. Er müsse auch Rücksicht auf die Lehrerschaft nehmen, die – davon sei er überzeugt – großmehrheitlich hinter Hurni stünde. Es wäre am besten, wenn er (Max) sich an nach einer anderen Stelle umsehen würde, am besten in einem anderen Kanton. Als ihm Max darauf antwortete, er denke nicht daran, habe ihm Krähenbühl damit gedroht, ein Verfahren gegen ihn einzuleiten. So weit sollte es aber nicht kommen. Max hat mich noch am gleichen Tag über den Vorfall orientiert. Ich wandte mich sogleich an einen hohen Beamten in der Erziehungsdirektion.

Nun war es der altgediente und verehrte Ursus Niklaus Krähenbühl, der vortraben musste. Spätestens dann gingen dem obrigkeitsgläubigen Schulmann die Augen auf: Die Herren, denen er noch wenige Wochen zuvor fast in den Hintern gekrochen war, hatten plötzlich ihre Meinung geändert oder schickten sich an, ihre Siebensachen zu packen und sich nach einem anderen Betätigungsfeld umzusehen. Es waren die Letzteren, die Krähenbühl nahelegten, den Bettel hinzuschmeißen. Seiner Gesundheit zuliebe! Er könne sich vorzeitig pensionieren lassen. Das lohne sich für Leute in seiner Position allemal. Er habe ja so viele Freunde in wichtigen Positionen, diese würden ihm noch einige Pöstchen zuschanzen, die ihm wenig Arbeit abverlangten, aber dafür umso mehr einbrächten. Er befolgte diesen Rat und sollte es nie bereuen.

Auch Hurni verschwand bald danach von der pädagogischen Bildfläche. Er wurde mit Akklamation in das Kader des Eidgenössischen Militärdepartements (EMD) aufgenommen und erhielt dort für die letzten Jahre seines Arbeitslebens das Gnadenbrot. Er war dabei übrigens in bester Gesellschaft. Das EMD wurde zu einer Art Entsorgungshalde für Opfer der 68er-Generation. Hurni wurde schließlich noch zum Oberst befördert. An allen möglichen und unmöglichen Anlässen durfte er nun in seiner geliebten Uniform auftreten. Dabei prahlte er immer mit vorgespielter Diskretion damit, ein wichtiger Mann in der Untergruppe Nachrichtendienst (UNA) zu sein. Man musste ihm das sogar abnehmen:

Als im November 1979 der Betriebsberater Kurt Schilling in der Nähe von Wien auf einem Miststock verhaftet wurde, weil er sich mit einem Feldstecher bewaffnet im Manövergebiet des österreichischen Bundesheeres auffällig herumgetrieben hatte, musste der damalige Chef der UNA, ein gewisser Oberst Bachmann, seinen Posten räumen.

Die ganze Schweiz lachte über diese Affäre. Das Ansehen des helvetischen Geheimdienstes sank unter den Nullpunkt. Auch im Lehrerzimmer des Gymnasiums, an dem Max unterrichtete, entzündeten sich Diskussionen, die allerdings nicht den Ausgang nahmen, den sich Hurni gewünscht hätte. Das wurde diesem denn auch von patriotischen Lehrpersonen zugetragen. Um die Stimmung doch noch in die rechte Richtung umkippen zu lassen, hatte Hurni eine gloriose Idee. Er brachte seine ehemaligen Kollegen von der Schulleitung dazu, ihn und den aus seiner Sicht zu Unrecht gemaßregelten Bachmann zum Lehrpersonenkaffee in die Schule einzuladen.

Hurni konnte es nachher nicht unterlassen, sich vor den versammelten Lehrkräften bei seinem Freund und Dienstkollegen Bachmann für die dummen Fragen, die von einigen linken Langhaarfritzen in die Diskussion geworfen wurden, zu entschuldigen. Wie er ja leider bei dieser Gelegenheit am eigenen Leib erfahren müsse, würden diese Brüder ihre Drohung vom Marsch durch die Institutionen wahr machen. Doch die sollten sich nicht zu früh freuen, es gebe einige wehrhafte Schweizer, die diesem Treiben bald ein Ende bereiten würden.

Hurni könnte damit sogar ein Stück weit die Wahrheit gesagt haben. Jedenfalls lässt dies die neueste politische Entwicklung in unserem Lande befürchten. Sein Name war übrigens einer der wenigen, die im Zusammenhang mit zwei mysteriösen Organisationen innerhalb des EMD öffentlich genannt wurden: der Geheimarmee P26 und dem geheimen Nachrichtendienst P27.

Damit aber noch nicht genug. Im Jahre 1990 bekam ich eine Meldung vom Sonderbeauftragten für Staatsschutzakten, dem Luzerner alt Regierungsrat Walter Gut. Von mir sei eine Fiche im Archiv der Bundespolizei gefunden worden, eine Kopie davon werde mir mit diesem Schreiben zugestellt. Um den Denunzianten zu schützen, war dessen Name durch einen dicken schwarzen Balken verdeckt. Aber das wäre in diesem Falle nicht einmal notwendig gewesen. Der Inhalt verriet eindeutig die Quelle. Es war unser kalter Krieger und umtriebiger Vaterlandsverteidiger Adolf Hurni. Darin wurde auf das Jahresschlussessen von 1986 Bezug genommen.

Ich hätte als Mitglied der Schulkommission einseitig für eine Lehrperson mit linksextremen Ansichten Partei genommen. Aus meinem Verhalten sei zu schließen, dass ich ein Gegner des spanischen Staatschefs Franco sei und offensichtlich mit linken Ideologien sympathisiere. Mehr stand nicht drin.

117

Selbstredend setzte ich mich mit den Ramseiers in Verbindung. Auch sie erhielten Nachricht vom Sonderbeauftragten Gut. Anders als bei mir war die Fiche von Maria Dolores sehr umfangreich, zwei voll beschriebene A4-Seiten. Darin wurde festgehalten, dass ihr Vater ein Politiker der ‚sozialistisch-kommunistischen' Volksfront gewesen sei. Es wurden auch mehrere Verwandte in ihrem Umfeld genannt, die vor dem Ende des Francoregimes Zuflucht in der Schweiz gefunden hätten. Es gebe auch Hinweise darauf, dass Maria Dolores Ramseier aktiv gegen die nun von der Linksregierung verfolgten Anhänger des alten Regimes intrigiere. Die Frau müsse unbedingt beobachtet werden, sie stelle nicht nur eine Gefahr für das Land dar, sondern vor allem für diejenigen unter ihren Landsleuten, die mit dem Schweizer Staatsschutz zusammenarbeiteten. Max Ramseier wurde dagegen als charakterschwach und im Grunde harmlos dargestellt. Leider sei er aber einer fanatischen ausländischen linksextremen Weibsperson hörig.

Max Ramseier konnte sich jetzt auch erklären, weshalb er nach 1986 plötzlich vom Militärdienst befreit wurde Als Oberleutnant hätte er noch mehrere Wiederholungskurse absolvieren sollen. Er erhielt jedoch ein Schreiben, wegen Umorganisationen in seinem Regiment müsste die Armee leider auf seine Mitarbeit verzichten. Er wurde dann noch zu einer Abschiedsinspektion aufgeboten und traf dabei seinen Kompaniekommandanten an, der sich über sein Ausscheiden erstaunt zeigte. Von einer Umstellung in seiner Einheit sei ihm nichts bekannt.“

Samuel wunderte sich, weshalb Konrad Käser Max Ramseier so gut kannte und mit ihm freundschaftlich verbunden war.

„Wie Sie ja wissen, war der leibliche Vater von Max Ramseier ein guter Freund von mir. Kurz vor seinem Tod im Jahre 1962 hat er mich noch ans Sterbebett gerufen und mich sehr gebeten, ein Auge auf das Max zustehende Erbe zu haben. Der alte von Büren lebte ja damals noch. Und Jakob vermutete, sein Vater würde alles daran setzen, Max als Erben auszuschließen. Diese Befürchtung sollte sich dann auch bewahrheiten. Als der verwitwete Adrian von Büren 1970 das Zeitliche segnete, hatte ich einige arbeitsreiche Wochen vor mir. Ich setzte mich sofort mit Max Ramseier in Verbindung, um diesen über die möglichen Absichten seines Großvaters zu informieren.

Der verschlagene alte von Büren hatte alles perfekt eingefädelt: Max erhielt nicht einmal eine Todesanzeige. Zum Glück gab es noch Fortunat von Büren. Als legitimer Sohn von Jakob war er der Haupterbe und musste bei einer erfolgreichen Anfechtung des Testaments von seinem Großvater auf einen beträchtlichen Teil des Nachlasses verzichten. Doch Fortunat hatte wie sein Vater einen Sinn für Gerechtigkeit. Dabei spielte es gar keine Rolle, ob er das Geld benötigte. Er benötigte es übrigens nicht. Als Universitätsprofessor hatte er ein gutes

Auskommen. Nach der Testamentseröffnung stellte er mir sofort alle Unterlagen zur Verfügung. Adrian von Büren hatte darin Fortunat nur den gesetzlichen Anteil zugesprochen, daneben aber einige entfernte Verwandte berücksichtigt, deren Ansichten ihm mehr entsprachen als diejenigen seines (illegitimen) Enkels.

Enkel Max sollte dagegen leer ausgehen, was aber einem Verstoß gegen das Gesetz gleichkam. So focht ich das Testament als Anwalt von Max erfolgreich an. Das war allerdings nicht so einfach, wie ich mir das zunächst vorstellte. Die von der letztwilligen Verfügung des alten von Büren Begünstigten ließen ein ganzes Heer von Anwälten auffahren. Bei der untersten Instanz, dem Amtsgericht Thun, hatten wir noch das Nachsehen. Erst das Verwaltungsgericht verhalf Max Ramseier zu seinem Recht. Seit dieser Zeit war ich immer mit ihm in Kontakt."

Die Fichen und der verunglückte Waffentransport der deutschen Wehrmacht in Uttigen

Als wir nach dem denkwürdigen Treffen mit Konrad Käser eine Stunde später im Zug nach Thun saßen, schaute mich Kari Räber plötzlich vielsagend an: Wir alle hätten ja auch eine Fiche gehabt, Gott sei Dank! Ohne Fiche müsste er sich heute schämen. Er kenne zahlreiche Menschen, über die bei der Bundespolizei Buch geführt worden sei. Aber bisher habe er noch niemanden gefunden, der allein wegen Aussagen gegen faschistische Diktatoren als staatsgefährlich eingestuft worden sei. Es sei eine Schande für unser Land, dass diese Bachmanns und Cinceras nicht durch unsere Justiz zur Rechenschaft gezogen worden waren. Was diese Leute getan hätten, sei eindeutig kriminell gewesen.

„Apropos Fiche wäre noch einiges nachzutragen", versuchte ich meine Kollegen an diesem Thema festzuhalten. „Sogar mein nun verstorbener Vater hatte eine Fiche zugestellt bekommen. Er war damals gerade 80 Jahre alt geworden. Da stand vieles drin, an das er sich gar nicht mehr erinnern konnte. Dass er im Jahre 1950 einem betrunkenen Obersten die Nase ‚polierte', dass er sich um italienische Saisonniers kümmerte, für einen solchen sogar als Zeuge bei einer Gerichtsverhandlung aufgetreten sei und dabei ehrbare Bürger der Gemeinde Zwieselberg als fremdenfeindliche Tölpel beschimpft habe. Sogar ein evangelikaler Sektenprediger schien sich bei den Datensammlern angebiedert zu haben: Ein gewisser Traugott Burger falle durch Gewalttätigkeiten, gotteslästerliche Aussprüche und kommunistische Sympathien auf.

Da war aber noch ein Eintrag, der mich erstaunte: Er ging auf das Jahr 1942 zurück. Damals fuhr in der Nähe des Bahnhofs Uttigen ein Militärgüterzug auf eine stehende Rangierlok und entgleiste. Die Strecke zwischen Bern und Thun war schon damals sehr stark befahren. Die Bergung musste deshalb zügig vor sich gehen. Das Problem war nur: Der Zug sollte Kriegsmaterial der deutschen Wehrmacht (Schützenpanzer, Fliegerabwehrkanonen und Kleinlaster) vom badischen Bahnhof in Basel durch den Lötschberg- und Simplontunnel nach Italien transportieren. Die Öffentlichkeit durfte natürlich von diesem Transport nichts wissen. Auch die meisten Parlamentarier nicht. Eingeweiht waren offenbar nur zwei Bundesräte, der Militär- und der Außenminister, sowie ausgewählte Personen der Armeeführung und der verschiedenen Nachrichtendienste.

Um den peinlichen Zwischenfall geheim zu halten, durften außer einigen Bahnspezialisten nur Beschäftigte des Eidgenössischen Militärdepartements an der Bergung teilnehmen, darunter etwa fünfzig Arbeiter der Munitionsfabrik Thun. Diese wurden unter Androhung von strengen Disziplinarstrafen zum Schweigen verpflichtet. Mein Vater war auch dabei. Er hielt sich allerdings nicht an die Schweigepflicht. Am nächsten Tag diskutierte er mit seinen nicht eingeweihten Arbeitskollegen über diesen seiner Meinung nach skandalösen Vorfall. Jemand musste ihn danach verpfiffen haben.

Noch am selben Tag wurde er vor den Direktor zitiert. Dieser stellte ihn vor die Wahl, zu kündigen oder sich als Bombenentschärfungsspezialist zur Verfügung zu stellen. Er entschied sich für das Letztere. Mit den Worten, das ist ein gutes Geschäft und Sie bekommen dafür noch eine happige Gefahrenzulage' soll ihm Zellweger, so hieß der damalige Direktor, mit unverhohlener Häme den Stellenwechsel schmackhaft gemacht haben. Mein Vater musste daraufhin bis zum Ende des Krieges von alliierten Fliegern abgeworfene Blindgänger in einem Bunker entschärfen, zehn Meter unter der Erde. Diejenigen, die diese Akten anlegten, gingen offenbar nie davon aus, dass deren Inhalt später einmal an die Öffentlichkeit gelangen könnte.

Auch über mich wurde eine Fiche angelegt. Wie Schuppen fiel es mir von den Augen: Da stand etwas drin über den verbalen Zusammenstoß mit einem Gemeindepräsidenten aus dem Emmental und einem Feuerwehrkommandanten aus dem Simmental, über meine Mitgliedschaft beim Forum Politicum an der Universität Bern, die Teilnahme an verschiedenen Demonstrationen 1968 und in der Zeit danach, aber auch über meine Unterschrift gegen die ursprünglich vom Bundesrat lancierte Atombewaffnung der Schweizer Armee."

Kari meinte, er sei auch fichiert worden: „All die Fichenanleger sind wie ein riesiger Misthaufen. Sie verpesten die nähere und weitere Umgebung, ziehen schmuddelige Informanten wie Schmeißfliegen an. Aber laufen wir nicht Gefahr, die Sache überzuwerten? Die Informationen wurden geradezu stümperhaft zusammengefügt. Hinterhältig, fies, ja, das waren ihre Anleger schon. Aber auch verboten dumm! Diese Leute können von Glück reden, dass unser Land nicht in einen kriegerischen Konflikt hineingezogen wurde."

Samuel quittierte diese Worte mit einem bedauernden Lächeln: „Ich habe häufig die Erfahrung gemacht, dass Dummheit ... vor allem Dummheit sehr viel Unheil anrichten kann. Viele Menschen haben wegen diesen Fichen ihre Existenz verloren. Was mir den Magen umdreht: Die dafür Verantwortlichen mussten für ihre verwerflichen Taten nie büßen."

*

Plötzlich klingelte das Handy von Samuel. Es war eine SMS von Christine Durtschi. Oskar habe sich bereit erklärt, mit uns zu kommunizieren. Für ihn kämen dafür nur SMS in Frage. Er müsse aber sehr haushälterisch umgehen mit seinem Sackgeld. Ob wir ihm eine Prepaid-Karte zuschicken könnten. Das sei seine Adresse: Oskar Fankhauser, Altersheim Hohmad, 3600 Thun. Noch am selben Tag kaufte Samuel eine Prepaid-Karte für 200 Franken und warf sie in den Briefkasten des Altersheims.

Oskar

Ein paar Minuten, nachdem Samuel von Allmen den Brief im Altersheim Hohmad eingeworfen hatte, erhielt er die erste Nachricht von Oskar. Er danke ganz herzlich für das großzügige Geschenk. Er habe Yolanda von Büren persönlich gekannt und sei ebenfalls daran interessiert, dass der Mord an ihr aufgeklärt werde. Kurze Zeit darauf traf bei Samuel die zweite SMS ein. Und der Inhalt verblüffte Samuel:

„Ich kann genau beschreiben, wo sich die junge Frau von Büren mit Ferdinand Meyer am Tage ihres Verschwindens traf. Ich ging danach oft dorthin und habe einige Monate später einen Ohrring gefunden, einen genau gleichen, wie ihn Ferdinand und Yolanda trugen."

Samuel sandte sofort die Frage zurück, ob er ihm diese Stelle zeigen könne. Vielleicht schon morgen? Oskar antwortete, er warte am folgenden Tag um 10 Uhr beim Eingang des Altersheims.

Es folgte eine weitere SMS mit noch brisanterem Inhalt: Er könne leider nicht sprechen, aber schreiben könne er besser als viele Menschen ohne körperliches Gebrechen. Es mache die Arbeit von Samuel leichter, wenn er bereits vor der morgigen Besichtigung möglichst alles schildere, was er über Yolandas letztes Rendezvous und dessen Vorgeschichte wisse. Ob er bereit sei, jetzt eine größere Anzahl von Nachrichten zu empfangen. Samuel nahm dieses Angebot unverzüglich an. Und eine SMS nach der anderen traf bei ihm ein. Er überspielte diese auf seinen PC und fügte die einzelnen Meldungen zu einem Dokument zusammen:

„Adrian von Büren hat mich beauftragt, seiner Schwiegertochter jeweils diskret zu folgen, wenn sie sich zu einem Stelldichein mit Ferdinand Meyer bei der Strättligburg aufmachte. Das Grundstück der alten von Bürens lag am seeseitigen Abhang des Strättlighügels. Zu Fuß war man von dort aus in weniger als 10 Minuten bei der Burgruine. Es war nicht schwierig, ihr zu folgen. Sie machte sich zuvor immer schön, zog aber keine Stöckelschuhe an, weil diese für den Waldboden ungeeignet sind. Dann wählte sie einen Weg, der direkt zum Treffpunkt führte. Sie hat übrigens nie bemerkt, dass ich ihr folgte. Nachher erstattete ich dem alten von Büren Bericht über das, was ich beobachtet hatte. Denken Sie aber nicht, ich hätte dies gerne gemacht. Ich kam mir dabei schmutzig vor. Aber was sollte ich anderes tun? War ich damals doch so etwas wie ein Leibeigener. Zum Glück ging Yolanda häufiger in die andere Richtung und traf sich mit Ferdinand Meyer bei Antoinette Schäuble. Da brauchte ich wenigstens nicht zuzuschauen.

Nun zum 24. August 1954, einem Dienstag: Das war eigenartig. Morgens um halb acht kam der Alte zu mir, wies mich an, ein Blumenbeet umzugraben. Um etwa zehn Uhr würden die Gärtner kommen, bis dann müsste ich mit diesem Auftrag fertig sein. Ich wies ihn aber noch darauf hin, dass Yolanda vielleicht bei der Strättligburg Ferdinand Meyer treffen könnte. Das interessiere ihn eigentlich nicht mehr, er wisse mittlerweile genügend über diese Angelegenheit. Ich solle auf alle Fälle zuerst die aufgetragene Arbeit zu Ende führen.

Als ich dann kurze Zeit später Herrn und Frau von Büren im Auto wegfahren sah, entschloss ich mich trotzdem, Yolanda zu folgen. Bis zum Eintreffen der Gärtner blieb längst noch genügend Zeit, das Blumenbeet in Ordnung zu bringen. Mir fiel auf, dass Yolanda von Büren sehr bleich war. Irgendwie bewegte sie sich anders als sonst, ängstlich, fast wie ein aufgescheuchtes Reh. Sie sah nach rechts, nach links, manchmal auch zurück, fast so, als fürchte sie, jemand könnte ihr folgen und ihr etwas antun. Ich nahm noch wahr, wie sie auf dem Fahrweg, der zur Burg hinaufführt, in den Wald verschwand. Das war das letzte Mal, dass ich sie sah.

Was ich dann erlebte, hat mich über Jahre hinweg beschäftigt. In den folgenden Nächten konnte ich kaum ein Auge schließen. Das Schlimmste war, dass es nicht einen einzigen Menschen gab, an den ich mich hätte wenden können.

Um an die Burg zu gelangen, wählte ich einen verschlungenen Waldpfad, von dem aus man mich nicht sehen konnte. Und dieses eine Mal hat das vielleicht sogar mein Leben gerettet. Damit alles verständlich wird, muss ich noch ein Missverständnis klarstellen: Ich bin zwar stumm, aber nicht vollständig taub. Laute Stimmen kann ich wahrnehmen, wenn auch nicht verstehen. Ich höre auch den Donner nach einem in der Nähe eingeschlagenen Blitz. Fällt ein Schuss in meiner Nähe – in der Militärstadt Thun keine Seltenheit –, spüre ich das als dumpfen unangenehmen Schlag in meinem Ohr. Ich sah bereits durch das Laub der Bäume die düstere, die Burg einschließende Mauer, als ich diesen dumpfen Schlag verspürte, einmal, zweimal, dreimal ...

Nach etwa einer Viertelstunde fuhr ein Jeep in forschem Tempo den Fahrweg hinunter. Darin saßen zwei Männer mit tief ins Gesicht gezogenen Militärmützen. Ein großer Segeltuchsack lag neben drei Karabinern. Vielleicht war es der Schreck, der mich davon abhielt, das Nummernschild zu entziffern. Ich robbte mich dann näher zur Burg und bemerkte, dass am Eingang ein weiteres Fahrzeug stand. Es war ein grauer VW-Bus mit verdeckten Nummernschildern. Ich wagte es aber nicht, in den Hof der Burg einzudringen. Nach weiteren 10 Minuten stieg ein gut gekleideter Mann in den VW. Ich konnte sein Gesicht nicht erkennen, da die Sicht durch hohe Sträucher so eingeschränkt war. Doch irgendwie kam mir der Mann bekannt vor: die Art, wie er sich bewegte, erinnerte mich an Adrian von Büren. Doch ich hatte diesen ja am frühen Morgen mit seiner Frau wegfahren sehen. Also musste es jemand anderes gewesen sein. Der Kleidung nach wohl auch einer aus noblen Kreisen, und diese ähneln sich ja häufig in ihren Bewegungen. Kurz darauf behändigte eine Militärperson das vor der Burg abgestellte Motorrad. Ich erkannte dieses sofort. Es gehörte Ferdinand Meyer, dem Liebhaber von Yolanda von Büren.

Nun musste ich mich beeilen und mich um das Gartenbeet kümmern. Von Büren war da unerbittlich. Wenn ich eine Arbeit nicht zu seiner Zufriedenheit ausführte, strich er mir das Sackgeld für einen Monat. Er brüstete sich bei solchen Gelegenheiten immer mit seiner Großzügigkeit. Ich bekäme fünf Franken mehr pro Monat als ein Insasse des Gefängnisses im Schloss Thun.

Der Gerechtigkeit halber muss ich an dieser Stelle noch beifügen, dass mir Jakob von Büren manchmal ein paar zusätzliche Franken zusteckte, immer mit der Bitte, seinem Alten davon nichts zu sagen. Erst am nächsten Tag wagte ich es, den Innenhof der Burgruine aufzusuchen. Ich suchte nach dem Ort, wo die Männer gegraben hatten. Schließlich fand ich die Stelle. Sie war mit großen Steinen, Laub und Kies zugeschüttet. Allein wäre es mir nicht möglich gewesen, die zugedeckte Stelle wieder freizumachen. Die Angelegenheit ließ mir aber keine Ruhe. Wochen später überwand ich mich, Emma Böhlen davon zu berichten. Sie bot mir an, die Polizei mit einem anonymen Brief über das, was ich gesehen hätte, zu informieren.

Ein paar Tage später beobachtete ich, dass zwei Landjäger ihre Militärvelos den Weg zur Burg hinaufschoben. Ich schlich ihnen nach. Es gelang mir, mich in einer Nische der Burgmauer unsichtbar zu machen. Die Ordnungshüter schlenderten im Burghof herum, der eine mit den Händen in den Taschen, der andere einen geöffneten Brief in beiden Händen haltend. Sie hatten es wohl kaum eilig. Offenbar wurden sie nicht fündig, hockten sich schließlich am Galgen nieder – dort konnte man sich gut an den großen Pfählen anlehnen, zudem war der Boden darunter mit Moos bedeckt –, öffneten das ,Znünisäckli' und verzehrten ein ,Halbpfünderli' mit einem Cervelat, tranken aus einer Militärfeldflasche, wahrscheinlich Kaffee; Alkohol war auch schon damals im Dienst streng verboten. Nach einer halben Stunde bestiegen sie ihre Räder und fuhren quietschend bremsend den steil abfallenden Fahrweg hinunter.

Ich stieg in den nächsten Monaten alle paar Tage wieder zur Burg hinauf. Irgendetwas musste doch immer noch dort liegen, sozusagen als stummer Zeuge eines Verbrechens. Für mich stand außer Zweifel, dass dort sowohl Yolanda von Büren als auch Ferdinand Meyer umgebracht worden waren. Und tatsächlich: An einem schönen Sonntagnachmittag sah ich plötzlich im Kies, unter dem ich eine Leiche vermutete, einen winzigen Gegenstand, der das Sonnenlicht reflektierte. Ein Zufall, dass ich zu dieser Zeit genau am richtigen Ort stand. Die Sonnenstrahlen treffen diese Stelle nur wenige Minuten an den frühen Herbstta-

gen. Ich hatte dort einen Ohrring gefunden; einen, der genau so aussah wie derjenige, den Yolanda getragen hatte."

In seiner Antwort-SMS erkundigte sich Samuel bei Oskar, ob er etwas dagegen habe, wenn bei der Besichtigung noch zwei Kollegen mitkämen. Oskar hatte nichts dagegen.

*

Im Jahre 1954 war die Burg Strättligen öffentlich jederzeit zugänglich. Heute ist das nicht mehr möglich. Kari musste sich deshalb an die Liegenschaftsverwaltung der Stadt Thun wenden. Problemlos erhielt er die Schlüssel. Allerdings verschwieg er dabei, dass er dort noch eine Leiche vermute und beabsichtige, diese freizulegen.

*

Samuel, Kari, Oskar Fankhauser und ich fuhren in einem Landrover zur Burg. Fankhauser fand die Stelle sofort wieder. Mit vereinten Kräften gelang es uns, die schweren Steine wegzuschieben. Dann trugen wir den Kies Schicht um Schicht ab. Und da war es, das Skelett, das wir schon einmal an einem anderen Ort vergeblich gesucht hatten. Es war nicht so gut erhalten wie dasjenige der jungen Yolanda von Büren. Wir packten die sterblichen Überreste sorgsam in eine Kiste ein, genau wie uns das Gusti Leibundgut vor dem Stollen bei der „Alten Schlyffi" von Zwieselberg beigebracht hatte.

Nun galt es noch, die Identität der Gebeine von der Gerichtsmedizin in Bern abklären zu lassen. Erna Schmidt stellte uns dafür bereitwillig eine Haar- und Speichelprobe zur Verfügung. Die DNA-Analyse der Knochen stimmte mit den Proben von Erna Schmidt so weit überein, dass keine Zweifel mehr bestanden: Wir hatten die Leiche ihres Zwillingsbruders Ferdinand gefunden. Damit stand auch fest: Beide, Ferdinand Meyer und Yolanda von Büren, wurden auf der Strättligburg umgebracht. Aufgrund der Beobachtungen von Oskar Fankhauser musste es sich bei der Tatwaffe um einen Karabiner der Schweizer Armee handeln. Nun konnten wir den Hauptverdächtigen von der Liste der möglichen Täter streichen.

Guyer und Neuenschwander

Für Samuel von Allmen war nun klar, welcher Spur wir nachgehen mussten. Eine Spur, die möglicherweise so verwischt war, dass wir ihr nicht mehr folgen konnten. Wer hat seinerzeit das Geld auf dem gemeinsamen Konto von Yolanda von Büren, Ferdinand und Erna Meyer abgehoben?

Samuel hatte einen Lösungsweg vor Augen: „Es sollte doch möglich sein, herauszufinden, bei welcher Bank die 37000 Franken abgehoben worden waren. Am 30. August 1954 erschienen die Vermisstmeldungen von Yolanda von Büren und Ferdinand Meyer im ‚Thuner Tagblatt‘, sie mussten also am 29. August von der Polizei aufgegeben worden sein. Wir können davon ausgehen, dass einige Tage später Ferdinand zur Verhaftung ausgeschrieben wurde. Die Thuner Polizei musste bis zu diesem Zeitpunkt herausgefunden haben, dass am 25. August 1954 das Geld in der Stadt Zürich abgehoben worden war, und zwar von Ferdinand, wie man irrtümlicherweise annahm. Die Ermittlungsbehörden in Zürich dürften darüber informiert worden sein. In derartigen Fällen war es damals üblich, einen Wachtmeister der Fahndungsabteilung einzuschalten.

Nun hängt vieles davon ab, ob wir herausfinden, wer diese Person war, und vor allem, ob sie noch lebt beziehungsweise sich daran erinnern kann.

Ich kannte aufgrund meiner Tätigkeit als Kriminalkommissar einige dieser Leute in der Stadt Zürich. Des Weiteren gibt es dort auch noch ein Archiv. Da in Zürich mit Sicherheit professioneller gearbeitet wurde als zur damaligen Zeit in Thun, darf man annehmen, dass dort die Untersuchungsdaten sorgfältiger zusammengestellt und aufbewahrt worden sind. Ich werde mich an meinen ehemaligen Kollegen, den pensionierten Kriminalkommissar Gottfried Winterhalder, wenden. Er hat vor kurzem seinen 80. Geburtstag gefeiert. 1954 war er bereits Fahnder bei der Zürcher Stadtpolizei. Er könnte sogar mit diesem Fall betraut worden sein. Allerdings wird das Durchstöbern von Unterlagen, die vor mehr als einem halben Jahrhundert angelegt wurden, eine Menge Zeit beanspruchen. Ich schätze, dass ich dafür mindestens eine Woche benötige.“

„Wir werden dir gerne dabei helfen“, sagte ich zu Samuel, mehr in der Absicht, ihm Mut zu machen, als im Bestreben, in verstaubten Papieren herumzuwühlen.

„Von eurer Hilfe möchte ich in diesem Falle abraten. Polizeiarchive sind Geschmackssache, jedenfalls nichts für etwas abgehobene Akademiker. Polizisten haben weder Lust noch Zeit, so lange an den Worten herumzukauen, bis sie in gehobenen Kreisen verdaubar sind.“

Wir nahmen diese Beurteilung mit Erleichterung zur Kenntnis.

Samuel lag mit seiner Einschätzung richtig. Anders als in Thun waren die Unterlagen in der Limmatstadt umfangreicher und aussagekräftiger. Ein Wermutstropfen blieb allerdings noch übrig: Der Detektivwachtmeister – er hieß

Guyer –, der seinerzeit mit dem Fall Ferdinand Meyer/Yolanda von Büren betraut worden war, lebte längst nicht mehr. Er hatte aber sehr sorgfältig ermittelt, viele Daten gesammelt und mit seinem Kollegen Winterhalder auch in diesem Fall zusammengearbeitet. Dass die Akten darüber noch nicht entsorgt worden waren, war übrigens der Sammlerleidenschaft Winterhalders zu verdanken. Der Estrich seines Häuschens in Zürich-Oerlikon war vollgestopft mit Schriftstückbündeln von gelösten und ungelösten Kriminalfällen aus alten Zeiten. Alles verpackt in Bananenschachteln, fein säuberlich angeschrieben und chronologisch eingereiht. Das erste Dokument, das Samuel in die Hände fiel, beruhigte ihn sehr. Immer wieder hatte er sich gefragt, weshalb im Gerichtsarchiv von Thun ein Großteil der Akten verschwunden war. Es war nicht ein Vertuschungsmanöver der Thuner Untersuchungsbehörden, es war schlicht die Bequemlichkeit des zuständigen Polizeiwachtmeisters. Anstatt Kopien der Akten schickte er gleich die Originale nach Zürich. Ein kurzes Schreiben des Kollegen Guyer machte ihn übrigens noch auf diese Fahrlässigkeit aufmerksam:

Werter Herr Kollege Neuenschwander
Sie haben mir irrtümlicherweise die Originale der Untersuchungsunterlagen im Falle Meyer/von Büren zugestellt.
Besten Dank!
Sollten Sie mir noch weitere Originale zukommen lassen, empfehle ich Ihnen, diese Sendungen aus Sicherheitsgründen eingeschrieben aufzugeben.
Hochachtungsvoll
gez. Wachtmeister Guyer, Kriminalpolizei der Stadt Zürich

Das sei wieder einmal typisch, sagte Winterhalder zu Samuel. Die meisten Fehler, die Polizisten begingen, geschähen nicht aus unlauteren Motiven, sondern aus Bequemlichkeit oder Leichtsinn.
Die folgenden Polizeirapporte belegen aber auch, dass der Arbeit der Ordnungshüter nicht selten von oben herab Grenzen gesetzt wurden.

Rapport Nr. 1713 (Stadtpolizei Zürich, Posten Oerlikon)
25. August 1954, 0930. Telefon aus der Filiale Oerlikon der Zürcher Kantonalbank von 0925Uhr.
Bitte sofort kommen. Eine verdächtige Person, männlich, zirka 25- bis 30-jährig, in Militäruniform, will von einem Konto 37000 Franken abheben. Als Identifizierung wurde ein Fahrausweis für Personenwagen vorgelegt. Das Bild auf dem Ausweis stimmt nicht mit der Person überein, die Geld abheben wollte. Die verdächtige Person wurde in ein WC eingesperrt. Korporal Schweingruber wurde mit einem Polizeisoldaten zum Ort des Geschehens abkommandiert.

Rapport Nr. 1715 (Stadtpolizei Zürich, Posten Oerlikon)

25. August 1954, 1005 Uhr. Die Militärperson (Leutnant) wurde vorläufig festgenommen und auf den Polizeiposten Oerlikon überstellt. Die verdächtige Person trug einen Fahrausweis, der auf einen Ferdinand Meyer aus Thun ausgestellt war. Die Person konnte sich nicht ausweisen, sie gab aber an, Adolf Hurni zu heißen und im Auftrag des Armeenachrichtendienstes gehandelt zu haben. Das kantonale Justiz-, Polizei- und Militärdepartement wurde telefonisch über die Festsetzung von Leutnant Hurni orientiert.

Samuel legte den Finger auf den Namen Hurni und wollte von Winterhalder wissen, aus welchem Kanton dieser Mann gekommen sei. Er habe Kenntnis von einem ehemaligen Nachrichtendienstoffizier aus Bern mit demselben Namen.

Es wäre ein Riesenzufall, wenn der Schweizer Nachrichtendienst zwei Leute mit dem genau gleichen Namen, der übrigens gar nicht so häufig vorkomme, in seine Reihen aufgenommen hätte, kommentierte Winterhalder.

Rapport Nr. 1721 (Stadtpolizei Zürich, Posten Oerlikon)

25. August 1954, 1115 Uhr. Meldung vom kantonalen Justiz-, Polizei- und Militärdepartement. Leutnant Adolf Hurni ist unverzüglich freizulassen. Befehl des zuständigen Regierungsrates.

Rapport Nr. 2045 (Kriminalpolizei der Stadt Zürich)

31. August 1954, 0915. Fernschreiben von der Kantonspolizei Bern, Hauptposten Thun.

Folgende Person wird zur Verhaftung wegen eines möglichen Tötungsdeliktes ausgeschrieben:

Meyer Ferdinand, geboren am 15. Juli 1930; Zivilstand: ledig; Beruf: kaufmännischer Angestellter; Größe: 1.82 m; Gewicht 76 kg; besondere Merkmale: athletische Figur; sehr kräftig, gepflegte Erscheinung, trägt einen dunkelblauen Anzug mit grauer Krawatte.

Weitere Hinweise: Meyer wurde zum letzten Mal am Morgen des 24. August 1954 an seinem Wohnort in Thun gesehen. Es wird angenommen, dass er sich im Raume Zürich herumtreibt.

Am 25. August 1954 um 1425 Uhr hat er in der Filiale Altstetten der Zürcher Kantonalbank einen großen Geldbetrag abgehoben. Meyer konnte rechtmäßig auf das Konto zugreifen, das er gemeinsam mit seiner Schwester, Erna Meyer, und einer verheirateten Frau namens Yolanda von Büren verwaltete. Achtung! Der Gesuchte könnte bewaffnet sein.

„Als mein Kollege Guyer den Rapport 2045 zum ersten Mal las, sollen ihm die Augen fast aus den Höhlen gekollert sein", entfuhr es Winterhalder: „‚Was wurde da gespielt?‘, fragte dieser sich."

Am Abend des 25. August 1954 wurden wir, Guyer und ich, von der eigenartigen Festnahme auf dem Oerlikoner Posten informiert. Angehängt war eine ausdrückliche Bitte, die Sache im Auge zu behalten und wenn möglich weitere Abklärungen zu treffen. Das stinke zum Himmel.

Daraufhin machte sich mein Kollege und Vorgesetzte Guyer sofort nach Altstetten auf und verlangte ein Gespräch mit dem Leiter dieser Bankfiliale. Guyer wollte wissen, wer dieses Geld ausbezahlt habe. Er möchte mit dem dafür zuständigen Schalterbeamten sprechen.

Die Antwort, die er von diesem bekam, dürfte ihn aus fast aus den Socken gehauen haben. Der Mann, dem er die 37000 Franken ausgehändigt habe, sei ein Offizier der Schweizer Armee gewesen. Es schicke sich nicht, solche Leute nach einem Ausweis zu fragen. Etwas Vertrauenswürdigeres als eine Armeeuniform könne man sich ja gar nicht vorstellen. Der Herr Leutnant Meyer habe übrigens die Kontonummer und seine Wohnadresse angegeben.

Es war dann für Guyer ein Leichtes herauszufinden, dass dieser Ferdinand Meyer lediglich ein einfacher Soldat war.

Guyer hatte dann sogleich ein Fernschreiben nach Thun mit folgendem Inhalt übermittelt.

Fall Ferdinand Meyer. Dringend!

Bei der Person, die in der Filiale Altstetten den Betrag von Franken 37 000 abgehoben hat, handelt es sich nicht um Ferdinand Meyer, sondern um einen gewissen Adolf Hurni, geb. am 31. Mai 1930, frischgebackener Gymnasiallehrer für Deutsch und Geschichte, Leutnant der Schweizer Armee, nach eigenen Angaben zur Zeit in einem WK des militärischen Nachrichtendienstes. Der Wohnort von Hurni: Nelkenweg, keine Hausnummer, Stadt Bern. Bitte allfälliges Bankkonto von Hurni überprüfen. Erwarte umgehend eine Rückmeldung.

Gez. Wachtmeister Guyer

Als nach drei Tagen immer noch keine Rückmeldung aus Thun eintraf, doppelte Guyer telefonisch nach. Die Antwort: Bei Hurni sei alles in Ordnung. Auf seinem Konto bei der Berner Kantonalbank lägen zurzeit 320 Franken 50 Rappen. In den vergangenen Tagen sei keine Zahlung eingegangen. Sie würden immer noch davon ausgehen, dass Meyer das Geld abgehoben habe.

Guyer waren die Hände gebunden. Als Zürcher Polizeibeamter durfte er nicht im Kanton Bern ermitteln. Er bat aber die Thuner, ihm Kopien der Unterlagen zum Fall Meyer/von Büren zuzustellen. Im Moment sei dies jedoch nicht möglich, wurde Guyer vertröstet. Aber sobald die Untersuchungen abgeschlossen seien, würden ihm die Akten zugestellt.

Inzwischen vergingen mehr als zwei Monate.

Am 29. Oktober 1954 – endlich! – kam Post aus Thun. Ein ganzes Paket mit zusammengeschnürten Papierstößen.

Guyer bat mich damals, ihm bei der Sichtung der Unterlagen behilflich zu sein; er sei derzeit mit zwei anderen Kriminalfällen betraut worden, die ihn in den nächsten Tagen sehr in Anspruch nehmen würden.

Was ich da zu sehen bekam, ließ mir die Haare zu Berge stehen.

Nahm man diesen Fall in Thun gar nicht ernst? Gab es eine übergeordnete Stelle, die eine Aufklärung verhindern wollte? Ich fand keine befriedigende Antwort auf diese Fragen."

Von Allmen und Winterhalder sichteten nun die Papiere.

Vieles wusste Samuel bereits. Die Aussagen von Erna Schmidt und Emma Böhlen wurden darin im Wesentlichen bestätigt. Einiges Interessantes kam aber noch dazu: So ersuchte Jakob von Büren bereits am 30. August 1954 beim Justizdepartement in Bern um Beurlaubung. Er könne als Ehemann einer Frau, die Gegenstand eines gerichtlichen Verfahrens sei, für dieses nicht als Untersuchungsrichter amten. Schon am nächsten Tag wurde diesem Gesuch entsprochen.

Samuels Aufmerksamkeit weckten die folgenden Polizeirapporte.

Fall Meyer/von Büren; Rapport Nr. 224 vom 31. August 1954 (Hauptposten Thun Stadt)
Brief von Hansjörg Witschi, geb. 18. September 1902, Schulstraße Dürrenast, selbstständiger Sager und Spalter von Kleinholz. Er möchte Aussage bez. Vermisstmeldung Ferdinand Meyer und Yolanda von Büren machen. Witschi wird für eine Vernehmung am 2. September 1954, 17:15 Uhr, aufgeboten.
gez. Gefreiter Zbären

Fall Meyer/von Büren; Rapport Nr. 224 vom 2. September 1954 (Hauptposten Thun Stadt)
Vernehmung von Dr. Adrian von Büren mit Gattin an dessen Wohnort auf dem Strättlighügel durch Wachtmeister Neuenschwander. Aussage wurde verweigert und Vernehmer aufgefordert, unverzüglich das Grundstück zu verlassen.
Wachtmeister Neuenschwander

Fall Meyer/von Büren; Rapport Nr. 232 vom 2. September 1954 (Hauptposten Thun Stadt)
Hansjörg Witschi ist heute um 1745 Uhr, etwa eine halbe Stunde später als vereinbart, eingetroffen. Er war stark alkoholisiert und nicht vernehmungsfähig.

Er wurde gebeten, mit der Heimfahrt seiner mobilen Holzverarbeitungsmaschine zwei Stunden zuzuwarten, bis der Abendverkehr nachgelassen habe.

Witschi verbrachte die Wartezeit in verschiedenen Wirtschaften, mit der Folge, dass er sich nicht mehr auf den Beinen halten konnte. Landjäger Rupp wurde beauftragt, Witschi samt Holzverarbeitungsmaschine nach Hause zu schaffen.

Neues Aufgebot für Witschi: Freitag, 3. September 1954, 0730 Uhr

gez. Gefreiter Zbären

Fall Meyer/von Büren; Rapport Nr. 232 vom 3. September 1954 (Hauptposten Thun Stadt)

Hansjörg Witschi ist zur vereinbarten Zeit erschienen.

Er hat Folgendes zu Protokoll gegeben:

War am 22. Juni um 0730 Uhr bei der Liegenschaft Geissbühler, Strättlighügel, um Holz zu sägen und zu spalten. Habe von dort aus den Weg Richtung Pulverturm (Strättligburg) im Blickfeld. Sah ein wenig später (kann keine genaue Zeit angeben!) einen Jeep und einen Kleinbus (VW oder Citroen) den Weg hinauffahren. Kurze Zeit später kam Yolanda von Büren zu Fuß vorbei. Dann knatterte ein Töff hinauf. Der Fahrer trug keinen Helm, so konnte man erkennen, dass es Ferdinand Meyer war. (Klar! Der fuhr ja immer wie ein Sidian!)

Nach etwa einer Viertelstunde fuhr der Jeep wieder zurück, einige Zeit später auch der Kleinbus, das Motorrad hinterher. Diesmal trug derjenige, der darauf saß, aber eine tief ins Gesicht gezogene Militärmütze, sodass man nicht erkennen konnte, um wen es sich handelte. Den Kleidern und der Größe nach zu schließen, war es jedoch nicht Meyer.

(Bemerkung des Protokollanten: Zu dieser Tageszeit war Witschi wahrnehmungsfähig. Es besteht also kein Anlass, an seinen Aussagen zu zweifeln).

gez. Wachtmeister Neuenschwander

Beigefügt waren auch die Protokolle der Vernehmungen durch Otto Wenger, den Untersuchungsrichter. Da interessierte Samuel vor allem, wie weit Wenger bei den von Bürens gekommen war.

Jakob von Büren hatte ein Alibi. Er war mit seinem Wagen noch vor 7 Uhr zu seinem Arbeitsplatz losgefahren und traf dort etwa 20 Minuten später ein. Sein Terminplan an diesem Tag wies keine Lücken auf: drei Verhöre am Vormittag, eine Gerichtsverhandlung am Nachmittag bis 16 Uhr. Dann noch anderthalb Stunden Büroarbeiten.

Er schien auch bereitwillig Auskunft gegeben zu haben, sogar zu Fragen, die für ihn wenig angenehm waren: über die Beziehung zu seiner Ehefrau, ob er Kenntnis davon hatte, dass sie sich mit einem Liebhaber vergnügte, die Folgen seiner Krebserkrankung. Eines schien er allerdings nicht gewusst zu haben: die Absicht seiner Frau, sich mit Ferdinand Meyer nach Südafrika abzusetzen.

Sogar über die Vernehmung von Fortunat lag eine ausführliche Niederschrift vor. Samuel war angewidert über die Fragen, die dem damals nicht einmal zehnjährigen Knaben gestellt wurden: ob seine Mutter ihn gern habe, ob er wusste, dass seine Mutter sich häufig mit Ferdinand Meyer herumtrieb, was seine Klassenkameraden über seine Mutter redeten, wie sich seine Mutter am 24.August von ihm verabschiedet habe.

Dass sich Wenger bei der Befragung des alten von Büren fast seine Zunge zerbissen hatte, wunderte Samuel indes nicht. Natürlich konnte auch Adrian von Büren ein lückenloses Alibi vorweisen. Er sei mit seiner Frau weggefahren, noch bevor Yolanda ihr Haus, das neben demjenigen ihrer Schwiegereltern stand, verließ. Sie hätten ein befreundetes Ehepaar in Lützelflüh besucht und sie seien dort den ganzen Tag geblieben. Für diese Aussagen gab es mehrere Zeugen.

Adrian von Büren schien sich aber standhaft geweigert zu haben, nur ein einziges Wort über die Ehe von Jakob und Yolanda, über die Liebschaften seiner Schwiegertochter oder über deren Verwandtschaft auszusagen. Das daraus resultierende Protokoll war sehr lang, enthielt aber kaum etwas, das zur Aufklärung des Verschwindens von Yolanda von Büren und Ferdinand Meyer hätte beitragen können.

Erstaunlich für Samuel war, dass die Ermittler von Thun es unterließen, sich ernsthaft mit der Vergangenheit von Yolanda und Ferdinand und deren Freundeskreis auseinanderzusetzen.

Kein Wort über die Schießübungen an der Moosfluh, kein Wort über den abstrusen Geheimbund, der in der Kanderschlucht geschmiedet worden war, kein Wort von Antoinette Schäuble, Yolandas zwielichtiger Freundin. Was aber Samuel am meisten irritierte, war die völlige Ignorierung der Person Adolf Hurni. Das durfte doch nicht wahr sein!

Zum Glück gab es noch diesen Fahnder Guyer aus Zürich.

Auch wenn er zu seinen Lebzeiten nicht in der Lage war, den Fall zu lösen, sollten die Erkenntnisse aus seinen hartnäckig vorangetriebenen Recherchen viel später doch noch Licht in diese dunkle Angelegenheit bringen.

Verglich Guyer die Untersuchungsergebnisse, die ihm aus Thun zugestellt wurden, mit denen, die er sich selbst beschafft hatte, war er sicher, dass Ferdinand niemals das Geld abgehoben haben konnte. Entgegen den Behauptungen von Thun glaubte er auch nicht daran, dass Ferdinand Meyer Yolanda von Büren umgebracht hatte. Für ihn stand damals schon fest, dass auch der junge Meyer Opfer eines Gewaltverbrechens geworden war.

Der Schlüssel konnte nur bei diesem Hurni liegen, auch wenn Guyer eigentlich nicht glaubte, in diesem jungen Offizier den wirklichen Mörder gefunden zu haben. Dass aber das Verschwinden der beiden Menschen aus Thun irgendwie mit dem militärischen Nachrichtendienst in Verbindung stehen musste, lag für ihn auf der Hand. Leider stand er mit dieser Interpretation vor mehr als fünfzig Jahren ziemlich alleine da, sieht man von seinem direkten Untergebenen, dem Wachtmeister Winterhalder, ab.

Wie jeder gewiefte Kriminalist unterhielt Guyer auch ein Netz von Informanten, heute würde man diese als V-Personen bezeichnen. Es war schon früher so, dass sich darunter häufig Leute tummelten, deren weiße Weste mehr oder weniger dunkle Flecken aufwiesen. Aber anders ging es eben auch damals nicht. Und damals wie heute: Ein Kriminalbeamter, der Informationen von verdeckten Ermittlern sammelt, geht ein Risiko ein.

Vor fünfzig Jahren, in einer der heißesten Phasen des Kalten Krieges, war dieses noch um ein Vielfaches größer, wenn es darum ging, dunkle Stellen innerhalb der anno dazumal sakrosankten Institution Schweizer Armee auszuleuchten. Hätte damals jemand eine Geheimarmee oder einen geheimen Nachrichtendienst aufgedeckt – mit dem Auffliegen von P26 und P27 geschah dies dann 1990 tatsächlich –, wäre kein Sterbenswort davon an die Öffentlichkeit gelangt. Im Gegenteil: Der Überbringer einer derartig ungeheuerlichen Botschaft wäre wohl als Geisteskranker für den Rest seines Lebens eingesperrt worden.

Guyer war sich dieses Risikos bewusst, aber die Suche nach der Wahrheit stufte er höher ein. Nicht weniger als drei V-Männer setzte er auf Hurni an.

Er nannte sie Pascal, Sebastian und Ottokar. Der wichtigste unter ihnen war Pascal, ein begnadeter Hochstapler, sprachgewandt, mit feinen Manieren, belesen und hochintelligent.

Nun müsste man sich die Frage stellen, wie Guyer gerade auf diese Leute gestoßen war. Dazu mag auch der „sechste Sinn" gehören, ohne diesen ein Detektiv schwerlich auskäme. Allein, von einem solchen Sinn hielt Guyer nicht allzu viel. Und die Hoffnung auf den glücklichen Zufall, der ab und zu einem Kriminalisten zur Seite steht? Darauf baute Guyer schon gar nicht. Er suchte seine Helfer gezielt nach deren Charakteren, Fähigkeiten und ihrem Umfeld. Für diesen Fall hielt er nach jemandem mit fundierter militärischer Erfahrung und Verbindungen zur Unterwelt Ausschau. Für ihn war klar, dass eine solche Person nur im Ausland zu aufzutreiben war. Er hatte einen guten Draht zu einem Kollegen namens François Dupont von der Sûreté in Paris. Die Sûreté, damals neben der Gendarmerie Nationale das wesentliche polizeiliche Exekutivorgan in Frankreich, galt als Vorbild aller kriminalpolizeilichen Organisationen der Welt. Das Treffen Guyers mit Pascal fädelte Dupont geschickt ein.

Pascal der Hochstapler

Guyer lernte Pascal im Herbst 1954 auf einer Zugfahrt von Paris nach Basel kennen. In den 1950er Jahren gelangten die meisten Ganoven von Frankreich in die Schweiz. Aus Italien kamen die Fremdarbeiter. Deutsche gaben sich als solche nicht zu erkennen und der ganze Osten war durch den Eisernen Vorhang abgetrennt.

Auf den Wachtmeister machte der ihm gegenübersitzende Pascal den erwarteten Eindruck: gepflegte Erscheinung, lauernder Blick, virtuose, schnelle, aber nicht hastige Handbewegungen. Gar keine Frage: Es handelte sich um eine Person, deren Metier in der Grauzone zwischen Gesetz und Verbot stand. Genau das, was der Zürcher Polizist suchte.

Guyer, der örtlichen Sprache einigermaßen mächtig, sprach sein Vis-à-vis in Französisch an, obschon er über dessen gute Deutschkenntnisse informiert war. Nach zwei, drei Sätzen antwortete ihm der Angesprochene in gepflegtem Hochdeutsch. Er nähme jede Gelegenheit wahr, sich dieser Sprache zu bedienen, obwohl die Deutschen den Franzosen im letzten Krieg arg zugesetzt hätten. Aber er merke natürlich am Akzent, dass er mit einem Schweizer rede. In wie vielen Sprachen er sich denn auskenne, wollte Guyer wissen. Neben Französisch und Deutsch rede er auch Spanisch, Italienisch und Englisch. Englisch leider mit einem schrecklichen Akzent, wie das bei den Lateinern so üblich sei.

Nun erkundigte er sich über den Zweck des Besuches in Paris. Guyer brauchte die Wahrheit nicht zu verbergen und Pascal tat so, als ob ihn dieses Bekenntnis erfreute. Dann erzählte er von sich. Er habe bei der Résistance gewirkt, sei vor dem Zweiten Weltkrieg Offizier der französischen Armee gewesen und nach dem Ende der Besatzung seines Landes wieder in deren Dienste getreten. Dann habe er als Oberst in der französischen Zone Deutschlands gedient, und zwar bei einer Einheit, die für Entnazifizierungen zuständig war.

Das sei eine große Herausforderung gewesen, habe er doch die Spreu vom Weizen trennen müssen: die harmlosen Mitläufer von den bösartigen Tätern.

Ob er immer noch in der Armee diene, fragte ihn Guyer mit zusammengekniffenen Augen. Pascal gefiel der Gesichtsausdruck seines Gegenübers nicht. Fast kam es ihm vor, als ob dieser eine Ahnung von seiner Vergangenheit habe. Und so sagte Pascal in einem leicht gereizten Tonfall nur „nein".

Als ehemaliger hoher Offizier habe er sicher eine anspruchsvolle Stelle in der Verwaltung oder der Wirtschaft, mutmaßte Guyer mit einem neckisch eingefärbten Lächeln.

Das gefiel Pascal noch weniger. Warum deckte dieser Schweizer Polizist nicht endlich seine Karten auf? Pascal nahm sich vor, diese Bemerkung nicht mehr zu kommentieren und bei der nächsten Station den Zug zu verlassen.

Dem aufmerksamen Guyer war der Stimmungswechsel des französischen Ganoven nicht entgangen. Er wühlte in seiner großen Ledermappe, nahm einen Ordner hervor, blätterte darin, zog ein Blatt mit eingeklebten Fotos heraus und hielt dieses Pascal unter die Nase. Eine leichte Röte glitt über dessen Gesicht.

„Nun wissen Sie ja, wer ich bin. Aber eins würde mich jetzt schon interessieren: Wie sind Sie zu diesem Bild gekommen?"

Er habe an einem Kriminalistenkongress in Paris teilgenommen. Ein Kommissar aus Paris habe dabei ein ausgezeichnetes Referat über besonders bemerkenswerte Fälle gehalten. Der interessanteste von allen sei der Fall Pascal gewesen.

„Darf ich das als Kompliment auffassen?"

„Durchaus!", antwortete Guyer anerkennend.

Mehr als ein halbes Jahrhundert später wurde übrigens ein Film über den Hochstapler Pascal gedreht.

*

Seine Geschichte, kurz zusammengefasst:

Pascal wurde 1910 in eine gutbürgerliche Familie als jüngstes von vier Kindern hineingeboren. Sein Vater war ein höherer Beamter im französischen Armeeministerium. 1919 verstarb er an der Spanischen Grippe. Auch wenn Frankreich zu den Siegermächten des Ersten Weltkriegs gehörte, war damals in diesem Land das soziale Netz sehr weitmaschig. Eine verwitwete Frau mit Kindern – 1918 gab es sehr viele Witwen in Frankreich! – musste unten durch, auch wenn ihr verstorbener Mann eine einträgliche Beschäftigung ausgeübt hatte.

Eine anspruchsvolle Ausbildung des aufgeweckten und intelligenten Pascal lag bei den knappen Finanzen seiner Mutter nicht mehr drin. Nach der obligatorischen Schulzeit musste er sich als Hilfskraft verdingen, heuerte mit knapp 17 Jahren als Matrose auf einem französischen Passagierdampfer an, verschlang eine Unmenge von Büchern aus der gut dotierten Schiffsbibliothek und eignete sich mehrere Sprachen an, alle autodidaktisch.

Seine freundliche und gewinnende Art machte ihn bald zum Liebling der Mannschaft und der Passagiere. Schon früh begann er das Verhalten der Reisenden aus den oberen Klassen zu studieren. Nicht dass er Sympathie für diese Menschen empfunden hätte, ganz im Gegenteil: Sein Schicksal brannte in sein Innerstes eine Bitterkeit, die allmählich in Rachegefühle gegen diese ungerechte Gesellschaft mündete.

Es gab Bücher, die ihm so Eindruck machten, dass er sie mehrmals las und sie dann mit ein paar Tricks in sein Eigentum überzuführen verstand. Darunter war auch ein illustriertes Buch mit dem Titel „Der Hauptmann von Köpenick, eine schaurig-schöne Geschichte vom beschränkten Untertanenverstande", geschrieben im Jahre 1906 vom damals berühmten Kriminalschriftsteller Hans Hyan. Es war ein Friedrich Wilhelm Voigt, ein aus Ostpreußen stammender Schuhmacher, der unter dem Namen Hauptmann von Köpenick in der ganzen Welt bekannt wurde. Die Geschichte dieses falschen Hauptmanns ging mit Carl Zuckmayers dreiaktiger Tragikomödie „Der Hauptmann von Köpenick" in die Weltliteratur ein.

1930 erreichte die Wirtschaftskrise auch Europa und ein Jahr später machte die Schifffahrtsgesellschaft, bei der Pascal beschäftigt war, Konkurs.

Als Pascal wieder „festen Boden" unter die Füße bekam, suchte er vergebens nach Arbeit und geriet auf die Schiefe Bahn. Die Jahre, die ihm bis zum Ausbruch des Zweiten Weltkriegs blieben, verbrachte er abwechselnd in Freiheit und in Gefängnissen. Seine Delikte waren nie gewalttätiger Natur. Am meisten Erfolg hatte er als Heiratsschwindler. Er hatte es dabei auf ältere, gut situierte Damen abgesehen, war aber immerhin so rücksichtsvoll, dass er seine Opfer nie bis zur Armutsgrenze ausnahm. Einträgliche Geschäfte machte er auch mit dem Handel von Immobilien reicher Grundstückseigentümer.

Nachdem 1940 Frankreich von den Armeen des Dritten Reichs überrannt wurde, nutzte er die Gelegenheit, seine belastete Identität endgültig abzustreifen und sich als harmloser Untertan schlecht und recht durchzuschlagen. Er fühlte keine Zuneigung für die braunen Besatzer, aber seine üblen Erfahrungen mit der alten Obrigkeit hielten ihn zunächst davon ab, sich dem Widerstand anzuschließen.

Das änderte sich allerdings, als alliierte Truppen im Sommer 1944 in der Normandie landeten.

Pascal stieß auf eine Gruppe der Résistance. Man nahm ihn dort mit offenen Armen auf, weil er glaubhaft machen konnte, in einer Widerstandseinheit gedient zu haben, die völlig aufgerieben worden sei. Er habe dabei als Einziger überlebt. Er sei bis zur Besetzung des Landes Offizier gewesen, zuletzt im Range eines Hauptmanns.

Mehrere der von ihm betrogenen Frauen waren Witwen von hohen Armeeoffizieren. In den nun verwaisten Studierzimmern ihrer Ehemänner lagerten zahlreiche Kisten mit geheimem Material. Pascal bediente sich reichlich daraus. So hatte er sich ein fundiertes Wissen über die Vorkriegsarmee Frankreichs angeeignet.

Als die Résistance mit der Niederlage Deutschlands in der Armee aufging, ergriff Pascal seine Chance. Die Kenntnisse der deutschen Sprache machten ihn sozusagen unentbehrlich. Er wurde zum Oberst befördert und ins zerschlagene Nazireich abkommandiert.

Durch seine erfolgreiche Arbeit zog er die Aufmerksamkeit einiger Führungspersonen der Armee auf sich. Und genau das wurde ihm schließlich zum Verhängnis. Er erregte Neid und Missgunst bei seinen Offizierskollegen. Sie begannen sich für sein Vorleben zu interessieren. Nach einem Jahr flog der Schwindel auf. Mit der Auflage, niemandem ein Wort über diese Hochstapelei zu verraten, wurde er von seinem Posten zunächst ohne weitere Folgen entfernt.

Nur die naiven Verantwortlichen der Armeejustiz gaben sich der Illusion hin, so etwas könne geheim bleiben. Die Gerüchte darüber jagten einander. Der Fall wurde schließlich an die zivile Gerichtsbarkeit weitergeleitet und Pascal wieder verhaftet. Nach mehreren Verhören ließ man ihn zwar abermals laufen, gab ihm aber nachdrücklich zu verstehen, die Polizei werde ihn von nun an genau im Auge behalten.

Pascal trug diesem Umstand Rechnung und verlegte seine Tätigkeit in den Raum der Beneluxstaaten. Die Tage, die er dort hinter Gittern verbrachte, waren allerdings an zwei Händen abzuzählen. Er hatte aus seiner Vergangenheit gelernt und delinquierte nur noch haarscharf am Rande der Legalität.

Für einen erfolgreichen Detektiv können Menschen wie Pascal wahre Schatztruhen sein. Das war auch Guyer bewusst. Traf er eine solche Person, setzte er alles daran, dieser habhaft zu werden. Nicht dass er sich eingebildet hätte, Pascal wieder auf den rechten Weg zu führen, aber Guyer wünschte sich, so mit ihm zusammenzuspannen, dass beide davon profitieren konnten. Er versprach sich davon, die wirklichen Ganoven zur Rechenschaft zu ziehen; seinen Partner wollte er aber davor bewahren, den verhängnisvollen Tritt in den Abgrund des Verbrechens zu tun.

Guyer kam rasch zur Sache und machte Pascal das Angebot, nach Zürich zu kommen und ihm von Fall zu Fall behilflich zu sein. Er habe ausreichende Beziehung zum Rotlichtmilieu, um ihm (Pascal) eine einträgliche Stelle zu vermitteln. Pascal ließ sich überreden und so wurden die beiden gewissermaßen Partner.

Guyer wie Pascal sollten es nicht bereuen. Pascal starb im Alter von 85 Jahren im noblen Zumikon, als wohlhabender, jedoch nicht unbedingt als angesehener Mann.

Für den Detektivwachtmeister gab es nach der Nachricht vom 29. Oktober 1954 keine Zweifel: Der ungelöste Fall aus Thun war Pascal geradezu auf den Leib geschrieben. Die beiden Helfer für Pascal waren rasch gefunden. Sebastian, ein Neffe von Guyer, besuchte das Gymnasium Kirchenfeld. Der Zufall wollte es, dass sein neuer Geschichtslehrer Adolf Hurni hieß. Es war auch kein Problem herauszufinden, wo Hurni seine militärische Grundausbildung durchlaufen hatte. Guyer stieß dabei auf Ottokar, jemanden aus seinem Bekanntenkreis, der Hurnis Dienstkollege war.

Pascal war sehr einfallsreich, wenn es darum ging, Kontakte zu knüpfen. Ihm kam die Idee, Hurni einen Parkschaden zuzufügen. Gar kein einfaches Unterfangen, gab es doch damals nur wenige Autos, denen in Hülle und Fülle Platz zur Verfügung stand. Nach seinem erfolgreichen Studienabschluss im Sommer 1954 beschenkte Vater Hurni, Druckereibesitzer aus Bern-Bümpliz, seinen Sohn mit einem VW.

Für Jung-Hurni ein wertvolles Utensil, erlaubte es ihm doch, sich so weitgehend vom einfachen Volk fernzuhalten. Er hatte stets ein beklemmendes Gefühl, im vollbesetzten Tram von den Werktätigen berührt zu werden. Immer wenn Adolf Hurni Unterricht hatte, stand sein Wagen auf dem geräumigen Parkplatz der Schule. Pascal wurde es so möglich, mit seinem Amerikaner-Schlitten einen Kotflügel von Hurnis VW zu „streicheln".

Nun brauchte er nur noch ins Büro des Gymnasiums zu gehen, um das Malheur dem Besitzer des verunstalteten Autos ausrichten zu lassen. Selbstredend war Hurni empört und verlangte mit Nachdruck, dass dieser Schaden unverzüglich behoben werden müsse. Pascal drückte dem verdutzten Hurni zehn Hunderternoten in die Hand – was zu dieser Zeit viel zu viel für einen kleinen Blechschaden war – und tauschte mit ihm Adresse und Telefonnummer aus.

Er lud ihn dann auch noch zum Essen nach Zürich ein, in ein feines Lokal, wo er als „freier Mitarbeiter" wirkte. So kam man rasch ins „Geschäft". Nach ein paar Gläsern Wein löste sich die Zunge von Hurni und er begann sich über seine militärische Karriere auszulassen. Nun hatten sie das gemeinsame Thema. Die militärischen Erfahrungen von Pascal stießen bei Hurni auf Bewunderung. Am Anfang einer Karriere als Geheimdienstoffizier konnte er sich eine solch unverhoffte Chance nicht entgehen lassen.

Noch am selben Abend setzte Hurni sich mit seinem dienstlichen Mentor, einem Hauptmann Gustav von Däniken, in Verbindung und vertraute ihm an, welch großen Fisch er an der Angel habe. Von Däniken dankte freundlich, gab aber zu bedenken, dass man hergelaufene Hunde immer besonders genau ansehen müsse. Da möchte er auf jeden Fall dabei sein. Er kenne sich bei den Franzosen recht gut aus. Hurni solle diesen Pascal nach Bern lotsen, dort werde er ihn ein bisschen in die Mangel nehmen.

Auch das klappte. Pascal macht von Däniken klar, dass er wegen seiner geheimdienstlichen Arbeit als Oberst der französischen Armee gezwungen worden war, eine andere Identität anzunehmen. Er sei aber immer noch mit dem „Service de Documentation Extérieur et de Contre-Espionage (SDECE)", dem französischen Auslandgeheimdienst, in Kontakt. Um ihm auf den Zahn zu fühlen, begann von Däniken diskrete Fragen zu stellen. Nach einer halben Stunde gab es für ihn keine Zweifel mehr: Der junge Adolf Hurni hatte tatsächlich einen prächtigen Hecht an Land gezogen.

Nun kam für von Däniken die nächste Stufe. Wie vertrauenswürdig war dieser Geheimdienstmann ideologisch? Leute mit kommunistischer oder anderer linker

Gesinnung waren dies für von Däniken nicht, obschon er durchaus Wert darauf legte, auch mit solchen Leuten ins Gespräch zu kommen.

Zu seiner Genugtuung gab sich Pascal als strammer Patriot mit geläuterter bürgerlicher Gesinnung und tiefer Missbilligung gegenüber linken Weltanschauungen zu erkennen. Solche Kameraden waren in Zeiten der angestrebten Weltherrschaft durch die roten Zaren im Kreml von unschätzbarem Wert. Sein französischer Offizierskollege sah es genauso wie er: Es galt nicht nur, den Feind durch militärische Gewalt gegen außen zu bekämpfen, sondern auch im Innern – ja, das war sogar noch wichtiger. Und da gab es sowohl in der Schweiz wie in Frankreich Handlungsbedarf. In Frankreich fühlten sich diese Feinde so stark und hatten sogar die Frechheit, offen als Kommunisten aufzutreten; in der Schweiz hängten sie sich das Mäntelchen der Sozialdemokratie um. Das sage er, von Däniken, jedem ins Gesicht, der es hören wollte. Zu wenige wollten es aber hören, gestand er mit tiefem Bedauern ein.

Von Däniken war ein unerbittlicher Rechter und kein kompromissbereiter Bürgerlicher. Das heimliche politische Vorbild Gustav von Dänikens war der spanische Caudillo Franco. Dieser hatte es aus der Sicht von Dänikens verstanden, die Weltmacht USA zu überzeugen, dass der Faschismus ein gutes Rezept im Kampf gegen den Kommunismus sei. Seit dem Tod des politisch unzuverlässigen Roosevelt und der Abwahl des eher schwächlichen Truman gehe es mit der neuen Weltmacht bergauf. Und nun erstrahle in diesem Land ein heller Stern: Joseph M. McCarthy, Senator der konservativen republikanischen Partei. Anders sei es in unserem Land. Von Däniken machte es Sorgen, dass sich in der Schweiz linke Stadtpräsidenten, linke Regierungsräte und viel zu viel linke National- und Ständeräte tummelten. Ein Land, das die kommunistische Gefahr ernst nehme, könne sich eine solche Toleranz nicht leisten. Dachte Pascal auch so? Hatte dieser Franzose überhaupt den Durchblick? War er wirklich bereit, ihm in diesem Kampf zu folgen? Von Däniken war sich da noch nicht ganz so sicher.

Für das, was nun von Däniken vorhatte, brauchte er ideologisch lupenreine Mitstreiter, keine politischen Weichspüler oder Opportunisten. Er musste diesem Pascal noch mehr auf den Zahn fühlen. Aber Däniken fand nichts Belastendes. Franco sei in Ordnung, sogar Mussolini sehe er im besten Licht, nur schade, dass dieser sich zu stark auf Hitler verlassen habe, bekannte Pascal freimütig.

Die wirkliche Nagelprobe stand aber noch bevor: Wie hielt es dieser Pascal mit dem neuen Südafrika, mit den nun an die Macht gekommenen bedingungslosen Anhängern der Apartheid? Genau darum ging es nämlich von Däniken.

Auch in diesem Punkte erfüllte Pascal seine Erwartungen. Der Ex-Oberst machte seinen Schweizer Kollegen glauben, er sei felsenfest von der Überlegenheit der weißen Rasse überzeugt. Er setzte sogar noch einen drauf, um alle

Zweifel von Dänikens auszuräumen: Der große Fehler von Hitler sei gewesen, dass er die Juden nicht auch zur weißen Rasse gezählt habe. Wenn er nur mit Negern oder anderen farbigen Untermenschen so umgesprungen wäre, hätte er den Krieg sicher gewonnen.

Von Däniken wurde nach dieser Prüfung von einer euphorischen Stimmung überwältigt. Nun hatte er endlich einen Bundesgenossen gefunden, der bereit war, mit ihm durch dick und dünn zu gehen.

*

Dieser von Däniken mag ja der festen Überzeugung gewesen sein, er setzte sich für hehre Ziele ein. Doch er war lediglich mit einem durchschnittlichen Verstand ausgestattet. Dazu kamen noch eine gehörige Portionen an Eitelkeit und Selbstüberschätzung.

Man könnte nun glauben, seine Gegenspieler, der Detektivmachtmeister Guyer und dessen Mitkämpfer Pascal, Ottokar und Sebastian, hätten ein leichtes Spiel gehabt. Was, wenn es aber mehrere von Dänikens gab? Und davon gab es tatsächlich zahlreiche!

*

So konnte Guyer mit seinen Helfern höchstens Schlimmeres verhindern, aber die von Dänikens sollten ihre Missetaten, ohne je zur Verantwortung gezogen zu werden, weiter begehen.

Der Plan von Dänikens war folgender:

Die negride Urbevölkerung im südlichen Afrika begann immer mehr aufzumucken. Die weißen Einwanderer mussten sich entschieden zur Wehr setzen, um diesen Subkontinent weiter zu beherrschen. Mit den herkömmlichen Waffen war dies auf Dauer nicht zu bewerkstelligen. Da von Däniken an große Unterschiede zwischen Weißen und Schwarzen glaubte, war er der festen Überzeugung, dass es Mikroorganismen geben müsste, die für farbige Menschen tödlich, für Weiße aber harmlos wären. Sein Freund, der Biochemiker Dr. Armin Bisang, forschte seit einigen Jahren auf diesem Gebiet. Er tat dies in einem Labor im Wald zwischen Spiez und Wimmis. Dieses Labor gehört auch heute noch dem Militär.

Bisang wurde weitgehend freie Hand für seine Tätigkeit zugestanden. Allerdings hielt man ihn materiell auf Sparflamme. Bisang war ein wissenschaftlicher Beamter, mehr nicht. Zudem ein sonderbarer Kauz mit verqueren Ansichten. Das nahm man hin, weil seine Ansichten nicht als staatsgefährdend galten. An allen möglichen und unmöglichen Orten herumzuposaunen, es sei schade gewesen, dass Deutschland den Krieg verloren habe, mochte einem schlechten politischen Geschmack entspringen, aber eine Gefahr schien das für unser Land nicht (mehr) zu bedeuten – dachten seine Vorgesetzten.

140

Auf der anderen Seite des Äquators hatte aber dieser Bisang gleichgesinnte Kollegen gefunden. Und sie nahmen ihn, anders als die meisten seiner schweizerischen, ernst.

Bisang hatte aber ein Problem: die Kommunikation mit seinen Freunden im fernen Afrika. Er benötigte dazu so etwas wie Kuriere. Es gab Sachen, die er nicht einfach so bei der Post aufgeben konnte. Mehr als einmal hatte man ihm schon die Post geöffnet und vielleicht sogar Telefongespräche abgehört. Und von Däniken befürchtete, bei der Bundespolizei könnte es Leute geben, die Bisangs Forschungsaktivitäten misstrauten. Ihr oberster Chef, der Bundesanwalt, stand sowieso im Ruf, ja kein Risiko einzugehen, das die Schweiz in internationale Affären verwickeln könnte.

Das mit dem Kurier ging aber schief. Man hatte zwar einen gefunden, dieser war aber im letzten Moment abgesprungen. Um wen es sich dabei handelte und wie diese Sache ausgegangen war, entzog sich Bisangs Kenntnis.

Von Däniken dagegen wusste genau darüber Bescheid. Es war einer seiner wenigen Misserfolge. Aber er brachte die Angelegenheit hinter sich und glaubte, dass diese ihn nicht weiter verfolgen würde.

Wäre er wirklich ein Profi gewesen, hätte er mit niemandem über diese Sache gesprochen. Doch er war von Pascal so sehr eingenommen, dass er ihm sein Missgeschick offenbarte.

Er glaubte, damit auch dessen Vertrauen zu gewinnen.

Vor einigen Monaten hätte seine Organisation einen jungen Thuner gefunden, der bereit gewesen wäre, bakterielle Proben nach Kapstadt zu bringen.

Der südafrikanische Geheimdienst sei in die Sache eingeweiht gewesen und habe den Thuner über längere Zeit überwacht. Dieser habe davon Wind bekommen und sei nicht mehr bereit gewesen, unter den abgesprochenen Bedingungen weiterzumachen. Er habe exorbitante Forderungen gestellt: mehrere hunderttausend Franken, eine Villa in Kapstadt, eine gesicherte berufliche Existenz. Dem Geheimdienst in Südafrika sei die Sache aber nicht so viel wert gewesen.

Er (von Däniken) habe noch versucht, die Angelegenheit einzurenken. Der Thuner sei aber uneinsichtig geblieben. Seine Warnungen, mit einem Geheimdienst sei nicht zu spaßen, habe er in den Wind geschlagen.

„Es ist aber noch schlimmer gekommen: Der vorgesehene Kurier versuchte sich weiter als plumper Erpresser. Er drohte damit, sich an einen Richter aus seinem Bekanntenkreis zu wenden. Das galt es unbedingt zu verhindern", gestand von Däniken.

Der Geheimdienstmann ahnte zu der Zeit noch nicht, dass er sich mit diesen Worten endgültig in der Schlinge verfing, die Pascal im Auftrag Guyers für ihn ausgelegt hatte.

Nun ging es noch darum, die Details des Verbrechens auf der Strättligburg herauszufinden.

Wer waren die Leute, die auf Geheiß der Südafrikaner und von Dänikens die Drecksarbeit durchführten? Wer gehörte der Geheimorganisation um von Däniken an? In welcher Beziehung stand diese zum militärischen Nachrichtendienst der Schweizer Armee? Guyer hatte inzwischen herausgefunden, dass von Däniken nur teilweise dem militärischen Geheimdienst zugeteilt war. Welcher Tätigkeit er daneben noch nachging, sollte er nur über Pascal erfahren.

Dieser stand nun vor einer kniffligen Aufgabe. Von Däniken erwartete von ihm Hilfe bei der Lieferung von Bisangs „Proben" nach Kapstadt. Gefühlsmäßig ging er zwar davon aus, dass diese Ramsch waren, aber ganz sicher konnte er sich da nicht sein.

Um mehr von Däniken zu erfahren, durfte er diese Hilfeleistung nicht verweigern.

Guyer hatte schließlich einen Vorschlag: Pascal hätte einen Kurier zu engagieren, der nur ihm bekannt sein dürfe. Der Reiseweg sollte geheim bleiben und verschlungenen Pfaden folgen. Vorgesehen wäre die Ablieferung in einem Kapstadter Hotel.

Das konnte genügend Zeit verschaffen, um von Däniken hinzuhalten und etwas Material von Bisangs Elaborat abzuzweigen. Der wissenschaftliche Dienst der Stadtpolizei Zürich würde sich freuen, ein bisschen von den Früchten des verkannten Forschers aus Spiez zu kosten.

Die Übergabe in Kapstadt klappte. Im Nachhinein stellte sich aber die Probe von Bisang doch nicht als so harmlos heraus. Der Forscher in Wimmis verstand offensichtlich sein Metier. Nach dem erfolgreich organisierten Kurierdienst stieg Pascals Ansehen im Umkreis von Dänikens ins Unermessliche.

Aber auch Guyer war hochzufrieden: Pascal entlockte von Däniken einiges. Dass er mit dem Aufbau einer Geheimarmee (P24) und eines geheimen Nachrichtendienstes (P25) betraut worden sei – mit Wissen des Chefs der militärischen Spionageabwehr –, dass diese Organisationen teils durch das Militärdepartement, teils durch wohlhabende Privatpersonen finanziert wurden, dass weder die Landesregierung noch die Spitze des Militärdepartements davon wussten (oder davon wissen wollten), dass eine schwarze Liste von vielen als ‚links' eingestuften Persönlichkeiten erstellt wurde. Es war vorgesehen, diese bei einer Kriegs-Mobilmachung unverzüglich festzunehmen und zu internieren.

Je mehr Guyer über die dunklen Machenschaften von Dänikens und seiner Entourage erfuhr, umso mehr drohte ihm die Angelegenheit über den Kopf zu wachsen. Er schickte sich an, einen Mord aufzuklären, und stieß auf eine Verschwörung, die drohte, die ganze Schweiz in ihren Grundfesten zu erschüttern.

1954 war zudem das politische Klima in unserem Land hysterisch. Sogar Parlamentarier, Regierungsräte und Richter aus den Reihen der Sozialdemokraten halfen plötzlich mit, Mitglieder der noch vor kurzem mit ihnen verbündeten linkeren PdA auszugrenzen. Alte Faschisten, die nach der sich abzeichnenden Niederlage Nazideutschlands abgetaucht waren, streckten ihre Köpfe vorsichtig wieder aus der Versenkung hervor und begriffen rasch, dass die öffentliche Meinung ihnen nichts mehr nachtrug.

Guyer sah sich nach Hilfe um. Das Verbrechen auf der Strättligburg war für ihn plötzlich zweitrangig geworden. Er vertraute seine Erkenntnisse verschiedenen Persönlichkeiten des öffentlichen Lebens an. Unter ihnen waren ein Ständerat und nachmaliger Bundesrat der Sozialdemokraten, ein Nationalrat des Landesrings sowie ein Oberrichter, der später zum Bundesrichter aufstieg.

Alle nahmen zwar die Sache ernst oder taten zumindest so. Sie sahen aber im Moment keine Möglichkeit, einzugreifen. Es lägen ja keine schriftlich festgelegten Beweise vor. Der Hauptinformant Guyers sei zudem eine zwiespältige Person, die sich nur als fragwürdiger Zeuge anerbot. Sie vertrösteten Guyer, irgendwann werde diese Sache sowieso auffliegen. Es sollten noch 46 Jahre vergehen, bis es soweit war. Guyer lebte zu diesem Zeitpunkt längst nicht mehr.

Aber immerhin bekam er noch mit, was mit seinem Kollegen, Detektivwachtmeister Kurt Meier, passierte. Er ging als Meier 19 in die Schweizer Rechtsgeschichte ein. Meyer 19, der in seinem unerschütterlichen Glauben an das Recht nicht länger schweigen wollte, alles aufs Spiel setzte und alles verlor. Paul Bösch hat die tragische Geschichte des Polizeibeamten Meier 19 in einem Buch niedergeschrieben.

Guyer kam wieder zurück zum Kriminalfall. Er hatte die Hoffnung noch nicht ganz verloren, durch seine Aufklärung einen Stein ins Rollen zu bringen, der die ganze Seilschaft um von Däniken herunterreißen würde.

Nun war Ottokar gefordert. Ottokar biederte sich bei Hurni an. Das fiel ihm leicht, denn er hatte einen Hang, sich dienstbar zu machen. Nicht dass er etwa Hurni sympathisch gefunden hätte, ganz im Gegenteil. Aber ihm war es gegeben, Leute zum eigenen Vorteil einzusetzen und diese noch im Glauben zu lassen, er sei ein uneigennütziger Dummkopf.

Er putzte während der gemeinsamen Dienstzeit Hurni die Schuhe, nähte ihm abgerissene Knöpfe an und ließ sich dafür fürstlich honorieren. Hurni hatte keinen Sinn für den Wert von Geld. Sein Papa lieferte ihm dies jeweils nach, immer mehr, als er brauchte. Die Hurnis konnten es sich ja leisten.

Es entging Ottokar auch nicht, dass dieser Hurni die Gewohnheit hatte, bisweilen in Gesellschaft Alkohol zu trinken. Er war aber kein Alkoholiker und blieb oft über Wochen abstinent. Wenn er einige Gläser über den Durst trank, begann er zu prahlen und vieles rutschte ihm über die Lippen, das er im nüchternen Zustand für sich behalten hätte.

Ottokar beschloss, Hurni zu einer Sauftour zu überreden. In Zürich kenne er einige Lokale, mit allem, was dazugehöre, insbesondere auch mit Frauen.

Hurni war für Frauen nicht unbedingt attraktiv: eine gedrungene Gestalt mit einem Spießergesicht, das man sich schlecht merken konnte, dazu versehen mit einer Unsicherheit, die er mit lächerlicher Angeberei zu verbergen suchte.

Pascal machte sich dabei im Hintergrund nützlich und wählte ein Etablissement aus, das genau auf Hurni zugeschnitten war. Um das Treffen zu einem Gaudi für die übrigen Beteiligten zu machen, riet Ottokar Hurni, er solle doch in Uniform erscheinen. Das würde bei Frauen immer ziehen.

Als Ottokar mit Hurni im Lokal an der Mühlegasse des Zürcher Niederdorfs aufkreuzte, war alles perfekt vorbereitet, unter dem reservierten Tisch waren versteckte Mikrophone angebracht.

Der Korken der zweiten Champagnerflasche knallte und Hurni hatte sich weitgehend seiner Hemmungen entledigt. So sehr, dass er auf jede Fangfrage hereinfiel. Warum er eigentlich keine Nummer einer Einheit auf seiner Achselpatte trage, wollte Ottokar wissen. Nur ein kleiner ausgewählter Kreis dürfe wissen, wo er Dienst tue, gab Hurni mit geheimnisvoll süffisantem Grinsen zurück.

„Aber du willst mir doch nicht weismachen, dass euer Geheimdienst im Ausland ernst genommen wird?"

„Und ob! Da könntest du dich täuschen! Aber was heißt eigentlich Geheimdienst? Es gibt mehrere Geheimdienste. Derjenige, von dem man spricht, ist ein harmloser Klub. Das musst du dir vorstellen wie eine Babuschka-Puppe. Die Puppe, die du von außen siehst, ist nur zum Schein da. Darunter hat es eine zweite, dritte usw. Die wirklichen Geheimnisse verbergen sich in der innersten."

„In welcher Puppe versteckst du dich denn?"

„Frag nicht so blöd. Bildest du dir eigentlich ein, ich würde meine wertvolle Zeit damit vertrödeln, mit dem Feldstecher auf den Säntis zu steigen, um von dort aus die Grenze des Ostblocks abzusuchen. Ich gehöre selbstverständlich zum Kern der innersten Puppe."

„Wow, dann bist du echter Geheimnisträger! Verrätst du mir etwas davon?"

„Da muss ich doch bitten! Meinst du wirklich, ich würde ein Wort darüber ausplaudern?"

„Ich will dir ja nicht zu nahe treten. Aber weißt du, ich bin ein Patriot und stehe hundertprozentig hinter unserer Landesverteidigung. Die Gefahren, denen unsere Schweiz ausgesetzt ist, lassen mich nicht kalt. Du musst es ja nicht direkt sagen, du kannst die Sache ein bisschen umschreiben. Einem so hellen Kopf wir dir kann doch das nicht schwerfallen."

Hurni konnte solchen Schmeicheleien nur schwer widerstehen. Er setzte einen betont ernsten Gesichtsausdruck auf. Den genau gleichen Ausdruck, mit dem er seinen Schülern jeweils etwas weiszumachen versuchte, das schwer zu vermitteln war.

„Ein Geheimdienst funktioniert ganz anders als eine gewöhnliche Armeeeinheit. Wenn wir arbeiten, trägt keiner von uns eine Uniform. Trotzdem existiert natürlich eine Kommandostruktur. Da kann nicht jeder wursteln, wie er gern möchte. Wo kämen wir da auch hin? Unsere Organisation ist in Zellen mit fünf bis zehn Mann aufgeteilt. Diese Leute wissen voneinander, aber wer in den anderen Zellen wirkt, ist ihnen nicht bekannt. Der Chef der Zelle hat nur einen direkten Vorgesetzten und mit diesem steht er in Verbindung. Von den andern Zellen hat er keine Ahnung. So funktioniert das, mein Lieber!", sagte Hurni bedeutungsvoll, mit dem Zeigefinger die Stirn antippend.

„Und was befiehlt dir denn der Chef in deiner Zelle?"

Hurni rollte mit Unverständnis seine Augen: „Was bildest du dir eigentlich ein! Glaubst du wirklich, solche Leute wie ich würden als kleines Rädchen in einer Zelle drehen?

Ich erteile fünf Zellenchefs Befehle. Mein direkter Vorgesetzter leitet den Dienst, ich betone: den innersten, den geheimsten.

Auf der gleichen Ebene wie ich sind noch weitere drei Offiziere tätig. Ich darf diese aber nicht kennen. Natürlich weiß ich, wer sie sind. Aber das bleibt unter uns!"

Nun kam eine der Serviererinnen in einem schwarzen Verführ-Ensemble mit der dritten Flasche Champagner an den Tisch: Bügel-BH, Strapsgürtel und String aus durchschimmerndem Satin mit Blütenspitzen. So etwas konnte man damals nur im Niederdorf antreffen. Sie nahm Hurni frech die Mütze ab und setzte sich diese auf den Kopf. Dabei rieb sie ihren Oberkörper an Hurnis Schultern.

„Gedulde dich noch ein wenig, Schätzchen! Ich habe mit meinem Kollegen noch etwas Wichtiges zu besprechen. Aber du gefällst mir! So in einer halben Stunde mach ich alles mit dir. Wie heißt du denn?"

„Chantal", hauchte sie und gab ihm einen Kuss direkt auf den Mund.

Dann ergriff sie seine rechte Hand und fragte zärtlich: „Was hast du denn mit deinem kleinen Finger angestellt?"

„Er wurde mir bei einer Übung mit scharfer Munition weggeschossen."

*

Ottokar lachte laut auf! Er hatte neben Hurni gestanden, als der Unfall passiert war. Ganz so war es nämlich nicht gewesen. Hurni hatte in der Unteroffiziersschule vergessen, seine Pistole zu sichern. Beim Reinigen war dann ein Schuss losgegangen und hatte ihm den halben Finger abgerissen.

„Du bist ein wertvoller Kumpel, Ottokar! Das hast du wieder mal gut gemacht! Das wird ein wunderbarer Abend", stieß Hurni prustend hervor und klopfte dabei auf Ottokars Schultern.

Er kam sich plötzlich unheimlich wichtig und begehrt vor.

„Wenn ich mir Filme über Geheimdienste ansehe, gibt es dabei immer Tote. Ich kann mir aber nicht vorstellen, wie euer Geheimdienst Leute umbringt. So etwas traut ihr euch doch nicht zu!"

„Du bist mir aber naiv! Glaube ja nicht, wir würden so etwas an die große Glocke hängen!"

„Ich jedenfalls habe noch nie von einem Mord in unserem Land gelesen, der von einem inländischen Geheimdienst verübt worden wäre."

„Das wirst du auch nie, wir gehen sehr diskret vor. Ich verrate dir jetzt etwas, aber rede mit niemandem nur ein Wort darüber! Vor einigen Wochen konntest du in der Schweizer Presse über eine Vermisstenanzeige von zwei Personen lesen, von einem ledigen Mann und einer verheirateten Frau. Diese zwei Personen mussten wir umlegen. Keine Leiche wurde gefunden und wird auch nie gefunden werden. Das garantiere ich!"

„Dann warst es also du, der geballert hat?"

„Aber, aber! Wo denkst du denn hin. Nein! Dafür haben wir andere Leute. Diese gehören gar nicht unserer Organisation an. Es sind „Auftragskiller". Tönt hart! Aber ohne diese läuft gar nichts."

„Dabei handelt sich es sicher um Ausländer?"

„Wir heuern dafür teils Ausländer, teils Schweizer an!"

„Die Ausländer tun es in der Regel für weniger Geld, aber die Schweizer sind zuverlässiger. Bei heiklen Fällen nehmen wir dafür Schweizer. Und der Fall, von dem ich jetzt spreche, war heikel, sogar sehr heikel."

Ottokar nickte verständnisvoll und legte gleich die nächste Schlinge aus.

„Du bist eine Art Schreibtischtäter und machst deine Hände nicht schmutzig. Clever, clever!"

„Nicht unbedingt. Manchmal muss ich auch direkt eingreifen. Aber natürlich nie mit einer Waffe. Ich mag das nicht besonders. Das können andere übrigens viel besser als ich. Das müsstest du ja am besten wissen, warst doch du es, der mir in der Unteroffiziersschule mehrmals aus der Patsche geholfen hat. Erinnerst du dich denn nicht mehr, als du in der Guntelsey unter meinem Namen in den Scheibenstand gingst? Du warst so schlau, ein bisschen weniger gut zu zielen, als du es üblicherweise tatest. So merkte niemand etwas davon. Du wärest ein exzellenter Mann für unsere Organisation."

Hurni schlug sich dabei mit der flachen Hand auf die Stirn.

„Warum habe ich dich eigentlich nie angeworben? Mensch, überleg es dir, das wäre doch etwas für dich!"

„Darüber könnten wir ja mal reden", stieg Ottokar augenzwinkernd darauf ein.

„Aber wie wirst du denn im freien Feld eingesetzt, Adolf?"

„Ich werde natürlich nicht eingesetzt, sondern setze mich selber ein! Das letzte Mal gerade im Fall der zwei Vermissten. Ich habe nach der Aktion Geld vom gemeinsamen Konto der beiden Liquidierten abgehoben. Dabei kam es sogar zu einer Panne. Aber gerade in solchen Fällen zeigt es sich, wer gute Nerven hat. Und ich habe Nerven wie Drahtseile! Stell dir vor: Ich wurde während dem Unterfangen sogar kurzzeitig in Haft genommen, von der Zürcher Stadtpolizei. Mein vorgesetzter Offizier hat dem Zürcher Justiz- und Polizeidirektor schön Dampf unter dem Hintern gemacht! Hierzulande wissen die wichtigen Leute, was für die Schweiz gut ist. Wenn es um die Sicherheit der Schweiz geht, fackeln die nicht lange! Jedenfalls, innerhalb von zwei Stunden war ich wieder auf freiem Fuß, sogar mit einer unter der Hand überreichten Genugtuungssumme von 100 Franken! Am Nachmittag konnte ich den Geldbetrag vom Konto der ‚entsorgten' Personen ohne Probleme bei einer anderen Bank abheben."

„Hast du denn dieses Geld für dich behalten können?"

„Mensch, bist du blöd! Unser Geheimdienst ist doch kein Selbstbedienungsladen! Das Geld, es handelte sich um fast 40.000 Franken, musste ich natürlich auf ein zu diesem Zwecke eingerichtetes Konto einzahlen. Ich habe das an der Poststelle Oberweiningen gemacht. Solche Finanzquellen sind natürlich für uns wichtig. Wir lassen Leute umlegen und bezahlen mit deren Geld ihre Killer. Genial! Findest du nicht auch?" Hurni unterstrich diese Aussage noch mit einem dröhnenden Lachen. Er redete mittlerweile so laut, dass ihm die Gäste an den Nebentischen ungläubig zuhörten.

„Chapeau! Tüchtige Burschen seid ihr! Aber 40.000 Franken scheinen mir doch ein wenig zu großzügig für einen Auftragsmörder."

„Sie haben auch nicht alles davon bekommen. Den Rest haben wir für die nächste Aktion beiseitegelegt. Es waren übrigens zwei, die geschossen haben."

„Wo habt ihr denn die Leichen weggeschafft?"

„Das weiß ich nicht, und wenn ich es wüsste, würde ich es dir nicht sagen. He he …"

„Hast du auch schon Aufträge im Ausland ausgeführt?"

„Natürlich! Das ist ja das Spannende! Spanien ist mein Spezialgebiet. Dort läuft einiges besser als bei uns! Da macht man mit den Linken nicht viel Federlesens."

Dabei nahm er das Messer auf seinem Teller und machte damit eine Hin- und Herbewegung an seiner Kehle. „Diese Burschen liegen fast alle verscharrt unter den Äckern. Als Dünger taugen sie wenigstens noch zu etwas!"

„Aber was willst du denn dort noch, wenn alles in Ordnung ist?"

„Richtig, dort gibt's nicht mehr viel zu verändern, aber noch viel zu lernen! Ich studiere zum Beispiel die Strukturen der spanischen ‚Guardia Civil', einer Polizei, die unserem Lande gut anstehen würde. Wetten wir, in zehn Jahren verfügen die Schweizer auch über ein solches Instrument. Dann Gnade Gott diesen Sozis und Kommunisten! Aber das ist nicht alles. Während des Bürgerkriegs haben sich gegen 800 Schweizer auf Seiten der Kommunisten, Sozialisten und Anarchisten verdingt. Wir kennen Namen und Adresse jedes Einzelnen von ihnen, die haben wir selbstverständlich den zuständigen Behörden in Madrid gemeldet.

Sollte es einem von denen einfallen, seinen Fuß auf spanischen Boden zu setzen, kann er etwas erleben. Zudem sind viele Tausend linke Spanier nach dem Sieg des Generals Franco ins Ausland verduftet, einige Hundert auch in die Schweiz. Von diesen wissen wir, wo sie sich aufhalten. Selbstverständlich haben wir Madrid auch davon in Kenntnis gesetzt. Ich kann mir ja ausmalen, welches Entsetzen diese packt, wenn wir auch in unserem Land Ordnung schaffen. Dann werden sie sich in ihrer alten Heimat – mit Kind und Kindeskindern! – zu verantworten haben, wo sie vor fast zwanzig Jahren versucht haben, eine christlich verankerte, jahrhundertealte Gesellschaft zu zerstören."

„Jetzt reicht es uns langsam! Wenn dieser Idiot nicht bald die Klappe hält, hauen wir ihm kräftig hinter die Löffel!", erschallte es plötzlich von einem Nebentisch.

Hurni überhörte diese Bemerkung. Streckte den rechten Daumen in die Luft und lallte: „Fräulein, noch eine Flasche!"

Und Chantal kam sogleich angetrippelt.

„Du musst aber zuerst noch etwas essen, sonst rutschst du mir noch unter den Tisch."

Sie legte ihm ein happiges Eingeklemmtes auf den Teller und kraulte in seinen Haaren. Hurnis Augen wurden vor Wohlbefinden feucht.

„Hast du denn noch andere Einsatzgebiete als Spanien?", erkundigte sich Ottokar.

„Ja, stell dir vor: Südafrika!"

„Aber da hat es doch vor allem Neger."

„Aber noch einige Weiße und die zeigen denen, wo es langgeht! Und …"

Nun verfiel Hurni in einen Flüsterton:

„Mit der südafrikanischen Armee arbeiten wir besonders eng zusammen. Es gibt übrigens viele Schweizer dort. Das Apartheidregime ist das Zukunftsmodell für die Kolonien. Die farbigen Völker auf der südlichen Halbkugel hinken intelligenzmäßig Jahrtausende hinter uns Weißen her. Sie werden diesen Rückstand nie aufholen. Auch in unseren Labors wird nach Chemikalien geforscht, die diese Leute geistig noch ein bisschen zurückstufen, sozusagen auf den Stand von nützlichen Affen."

„Was du nicht sagst, Adolf! Jetzt nimmst du deinen Mund doch ein wenig zu voll."

„Zieh das bitte nicht ins Lächerliche", motzte Hurni beleidigt zurück und wurde wieder lauter.

„Es soll einen Biochemiker im Berner Oberland geben, der bei der Erforschung solcher Substanzen schon spektakuläre Ergebnisse erzielt hat."

„Mich nähme ja wunder, wer so einen beschäftigte."

„Das kann ich dir genau sagen. In einem Labor unserer Armee zwischen Spiez und Wimmis.

Dort wird übrigens auch an unserer Atombombe herumgebastelt. Du wirst dich noch wundern, wenn du in zwei, drei Jahren über dem Aletschgletscher einen Atompilz aufsteigen siehst."

„Davon habe ich auch schon gehört. Ich glaube nicht unbedingt daran, doch ich lasse mich gerne überraschen. Aber kostet denn das nicht Unsummen, kann sich die Schweiz das überhaupt leisten?"

„Eine berechtigte Frage. Wir haben noch andere Pfeile im Köcher, die vielleicht ebenso wirksam sind."

„Welche denn?"

„Tja … ich weiß nicht, ich weiß nicht, ob ich das so herausposaunen darf. Hast du schon einmal von biologischen Waffen gehört?"

„Schon, aber ich kann mir darunter nichts vorstellen."

„Hör zu, ich erkläre es dir, nur weil du es bist: Solche Waffen bestehen aus winzigen Lebewesen, Bakterien und Viren, so nennt man diese. Sie können bei Menschen ansteckende Krankheiten erzeugen. Wir Europäer hätten zum Beispiel nie Amerika erobern können, wenn die Indianer nicht von unserer Grippe angesteckt worden wären. Für uns ist eine Grippe zwar auch lästig, wir bekommen ein wenig Fieber davon, aber dann ist es vorbei. Doch die Indianer krepieren daran. Verstehst du?

So ähnlich müsste es doch auch bei den Negern oder Indern funktionieren. (Damals war das Wort „Neger" noch gebräuchlich.) Wir müssen nur die richtige Krankheit herausfinden. Und daran forschen wir zusammen mit den Südafrikanern. Ich habe selber mal ein Fläschchen mit einer Bakterienprobe in den Händen gehalten. Vor Ehrfurcht ist es mir heiß und kalt den Rücken hinuntergelaufen."

„So nun habe ich endgültig genug", rief ein älterer Herr vom Nebentisch.

„Ich stopfe jetzt diesem verdammten Saukerl den Mund." Er hatte sich noch nicht ganz erhoben, als zwei Rausschmeißer ihn an beiden Armen packten und aus dem Lokal bugsierten.

„He, he, he …", grölte Hurni. „Genau so muss man mit solchem Gesindel verfahren."

Er schickte sich an, aufzustehen, um Beifall zu klatschen. Doch seine Beine rutschten ihm seitlich weg, sodass er zu Boden ging und unter dem Tisch liegen blieb.

Chantal eilte herbei und sagte:

„So weit musste es ja kommen! Hättest den Jungen ein bisschen zurückhalten können, Ottokar."

Dann wurde sie noch ein paar derbe Flüche los, fing sich wieder und vertröstete sich auf später. „So billig kommt mir dieser Kerl nicht davon. Bring ihn auf mein Zimmer, dann nehme ich ihn halt vor dem Frühstück aus", murrte die Dame, deren Alter bei näherem Hinsehen nach oben korrigiert werden musste.

Vielleicht hätte sie das besser bleiben lassen. Hurni kotzte nicht nur ihr Badezimmer, sondern auch ihr Bett voll. Chantal konnte froh sein, dass es da noch einen Pascal gab. Er ließ sie für diese Unbill großzügig entschädigen.

Ottokar und Pascal waren der Meinung, die Sache habe sich gelohnt. Guyer machte sich keine Illusionen, er hätte sich etwas mehr erwartet.

Trotzdem ließ er das Tonband mit den Aussagen Hurnis dem zuständigen Staatsanwalt zukommen.

Dieser zitierte Guyer wenig später in sein Büro und las ihm regelrecht die Leviten. Was ihm eigentlich einfalle, im Leben unbescholtener Leute herumzuschnüffeln. Wenn man damit beginne, die Worte von Betrunkenen auf die Goldwaage zu legen, müsste die halbe Bevölkerung von Zürich eingesperrt werden. Er habe das Band im Abfallkübel entsorgt. Guyer hatte etwas in dieser Richtung geahnt und zuvor eine Kopie davon erstellt.

Winterhalder berichtete dann, wie es weiterging.

Nach dem Zusammenstoß mit dem Staatsanwalt habe Guyer ihn zum Nachtessen in ein Restaurant am Limmatquai eingeladen. An einem warmen Abend im Spätherbst. Sie hätten draußen sitzen können. Sein Kollege habe niedergeschlagen gewirkt. Er habe zu ihm gesagt: Es gäbe Richter und Staatsanwälte, die korrupt seien. Das habe es zwar schon immer gegeben. Aber das Ausmaß mache ihm Sorgen.

Gestern sei er mit einem Kollegen aus der Verkehrsabteilung ins Gespräch gekommen. Dieser habe immer wieder beobachtet, dass bei einfachen Bürgern die Gesetze anders ausgelegt würden als bei hochgestellten Persönlichkeiten. Und: Heute Morgen habe ihn sein Chef, ein Polizeioffizier, aufgesucht und sich nach den Bußen, die gegen die Gattin eines Oberstleutnants und gegen einen Fabrikdirektor verhängt worden waren, erkundigt. Er habe die Bußenzettel vor seinen Augen zerrissen und in den Papierkorb geworfen. Er mache so etwas ungern, er habe ja nur einen Befehl von oben ausgeführt, redete sich der Vorgesetzte heraus.

„Mein Kollege und ich rücken beide gegen fünfzig, beide haben wir noch Kinder in der Ausbildung. Wir können es doch unseren Familien nicht antun, gegen unsere Vorgesetzten ein Verfahren einzuleiten. Das Risiko wäre viel zu groß, dass wir unsere Stelle verlören. Dennoch kommen wir uns wie Feiglinge vor."

Dann gab er mir in einer großen Kartonschachtel alle Unterlagen zum Fall Yolanda von Büren und Ferdinand Meyer.

„Bewahre diese Sachen auf, am besten bei dir zu Hause. Du bist noch Jahrzehnte jünger als ich. Vielleicht ändern sich einmal die Zeiten, ich habe aber die Hoffnung verloren, dass ich das noch erlebe."

Als Samuel von Allmen wieder im Zug nach Bern saß, verfiel er ins Grübeln.

„War es in Bern auch so gewesen wie in Zürich?", fragte er sich. Er kam zum Schluss, dass es nicht so schlimm war.

Einen Tag später sichtete er mit Kari Räber und mir die umfangreichen Unterlagen aus Zürich.

Wir waren entsetzt! Vor allem Kari. Vielleicht nagte an ihm ein bisschen schlechtes Gewissen. War er doch auch Staatsanwalt und später Gerichtspräsident gewesen. Aber eben nicht in einer so großen Stadt wie Zürich. Und nicht in den fünfziger Jahren.

Immerhin räumte er ein, dass auch in seinem Wirkungsbereich Sauereien passiert seien. Nun, er habe sich jedenfalls redlich bemüht, diese auszubügeln. Doch eine derartige Ungeheuerlichkeit, wie sie dem unglücklichen Meier 19 zugestoßen sei, hätte er sich im Kanton Bern niemals vorstellen können.

Nun fragte ich in die Runde: „Haben wir eigentlich unseren Fall gelöst oder nicht?"

Meine Kollegen horchten auf und Samuel antwortete: „Wir wissen nun viel mehr, aber ein Fall ist erst dann gelöst, wenn wir herausgefunden haben, wer die Mörder sind. Und das haben wir leider noch nicht."

„Wer von euch hat eine Idee, wie wir das noch ausfindig machen könnten?", fragte ich.

„Ich sehe nur eine Möglichkeit: Wir müssten mit diesem Hurni reden. Lebt er überhaupt noch? Das könnte am ehesten Max Ramseier herausfinden. Ich werde ihn heute noch anrufen. Ich bin überzeugt, er wird uns helfen, auch von Südspanien aus.

Der alte Hurni

Diesen Hurni gab es noch. Er lebte wie schon seit Jahrzehnten im Kirchenfeld-quartier. Zu unserem Erstaunen hatte er überhaupt nichts dagegen, mit uns zu plaudern. Es könnte ein sehr langes Gespräch werden, stellte er in Aussicht. Er würde es begrüßen, wenn wir ihn zu Hause aufsuchten. Vor zwei Jahren sei seine Frau verstorben, nun freue er sich über jeden Besuch, auch von Leuten, deren Ansichten gar nicht mit den seinen übereinstimmten.

Der mittlerweile in die Jahre gekommene Hurni war offenbar einsam gewor-den. Er wohnte in einem großen Haus. In diesem Quartier gibt es noch heute fast nur Ein- oder Zweifamilienhäuser, mit hohen Zimmern und schönen Salons.

*

Als wir über Hurnis Schwelle traten, verschlug es uns die Sprache. Der Eingang war überklebt mit Plakaten, die in den letzten Jahren in unserem Land viel zu reden gegeben hatten. Diese waren jeweils in den Anzeigeteilen der großen Tageszeitungen in der ganzen Schweiz erschienen.

Das erste wurde 1993 lanciert und erregte als so genanntes Messerstecherinse-rat europaweit Aufsehen. Die ausländischen Mitmenschen und solche mit Immigrationshintergrund wurden darin pauschal als Kriminelle verunglimpft, die politische Linke sowie die als „Gutmenschen" lächerlich gemachten gesell-schaftlich liberalen und kirchlichen Kreise als deren Helfershelfer an den Pran-ger gestellt. Es war das erste Mal seit dem Frontenfrühling in den 1930er Jahren, dass unsere Medienlandschaft von einem solchen Unwetter heimgesucht wurde.

Es folgten weiter „Kreationen" gegen die „Linken, Netten und Ausländer": das „Stiefel-", das „Ratten-", das „Schäfcheninserat", um nur die Anstößigsten davon zu erwähnen. Das Schaf-Sujet wurde prompt von der Neonazipartei NPD kopiert und, auf deutsche Verhältnisse angepasst, als Stimmenfänger eingesetzt.

Pikant an der Sache: Der geistige Vater dieser diffamierenden Politwerbung ist ein gewisser Hans-Rudolf A., 1928 geboren, 1994 in die Karibik ausgewandert, seitdem von dort aus seinen Auftraggebern stets treu zu Diensten.

*

Hurni geleitete uns ins Treppenhaus, das vom Parterre in den ersten Stock führte. Was wir da zu sehen bekamen, versetzte uns in ein eigenartiges Frösteln. Die Wände waren links und rechts mit aus Druckerzeugnissen herausgeschnittenen Fotos von Personen der rechten Politszene tapeziert. Diejenigen, die nicht mehr lebten, waren dick schwarz umrandet und mit einem Trauerkreuz versehen. Fast alle waren verstorben. Das Ganze war eine beinahe vollständige Ahnengalerie der Kalten Krieger und unheimlichen Patrioten helvetischer Prägung. Außer vielleicht James Schwarzenbach, dem Italienerhasser der 1960er- und 1970er-Jahre sowie Eugen Bircher, dem Arzt und Präsidenten der schweizerischen

Offiziersgesellschaft, sind heute alle vergessen, sozusagen mit den Gewitterwolken der Schweizer Geschichte entschwunden.

Oben angelangt, bat uns Hurni in sein Studierzimmer. Ein riesiges Porträt, in Öl gemalt, erregte unsere Aufmerksamkeit. Darunter ein Tisch – einem Altar gleich –, bedeckt mit Stoffblumen und in Klarsichtmappen eingefassten Zeitungsausschnitten. Wir traten näher hin und sahen darin Texte in Schreibmaschinenschrift und schreckliche Bilder: Blutende, am Boden liegende Männer, aber auch einige verletzte Frauen und Kinder.

Als ich feststellte, welches Ereignis hier zur Schau gestellt wurde, konnte ich mich nicht mehr zurückhalten. Ich rief entsetzt: „Das Massaker von Genf, bei dem mein Onkel Christian beinahe zu Tode gekommen ist." Ein höhnisches, schmutziges Grinsen huschte über Hurnis Gesicht. Ich musste mich beherrschen, ihm nicht ins Gesicht zu schlagen.

Das Porträt zeige seinen Onkel. Er sei der junge Leutnant gewesen, der den Mut gehabt habe, seine Soldaten auf Kommunisten schießen zu lassen. Leider habe man ihm das später kaum verdankt.

*

Damals, am 9. November 1932, brachen 13 antifaschistische Kundgebungsteilnehmer im Kugelhagel von Deutsch(!)-Schweizer Rekruten tot zusammen und 60 weitere wurden schwer verletzt.

Es war bislang das letzte große Verbrechen unserer Armee. Früher, im 19. Jahrhundert, waren anlässlich der Bauten der großen Alpenbahntunnels etwa hundert streikende Arbeiter, fast alle ausländischer Herkunft, von Schweizer Soldaten niedergeschossen worden.

*

Hurni wies mit dem Zeigefinger auf ein weiteres Bild, ein wenig verborgen zwischen zwei großen Büchergestellen. Wieder beschlich uns ein unangenehmes Gefühl, denn wir kannten das Gesicht darauf nur zu gut. Es gehörte einem gewissen Peter R., in den 1990er-Jahren unehrenhaft entlassener hoher Nachrichtendienstoffizier der Schweizer Armee, eine der düstersten Gestalten aus den Reihen der „ehrenwerten" Gesellschaft unserer „geistigen" Landesverteidiger.

Immerhin war der Mann clever genug, die Spuren seiner Schandtaten so zu verwischen, dass ihm heute kaum noch etwas Strafbares nachgewiesen werden kann. Die Untersuchungsbehörden mussten feststellen, dass im damaligen EMD viele Akten, die R. mutmaßlich belastet hätten, vernichtet worden waren. Es ging dabei um Unterlagen über die militärische Zusammenarbeit des Armeegeheimdienstes mit dem südafrikanischen Apartheidregime.

Trotzdem konnte sich R. nicht einfach so reinwaschen. Seine Verbindung mit dem südafrikanischen Arzt, Geheimdienstler und mutmaßlichen Massenmörder

Wouter Bousson (bekannt als Dr. Death, also Dr. Tod) war sehr eng. Das konnte Peter R. eindeutig nachgewiesen werden.

Dieser Bousson steht im Verdacht, viele Tausend Aktivisten des ANC (African National Congress) mit Giftspritzen umgebracht zu haben.

Nach übereinstimmenden Zeugenaussagen gehörte Peter R. zum engeren Kreis der Hintermänner, die Bousson die todbringenden Drogen verschafften.

„Gut, dass dieser Verbrecherbande das Handwerk gelegt wurde", rutschte es mir heraus.

Samuel sah mich scharf an, denn wir machten diesen Besuch ja nicht, um uns mit Hurni anzulegen, sondern um noch etwas von ihm zu erfahren.

„Verbrecherbande?", zischte mich Hurni an. „Sehen Sie sich das heutige Südafrika einmal an! Es ist von einem gut funktionierenden Industriestaat zu einer unterentwickelten Negerrepublik verkommen. Wieder ein Beispiel mehr, dass Farbige niemals in der Lage sind, in unserer modernen, aufgeklärten Zeit ein Land zu führen."

Hurni schien also noch gar nichts von seinem politischen Fanatismus eingebüßt zu haben. Nur dass seine Hauptfeinde nicht mehr die Kommunisten, sondern neu die 68er waren. Geschlagene zwei Stunden lang überschüttete er uns mit seinen Einschätzungen dieser Gefahr, die anfangs schleichend, dann wie eine Lawine über unser Land, ja über den ganzen Kontinent hereingebrochen sei. Alles hätten sie zu Schanden geritten: unsere Jugend, unsere Armee, unsere politische Kultur. Er setze neu auf Blocher und dessen SVP. Den Mitgliederausweis des Freisinns habe er ins Cheminéefeuer geworfen.

Nach dieser Einleitung schlug er uns vor, ihm alles zu berichten, was wir über den Fall von Büren/Meyer wüssten; er würde dann Gegenrecht halten und uns all seine Geheimnisse darüber preisgeben.

Wir riskierten ja sowieso nichts mehr. Hurni war möglicherweise die einzige noch lebende Person, die über den Fall mehr wusste als wir, und so blieb uns kaum etwas anderes übrig, als sein Angebot anzunehmen. Uns interessierte ja auch, wie er unsere Erkenntnisse aufnahm. Fand er zum Beispiel heraus, dass man ihn und von Däniken bespitzelt hatte?

Nein! So hatte er nie gemerkt, dass Pascal mit seinen zwei Helfern auf ihn angesetzt worden war. Jedenfalls: Geschadet hatte ihm das ja nicht. Im Nachhinein empfand er sogar ein bisschen Genugtuung darüber, dass die Justiz nicht einmal bei Mordverdacht gegen ihn ermittelt hatte. Durch den Ost-West-Konflikt war damals das gesellschaftliche Klima so günstig für die Kalten Krieger, dass ihre Aktivitäten weit über den Gesetzen standen.

Von oben ließ man augenzwinkernd fast alles zu, das im Kampf gegen die rote Gefahr irgendwie von Nutzen sein konnte. Eine quasi geheime Armee auf privater Basis kam dabei der Obrigkeit gerade recht.

Dieser Zürcher Detektivwachtmeister mit dem kleinkarierten Gerechtigkeits-fimmel – heute würde man von einem „Gutmenschen" sprechen – sei zum Glück ziemlich allein gewesen, meinte Hurni genüsslich. Trotzdem habe er erstaunlich viel herausgefunden, aber eben nicht alles.

Es bereite ihm ein großes Vergnügen, uns das Fehlende nun zu verraten, plus-terte sich Hurni selbstzufrieden auf. Nachdem, was er eben erfahren habe, werde er mit diesem Pascal beginnen. Zunehmend sei ihm und von Däniken der Ver-dacht gekommen, mit dem Franzosen stimme etwas nicht. Als er für seine Dienste immer mehr verlangte, habe man ihn aufs Eis gelegt. Er sei dann aber lästig geworden. Die Vereinigung – so nannte Hurni seinen Geheimbund – habe daraufhin versucht, etwas über Pascals früheres Leben in Erfahrung zu bringen. Dass er ein Hochstapler war, hätten sie allerdings nie herausbekommen. Das „deuxième bureau", wie man den französischen Geheimdienst damals nannte, habe ihnen aber geraten, die Finger von diesem Mann zu lassen, es handle sich bei ihm um eine dubiose Figur. Gefährlich könne er jedoch für sie nicht werden, da er über keine Beziehungen mehr zu den anderen Spionagediensten verfüge und auch kein Geheimnisträger mehr sei. Dann brachen sie die Verbindungen zu Pascal ab und das Problem erledigte sich von selbst.

„An jenem Besäufnis, das mir Ottokar in einem Niederdorfer Nachtlokal be-scherte, habe ich wohl ein wenig geblufft. Weder ich noch von Däniken waren damals die bestimmenden Figuren in der Vereinigung. Wir haben sie auch nicht aufgebaut. Sie wurde bereits in den 1920ger-Jahren errichtet und hieß zuerst ‚Aargauer Vaterländische Vereinigung' (AVV). Einige ihrer Gründerväter waren oder wurden später sehr berühmt, etwa der Arzt und spätere Oberstdivi-sionär Eugen Bircher, eine Lichtgestalt im Kampf für eine wehrhafte Schweiz."

Und Hurni kam dabei ins Schwärmen.

„Besonders heute wieder denke ich an diesen Mann. Er hatte schon in den Zwanzigerjahren eine Gefahr erkannt, die heute aktueller denn je ist: die rosaro-ten Bürgerlichen! Bei den Roten wusste man wenigstens, mit wem man es zu tun hatte. Anders bei diesen ‚linken' Liberalen. Eugen Bircher würde sich im Grab umdrehen, wenn er erleben müsste, wie diese Leute die Schweizer Armee zu Schanden reformiert haben", ereiferte sich Hurni.

Begonnen habe das mit Adolf Ogi, der dem Neger Kofi Annan hofierte und sich so einen einträglichen Job bei der UNO unter den Nagel gerissen habe.

Irgendwie fühlte ich mich verpflichtet, Hurni darauf aufmerksam zu machen, heute gelte die Bezeichnung „Neger" als diskriminierend.

„Hört, hört, da haben wir wieder einen dieser politisch korrekten ‚Linken und Netten'. Was ich hier in den eigenen vier Wänden zu sagen habe, das bestimme ich vorläufig noch selbst."

Auch Kari missfiel meine Zurechtweisung, er verlagerte sein ganzes Körpergewicht auf einen Fuß und setzte diesen diskret unter dem Tisch auf meinen Schuh, was mir sehr weh tat.

Ich verstand den Wink und verzichtete auf eine Antwort.

Ihn würde jetzt doch interessieren, ob diese Vereinigung in den 1950er-Jahren wirklich eine Rolle gespielt habe, fragte Samuel.

„Ja, das hat sie in der Tat. Wir hatten ein weit gefächertes Netz und gute Drähte zu wichtigen Persönlichkeiten in der Politik, der Justiz, der Wirtschaft und dem Militär. Bei ihnen kursierte eine von uns ständig aktualisierte Liste von Leuten, die politisch nicht zuverlässig waren. Leider herrschte damals Vollbeschäftigung. Schlimm war der Mangel an Lehrkräften, vor allem auf der Stufe Gymnasium. Wir konnten daher das Einsickern von subversiven Elementen in die Lehrerzimmer nicht verhindern, mit fatalen Konsequenzen für das heutige Bildungswesen. Ein wenig besser war es in der Wirtschaft. Spitzenpositionen wurden nur mit Männern besetzt, die weltanschaulich auf dem richtigen Geleise fuhren; beim unteren Kader konnte man das aber nicht mehr durchziehen. Besonders unerfreulich war es bei den Gerichten, in den Verwaltungen des Bundes und vieler Kantone. Das sich langsam durchsetzende Konkordanzdenken hatte verheerende Folgen: Die Institutionen des Staates verkösteten zunehmend Leute mit einem roten Parteibüchlein."

Samuel: „Gab es in den 1950er-Jahren andere private Organisationen und Persönlichkeiten des öffentlichen Lebens, die mit Ihrer Vereinigung zusammenarbeiteten?"

„Ja, das gab es zuhauf! Erinnern Sie sich noch an den ‚Trumpf Buur'? Dahinter stand der unverwüstliche Robert Eibel. Das war noch ein richtiger Freisinniger. Er hat sich 1959 standhaft gegen eine Regierungsbeteiligung der Sozis ins Zeug gelegt. Schon damals war es die CVP, beziehungsweise ihre Vorgängerin, die Partei der Katholisch Konservativen (KK), welche das Bürgertum verraten hatte. Sie ließen zu, dass zwei Sozialdemokraten in den Bundesrat gewählt wurden."

Samuel wollte es nun genauer wissen:

„Ihre Aussagen waren bislang recht allgemein. Was hat Ihre Organisation denn konkret getan? Können Sie uns einige Beispiele nennen?"

Kari und ich sahen einander unschlüssig an, und fragten uns wohl das Gleiche.

Warum kommt Samuel nicht zur Sache? Müsste er jetzt nicht das Gespräch auf das, was uns beschäftigt, nämlich den Mord, lenken?

Aber wir ließen ihn gewähren. Vielleicht wollte er das Vertrauen von Hurni gewinnen. Und da war ein Ablenkungsmanöver allemal recht.

Und Hurni holte denn auch kräftig aus.

„Noch so gerne! Beginnen wir mal mit dem Fall eines Kommunisten, der 1946 auf der Einheitsliste von SP und PdA in den Zürcher Stadtrat gewählt wurde. Unsere Vereinigung hat diesen Mann politisch endgültig zur Strecke gebracht. 1949 wurde er wegen Zweckentfremdung von Spendengeldern zu 6 Monaten Gefängnis verurteilt.

Dann folgte der Fall eines Basler Linkspolitikers. Dieser hielt 1951 an einer Journalistentagung in Budapest eine Rede, in der er die US-amerikanische Infiltration der Schweiz anprangerte. Der Bundesrat beauftragte die Bundesanwaltschaft einen Strafprozess durchzuführen. 1953 wurde der Basler Kommunist zu 8 Monaten Gefängnis und Einstellung der bürgerlichen Rechte auf zwei Jahre verurteilt. Toll: Damals hatte man noch den Mut, jemand seiner politischen Einstellung wegen einzusperren!

Etwas später nahmen wir den pazifistischen Professor André B. in die Mangel. Der an der Universität Lausanne wirkende Hellenist und Präsident der schweizerischen Friedensbewegung hatte sich gegen die USA in den Koreakrieg eingemischt und wollte mithelfen, abzuklären, ob der Vorwurf der bakteriologischen Kriegsführung seitens der Amerikaner stimme. 1954 wurde er wegen verbotenem Nachrichtendienst zu 15 Tagen Gefängnis verurteilt.

Dann der Fall des Aargauer Kabarettisten Alfred Rasser; Sie erinnern sich sicher noch: Dieser impertinente Bursche hat mit einem Schurkenstück die Schweizer Armee lächerlich gemacht. Wir haben die maßgebenden Leute in der Offiziersgesellschaft auf Alfred R. angesetzt. Mit Erfolg, wie sich bald herausstellte. Die Stücke des Kabarettisten wurden beim Schweizer Radio und bei den meisten renommierten Theatern von da an boykottiert.

Schließlich einer unserer größten Erfolge: 1956 haben wir dem schweizweit bekannten Marxisten und Theologen Konrad F. die Hölle heiß gemacht! Er wurde von der einheimischen Bevölkerung aus seiner Wohngemeinde vertrieben.“

*

Bei dieser Aussage fiel es mir wie Schuppen von den Augen. Ich erinnerte mich an ein Ereignis im November 1956. Ich war damals gerade vierzehn Jahre alt.

Als ganze Familie fuhren wir an einem finsteren, nebligen Samstag nach Thalwil zu einer Cousine meiner Mutter. Die Verwandte, sie hörte auf den Namen Lilli, holte uns am Bahnhof ab und sagte, wir hätten gerade einen guten Tag erwischt. An ihrer Straße sei etwas los. Es finde eine Demo gegen einen in der Gemeinde wohnenden Kommunisten statt. Sie wisse nicht einmal, wie der genau heiße; Konrad Feller oder Fahrer? Dabei habe der noch einen Doktortitel. Das sei wieder typisch. Man lasse solche Leute mit sauer verdienten Steuergeldern noch studieren und dann würden sie Marxisten. Doch jetzt werde dieser

Halunke aus der Stadt verjagt, samt Familie. Lange Zeit habe in Thalwil kaum jemand über die politische Einstellung dieses linken Extremisten gewusst:

„Erst durch das große Inserat, das vor ein paar Tagen in der Lokalzeitung erschien, wurden wir aufgeklärt: ‚Leider wissen wir es erst seit kurzem: In unserer Mitte lebt und wohnt ein Staatsfeind. Es handelt sich um den Kommunisten Konrad Farner.‘

Dann die Adresse: ausgerechnet an derselben Straße, wo ich wohne. Gestern wollte eine seiner Töchter bei mir ein Brot kaufen. Ich habe ihr ins Gesicht gesagt:

‚Geh nach Moskau und bitte den Stalin darum.‘“

Die Lilli arbeitete als Verkäuferin in dieser Bäckerei. Dass Stalin damals schon mehr als drei Jahre tot war, wusste die Frau offensichtlich nicht mehr.

Zum Entsetzen der Mutter konnte es der Vater nicht lassen, den Redeschwall der Lilli mit einer Bemerkung zu unterbrechen: Er habe einen Vetter, der sei vor zwei Jahren zum Bürgermeister einer Waadtländer Gemeinde gewählt worden. Er sei auch Kommunist und sehr beliebt.

„Dafür wird ihn der liebe Gott strafen“, erwiderte Lilli etwas verdattert.

Schließlich bogen wir in die Straße ein, an der Konrad Farner und die Lilli wohnten. Vor der Wohnung der Familie des Konrad F. hatten sich etwa fünfzig Personen zusammengerottet. Sie trugen Transparente und Spruchbänder. Darauf war zu lesen: „Hängt diesen roten Hund“, „Wandert mit Kind und Kegel nach Moskau aus“ oder „Die ganze Familie gehört hinter Schloss und Riegel, mit Wasser und Brot, lebenslänglich!“ Der Nachbar vis-à-vis stellte – verankert auf Eisenpfählen – eine Tafel mit der Inschrift in seinen Garten: „In dieser Straße wohnt ein Dr. Konrad F. mit seiner Familie, der die kommunistische Tyrannei in der Schweiz errichten will. Wer mit ihm und seinen Angehörigen verkehrt, sei von allen Freiheitsliebenden verachtet. “

Bald flogen auch die ersten Steine, die Scheiben an der Straßenseite gingen zu Bruch. Fünf Ortspolizisten standen grinsend hinter der wütend schreienden Menge. Plötzlich tauchten zwei Männer in Überkleidern auf. Der eine trug einen kleinen Ballen Stroh, der andere einen Kanister. Auf dem Kiesweg, einige Meter vor dem Hauseingang, wurde das Stroh hingelegt und mit der Flüssigkeit aus dem Kanister übergossen. Dem Geruch nach musste es sich um Petroleum gehandelt haben. Dann kam eine Hand voll sehr gut gekleideter Männer dazu. Einer war mit einem Megafon ausgerüstet und begann zu den versammelten Leuten zu sprechen:

„Liebe Bürger von Thalwil, wir versammeln uns hier, um mit einem Verbrecher aus unserer Gemeinde abzurechnen. Er heißt Konrad F. Er ist ein Kommunist. Er hat auch noch Frau und Kinder. Es ist für unsere freiheitsliebende Bevölkerung eine Zumutung, dieses Gesindel noch länger zu ertragen. Jagen wir die ganze Brut zum Teufel."

Tosender Beifall unterbrach an dieser Stelle die Rede.

„Leider dürfen in unserem Lande solche Leute noch frei herumlaufen. Aber ich versichere Ihnen, liebe Landsleute, dass dies bald ein Ende haben wird. Während sowjetische Truppen in Ungarn einmarschierten, ist dieser Konrad F. in die DDR gereist, um die Abdankungsrede für einen zum Glück krepierten marxistischen Schreiberling zu halten. Er hieß Bert Brecht. Ich habe hier ein Buch dieses Halunken. Und meine Kollegen haben je ein Buch des andern Halunken, des Vaterlandsverräters Konrad F." Dann nahm er ein Streichholz, entzündete es und warf es ins Stroh. Eine Stichflamme schoss in den dämmrigen Himmel. Und nun warfen die feinen Herren der Reihe nach Bücher in das Feuer.

Unversehens sprang eine weißhaarige Gestalt zum brennenden Haufen, zog blitzschnell ein Buch aus dem Brand, riss dem verdutzten Redner das Megafon aus den Händen und sprach in Hochdeutsch zur Menge:

„Ich habe hier ein Buch von Bertold Brecht in der Hand. Am 10. Mai 1933, auf dem Opernplatz in Berlin, wurde dieses Buch schon einmal in die Flammen geworfen. Von einem Herrn namens Josef Goebbels. Ich bin dann in Ihr Land geflüchtet und man hat mich hier aufgenommen. Dafür bin ich dankbar. Doch was sich hier in diesem Moment abspielt, erschüttert mich …"

Dann konnte man ihn nicht mehr verstehen. Ein ohrenbetäubendes Pfeifkonzert übertönte seine Worte.

„Da ist offenbar einer zu wenig vergast worden!"…

„Der soll dorthin gehen, woher er gekommen ist!" …

„Stopft diesem Saukommunisten den Mund! …", tönte es aus dem Menschenauflauf. Der alte Mann entfernte sich raschen Schrittes mit dem angesengten Buch.

Es musste eine der Töchter des Konrad F. gewesen sein, die plötzlich vor die Türe trat und laut und fest sagte, sie hätten niemandem etwas zuleide getan. Dann traf sie ein Wurfgeschoss am Oberkörper und sie flüchtete wieder ins Haus. Worauf der Mob bis zur Wohnungstür stürmte und versuchte, diese einzudrücken.

Die Polizisten rührten sich nicht von der Stelle.

Plötzlich gab die Tür nach und die Menge wälzte sich ins Haus.

Später vernahmen wir, dass sich die Familie F. durch einen Hinterausgang absetzen konnte. Es gelang ihr, unbehelligt zu entkommen. Sie fand bei Freunden im Tessin Zuflucht.

Dort angelangt, wurde sie von der Polizei gründlich observiert. Als sie nach ein paar Wochen zurück nach Thalwil fuhr, sagte man ihr auf der Gemeinde, man wolle sie nicht mehr sehen und habe die Schriften bereits ihrem Heimatort zugestellt.

Als Jahre später die 68er-Bewegung von sich reden machte, erinnerte ich mich wieder an die Begebenheit vom Herbst 1956. Ich ging der Sache noch mal nach.

Und zu meinem Entsetzen stieß ich auf einen Artikel in einer der angesehensten Zeitungen unseres Landes, der einige Tage vor der Vertreibung der unglücklichen Familie erschien. Verfasst von einem Doktor der Theologie, der später Nationalrat und Bankdirektor wurde: Für ‚unbequeme Fragen‘ möge man sich direkt an der Wohnungstür bei F. melden – und fügte gleich auch dessen Adresse in Thalwil an. Dies war ein Fanal. Innert Kürze mutierte die Bürgerschaft der noblen Seegemeinde zum Mob, man rottete sich zusammen und eröffnete eine der widerlichsten Menschenhatzen in der jüngeren Geschichte der Schweiz.

*

„Aber ein bisschen Angst haben Sie doch gehabt, Ihre Organisation könnte verraten werden?", hakte Samuel bei Hurni nach.

„Dass wir einmal auffliegen könnten, wie das 1990 mit der P26 und P27 geschah, machte uns wirklich keine Sorgen. Und wenn auch, die Öffentlichkeit hätte uns sogar Beifall geklatscht.

Ich gebe allerdings auch zu, dass es mir 1954 noch an Einblick über die Vereinigung fehlte. Erst Jahre später erfuhr ich, wer ihr wirklicher Kopf war."

Und nun kam der Knaller.

„Der Kopf hieß Adrian von Büren, ehemaliger Oberrichter und Oberstbrigadier im Ruhestand."

Nach diesem Bekenntnis herrschte Stille … Es verschlug uns die Sprache.

Hurni genoss das, und wie!

„Haben Sie auch herausgefunden, was seine Rolle im Fall Ferdinand Meyer/Yolanda von Büren war?", erkundigte sich Kari nach einer Schweigeminute.

„Sicher hat er die zwei nicht eigenhändig umgebracht. Aber mit Gewissheit ist anzunehmen, dass er im Voraus von der Liquidation der beiden gewusst haben musste. Vielleicht war er es sogar, der diese angeordnet hat."

„Gab es noch weitere Exekutionen, die ihre Organisation durchführte?"

„Exekutionen?! … diese Bezeichnung amüsiert mich. Um Ihre Frage zu beantworten: Ich weiß es nicht. Ich nehme es aber nicht an. Wir hatten ja andere Methoden. Die Drecksarbeit, Leute umzulegen, haben uns wohl ausländische Geheimdienste abgenommen: Die Südafrikaner, die Argentinier oder die US-Amerikaner hatten darin ja viel mehr Übung als wir."

„Aber kommen wir zurück zur Tötung von Ferdinand Meyer und Yolanda von Büren. Was können Sie uns darüber erzählen?"

„Zuallererst: Ich hatte nichts damit zu tun. Ich sage Ihnen alles, was ich darüber weiß. Aber ich denke, Sie werden enttäuscht sein. Um ehrlich zu sein, ich weiß bis heute nicht mit Gewissheit, ob dieser Zwischenfall …"

– Hurni wiederholte das Wort, wahrscheinlich, um uns zu ärgern –:

„ob dieser Zwischenfall … etwas mit dem verweigerten Auftrag Ferdinand Meyers zu tun hatte. Natürlich war mit dem südafrikanischen Geheimdienst nicht zu spaßen. Aber war die Sache es wert, einen Mord zu rechtfertigen? Das war für mich jedenfalls ein Rätsel."

Samuel wirkte jetzt plötzlich ganz ungeduldig: „Die Rolle Adrian von Bürens beim Mord?"

„Sie nennen es plötzlich ‚Mord'. Exekution hat mir schon besser gefallen. Die Rolle Adrian von Bürens? Ich würde Ihnen da gerne weiterhelfen … Aber glauben Sie wirklich im Ernst daran, er hätte das so angestellt, dass noch irgendwelche Spuren zu ihm führen könnten? Da würden Sie eher noch die Personen finden, die die tödlichen Schüsse abgefeuert haben."

„Ja, das war eigentlich schon lange unsere Absicht."

„Das haben wir doch schon festgelegt. Natürlich! Ich brauche in dieser Sache nichts zu verheimlichen. Ich werde Ihnen einen Namen nennen, der könnte Ihnen weiterhelfen: ein Hansueli Knutti. Ich schätze, er ist heute etwa 80 Jahre alt. Er hat in unserer Vereinigung die heiklen Aufträge koordiniert. Ein sehr fähiger Mann. Durch und durch ein Militär. Seine Sporen hat er in der Fremdenlegion abverdient. Wegen seiner Vergangenheit – Dienst in einer fremden Armee zu tun, ist in unserem Land strafbar und bedeutet also immer einen ‚Tolggen' im Reinheft – brachte er es nur zum Hauptmann. Wenn es darum ging, Daten zu erfassen" – Hurni zeigte dabei wieder sein verschlagenes Grinsen – „bot er uns immer seine Hilfe an. Ein wahrer Teufelskerl. Er hat sich mehrere Sekretariate der SP, der PdA, des Landesrings und den Gewerkschaften vorgenommen. Dank ihm konnten wir landesweit Karteikarten aller Mitglieder dieser Vereine anlegen. In unserem Archiv hatten sich Tonbandaufnahmen von unzähligen Veranstaltungen der meisten linken Organisationen angesammelt. Natürlich behielten wir die interessanten Informationen nicht für uns. Direkt oder indirekt wurden sie der Polizei oder Gerichten weitergeleitet, nicht allen, nur den zuverlässigen. Diesen Knutti können Sie im Telefonbuch unter Uetendorf finden. Richten Sie einen herzlichen Gruß von mir aus. So, meine Herren, nun habe ich Ihnen alles gesagt!"

Wir waren alle erleichtert, Hurnis Haus wieder verlassen zu haben. Warum durften solche Menschen ihren Lebensabend unbehelligt verbringen? Uns fiel dabei ein berühmter Ausspruch von J. F. Kennedy ein: „Die Welt ist unfair". Nichtsdestotrotz: Hurni hatte uns geholfen.

Antonio Cordella alias Anton Minder, der Augenzeuge der Hinrichtung

Wir konnten es einrichten, Hansueli Knutti bereits am folgenden Tag in Uetendorf aufzusuchen.

Schon sein Äußeres sprach Bände: keine Glatze, aber die Haare militärisch kurz geschnitten. Knapp einen Meter neunzig groß, hager, scharf geschnittene Züge. Würden tausend Männer in einer Reihe stehen und man müsste unter ihnen denjenigen mit dem brutalsten Aussehen aussuchen, fiele die Wahl mit großer Wahrscheinlichkeit auf Knutti, den Ex-Legionär und Hauptmann a.D. der Schweizer Armee. Als er uns begrüßte, befremdete uns seine Stimme: schneidend wie ein gut geschliffenes Messer. Die Worte aber standen in einem seltsamen Widerspruch dazu: Sie waren freundlich.

Er bat uns ins Wohnzimmer und wir stießen auf einen noch viel größeren Gegensatz: seine Frau, an die zwanzig Jahre jünger, zierlich, sanft und sehr sympathisch. Sie sprach mit französischem Akzent.

Er berichtete uns, er habe ein längeres Gespräch mit seinem Kollegen Hurni geführt. Er sagte nicht „mein Freund", sondern, „mein Kollege". Das wertete Knutti in unseren Augen schon ein wenig auf.

Er sehe keinen Anlass, uns die gewünschten Auskünfte zu verweigern. Im ganzen Leben habe er seine Pflicht getan. Er habe eine Weltanschauung, die in unserem Land wohl nicht mehrheitsfähig sei, aber es gebe Anzeichen dafür, dass sich das in den nächsten Jahren ändern könne. Endlich hätten wir in der Schweiz eine Führerpersönlichkeit, die nicht auf die Schwachen, sondern auf die Starken setze. Leute wie wir versuchten das vielleicht noch zu verhindern, das sei unser gutes Recht, aber wir könnten das Rad der Geschichte nicht zurückdrehen. Wenn er uns nun Geheimnisse preisgebe, habe dies keinen Einfluss mehr auf das heutige Geschehen.

„Nun, schießen Sie los. Ich erwarte Ihre Fragen!"

Ungeduldig ging Samuel von Allmen auf dieses Angebot ein:

„Wissen Sie etwas über den Doppelmord auf der Strättligburg?"

„Das war eine Liquidation. So etwas ist legitim, wenn es dem Wohl der Gesellschaft dient. Ein Mord wird aus egoistischen Motiven begangen."

„Das ist Ihre Wertung, nicht meine! Aber ich bestehe ja nicht auf einer Rechtfertigung dieser Tat. Mir genügt es, wenn ich etwas über deren Durchführung und Gründe erfahre."

„Ich helfe Ihnen, so gut es geht. Aber geben Sie sich nicht der Illusion hin, ich hätte die Leute eigenhändig umgelegt. Ich nahm einfach Befehle entgegen und ließ diese ausführen. Aber unter mir gab es noch mehrere, die sie weitergaben."

„Und über Ihnen?", wollte nun Samuel wissen.

„Über mir war ein gewisser von Däniken. Er lebt nicht mehr."

„Dann ist Ihnen nicht bekannt, wer diesem Herrn von Däniken den Auftrag zur ‚Liquidation' gegeben hat?"

„Nicht mit Bestimmtheit. Es könnte der oberste Chef gewesen sein. Wir nannten ihn respektvoll den Paten. Und Hurni hat Ihnen ja gesagt, wer das war. Aber ich weiß nicht, warum er diesen Auftrag gegeben hatte; das durfte ich auch gar nicht wissen."

„Sind Ihnen die Leute bekannt, die Ihre Anordnungen weitergeleitet und schließlich ausgeführt haben?"

„Die sind mir zum Teil bekannt. Aber ich weiß nicht, wer die Tat schlussendlich ausgeführt hat. Doch das ließe sich herausfinden – vielleicht ..."

„Möchten Sie dafür bezahlt werden?"

„Sie beleidigen mich, Herr von Allmen. Ich habe es nicht nötig, für meine Dienste Geld anzunehmen. Ich handle aus Überzeugung. Wenn ich Befehle entgegennehme, dann, weil ich von der Organisation überzeugt bin, der ich diene. Und wenn ich etwas weitererzähle, dann verfolge ich damit ein ganz bestimmtes Ziel."

„Nun, dieses Ziel würde mich interessieren."

„Ich möchte wissen, genau wie Sie, warum diese Leute getötet wurden. Standen persönliche Motive dahinter? War es ein gesellschaftliches Interesse? War es vielleicht beides? Aber verstehen Sie mich nicht falsch. Aus welchen Gründen diese Liquidation auch befohlen wurde, sie hat geschehen müssen. In der Zwischenzeit ist ein halbes Jahrhundert verstrichen. Es handelt sich bei mir sozusagen um ein historisches Interesse. Ich habe auch keine Angst davor, deswegen noch zur Rechenschaft gezogen zu werden.

Es gab verschiedene Leute, die heikle Missionen im Auftrag unserer Vereinigung ausführten. Die meisten unter ihnen gehörten nicht zu uns. Das heißt: Damals waren wir unserer Zeit voraus. Wir haben gewisse Aufgaben an Profis ausgelagert."

„War so etwas nicht risikoreich?"

„Sicher. Aber das Risiko war erheblich geringer, als wenn wir diese Aufgaben selbst erledigt hätten. Wenn einmal etwas schiefging – das geschah hin und wieder bei Einbrüchen in Parteisekretariaten oder Gemeindeverwaltungen zwecks Sicherstellung von Daten –, hatte nicht unsere Vereinigung, sondern die Ausführenden die Justiz am Halse. Diese waren sich der Risiken bewusst, schließlich wurden sie auch für ihre Aufträge fürstlich entschädigt."

„Wie viel haben Sie für Tötungen bezahlt?"

„Das kann ich Ihnen nicht sagen, und wenn ich es könnte, würde ich es wohl nicht tun. Im Übrigen: Tötungen? Sie haben schon bei Hurni dieses Thema angeschnitten. Und da bin ich mit ihm einer Meinung. Das Umbringen von Systemfeinden haben wir andern überlassen, mit einer Ausnahme."

„Richtig. Wir möchten mehr über diese Ausnahme wissen und Sie haben uns Ihre Hilfe dazu angeboten."

„In diesem Zusammenhang kann ich Ihnen einen Namen nennen: Anton Minder. Heute heißt er allerdings anders: Antonio Cordella. Er wohnt als pensionierter Sergeant der Fremdenlegion in Corte, der ehemaligen Hauptstadt von Korsika. Ich kenne vieles aus seinem Lebenslauf, aber vom Original werden Sie mehr erfahren. Sie werden nicht umhin kommen, ihn in Korsika zu besuchen. Er ist seit seiner Flucht im Sommer 1954 nie mehr in die Schweiz zurückgekehrt. Ich habe ihn in seiner neuen Heimat mehrmals besucht. Auch ich – aber das haben Sie ja bereits von Hurni erfahren – leistete mehrere Jahre Dienst in der französischen Legion, zur damaligen Zeit wohl die beste Elitetruppe auf dem ganzen Globus. Ich werde Ihnen gerne ein Treffen mit Cordella alias Minder organisieren."

Wir nahmen dankend an.

Knutti ging ans Telefon. Nach fünf Minuten hatten wir einen Termin mit diesem Cordella vereinbart. Es war der 2. September 2006.

Da Samuel unter Flugangst litt, willigten wir ein, den Zielort auf dem Land- und Wasserwege zu erreichen. Wir empfanden sogar so etwas wie Vorfreude auf die Reise. Samuel legte mit Begeisterung die Reiseroute fest: Thun – Bern – Genf – Marseille mit dem Zug. Marseille – Calvi mit der Fähre, Calvi – Corte mit der Schmalspurbahn. Nach zwei Reisetagen fuhren wir in den kleinen Bahnhof von Corte ein.

Cordella holte uns in Begleitung seiner Frau dort ab. Der Empfang war herzlich. Cordella bat uns, Berndeutsch zu sprechen, seine Frau verstehe das, aber sie werde uns auf Französisch antworten.

Die militärische Vergangenheit hatte deutliche Spuren in Cordellas Gesicht hinterlassen: mehrere Narben auf Stirn und Wangen, wohl von Streifschüssen oder Granatsplittern. Die schlimmste Verletzung hatte er sich aber an der Nase zugezogen, die mehrmals gebrochen worden sein musste. Dies sei aber kein Überbleibsel aus dem Krieg, sagte er, sondern ein Andenken an seine Jugendzeit. Ansonsten aber schien der Mann – nach seinen eigenen Angaben war er im vergangenen Frühling 72 Jahre alt geworden – sehr gesund und körperlich fit. Er war offensichtlich mit seinem Leben zufrieden.

Wir gingen zu Fuß durch das malerische Städtchen und wunderten uns, wie viele Menschen uns auffallend ehrerbietig grüßten. Wir sprachen unseren Gastgeber darauf an: Diese Menschen seien ja besonders freundlich.

Das seien sie eigentlich nicht, vielleicht ein bisschen mehr als die Berner. Der Grund für diese Aufmerksamkeit liege darin, dass er bis vor kurzem stellvertretender Bürgermeister dieser Stadt gewesen sei. Ein arbeitsintensiver Ehrenposten, doch mit wenig Einfluss. In Frankreich hätten die Bürgermeister kaum etwas zu sagen. Ohne Einwilligung aus Paris könne vielleicht noch ein Straßenschild aufgestellt werden. Für ihn sei das der ideale Posten gewesen. Er habe sein Leben lang gehorchen müssen.

Die Cordellas lebten in einer schönen Wohnung, mitten in der malerischen Altstadt.

Madame Cordella musste stundenlang in der Küche gestanden haben, um uns ein Abendessen mit etwa zehn Gängen zuzubereiten. Es war ein wunderbares Mahl. Sie seien leider kinderlos geblieben und so freuten sie sich über jeden Besuch. Im Alter sei es wichtig, mit anderen Menschen den Kontakt zu pflegen.

Der 2. September 2006 war ein wunderschöner, warmer Tag auf der Mittelmeerinsel. Wir frühstückten mit drei Familien aus benachbarten Wohnungen im Innenhof. In Korsika leben die Menschen offensichtlich gerne nahe beieinander, anders als im Berner Oberland.

Antonio Cordella gestand uns, er wolle gern in einem Buch seine Lebensgeschichte niederschreiben, aber seine literarischen Fähigkeiten würden dazu wohl kaum ausreichen. Doch uns seine Geschichte zu erzählen, dazu sei er allemal in der Lage. Als er sich in den 1960er-Jahren in Corte häuslich niedergelassen habe, sei in ihm der Wunsch immer stärker geworden, den Spuren seiner frühen Jugend nachzugehen.

„Ich wollte wissen, was aus meinen Eltern und meiner Schwester Linda geworden war. Während meines langen Heimaufenthalts bekam ich nie eine Antwort auf die Frage, wo sie lebten. In der Zeit, als ich mich als Jugendlicher bei einem Bauern verdingt hatte, sagte man mir, ich hätte keine Angehörigen mehr. Meine aufgezwungenen ‚Erzieher' haben mich als Vaganten beschimpft. Ich erinnere mich noch daran, wie ich als kleines Kind in einem Wohnwagen lebte."

„Dann sind Sie Zigeuner?", fragte Kari Räber dazwischen.

Cordella lächelte. „Nein, Zigeuner bin ich eigentlich nicht. Meine Eltern waren Fahrende oder wie man auch sagt: Jenische. Aber: Die Verwechslung mit den Zigeunern ist damit zu erklären, dass die Jenischen als Randgruppe der Gesellschaft oft in ähnlichen Berufen, zum Beispiel Scherenschleifer, Korber oder Gaukler, tätig sind und dass sie ebenfalls ein nomadisierendes Leben führen. Die Herkunft der Fahrenden ist ungewiss. Nach einigen Quellen sollen sie aus dem Gebiet der heutigen Schweiz stammen. Im Zuge des Bauernkrieges (1520–1525) sind viele davon in die umliegenden Länder ausgewandert. Fast alle sprechen noch heute den gleichen alemannischen Dialekt."

Ich unterbrach an dieser Stelle: „Wunderbar! Dann sind Sie ja ein alteingesessener Schweizer!"

Cordella schaute mich verständnislos an.

„Denken Sie ja nicht, ich würde mir darauf etwas einbilden. Aber Sie haben schon Recht. Meine Vorfahren waren seit vielen Generationen Schweizer. Im Gegensatz zu den heute führenden Superpatrioten, deren Stammbaum die Wurzeln im süddeutschen Raum hat. In der Schweiz gibt es heute gegen 5000 Jenische, von denen immerhin noch über 3000 keinen festen Wohnsitz haben. Auch in Frankreich, vor allem im Elsass, halten sich noch mehrere Tausend von ihnen auf. In Deutschland, Österreich und Ungarn sowie in den anderen Ländern West- und Mitteleuropas wurden die Jenischen während der Naziherrschaft teilweise ausgerottet. Zehntausende kamen in den Konzentrationslagern um, viele mussten sich einer ‚Zwangsintegration‘ in die Gesellschaft unterziehen. Letzteres wurde im vergangenen Jahrhundert bis 1970 leider auch in der Schweiz praktiziert."

„Sie meinen damit wohl die ‚Kinder der Landstraße‘."

„Genau!. Das Hilfswerk ‚Kinder der Landstraße‘ begann 1926 als Projekt der halbstaatlichen schweizerischen Stiftung Pro Juventute. Viele Kinder von Fahrenden wurden ihren als asozial beurteilten Eltern entzogen. Das war nur möglich, weil die Vormundschaftsbehörden dazu Hand boten, vor allem in ländlichen Gebieten. 1972 musste dieses fragwürdige ‚Hilfswerk‘ eingestellt werden. Allerdings nur nach massivem öffentlichem Druck. Endlich schien die Zeit gekommen, meiner Vergangenheit auf den Grund zu gehen. Schließlich gelang es mir, einige entfernte Verwandte ausfindig zu machen. Das war möglich, weil die Fahrenden noch bis in die 1970er-Jahre ein Beziehungsnetz pflegten, das weit über die Landesgrenzen hinausging."

*

„Wie alt sind Sie eigentlich, Herr Cordella?", fragte Samuel.

„Ich kam am 5. August 1934 im Rüschegg-Graben in einem Wohnwagen zur Welt. Am frühen Morgen dieses Tages suchte mein Vater, Christian Minder, den Gemeindepräsidenten von Rüschegg auf und erkundigte sich beim ihm nach einer Hebamme. ‚So so, das hat gerade noch gefehlt. Dieses Vagantenpack vermehrt sich wie die Kaninchen und wir sollen ein solches Treiben noch unterstützen. Verschwindet aus unserer Gemeinde, geht dahin zurück, wo ihr hergekommen seid‘, bekam er zur Antwort. Mein Vater ließ sich aber nicht kleinkriegen. Sein Heimatort sei Rüschegg, und deshalb habe seine Frau ein Recht auf Beistand bei ihrer Niederkunft. Dann solle er halt herumfragen, wo die Hebamme sei, entgegnete der Gemeindepräsident, er wisse nicht, wo die sich gerade herumtreibe.

Nach zwei Stunden hatte mein Vater die Geburtshelferin gefunden. Sie war im Hauptberuf Bäuerin. In ihrem Garten stand gerade viel Arbeit an. Trotzdem widerstand sie der Versuchung, die Hilfeleistung zu verweigern.

Ich kam am späten Nachmittag zur Welt. Alles ging gut. Ich war das erste Kind der Minders. Nach zwei Jahren folgte meine Schwester Linda. Wieder in Rüschegg. Wieder musste der Vater Verunglimpfungen vom Gemeindepräsidenten über sich ergehen lassen. Wiederum erfüllte die Hebamme nur widerwillig ihre Pflicht.

Die ersten Jahre meiner Jugend habe ich in guter Erinnerung. Die Eltern kümmerten sich um mich und Linda. Sie schauten immer darauf, dass wir genügend zu essen hatten. Das war damals nicht selbstverständlich, grassierte doch eine große Arbeitslosigkeit im ganzen Land."

„Wie bestritt Ihr Vater den Unterhalt der Familie?"

Cordella lachte!

„Nicht durch Diebstahl, wie das einer landläufigen Vorstellung entsprach! Mein Vater schlug sich durch mit Flicken von Kesseln, Schleifen von Messern und Scheren und vor allem mit Flechten und Ausbessern von Körben. Meistens reichte dies aber nicht ganz für den Lebensunterhalt. Die Mutter half dann auch mit, Nahrungsmittel zu beschaffen. Wenn die Weizen- und Roggenfelder gerade frisch abgeerntet waren, suchte sie diese mit uns zwei kleinen Kindern nach liegen gebliebenen Ähren ab. Sie war dabei nicht allein: Immer mehr Mütter, deren Männer die Arbeit verloren hatten, waren gezwungen, dafür zu sorgen, dass etwas auf den Tisch kam. Menschen in Not sind nicht solidarisch, das war leider schon in alten Zeiten so. Immer häufiger kam es damals vor, dass sie von anderen Frauen von den Äckern vertrieben wurde. Dabei waren diese nicht gerade zimperlich. Einmal wurde meine kleine Schwester – sie war damals etwas mehr als zwei Jahre alt – von einem Stein getroffen, sodass sie für kurze Zeit das Bewusstsein verlor und eine wüste Kopfwunde davontrug."

„Und das ließen sich Ihre Eltern einfach so gefallen?"

„Sie nahmen diese Quälereien und Demütigungen fast wie eine Selbstverständlichkeit hin: Sie waren eben Vaganten, auf denen man schon immer herumgetrampelt hatte.

Ein einziges Mal wehrte sich mein Vater. Die ganze Familie musste das bitter büßen!

Im Sommer 1939 wurden überall im Lande Kirschen geerntet. Unter den leer gepflückten Bäumen blieben immer mehr oder weniger Kirschen liegen. Wer hätte es meinem Vater verübeln können, diese aufzusammeln? Trotzdem sahen es die Bauern nicht gerne, wenn fremde Leute ihre Wiesen nach den süßen Früchten absuchten. Sie ließen diese lieber verfaulen.

So war es auch in der Emmentaler Gemeinde Eggiwil. Mein Vater war gerade dabei, Kirschen aufzulesen, als plötzlich der Eigentümer auftauchte, begleitet von einem großen Berner Sennenhund. ,Bäri, fass den Vaganten!' Der Hund

167

stürmte auf meinen Vater zu, blieb aber ein paar Schritte vor ihm stehen und begann mit dem Schwanz zu wedeln.

Vater hatte keine Scheu vor Tieren.

Doch der Bauer, einer der reichsten im hinteren Emmental, hatte noch einen Haselstock bei sich. Mit dem schlug er auf meinen Vater ein. Dieser hatte Angst, zum Krüppel geprügelt zu werden, und begann sich zu wehren. Er entwand dem Angreifer den Stock. Dabei verrenkte er ihm die Schulter. Es dauerte daraufhin kaum eine Stunde, bis der Landjäger an unseren Wohnwagen klopfte und den Vater festnahm. Er wurde in Schlosswil eingekerkert und im nachfolgenden Prozess wegen schwerer Körperverletzung zu einem Jahr Gefängnis unbedingt verurteilt."

„Haben Sie nachträglich noch etwas darüber erfahren? Sie waren damals noch zu jung, um diesen Prozess zu verfolgen. Wie hieß der Verteidiger Ihres Vaters?", wollte Kari wissen.

„Ich schrieb in den 1970er-Jahren dem Gerichtspräsidenten des Amtes Konolfingen einen Brief. Darin bat ich ihn, mir Kopien der Gerichtsakten des Prozesses gegen meinen Vater zuzustellen. Er hat nicht einmal geantwortet."

Kari Räber, der ehemalige Gerichtspräsident, machte große Augen! „Das ist wider jegliche Vorschrift."

„Wie sollte ich mich dagegen wehren? Auch die Gerichtsakten konnten mir die Eltern und die Schwester Linda nicht mehr zurückbringen. Und so ließ ich die Sache auf sich beruhen. An vieles konnte ich mich ja noch erinnern.

Mutter war verzweifelt. Vater wurde in ihren Augen für etwas zur Rechenschaft gezogen, für das er eigentlich gar nichts konnte."

„Ist Ihnen denn niemand beigestanden?", erkundigte sich Samuel.

„Doch, wir bekamen Hilfe. Unser Wohnwagen wurde von Eggiwil an den Lauerzersee in den Kanton Schwyz überführt, wo sich vier weitere verwandte Familien vorübergehend niedergelassen hatten."

„Die Ufer des Lauerzersees waren in den 1930er-Jahren häufig Standort von Lagern der Jenischen", belehrte uns Kari.

„Das stimmt. Aber man kann nicht sagen, dass unsereiner in der Innerschweiz wohlgelitten war. Die Fahrenden ließen sich dort nieder, weil man zu dieser Zeit das Land an den Seeufern als wenig ertragreich ansah", ergänzte Cordella, um dann mit seinem Bericht fortzufahren.

„Der schwerste Schicksalsschlag stand uns aber noch bevor: Es war an einem nebligen, nasskalten Tag im November 1939, als ein großes, nobles Personenauto am Lager der Jenischen anhielt. Zwei Herren in schwarzen Mänteln und mit vornehmen Hüten stiegen aus und sagten, sie seien hier, um Anton und Linda zu holen. Alle Bewohner des Lagers strömten aus ihren Behausungen und umringten unseren Wagen. Mutter warf sich vor den beiden Herren auf die Knie und bat sie, ihr nicht noch alles zu nehmen, was ihr nach der Einkerkerung ihres Gatten geblieben sei. Der größere der beiden Männer, er stellte sich als Dr. S. vor, versuchte sie zu beruhigen, indem er ihr sagte, alles sei nur zum Wohl der Kinder. Sie würden eine gute medizinische Betreuung bekommen, warme Kleider und immer genügend zu essen haben. Es nützte nichts: Mutter blieb fest und ihre Verwandten unterstützten sie dabei. Die beiden Herren mussten unverrichteter Dinge wieder abziehen. Aber nicht für lange. Kaum eine Stunde später kamen drei Fahrzeuge der Kantonspolizei Schwyz angerattert, hinter ihnen die schwarze Limousine mit Dr. S. und seinem Begleiter. Etwa zehn Landjäger umringten mit den Karabinern im Anschlag den Standplatz von uns Fahrenden. Einer der Ordnungshüter befahl, alle Insassen des Lagers sollten mit erhobenen Händen aus ihren Wagen treten und sich in einer Reihe aufstellen. Erst als einige Warnschüsse abgefeuert wurden, kamen sie der Aufforderung nach.

Nun folgte das für mich schrecklichste Ereignis in meinem Leben: Mutter hielt mich – ich war damals ja erst fünfjährig – und die um zwei Jahre jüngere Linda mit ihren Armen eng umschlungen. Einer der Polizisten trat auf sie zu und befahl ihr barsch, diese zwei ‚Gofen' loszulassen. Sie tat es nicht. Worauf sie mit kräftigen Ohrfeigen traktiert wurde, sodass ihr das Blut aus der Nase lief.

Dann zog der Landjäger mich an den Haaren weg und bugsierte mich ins Auto. Er legte mir Handschellen an. Auch Linda wurde unsanft ins Auto getrieben, ohne Handschellen, ihre Händchen waren dafür noch zu klein.

Auf der folgenden langen Fahrt habe ich geweint und immer wieder gerufen: „Mueti, Mueti …"

Der andere Herr, der auf dem Beifahrersitz saß, schlug mir zwischendurch ins Gesicht, offenbar mit der Absicht, mich ruhigzustellen. Ich habe jedoch immer lauter geschrien."

Die Augen des alten Antonio Cordella wurden feucht, als er dies erzählte.

Von diesem Moment an sei ihm klar geworden, dass es Menschen gebe, die kein Mitgefühl hätten. Als er nach dem Zweiten Weltkrieg von den Gräueltaten der Nazis und den Konzentrationslagern erfahren habe, sei ihm bewusst geworden: Falls die Armeen Hitlers in die Schweiz einmarschiert wären, hätten die Deutschen wohl auch in diesem Land Konzentrationslager errichtet. Vielleicht am Lauerzersee. Die Wächter dafür hätten sich aus der dortigen Bevölkerung mit Sicherheit freiwillig gemeldet.

*

„Plötzlich hielt der Wagen vor einem großen Bauernhof. Jetzt bekomme Linda eine neue Mutter, die besser für sie sorge als ihre leibliche, sagte dieser Dr. S. mit einem Gesichtsausdruck, der sich in mein Gedächtnis eingebrannt hat, und den ich noch heute in Albträumen sehe: etwas zwischen Spott, Häme und Boshaftigkeit.

Ich umarmte meine Schwester Linda noch einmal. Ich sollte sie nie mehr wiedersehen. Jahrzehnte später erfuhr ich von ihrem Schicksal. Sie wurde bei einem Großbauern und Politiker im Kanton Aargau verdingt. Dieser soll sie während Jahren sexuell missbraucht haben. Im Alter von 18 Jahren wurde sie von ihm schwanger. Eine in einem Hinterzimmer vorgenommene Abtreibung kostete Linda das Leben. Ihr Dienstherr geriet daraufhin in die Mühlen der Justiz. Er musste zwar als Großrat zurücktreten, doch mangels Beweisen wurde er im Prozess freigesprochen. Meine Mutter und meinen Vater habe ich nie wieder gesehen."

Antonio Cordella wischte sich bei diesen Worten eine Träne ab.

„Noch am Abend unserer ‚Ausschaffung' wurde meine Mutter polizeilich ins Kantonsspital eingeliefert und operativ unterbunden. Irgendetwas muss bei der Narkose schiefgegangen sein. Sie erwachte nicht mehr. Das brach meinem Vater das Herz. Als er vom Tod meiner Mutter und der Versorgung beider Kinder erfuhr, schnitt er sich in der Strafanstalt Witzwil die Pulsadern durch. Linda und ich waren über Nacht zu Vollwaisen geworden.

Linda dürfte in ihrem kurzen Leben nie davon erfahren haben, ich erst, als mir die französische Staatsbürgerschaft verliehen wurde und ich von da an offiziell den Namen Antonio Cordella trug. Bis dahin stand mir aber noch ein weiter Weg bevor und ich hatte in der Zwischenzeit Schreckliches erlebt.

*

Die Autofahrt mit Dr. S. und dessen Begleiter dauerte noch eine weitere Stunde. Im Vorhof der Erziehungsanstalt Winterau im Baselland kam der Wagen auf dem knirschenden Kies schließlich zum Stehen.

Ich wurde von einer großen, dicken Frau in eine Art Waschküche gebracht. Dort wurde ich kahl geschoren, musste mich ausziehen und unter eine Dusche stellen."

Das sei fürchterlich gewesen, erinnerte sich Antonio Cordella mit Schaudern. Dann sei er am ganzen Körper mit Schmierseife eingerieben und anschließend so lange mit eiskaltem Wasser übergossen worden, bis kein Schäumlein Seife mehr an seinem Körper haften blieb. Er habe gezittert wie Espenlaub. Schließlich habe die Frau ihn mit einem groben Tuch trocken gerieben.

„Als ich plötzlich Hunger verspürte und die Frau bat, mir ein Stück Brot zu geben, antwortete mir diese, das Nachtessen habe um 18 Uhr stattgefunden, ich müsse mich bis zum Frühstück gedulden. Mit einem leeren Magen schlafe sich ohnehin besser. Doch zuerst würde ich noch entlaust.

Sie zerrte mich in einen anderen Raum, tauchte einen Lappen in ein metallenes Becken, das mit einer farblosen Flüssigkeit gefüllt war, die nach Petroleumlampen roch, und massierte mir damit den Haarboden. Es brannte fürchterlich. Dann band sie ein Tuch um meinen Kopf und sagte zu mir, ich dürfe dieses nicht abnehmen, sie werde das am nächsten Morgen tun. Dann schleppte sie mich in den Schlafraum, ein großes Zimmer mit zwei Reihen von Pritschen, zweistöckig aufgeschichtet. Mir wurde, direkt neben dem Eingang, eine untere zugeteilt.

Die Frau – man musste sie mit Tante Rosa ansprechen – führte eine Trillerpfeife zum Mund und blies kräftig in diese. Die Knaben schossen aus ihren Liegen und innert Kürze standen sie stramm davor. Zwanzig an der Zahl, im Alter von fünf bis fünfzehn Jahren. Ich war offensichtlich der jüngste.

‚Wir haben einen neuen Zögling bekommen, er heißt Anton und ist heimatberechtigt in Rüschegg. Falls er in der ersten Nacht weint oder sonst Probleme macht, klingelt vor der Tür an der Nachtglocke. Und jetzt wieder ab ins Bett. Übrigens: Morgen nach dem Frühstück werdet ihr in den Gemüsegarten abkommandiert. Dort muss gejätet werden.'

Dann verschwand sie und schloss den Raum ab.

Es war eine fürchterliche Nacht. Die erste Nacht ohne meine Mutter. Ich weinte still in mein Kissen, einen mit Kirschsteinen gefüllten Leinensack.

Plötzlich wurde mir sterbensübel und ich musste mich übergeben, teils auf den Boden, teils auf die Pritsche. Der Knabe über mir wurde dadurch aufgeweckt und zog die Nachtglocke.

Bald tauchte laut schimpfend Tante Rosa auf.

‚Nun hat er noch gekotzt. So ein Ferkel!'

Ich saß auf der Pritsche. Sie riss mich zu Boden und verabreichte mir mit einem Stock kräftige Hiebe. Dann wurde ich wieder ins Badhaus geschleppt und dort mit eisig kaltem Wasser abgespritzt. Ich bekam ein frisches Pyjama. Mit festem Griff meinen Oberarm umklammernd, in der anderen Hand einen Kessel mit kaltem Wasser tragend, ging Tante Rosa raschen Schrittes zum Schlafraum zurück.

‚So, nun putze diese Sauerei auf. In zehn Minuten bin ich wieder zurück.'

Als sie gegangen war, sprangen drei Knaben von ihrem Schlaflager und waren mir behilflich.

Irgendwie muss ich dann doch noch eingeschlafen sein. Mit verschwollenen Augen erwachte ich am nächsten Morgen.

Das Frühstück bestand aus lauwarmem Pfefferminztee und einem großen Stück hartem Brot. Dann ging es an die Arbeit, in den kalten, nebligen Morgen hinaus.

Am Nachmittag, von 13 bis 17 Uhr, hatten die Knaben ab dem siebenten Lebensjahr Unterricht. Den noch nicht Schulpflichtigen verordnete man eine Ruhepause bis 15 Uhr, während der sie sich auf ihre Pritschen zu legen hatten. Dann mussten sie in der Küche für das Nachtessen Gemüse rüsten.

So ging es an den Werktagen. An den Sonntagen wurden wir ‚Zöglinge' nach dem Frühstück in die Kapelle befohlen, wo ein alter pensionierter Pfarrer Bibelkunde erteilte. Da mussten alle hingehen. Eine untere Altersgrenze gab es dafür nicht.

Tag für Tag, Woche für Woche, Monat für Monat, Jahr für Jahr, immer der gleiche eintönige Tagesablauf. Nie ein liebes Wort, nie eine Aufmunterung von den ‚Erziehern'.

Nur die Schule brachte etwas Abwechslung. Nicht, dass wir dort viel gelernt hätten. Der Lehrer, der immer stark nach Alkohol roch, züchtigte uns mit Ohrfeigen und Stockhieben, wenn wir etwas nicht verstanden oder zwischendurch schwatzten.

Aber immerhin lernten die meisten bei ihm Lesen, Schreiben und Rechnen. Nach der obligatorischen Schulzeit – ich war 15 Jahre alt – holte mich mein Vormund ab. Das war übrigens dieser Dr. S., der mich seinerzeit der Mutter weggenommen hatte.

Er brachte mich zu einem Bauern in meiner Heimatgemeinde Rüschegg. Dabei schärfte mir Dr. S. ein, dass ich noch lange nicht erwachsen sei. Er verlangte von mir absoluten Gehorsam gegenüber meinem neuen Dienstherrn, dem Bauern Wanzenried. Dr. S. drohte dabei unmissverständlich: Wenn ich nicht gehorsam und fleißig sei, würde ich nie aus der Vormundschaft entlassen werden.

Die fünf Jahre als Verdingbub in Rüschegg waren für mich hart. Nie durfte ich dort am Familientisch essen. Mir wurde das Essen in einen Schopf gebracht, wie einem Hund der Fressnapf. Wenn ich aus Sicht meines Meisters zu langsam arbeitete, verdrosch er mich mit einem Haselstock. Jeden Tag musste ich arbeiten, morgens früh um vier Uhr in den Stall. Auch am Sonntag. Den ganzen Tag im Frühling, im Sommer und im Herbst auf dem Feld und zur kalten Jahreszeit im Wald.

Bis abends nach acht Uhr musste ich den Stall sauber machen. Erst dann durfte ich mir in der Küche etwas zu essen holen, ging damit in meine Dachkammer, verzehrte es und fiel erschöpft auf mein Bett, das aus einem Strohsack bestand. Im Winter war es dort oft bitterkalt. Um nicht zu erfrieren, deckte ich mich mit Kartoffelsäcken zu, die mit Stroh gefüllt waren.

Im Frühling 1953 bekam ich das Aufgebot zur Rekrutenaushebung. Zum Ärger meines Bauern wurde ich in die Armee aufgenommen. Das hieß für mich, dass ich nach der Rekrutenschule frei war. Denn die Schweizer Armee duldet in ihren Reihen keine Wehrmänner ohne bürgerliche Rechte.

Im Juli 1954 rückte ich in die Sommer-Rekrutenschule ein, in die Kaserne Losone bei Ascona, am Lago Maggiore. Für mich war das eine sehr interessante Gegend, noch nie war ich vorher im Tessin gewesen. Ich wunderte mich, dass es in der Schweiz eine solche Landschaft gab. Zum ersten Mal seit der brutalen Wegschaffung aus meinem elterlichen Heim fühlte ich wieder eine Spur von

Geborgenheit. Ich wurde ein guter Soldat. Mein Leutnant wollte mich sogar für die Unteroffiziersschule vorschlagen.

Dann kam der 5. August 1954, mein 20. Geburtstag. Nun war ich volljährig. Ich durfte von nun an wählen und abstimmen, Verträge abschließen und vielleicht einmal eine Familie gründen.

An diesem Tag bekam ich mein erstes Päckli: von einer Susi Rohrbach aus Rüschegg-Graben. Ich erinnerte mich gut an das Mädchen. Sie war die Tochter eines Kleinbauern. Ab und zu hatte ich sie bei Feldarbeiten gesehen, denn die Liegenschaften meines Dienstherrn und die ihres Vaters grenzten aneinander. Bei diesen Gelegenheiten wechselten wir jeweils ein paar Worte miteinander, mehr nicht.

Ich war sehr gerührt über das Geschenk. Seit man mich meiner Mutter weggenommen hatte, hatte ich noch nie ein solches Zeichen von Zuneigung erhalten. Ich brauchte ein paar Tage, bis ich Susi mit einem Brief dankte. Es war ein langer Brief. Ich erzählte ihr darin meine Lebensgeschichte. Und Susi schrieb zurück. Sie lud mich ein, einmal über das Wochenende nach Rüschegg zu kommen. Freudig nahm ich das Angebot an. Bald stand nämlich der große Urlaub an.

Am 21. August, einem Samstag, reiste ich von Losone nach Rüschegg. Es war das erste Mal seit Antritt der Rekrutenschule, dass ich das Kasernenareal verließ. Mein Leutnant, ein wohlhabender Student der Kunstgeschichte, beglückwünschte mich zu diesem Schritt und drückte mir vor der Abreise ein Fünffrankenstück in die Hand. Ich war im siebten Himmel.

Als ich am späten Nachmittag in Schwarzenburg aus dem Zug stieg, überkamen mich zwiespältige Gefühle: Einerseits freute ich mich auf das Zusammentreffen mit Susi, andererseits begannen mich die Erinnerungen an die Demütigungen durch Wanzenried zu quälen. Wie sollte ich mich verhalten, wenn ich diesem Mann begegnen würde? Ich machte mir bei diesem Gedanken selber Mut. Ihn einfach nicht beachten, nicht einmal grüßen. Er war ja nicht mehr mein Herr.

Das Bauerngütlein von Susis Eltern war bescheiden und viel kleiner als der Hof der Wanzenrieds. Es warf zu wenig ab, um eine Familie durchzubringen, so war der Vater von Susi gezwungen, in einem Steinbruch im Nachbardorf zusätzliches Geld zu verdienen.

Den Eltern von Susi war damals aufgefallen, wie schlecht Wanzenried mich behandelt hatte. Ich hätte ihnen oft leidgetan, versicherten sie mir glaubhaft. Sie waren beide gottesfürchtige Menschen und fanden es nicht christlich, wenn ein Herr seinen Knecht derart quälte und ausnutzte.

173

Susi war ihr einziges Kind und kam nun bald ins heiratsfähige Alter. Sie brauchte einen Mann, der mit seinen Händen umgehen konnte. Und das konnte ich, wie die Rohrbachs immer und immer wieder hatten beobachten können.

Alles fing gut an. Es war ein wunderschöner Sonntagmorgen. Gemeinsam ging man in die Kirche von Rüschegg, zu Fuß. Wir benötigten dafür fast eine halbe Stunde. Anders die Wanzenrieds. Sie fuhren mit dem Zweispänner zum Gottesdienst.

Damals war es noch so, dass in der Kirche die Frauen und Mädchen auf der linken Seite, die Männer und Buben auf der rechten Seite saßen. Wanzenried kollerten beinahe die Augen aus den Höhlen, als er mich neben seinem Nachbarn Rohrbach sah.

Demonstrativ nahm er auf der vorderen Bank Platz, drehte immer wieder den Kopf nach hinten und versuchte, mich mit seinem bösen Blick zu treffen. Ich wich seinen Augen stets aus und versuchte mir einzureden, ich sei jetzt frei und Wanzenried habe mir nichts mehr zu befehlen. Doch die Angst nahm überhand und schnürte mir fast die Kehle zu.

Als die Predigt zu Ende war und die Gottesdienstbesucher aus der Kirche strömten, fasste mich Wanzenried im Mittelgang unsanft am Arm und sagte mit halblauter Stimme: ‚Bürschchen, so rasch entkommst du mir nicht. Wir brauchen dich noch auf dem Hof.' Mir gelang es zunächst, mich von ihm loszureißen und mit raschen Schritten die Kirche zu verlassen. Ich wollte einfach weg, wieder ins Tessin. Doch Susi rief mir nach: ‚Bleib doch, lass dich von diesem Wanzenried nicht ins Bockshorn jagen! Er ist nicht mehr dein Herr!'

‚Halt doch deinen Mund, du freche Schlampe', gab Wanzenried zurück. Das war für mich zu viel. Ich wollte kein Feigling sein, eilte auf Wanzenried zu und schleuderte ihm die Worte entgegen:

‚Du bist ein himmeltrauriger Mistfink. Warum gehst du noch in die Kirche, du elender Heuchler? Quälst deine Familie, deine Knechte und deine Mägde. Ich lasse nicht zu, dass du jetzt noch Susi derart in den Dreck ziehst.'

Im Nu hatte sich ein Kreis um uns beide gebildet. Einige der Umstehenden klatschten ob diesen Worten in die Hände und sagten:

‚Bravo, der Minder hat es dem mal gesagt.'

Einer, der sich gewohnt ist, immer die Oberhand zu haben, lässt sich natürlich so etwas nicht bieten.

Wanzenried schlug mir mitten ins Gesicht. Im Nachhinein bedauerte ich, dass ich diese Demütigung nicht über mich ergehen ließ. Ich versetzte Wanzenried mit meiner kräftigen Rechten einen Kinnhaken, sodass er rücklings stürzte, mit dem Hinterkopf auf einen Stein aufschlug und liegen blieb. Doch er bewegte sich bald wieder und wimmerte. Der Dorfarzt war bald zur Stelle und leistete erste Hilfe. ‚Kein Schädelbruch, aber eine Hirnerschütterung und ein zertrümmerter Kiefer', sagte er beruhigend.

Wanzenried sei selber schuld, er habe als Erster zugeschlagen, dafür gebe es viele Zeugen, sagten einige der Umstehenden.

Die Rohrbachs und ich nahmen an, die Sache sei damit erledigt und Wanzenried habe endlich einmal die Lektion erhalten, die er verdiente. Wir sollten uns jedoch täuschen.

Die Worte von hundert Zeugen galten damals viel weniger als das Vermögen eines Großbauern.

Als ich am Sonntagabend in der Kaserne Losone einrückte, fingen mich bereits am Eingang zwei Heerespolizisten ab. Ich wurde in Handschellen gelegt – das zweite Mal in meinem Leben! – und ins Arrestlokal gesperrt.

Dort besuchte mich kurz darauf mein Leutnant. Als dieser von mir über den Vorfall bei der Kirche von Rüschegg aufgeklärt wurde, zeigte er sehr viel Verständnis. Mein Zugführer musste mir aber eingestehen, dass diese Sache sehr unangenehm werden könnte. Doch er werde mir helfen, soweit er dazu in der Lage sei.

Am nächsten Morgen, am Montag, den 22. August 1954, wurde ich mit einem Gefangenentransporter der Heerespolizei nach Bellinzona überführt.

Im Vorhof eines großen Gebäudes stieß man mich unsanft aus dem Fahrzeug und schleppte mich in einen kahlen Raum mit kleinen vergitterten Fenstern, einer Holzbank und einem Metalltisch, darauf eine abgegriffene Bibel. Sonst nichts. Die Bibel kannte ich aus der Winterau von vorn bis hinten auswendig. Ich rührte sie nicht an.

Es vergingen zwei Stunden, bis ich von einem Feldweibel durch mehrere enge Gänge in ein großes, nobel ausstaffiertes Büro geführt wurde. Ein Hauptmann der Militärjustiz saß an einem feudalen Eichenholztisch; daneben stand ein kleinerer, einfacherer aus Metall, darauf eine Schreibmaschine. An diesem nahm der Feldweibel Platz.

Zuerst fragte mich der Hauptmann nach meinem Namen, Geburtsdatum, Zivilstand, Beruf, Arbeitgeber und Heimatort. Der Feldweibel tippte die Antworten in die Maschine.

Dann begann das eigentliche Verhör. Ich schilderte den Vorfall genau so, wie er sich am Vortag abgespielt hatte. Der Offizier verzog dabei keine Miene, so als ob ihn die ganze Sache eigentlich gar nichts anginge. Es war heiß im Raum, dem auf die Schreibmaschine einhämmernden Feldweibel liefen Schweißtropfen übers Gesicht, der Kragen seines grünen Militärhemdes färbte sich dunkel.

Plötzlich schrillte das Telefon neben dem Hauptmann. Er nahm ab und setzte schlagartig eine interessierte Miene auf.

Ich kann mich noch an die letzten Worte dieses Gesprächs erinnern:

‚Du hast Glück. Ich hätte dir einen, er sitzt gerade bei mir im Verhör. Er könnte heute Abend schon in Thun sein. Ich melde mich in einer halben Stunde zurück. Auf Wiederhören!'

Nun schickte der Offizier den Feldweibel mit der Bitte aus dem Raum, ihm und ‚unserem Gast' einen Kaffee mit Berlinern zu bestellen.

‚Einen kleinen Moment noch, Soldat Minder!' Er nahm den großen Fahrplan, der neben dem Telefonbuch lag, zur Hand, blätterte darin und notierte etwas auf ein Stück Papier. Dann trat eine Frau mit Schürze und einem großen Tablett voll Süßigkeiten und dampfendem Kaffee in den Raum.

Der Hauptmann bat mich, neben ihm Platz zu nehmen. Er wolle mit mir unter vier Augen etwas besprechen. Er habe volles Verständnis für meine Reaktion und hätte wahrscheinlich genau gleich gehandelt. Aber in unserem Lande gebe es eben Regeln, die man nicht übertreten dürfe, auch dann nicht, wenn diese auf den ersten Blick schwer zu verstehen seien.

‚Nun, ich habe eben einen Anruf bekommen, der Ihnen helfen könnte, sich einer gerichtlichen Untersuchung zu entziehen', sagte der plötzlich freundliche Offizier zu mir.

‚Aber es gibt doch viele Menschen, die den Vorfall gesehen haben und meine Unschuld bezeugen können.'

‚Begreifen Sie doch, Soldat Minder, dass es in unserer Welt eben nicht immer gerecht zugeht. Auch der Bauer Wanzenried hat seine Zeugen. Dann steht Aussage gegen Aussage. Ich glaube Ihnen übrigens aufs Wort. Aber ich bezweifle, dass dies das Divisionsgericht ebenfalls tun wird. Ich gebe Ihnen einen ehrlich gemeinten Rat: Riskieren Sie keinen Prozess, denn es gibt eine Möglichkeit, einem solchen auszuweichen.'

‚Welche denn?'

‚Zuerst müssen Sie mir noch ein paar Fragen beantworten, bevor ich Sie in diese Möglichkeit einweihe. Aber trinken Sie doch einmal eine Tasse Kaffee und da hat es ja noch viele Süßigkeiten.'

Der Hauptmann lachte dabei gönnerhaft, nahm einen kleinen Schlüssel aus seiner Tasche und öffnete die Handschellen.

‚Greifen Sie zu!'

Ich ließ mir das nicht zweimal sagen. Hatte ich doch seit dem Sonntagnachmittag nichts mehr gegessen.

‚Gibt es noch Verwandte, mit denen Sie Kontakt haben?'

‚Nein!'

‚Haben Sie eine Freundin?'

‚Nicht direkt. Aber ein Mädchen kenne ich, das mir jüngst ein Päckli zugeschickt hat.'

‚Machen Sie ihr oft einen Besuch?'

‚Bis jetzt nur einmal, übers vergangene Wochenende. Sie wohnt bei ihren Eltern und ist gleich alt wie ich.'

‚Sind Sie in das Mädchen verliebt?'

‚Eigentlich nicht. Aber ich glaube, ich könnte es noch werden.'

Der Hauptmann räusperte sich.

‚Hören Sie, Minder, Sie sind doch ein junger Mann und wollen noch etwas erleben. Wo ist denn dieser Rüschegg-Graben? Ich sage Ihnen, am Arsch der Welt. Und in diesem Kaff wollen Sie sich endgültig niederlassen und eine vielköpfige Familie gründen? So einer wie Sie kann es doch besser haben.

Und bedenken Sie, sollte der Prozess gegen Sie schlecht ausgehen, würden Sie wahrscheinlich wieder unter Vormundschaft gestellt und dann können Sie sich das Heiraten ohnehin aus dem Kopf schlagen.'

‚Wenn dem so ist, werde ich wohl keine andere Wahl haben, als ihren Vorschlag anzunehmen.'

Der Hauptmann nickte zufrieden.

‚Ich habe nicht daran gezweifelt: Sie sind ein vernünftiger Kerl. Machen Sie gerne Militärdienst?'

‚Ja, von allen bisherigen Tätigkeiten hat mir das bis jetzt am meisten zugesagt.'

‚Dann sind Sie genau der Mann, den wir suchen. Wir werden Sie von der Armee aus mit einer geheimen, heiklen Aufgabe betrauen. Sie tun damit etwas Großes für das Vaterland. Es wird für Sie nicht angenehm sein. Aber es muss sein! Wir stellen Ihnen dann neue Papiere aus und Sie müssen für eine Zeit unser Land verlassen.'

‚Wohin soll ich denn gehen? Ich kenne im Ausland niemanden.'

‚Darüber haben wir uns auch Gedanken gemacht. Sie können in eine andere Armee eintreten: in die französische Fremdenlegion. Es wird ein harter Dienst sein. Aber Sie stehen das durch. Ich weiß, man erzählt hierzulande schreckliche Geschichten darüber. Ja, für Schwächlinge ist das nichts. Aber für Leute wie Sie kann es eine große Chance sein. Sie wurden ja in Losone bereits für die Unteroffiziersschule vorgeschlagen. Ich bin überzeugt, dass auch die Franzosen Ihre Fähigkeiten erkennen werden.'

Er klopfte mir dabei beinahe kollegial auf die Schultern. Dann griff er nochmals zum Hörer, wählte eine kurze Nummer und gab auf Italienisch ein paar Anweisungen. Ich verstand damals noch kein Wort Italienisch.

‚Sie werden es nicht bereuen! Jetzt fängt für Sie ein neues Leben an.'

Dann kamen noch einige belanglose Ratschläge.

Nun trat ein Soldat mit einem Briefkuvert ins Zimmer und überreichte es dem Hauptmann.

Dieser gab mir das Kuvert weiter, mit der Bitte, es zu öffnen.

Es waren zweihundert Franken darin und ein Bahnbillet dritter Klasse von Bellinzona nach Thun.

Ich erschrak. Ich hatte noch niemals so viel Geld in den Händen gehabt.

Der Hauptmann gab mir nun folgende Anweisung:

‚Sie werden in Kürze von einer Streife zum Bahnhof Bellinzona gebracht. Dort steigen Sie in den Zug nach Luzern. In Luzern werden Sie einen Aufenthalt von zwei Stunden haben. Sie können im Bahnhofbuffet zu Mittag essen oder sonst etwas kaufen. Um 14 Uhr besteigen Sie den Zug nach Bern. In Bern angekommen, müssen Sie sich beim Umsteigen in den Schnellzug nach Thun etwas beeilen. Im Bahnhof Thun bleiben Sie bitte auf dem Perron stehen, bis Sie von einem älteren Herrn in schwarzer Zivilkleidung angesprochen werden. Sie werden von ihm die weiteren Direktiven bekommen. Alles klar?‘

‚Ja!‘

‚Noch etwas: Falls Sie beim Umsteigen einen Zug verpassen, wählen Sie bitte die Nummer, die hinten auf dem Kuvert steht. Und: Sollte es Ihnen einfallen, mit dem Geld abzuhauen, würden Sie nicht weit kommen. Sie werden während Ihrer Reise dauernd beobachtet.

Viel Glück, Minder! Enttäuschen Sie mich nicht!‘

Dann erschien ein Soldat der Heerespolizei, bat mich, in seinem Jeep Platz zu nehmen, und fuhr zum Bahnhof.

Alles verlief reibungslos bis Thun.

Der Zug fuhr am Perron 1 ein. Kaum war ich ausgestiegen, sprach mich ein auffallend großer und elegant gekleideter Herr mittleren Alters an.

Dieser Herr, der seinen Namen nicht nennen wollte, bat mich in das Bahnhofbuffet Thun. Er offerierte mir ein ‚Zvieri‘ und drückte mir danach einen Gepäckabholungsschein in die Hand, den ich umgehend einlösen solle. Ich würde einen Koffer bekommen, in dem sich Kleider und ein Brief befänden, den ich gleich öffnen müsse. Darin würden weitere Anweisungen stehen.

Ich ging zur Gepäckausgabe und bekam den Koffer anstandslos. Neugierig öffnete ich ihn und riss das Kuvert auf. Darin stand Folgendes:

Erstens: Bitte an der Rezeption im Hotel Freienhof unter dem Namen Antonio Cordella anmelden. Das Zimmer ist für Sie reserviert und bereits bezahlt.

Zweitens: Ins Zimmer gehen.

Drittens: Duschen und Kleider wechseln. Im Koffer befinden sich Zivilkleider.

Viertens: Warten, bis jemand viermal an die Türe klopft. Die Türe öffnen. Vor der Türe steht eine jüngere Frau in einem blauen Kleid.

Fünftens: Den Anweisungen dieser Frau folgen.

Mir war mulmig zumute. Was hatte man da nur mit mir vor?

Es fröstelte mich, als ich der Frau öffnete. Sie war ein paar Jahre älter als ich, hatte grüne Augen, wie man sie selten sieht, und sprach mit einem deutschen Akzent.

‚Kommen Sie bitte mit mir. Wir müssen noch ein Foto von Ihnen machen – für den Pass, den Sie anschließend ausgehändigt bekommen.‘

Wir gingen über die Aarebrücke und zweigten links in die obere Hauptgasse ab. Nach etwa hundert Metern wurde ich in ein Kellergeschoss geführt. Dort wurden ein paar Aufnahmen von mir gemacht. Man bat mich, noch ein bisschen Geduld zu haben. Nach etwa einer halben Stunde erschien ein alter Mann mit dicken Brillengläsern in einem weißen Labormantel und streckte mir ein rotes Büchlein mit einem weißen Kreuz hin.

‚Herr Antonio Cordella, so werden Sie von nun an heißen, da ist Ihr Pass. Nun können Sie wieder zum Hotel zurückkehren und sich einen schönen Abend machen. Stellen Sie Ihren Wecker auf halb sieben. Um sieben Uhr gibt es Frühstück. Um halb acht werden Sie vor dem Hotel abgeholt. Lassen Sie die Schlüssel im Zimmer liegen und melden Sie sich dort nicht ab. Lassen Sie die Militärkleider im Hotel, nehmen Sie den Koffer mit. Ich verabschiede mich!‘

Dann geleitete er mich zum Ausgang und drückte mir die Hand.

Es war kein schöner Abend. Ich verspürte wenig Lust zu essen. Bis um vier Uhr in der Früh schlief ich nicht ein. Ich fragte mich immer wieder, was man mit mir wohl vorhatte. Als ich endlich eingenickt war, sah ich im Traum Susi und plötzlich wurde mir bewusst, dass ich sie mochte. Aber nun war es zu spät. Ich hatte mich für einen anderen Weg entscheiden müssen und von diesem gab es kein Zurück mehr.

Ich erwachte bereits um fünf Uhr, blieb mit offenen Augen im Bett liegen und starrte an die Decke. Dann wurde ich gewahr, dass ich noch nie in einem solch noblen Zimmer, in einem solch weichen Bett geschlafen hatte. Trotzdem konnte ich es nicht genießen.

Es war auch das erste Mal, dass ich einen solchen Frühstückstisch gesehen hatte: aromatisch riechenden Kaffee, Weggli, Gipfeli, Konfitüre, Honig und Butter. Doch der Appetit fehlte mir.

Ich begab mich schon eine Viertelstunde früher als vorgesehen zum Hoteleingang. Genau um halb acht fuhr ein Militärjeep auf das Trottoir vor. Der Fahrer, ein Leutnant, winkte mir zu und bat mich, auf dem Rücksitz Platz zu nehmen.

Dann fuhr er zur Dufourkaserne, dem Hauptgebäude des Waffenplatzes Thun.

*

Thun war im 19. und 20. Jahrhundert nicht nur Standort eines wichtigen Waffenplatzes, sondern auch einer Offiziersschule mit europäischer Ausstrahlung. Der spätere französische Kaiser Napoleon III., Charles Louis Napoleon Bonaparte, ein Neffe Kaiser Napoleons I., trat 1829 in die Artillerieschule von Thun ein. Er diente später als Artillerieoffizier in der Schweizer Armee und erhielt 1832 die Schweizer Staatsbürgerschaft. Das war problemlos möglich, weil er in einem Schloss auf der Thurgauer Seite des Bodensees aufgewachsen war und den dortigen Dialekt sprach. Die in Thun erworbenen militärischen Fertigkeiten hielten sich indes in Grenzen: 1871 verlor Napoleon III. den Krieg gegen das Deutsche Reich und musste als Staatsoberhaupt abdanken.

*

Die Barriere vor dem Eingang öffnete sich. Der Jeep preschte am Hauptgebäude vorbei und hielt vor einer Baracke am südlichen Ende des Areals. Dort wurde ich angewiesen, mich umzukleiden. Militärhemd, Tenue Blau. Meine Zivilkleider solle ich im Schließfach verstauen und den Schlüssel sicher aufbewahren. In etwa drei Stunden würde ich wieder zurück sein.

Mir fiel auf, dass ich nicht allein war. Noch zwei andere jüngere Männer, ein auffallend großer und ein auffallend kleiner, tauschten ihre Zivilkleider gegen das Tenue Blau der Schweizer Armee.

Der Kleinere, dessen Uniform die Rangabzeichen eines Korporals trugen, begrüßte mich mit den Worten ‚Du bist wohl der Dritte im Bunde, aber wahrscheinlich noch feucht hinter den Ohren'. Dann fuhr ein weiterer Jeep vor. Der Fahrer ließ den Schlüssel stecken und entfernte sich rasch. Der größere Mann setzte sich ans Steuer und lud mich und seinen Kollegen mit einer Handbewegung ein, auf den Rücksitzen Platz zu nehmen.

Wir verließen daraufhin zügig das Areal der Kaserne und bogen in die Straße Richtung Westen ein. Wir fuhren in forschem Tempo an vielen Häusern vorbei, wie mir schien, häufig die Richtung wechselnd. Ich kannte die Gegend nicht. Plötzlich bog der Fahrer in einen geteerten Innenhof ein, der zu einem Schulhaus gehören musste. Er fragte einen offensichtlich verängstigten Jungen nach dem Weg ins Glütschbachtal."

Ich konnte mich nicht mehr zurückhalten und unterbrach Antonio Cordella:

„Dieser Junge, das war ich!" Cordella sah mich verblüfft an. Er schwieg einige Momente, um dann weiterzuerzählen:

„Nun beginne ich vielleicht zu verstehen, weshalb Sie sich für mich interessieren.

*

Nach einigen Kilometern drehten wir auf einen schmalen Kiesweg nach Osten ab. Wir befanden uns in einem romantischen, fast durchwegs bewaldeten Tälchen. Wir überquerten mehrere Male einen Bach. Als ich mich nach dessen Namen erkundigte, sagte mir der Korporal, dies sei der Glütschbach.

Auf der Fahrt mussten wir mehreren Pferdefuhrwerken ausweichen. Nach etwa fünf Kilometern hielt der Fahrer vor einer breiten, geteerten Straße an. Er konsultierte eine Karte und verriet damit, dass er sich nicht besonders gut in dieser

Gegend auskannte. Nach einer kurzen Pause bog er nach links ab. Das sei das ‚Hani', klärte er uns auf, und nun würden wir durch die Kanderschlucht fahren. Nach etwa 300 Metern bog der Jeep links in einen stark ansteigenden Fahrweg ein. Dieser führte direkt zu einer mittelalterlichen Burg, umgeben von einer hohen Mauer. Dort trafen wir auf ein weiteres Fahrzeug, kein militärisches, sondern einen grauen VW-Bus. An diesem lehnte ein schlanker, großgewachsener, weißhaariger Mann in einem eleganten, dunkelblauen Anzug mit feiner, grauer Krawatte.

Wir sollten uns unverzüglich in den Büschen hinter der Burgmauer verbergen, sagte er im Befehlston. In den nächsten Minuten werde ein Motorrad eintreffen. Dieses sollten wir anhalten, den Fahrer in Handschellen legen, ihm den Mund zukleben und eine schwarze Kapuze über den Kopf ziehen. Etwas später werde noch eine Frau auftauchen. Mit dieser sei ebenso zu verfahren. Dann warf er uns zwei Handschellen, zwei Kapuzen und ein breites Klebeband zu.

Aus der Ferne vernahm man bereits das Knattern des Töffs. Als er in die Kurve vor dem Burgeingang fuhr, sprangen wir drei im Tenue Blau auf das Sträßchen und versperrten dem Ankömmling den Weg. Dieser war derart überrascht, dass er keine Zeit mehr fand, sich zu wehren. Er wurde in den Innenhof geschleppt und mit den Handschellen an einem Metallring, der in der Burgmauer fest verankert war, angekettet.

Einige Minuten später tauchte die Frau auf. Bei ihr ging auch alles so rasch, dass sie kaum Widerstand leisten konnte.

Daraufhin trat der Zivilist vor, nahm drei Zettel aus seinem Zweireiher und gab jedem von uns einen. Darauf stand: ‚Die zwei Gefangenen sind unverzüglich zu erschießen. Im VW-Bus liegen drei Karabiner, drei Pickel, drei Schaufeln und zwei große Jutesäcke. Jeder Karabiner enthält zwei Patronen.'

Mir drehte es den Magen um, mir wurde schwarz vor Augen und schließlich stürzte ich zu Boden.

‚So eine Memme!', schimpfte der größere meiner beiden Kollegen im Tenue Blau. Den Zivilisten brachte dieser Zwischenfall nicht aus dem Konzept: ‚Machen Sie es halt ohne ihn. Exekutiert die beiden Gefangenen und dann päppelt den Burschen wieder auf. Wir brauchen ihn nachher ja noch.'

Nach diesen Worten – er hatte seit den Anweisungen bei unserer Ankunft keinen Ton von sich gegeben – begann die an die Mauer gefesselte Frau ungestüm mit Armen und Füßen um sich zu schlagen.

Offensichtlich erkannte sie den Sprechenden an seiner Stimme.

Eine Minute später waren die beiden Gefangenen tot.

Der Zivilist wies nun mit dem Zeigefinger auf eine Stelle im Innenhof. ‚Verscharrt den Mann hier. Verpackt ihn aber zuerst in einem Jutesack. Helft alle mit beim Graben. Zum Zuschütten reicht dann einer.'

Mit Pickel und Schaufeln gruben wir nun ein tiefes Loch und warfen die Leiche des Hingerichteten hinein. Dann richtete der Zivilist die folgenden Worte an uns:

‚Die Hauptarbeit ist nun erledigt. Der Strafgefangene Rieder – damit war der größere der zwei Kollegen von mir gemeint – deckt nun den Toten so zu, dass es keinem Tier mehr möglich ist, den Körper auszubuddeln.

Wenn er damit fertig ist, fährt er mit dem Motorrad über Gwatt bis zur Dufourkaserne. In der Stadt den gelben Wegweisern <Militärbetriebe> folgen! Er lässt den Töff vor dem Eingang stehen und zeigt der Wache den Passierschein.' Damit händigte er Rieder ein graues Briefkuvert aus. ‚Er geht daraufhin zu Fuß zur Baracke, wo sich seine Zivilkleider befinden. Dort erwartet ihn ein Leutnant, dieser wird ihm ein großes Kuvert überreichen. Darin befindet sich ein Pass, der auf einen Namen ausgestellt ist, den er von nun an tragen wird. Im Kuvert befindet sich auch ein Bahnbillet Thun – Marseille und ein Geldbetrag in Schweizer Franken. Das Geld wechselt er am Bahnhof Genf in französische Francs um. Auf einem weiteren Blatt steht die Adresse des Rekrutierungsbüros in Marseille. Mache er sich bitte an die Arbeit.' (Dass der Zivilist Rieder in der dritten Person ansprach, schien diesen überhaupt nicht zu beeindrucken.)

‚Der Strafgefangene Bigler und der Soldat Minder sind dazu bestimmt, die zweite Leiche zu entsorgen. Ich händige euch beiden zu diesem Zweck eine Karte im Maßstab 1:25000, Thun und Umgebung, aus. Der Weg zum Zielort ist mit Rotstift vorgezeichnet. Genau an dem Punkt, wo ihr den Sack mit der Toten zu vergraben habt, ist eine kleine gelbe Fahne eingesteckt. Dort befindet sich ein großer Haufen Kies. Vergesst auf keinen Fall, diese Fahne nach beendetem Auftrag im Fahrzeug mitzunehmen. Grabt mindestens 1.5 Meter tief. Deckt den zugeschütteten Graben mit so viel Kies zu, dass niemand darunter etwas vermutet. Der Zielort befindet sich übrigens vor einer alten Höhle. Schüttet den Eingang dieser zu und steckt dieses Holzschild in die Aufschüttung.'

Er übergab Bigler ein an einem Pfosten befestigtes Holzbrett, auf dem – soweit ich mich erinnern kann – etwa Folgendes stand: ‚Wegen Einsturzgefahr ist das Betreten der Höhle untersagt'.

‚Dann fahrt zurück zur Baracke, wo ihr heute Morgen gestartet seid. Dort wird euch ein großes Kuvert mit allen notwendigen Papieren und Anweisungen ausgehändigt. Minder hat den Pass ja bereits.

Ich wünsche euch viel Glück für den neuen Lebensabschnitt.'

Nach diesen Worten verschwand der Weißhaarige in seinem VW-Bus und fuhr davon.

Bigler und ich verstauten die Leiche der Frau in dem Jutesack und schleppten diesen in den Jeep. Bigler setzte sich ans Steuer. Er habe eine Motorfahrer-Rekrutenschule absolviert, deshalb kenne er sich gut aus mit Militärfahrzeugen.

Ich war immer noch wie gelähmt, nahm nur wahr, dass der Jeep die Strecke, auf der er am Morgen zur Burg gelangt war, wieder zurückfuhr. Eine Zeitlang gewahrte ich hinter uns einen Streifenwagen der Kantonspolizei. Mir schlug das Herz bis zum Halse. Dann bog das Fahrzeug nach rechts wieder ins Glütsch-bachtal ein. Vor einem alten Haus, unter dem der Bach durchfloss, bremste der Fahrer ab und fuhr im Schritttempo in einen holprigen, nach links abzweigenden Feldweg ein. Etwa 50 Meter weiter hielt er neben einem schmalen Felsband an. An dessen Fuß war ein großer, neu aufgeschütteter Kieshaufen, darauf eine Holzkarette. Dahinter sahen wir das gelbe Fähnchen, just vor dem Eingang der Höhle.

Ich versuchte, alle Gedanken zu verdrängen und begann wie wild zu graben. Eine panische Angst erfasste mich. Ich wollte die Sache so schnell als möglich hinter mich bringen und dann nur weg von hier, weg aus der Schweiz. Bigler neckte mich noch mit der Bemerkung, wenn ich schon nicht schießen könne, dann sei ich wenigstens ein ausgezeichneter Totengräber.

Auf der langen Bahnfahrt durch das Rhonetal erfuhr ich Biglers Lebensgeschichte: 1952 war er wegen bewaffneten Bankraubes zu sieben Jahren Zuchthaus auf dem Thorberg verurteilt worden. Am 21. August 1954 war er vom dortigen Direktor in sein Büro gerufen worden, und dieser hatte ihm den Deal vorgeschlagen, den man auch mir angeboten hatte. Das sei seine große Chance gewesen, glaubte Bigler.

Warum denn der Direktor gerade auf ihn gekommen sei, wollte ich wissen. Er habe sich eben nützlich gemacht und dies und das über Gespräche seiner Zellengenossen weitergegeben. Offenbar hätten das einige seiner Mithäftlinge herausbekommen und ihn als Vergeltung mit einem Messer schwer verletzt. Nach zwei Monaten im Gefangenentrakt des Inselspitals in Bern sei er wieder auf den Thorberg überführt, dort aber aus Sicherheitsgründen in Isolationshaft genommen worden.

Am 25. August 1954 meldete ich mich mit Bigler im Rekrutierungsbüro der Legion in Marseille. Von nun an hieß ich definitiv Antonio Cordella.

Beide wurden wir zur Ausbildung als Fallschirmjäger für ein halbes Jahr in die Garnison von Corte ausgeflogen. Die Ausbildung war für Bigler, der nun Brunner hieß, die Hölle, nicht so für mich: Das entbehrungsreiche Leben in der Anstalt Winterau und beim Bauer Wanzenried hatte mich abgestumpft gegen Quälereien und Demütigungen. Später ging es nach Oran in Algerien. Ich, Antonio Cordella, sah mich plötzlich mitten im Krieg. In den ersten Monaten fiel mein Kollege Brunner alias Bigler wenige Meter neben mir, er wurde von einem Granatsplitter mitten auf die Stirn getroffen.

Im Mai 1958 putschte der französische General Jacques Massu in Algerien gegen die Zentralregierung in Paris. Massu kommandierte die damalige 10.

Fallschirmjägerdivision, in der auch ich diente. Das war sehr aufreibend für mich. Bis jetzt hatte ich gegen Rebellen gekämpft, aber nun fürchtete ich plötzlich, die Waffe gegen Soldaten meiner eigenen Armee zu richten.

Ein Glück war, dass mein Vorgesetzter, ein Hauptmann Platini, sich mit seiner Kompanie gegen den Putsch stellte. Der Putsch scheiterte. Platini wurde zum Brigadegeneral befördert und ich bekam die Abzeichen eines Sergeanten. Offizier darf ein Legionär bis heute nicht werden.

Man hatte mir die Staatsbürgerschaft in Aussicht gestellt, allerdings unter der Bedingung, dass ich mich für weitere vier Jahre bei der Legion verdingen würde. Obwohl ich die Grausamkeiten der französischen Armee gegenüber der algerischen Zivilbevölkerung verabscheute und mehrmals drauf und dran war, zu desertieren, hatte ich nicht mehr genügend Kraft, mich diesem Angebot zu entziehen.

1959 wurde ich als Instruktor in die Garnison auf Korsika zurückgeschickt. Für mich war jetzt der Krieg vorüber. Ich genoss Freiheiten, die ich mir vorher nie erträumt hatte. Bald erlaubte man mir, eine private Wohnung zu mieten. Ich war nun zu einem Angestellten des französischen Staates geworden. Ich freundete mich mit vielen Einheimischen an und lernte schließlich meine zukünftige Frau kennen, deren Eltern in Corte ein Restaurant betrieben.

1962 heiratete ich. 1979, nach 25 Jahren Dienst in der französischen Armee, wurde ich in den Ruhestand versetzt und führte mit meiner Frau zusammen den Gastrobetrieb ihrer Eltern weiter."

Nachdem Antonio Cordella mit seiner Lebensgeschichte zu Ende war – mittlerweile war es Mittag geworden –, lud er uns in das Restaurant ein, das seine Frau und er während mehr als einem Vierteljahrhundert betrieben hatten und das den beiden immer noch gehörte.

Seine Frau war schon da und hatte alles wieder wunderbar vorbereitet.

Sicher hätten wir noch einige Fragen, er würde uns diese gerne beantworten, sagte Cordella.

Samuel wollte Folgendes wissen: „Der weißhaarige Mann, der Ihren Einsatz auf der Strättligburg geleitet hatte … können Sie sich an seinen Namen erinnern?"

„Ich bin nicht sicher. Aber Bigler sagte mir seinerzeit auf der Bahnfahrt nach Marseille, dass er von Büren heiße und ein ehemaliger Richter sei."

„Und wie kam er zu dieser Information?"

„Rieder habe es ihm beim Ausheben der Totengrube für Ferdinand Meyer zugeflüstert."

„Haben Sie eine Ahnung, wohin es Rieder verschlagen hat?"

„Nur einen vagen Verdacht: Vor meinem Übertritt nach Frankreich habe ich am Bahnhof Genf noch die Abendausgabe der Neuen Zürcher Zeitung gekauft.

Dort stand etwas von einem schweren Motorradunfall. Ein aus dem Zuchthaus Thorberg entflohener Sträfling habe ihn gebaut und sei dabei ums Leben gekommen. Ich ging davon aus, dass es sich um Rieder handeln könnte."

„Dürfen wir Sie noch etwas Persönliches fragen? Wissen Sie, was aus Susi geworden ist?"

„Ja, sie hat einen Arbeiter aus Seftigen geheiratet, eine Familie gegründet, vier Kinder bekommen. Es geht ihr gut. Ihr Mann ist schon seit Längerem pensioniert. Beide genießen sie den Ruhestand. Letztes Jahr haben sie uns in Corte besucht. Wir schreiben uns seit Langem.

Während der ersten Jahre im Dienst wurden alle Briefe und Päckli der Legionäre abgefangen. Wir durften nicht an Angehörige und Bekannte schreiben. Wie die meisten meiner Kameraden habe ich dieses Verbot erfolgreich umgangen. Das bedeutete: Susi wusste bestens über mich Bescheid, ich aber nicht über sie. Als ich mich dann 1958 für vier weitere Jahre verpflichtete, habe ich sie gebeten, nicht mehr auf mich zu warten. Nach allem, was ich mitgemacht hätte, könnte ich mir ein Leben auf ihrem kleinen Heimet im Schwarzenburgerland sowieso nicht mehr vorstellen. Als ich nach Corte versetzt wurde, gab ich ihr meine Adresse. Doch es war wieder mal zu spät. Sie teilte mir mit, dass sie jetzt geheiratet habe und es ihr gut gehe. Sie wünsche mir alles Gute und würde gerne mit mir in Kontakt bleiben."

„Können Sie mir sagen, wie diese Frau heute heißt?"

„Susi Ruchti-Rohrbach." Dann schrieb er mir ihre Adresse auf.

Nun zeigte Samuel Antonio Cordella ein vergilbtes Foto von einem jungen Leutnant.

„Kommt Ihnen dieses Bild bekannt vor? Könnte es der Leutnant sein, der Sie am 24. August 1954 auf das Areal der Dufourkaserne gefahren hat?"

Cordella schaute das Foto längere Zeit prüfend an.

„Ja, er könnte es gewesen sein. Aber die Hand dafür ins Feuer legen möchte ich nicht."

„Wo hast du denn dieses Bild her?", fragte ich Samuel.

„Von Winterhalder. Es zeigt den jungen Hurni."

„Dieser verdammte Schuft. Der hat uns nicht alles gesagt", zischte Kari.

Wir blieben noch ein paar Tage bei den Cordellas. In dieser Zeit gab uns Antonio viele seiner Ansichten preis: Er habe den Krieg in Algerien gehasst, denn ihm sei schnell klar geworden, dass damit ein Volk unterdrückt werde, aber einen Weg zurück habe es halt nicht mehr gegeben. Und ihm sei dieses Schicksal ja aufgezwungen worden. Er würde jedenfalls niemandem empfehlen, aus freien Stücken in die Legion einzutreten, auch wenn es heute dort viel menschlicher zugehe.

„Aber menschlich ist es auch in meinem ehemaligen Heimatland nicht zugegangen. Was ich in meiner Jugend erlebt habe, ist kein Einzelfall gewesen. Viele Kinder haben mein Schicksal geteilt. Dieses dunkle Kapitel der Schweizer Geschichte ist noch längst nicht aufgearbeitet worden. Ebenfalls nicht das düstere Kapitel der Geheimarmeen. Als ich 1990 von der P26 und P27 erfahren hatte, war ich keinesfalls überrascht. Allerdings sehr empört. Das war doch eine Verschwörung. Ich war sehr angewidert, dass viele Parteivertreter die Affäre herunterspielten und einige Parlamentarier den Verschwörern sogar offen ihre Sympathie bekundet haben. Aber eben: Von dieser Seite war ja nichts anderes zu erwarten. Hunderttausenden werden in diesem Land elementare Bürgerrechte vorenthalten. Und beinahe eine Mehrheit der Schweizer bezeichnet solche Ungeheuerlichkeiten einfach als demokratische Entscheide. Ich würde mich schämen, heute einen Pass mit dem weißen Kreuz im roten Feld zu besitzen. Nicht wegen der schlechten Behandlung, die mir in meiner Kindheit zuteilwurde, nein, vielmehr wegen der Demütigungen und Missachtung der Menschenwürde vieler ausländischen Arbeitskräfte und Asylbewerber durch selbstgefällige Hurrapatrioten."

Wir waren alle tief beeindruckt von Cordellas Schilderungen.

Auf der Heimfahrt besprachen wir als Erstes die neuen Erkenntnisse, zu denen uns Antonio Cordella verholfen hatte. Wir waren uns einig: Der Fall war weitgehend gelöst. Aber ein paar Einzelheiten waren uns immer noch verborgen geblieben.

Zum Beispiel hätten wir gerne gewusst, was Susi Rohrbach in den Tagen nach dem 22. August 1954 mitbekommen hatte. Und warum uns Hurni nicht die ganze Wahrheit gesagt hatte. Wer die Frau war, die Minder im Hotel Freienhof abgeholt und zu einem Fotografen gebracht hatte. Außerdem lag immer noch im Dunkeln, welche Motive der alte von Büren wirklich hatte. Zu einer Erklärung des Letzteren konnten wir allerdings nur über Fortunat kommen. Wir hatten keine Zweifel, dass er uns dabei helfen würde. Nun stand ja fest, dass sein Vater nichts mit dem Mord an seiner Mutter zu tun hatte. Vielleicht hatte sein Großvater bei seinem plötzlichen Hinschied noch einige Dokumente hinterlassen, die über die Umstände des gewaltsamen Todes seiner Schwiegertochter und ihres Geliebten hätten Auskunft geben können. Wenn dem so wäre, müssten diese noch im Besitze von Fortunat sein.

Susi Ruchti-Rohrbach

Einige Tage nach unserer Rückkehr machten wir uns auf den Weg nach Seftigen. Die Ruchtis wohnten in einem kleinen Eigenheim, das durch den Verkauf des Landwirtschaftsbetriebes in Rüschegg Graben finanziert werden konnte. Ein Nachbar erwarb die Liegenschaft der Rohrbachs zu einem günstigen Preis. Wanzenried bot etwas mehr dafür, aber Susi brachte es einfach nicht übers Herz, diesem Menschen zu noch größerem Besitz zu verhelfen.

Sie war eine alte Frau geworden. Von außen wirkte sie zufrieden und ausgeglichen. Diesen Eindruck hatten wir jedenfalls, als sie uns vor ihrem Häuschen begrüßte.

Wir hatten nicht vor, sie lange in Anspruch zu nehmen. Sie war aber gerne bereit, uns ein paar Fragen zu beantworten. Die Geschichte mit Anton Minder habe sie lange Zeit sehr traurig gemacht.

„Schließlich gab ich dem Druck meiner Eltern nach und entschloss mich, eine Familie mit einem andern Mann zu gründen. Es war gut so. Gottlieb ist ein herzensguter Mensch, arbeitsam, bescheiden und gläubig. Er hat mich und meine Kinder immer umsorgt und stets zuletzt an sich gedacht. Ich darf mich nicht beklagen."

„Ist nach dem Verschwinden von Anton Minder jemand zu Ihnen gekommen und hat Sie darauf angesprochen?", erkundigte sich Samuel.

„Ja, zwei Personen, scheinbar unabhängig voneinander. Etwa zwei Wochen nach der für mich schmerzlichen Flucht von Anton fuhr ein Leutnant mit einem Jeep bei uns vor. Er gab sich als Führer des Zuges von Anton aus und wollte wissen, ob ich Briefe von ihm aus Frankreich erhalten hätte. Ich traute ihm aber nicht, er hatte andere Farben auf den Achselpatten, als sie Anton bei seinem Besuch in Rüschegg trug. Ich sagte ihm, ich hätte keine Nachricht bekommen. Aber leider bin ich eine miserable Lügnerin. Ich muss dabei ein wenig rot geworden sein.

Eine Stunde später tauchte er wieder auf und sagte mir direkt ins Gesicht, ich hätte ihn angelogen. Er hätte sich bei der Post Rüschegg erkundigt, und die hätten ihm bestätigt, dass mir tatsächlich zwei Brief mit französischen Marken in den letzten 10 Tagen zugestellt worden seien. Er befahl mir dann, ihm diese Briefe auszuhändigen. Ich weigerte mich aber. Dann drohte er mir mit einer Hausdurchsuchung. Ich ließ mich aber nicht einschüchtern: Erst wenn er in Begleitung eines Landjägers und mit einem richterlichen Durchsuchungsbefehl daherkomme, würde ich ihm diese Briefe geben. Seither habe ich diesen Mann nicht mehr gesehen."

Samuel nahm nun das alte Foto aus seiner Rocktasche und hielt es Frau Ruchti unter die Nase.

„Könnte es dieser gewesen sein?"

Sie nahm das Foto in die Hand. Drehte und wendete es, studierte eine Zeit lang. Dann fiel ihr plötzlich etwas ein: „Ja, das muss er gewesen sein. Wissen Sie, woran ich ihn erkenne? Am Muttermal auf der linken Wange!"

„Ist Ihnen sonst noch etwas aufgefallen an diesem Mann, z.B. an der rechten Hand?"

„Ja, nun entsinne ich mich! Der kleine Finger an der rechten Hand war teilamputiert."

Samuel: „Und die andere Person, wann tauchte diese bei Ihnen auf?"

„Ungefähr zwei Monate später."

„Was wollte sie von Ihnen?"

„Dasselbe wie der Leutnant. Aber sie ging nicht so plump vor. Sie versuchte offenbar zuerst, mein Vertrauen zu gewinnen. Sie gab sich als Vertreterin von Nähmaschinen aus. Falls ich eine kaufe, würde sie mir eine Stelle als Heimarbeiterin vermitteln. Ich könne dann zu Hause arbeiten, das wäre doch ein großer Vorteil. Ich würde mir so Kosten für den Arbeitsweg und das Auswärts-Essen sparen. Als ich nicht auf ihr Angebot einstieg, kam sie mit einem zweiten Vorschlag.

Sie sammle auch Marken. Sie würde auf alle einen guten Preis bezahlen. Ob ich ausländische Briefe hätte. Ahnungslos bejahte ich dies. Ich zog die Briefe von Anton aus einer Schublade im Wohnzimmer, es waren mittlerweile schon fünf. Dann fragte sie noch in einem spöttischen Unterton, ob ich denn meine Korrespondenz immer dort versorgen würde. So könnten ja meine Eltern immer lesen, was mir mein Schatz schreiben würde. Ich gab ihr noch lachend zur Antwort, mein Freund sei ein sehr anständiger Junge und ich hätte sowieso keine Geheimnisse vor meinen Angehörigen. Sie löste dann sehr sachkundig die Marken ab, gab mir fünf Franken – das war viel mehr, als die Marken wert waren – und verabschiedete sich."

Am nächsten Samstag fand eine Chilbi in Schwarzenburg statt. Wir gingen alle hin. Als wir heimkehrten, war unsere Haustür aufgebrochen. Die Schublade mit den Briefen im Wohnzimmer war offen. Es fehlten die Briefe. Daneben lagen in einem unbeschrifteten Kuvert noch zwanzig Franken und ein Zettel, auf dem stand: ‚Für die Reparatur der aufgebrochenen Türe'.

Wir beratschlagten, ob wir damit zum Polizeiposten gehen sollten, entschieden uns aber, dies nicht zu tun. Seitdem versteckte ich meine Briefe an einem geheimen Ort."

„Könnten Sie uns die Frau noch beschreiben, die Sie damals aufgesucht hatte?"

188

„Ja, so ein Gesicht vergisst man nicht. Sie hatte grüne Augen. Eine solche Augenfarbe ist wirklich selten. Und noch etwas Auffälliges: Ihr Dialekt war nicht rein, sie musste ihrer Sprache nach aus Deutschland stammen."

Sie habe uns nun alles gesagt, was sie über diese tragische Sache wisse. Wir verabschiedeten uns. Meinen Kollegen Samuel und Kari erging es gleich wie mir: Wir konnten uns eines Eindrucks nicht erwehren: Anton Minder bedeutete für Susi Ruchti-Rohrbach mehr, als sie uns eingestand.

Wer war die Frau mit den grünen Augen?

Wir sollten es rasch herausfinden. Samuel hatte plötzlich eine Idee.

Er nahm sein Natel hervor und tippte eine Nachricht ein. Nach wenigen Minuten kam die Rückmeldung. Er öffnete die SMS und schmunzelte darauf zufrieden.

„Die Frau mit den grünen Augen muss mit großer Wahrscheinlichkeit Antoinette Schäuble gewesen sein. Die Schäubles aus Balingen haben mir das eben bestätigt."

„Nun sollten wir uns Hurni nochmals vornehmen", schlug Kari vor.

„Genau das habe ich jetzt vor. Allerdings reicht es aus, wenn ich allein zu ihm gehe", meinte Samuel. Kari und ich sahen das auch so.

Der ruchlose Adrian von Büren – die auf Lügen aufgebaute Ehe von Jakob

Schon am folgenden Tag läutete Samuel an Hurnis Wohnungstür. Als dieser öffnete, blieb er für einige Augenblicke wie angewurzelt stehen. Dann fasste er sich wieder und sagte:

„So, haben Sie Neuigkeiten vom Vorfall auf der Strättligburg?"

„Neuigkeiten für uns, nicht für Sie, Herr Hurni. Sie haben uns zwar weitergeholfen, aber nicht alles gesagt, was Ihnen bekannt war. Wir wissen nun, dass Sie weit mehr in der Sache drin hängen, als Sie uns glauben machen wollten."

Dann erzählte ihm Samuel, was wir inzwischen herausgefunden hatten.

„Gratuliere! Eigentlich hätte unser Geheimdienst Sie anwerben sollen. Sie sind ein fähiger Mann."

Samuel nahm dieses Kompliment mit grimmiger Miene entgegen.

Hurni glaubte dann noch, sich verteidigen zu müssen. Ja, er hätte bei der Organisation mitgeholfen, zusammen mit dieser Antoinette Schäuble. Das sei ein echt durchtriebenes Weibsstück gewesen. Doch mit dem Tod von Ferdinand Meyer und Yolanda von Büren hätten sie beide nichts zu tun gehabt. Samuel sah das natürlich anders. Er tat dies gegenüber Hurni anstelle von Worten mit einem Gesichtsausdruck kund. Allerdings wollte er ihn nicht zu sehr verärgern. Er hatte ja Hurni nur aufgesucht, um noch etwas mehr aus ihm herauszuholen.

„Sind Sie eigentlich vor dem 24. August 1954 mit Adrian von Büren zusammengetroffen?", fragte Samuel schließlich.

Hurni zögerte ein wenig mit der Antwort, dann sagte er mit einer wegwerfenden Handbewegung:

„Es könnte sein, dass wir ein paar Worte gewechselt haben. Ja, von Büren hat mir gesagt, das sei ein wichtiger Auftrag, ich solle dafür sorgen, dass alles klappe. Aber das hat nichts zu bedeuten."

„Haben Sie im Voraus gewusst, wer die Mörder gedungen hat? Wissen Sie, wer dieser Hauptmann der Militärjustiz in Bellinzona war? Dass der Direktor der Strafanstalt Thorberg zwei Häftlinge für diesen Auftrag freistellte?"

„Ich habe es jedenfalls nicht getan. Der Hauptmann in Bellinzona hieß Talamona. Seinen Vornamen weiß ich nicht mehr. Den Namen des Direktors können Sie ja problemlos herausfinden. Das dürfte Ihnen aber wenig nützen. Der Mann lebt mit Sicherheit nicht mehr. Dann steht nicht einmal fest, ob er in die Sache eingeweiht war. Es könnte gut sein, dass ein subalterner Beamter den beiden Zuchthäuslern zur Flucht verholfen hat.

Aber Sie sehen ja jetzt selber, wie einflussreich unsere Vereinigung damals war. Eine ganze Anzahl Militärpersonen aller Dienstgrade, Justiz- und Polizeidirektoren, Staatsanwälte und Richter, National- und Ständeräte, ganz abgesehen von wichtigen Leuten aus der Wirtschaft arbeiteten mit uns zusammen. Ich war 1954 nur ein kleines Rädchen in dieser Organisation.

Einige Jahre später war das anders. Aber eins möchte ich klar festhalten: In der Sache Meyer/von Büren habe ich nur Befehle ausgeführt, beziehungsweise Anweisungen weitergeleitet."

„Würden Sie verraten, wem Sie Anweisungen weitergegeben haben?"

„Einige an Antoinette Schäuble. Sie hat von mir den Auftrag bekommen, Anton Minder vom Hotel Freienhof zum Fotografen zu führen. Und sie hat in meinem Auftrag Briefe, die Minder von der Fremdenlegion an Susi Rohrbach schickte, behändigt. Das hat sie übrigens raffiniert gemacht."

„Von wem haben Sie denn die Befehle entgegengenommen?"

„Von Hansueli Knutti."

„Was glauben Sie, wer hat Knutti die Aufträge gegeben?"

„Das muss in diesem Fall Adrian von Büren gewesen sein."

„Mir geht noch etwas nicht auf: Wie hat Ihre Vereinigung den Abreisetermin von Ferdinand Meyer und seiner Geliebten herausgefunden?"

„Ich nehme an, dass Yolanda von Büren diesen Termin Antoinette Schäuble verraten hat."

„Herr Hurni, diese Annahme erstaunt mich nun etwas. Nach unseren Erkenntnissen wusste Antoinette Schäuble das eben nicht von der jungen Frau von Büren. Die beiden Mordopfer versuchten den Zeitpunkt der Abreise auch vor ihr geheim zu halten."

„Sie sind ein guter Detektiv, Herr von Allmen. Ich kann nur Gott danken, dass dieser Fall juristisch verjährt ist. Was denken Sie denn, wer diesen Termin verraten hat?"

„Ich nehme an, dass sowohl Yolanda von Büren als auch Ferdinand Meyer beschattet wurden."

Hurni setzte nun wieder sein süffisantes Lächeln auf:

„Da sind Sie auf dem richtigen Weg. Ganz klar: Beide konnten kaum einen Schritt tun, ohne dass unsere Vereinigung etwas davon mitbekam. Wir hatten auch unsere Verbindung zur Swissair. Über alle nach Südafrika gebuchten Flüge wurden wir informiert. Ja, so dürften wir von den Fluchtplänen erfahren haben."

„Aber etwas ist damit noch nicht erklärt. Wer hat herausgefunden, dass sich Yolanda und Ferdinand noch einmal auf der Strättligburg treffen wollten?"

„Wenn ich das wüsste!"

„Ich könnte mir sehr wohl vorstellen, wie man zu dieser Information kam. Wer in der Lage ist, Pässe zu fälschen, der ist auch in der Lage Schriften zu verstellen. Jemand musste am 22. August 1954 an beide nur eine Nachricht absenden, mit jeweils dem Absender des anderen versehen. Vielleicht mit dem kurzen

Inhalt: ‚Komme am 24. August vor der Abreise um 0815 Uhr auf die Strättligburg. Es ist sehr wichtig.'"

Hurni zuckte mit den Schultern:

„Das tönt plausibel. Aber wie wollen Sie das belegen?"

„Eine Quelle haben wir noch nicht angezapft. Ich bin zuversichtlich, dass wir auch dieses Geheimnis lüften werden. Weit mehr noch interessiert uns aber Folgendes:

Wir haben zwar in Adrian von Büren den Haupttäter. Aber was war sein Motiv? Hatte der südafrikanische Geheimdienst ihn unter Druck gesetzt oder handelte er aus rein privaten Gründen?"

„Erinnern Sie sich noch an unser letztes Gespräch? Diese Frage habe ich mir ja auch gestellt. Nehmen wir doch mal an, der südafrikanische Geheimdienst war hinter Meyer her gewesen. Warum hatte er dann nicht gewartet, bis Meyer in Südafrika angekommen war?

Unsere Beziehungen zu der Südafrikanischen Union waren viel zu eng und viel zu wichtig, als dass sie wegen einer so unbedeutenden Figur wie Ferdinand Meyer in Frage gestellt worden wären."

„Da folge ich Ihrer Argumentation. Aber wie gesagt: Die Quelle, von der ich eben gesprochen habe, könnte auch dieses Geheimnis preisgeben."

Samuel hatte mit der Quelle Fortunat von Büren gemeint, diesen Namen aber Hurni gegenüber natürlich nicht genannt. Eigentlich hatte er nicht viel Neues von Hurni erfahren. Das, was er glaubte zu wissen, wurde jedoch dabei noch bestätigt. Hurni war eindeutig in das Verbrechen verwickelt, ebenso galt das für die verstorbene Antoinette Schäuble.

Samuel war ein Perfektionist. Er trug sich mit dem Gedanken, noch einmal nach Balingen zu reisen, um ein weiteres Mal sämtliche von Antoinette Schäuble hinterlassene Unterlagen zu durchforsten.

Er wollte Fortunat erst dann behelligen, wenn alles andere abgesucht war. So ging er Ende September 2006 nochmals zu den Schäubles.

Mit deutscher Gründlichkeit hatte Antoinette Schäuble alles Mögliche und Unmögliche aufbewahrt. Er suchte Stunden um Stunden – und plötzlich wurde er fündig. Bei der ersten Durchsicht wäre ihm nie eingefallen, dass auch die Finanzkorrespondenz von 1954 interessant sein könnte. Es war ein Begleitbrief zu einer Zahlungsanweisung, der Samuel auf die Spur brachte:

Liebe Frau Schäuble
Herzlichen Dank für Ihre Information betreffend Y. und F. Sie haben uns damit einen Großen Dienst erwiesen. Natürlich verlasse ich mich auf Ihre Verschwiegenheit. Ich habe den Betrag von Franken 200.- auf Ihr Konto einbezahlt.
Beste Grüße

AvB

In der einfachen Buchhaltung waren verschiedene Einnahmen unter dem Kürzel AvB vermerkt.

Die erste Zahlung – es waren 50 Franken – ging am 5. August 1953 ein. Weitere folgten am 13. Dezember 1953, am 5. Februar 1954, am 3. Mai 1954, am 15. Juni 1954, am 25. Oktober 1954, am 15. Dezember 1954, fünf im Jahre 1955 und sechs im Jahre 1956. Insgesamt wurden 5200 Franken auf das Konto von Antoinette Schäuble überwiesen.

Unter dem Kürzel AvB fand Samuel weitere Notizen:

10. August 1954. Gespräch mit M. Lanzenrain, pensionierter Fotograf, Obere Hauptgasse

Zwei Pässe kosten Franken 300.-; Arbeit wird termingerecht fertig sein.

„Warum nur zwei Pässe und nicht drei?", ging es dabei Samuel durch den Kopf. Vielleicht wäre es interessant, mehr über den Töffunfall des Zuchthäuslers Rieder am 24. August 1954 zu erfahren.

Als er wieder zurück in Thun war, beschaffte Samuel sich die Ausgabe des „Thuner Tagblattes" vom 25. August 1954, einem Donnerstag.

Dort fand er unter der Rubrik *Unfälle und Verbrechen* folgenden Artikel:

Tod eines entwichenen Zuchthäuslers

Am 24. August 1954 ereignete sich um zirka 9 Uhr vor dem Landgasthof „Lamm" ein tödlicher Motorradunfall. Ein vom Parkplatz auf die Straße einbiegendes Militärfahrzeug bemerkte den nach Zeugenaussagen mit übersetzter Geschwindigkeit fahrenden Töff zu spät. Es kam zu einem Zusammenstoß. Der Motorradfahrer zog sich dabei tödliche Verletzungen zu. Erste polizeiliche Untersuchungen ergaben, dass der Töff entwendet worden war. Beim Verunglückten handelte es sich um den am 23. August 1954 aus dem Zuchthaus Thorberg entflohenen Häftling Armin Rieder. Am Steuer des Militärfahrzeugs saß ein Leutnant.

Samuel ging ein Licht auf. Dieser Hurni! Er war auch ein Mörder.

Nun zeigten die zusammengefügten Puzzleteile schon bald das ganze Bild. Er würde nochmals Hurni aufsuchen. Dieser Aufschneider, der durch und durch unaufrichtig und dazu noch feige ist: Er wagte es nicht einmal, zu seinen Untaten zu stehen. Ein Verbrecher leider, wie noch viele andere, die unsere Gerichte verschont haben. Er wird sterben, ohne dass ihm seiner Missetaten wegen nur ein Haar gekrümmt worden ist. Er hat eben sein Lebtag lang auf der richtigen Seite gestanden.

Was Samuel so lange aufgeschoben hatte, musste er nun in Angriff nehmen: Fortunat von Büren in die Ermittlungen einbeziehen. Aber er konnte dies nicht allein entscheiden. Er schrieb seinen fünf Kollegen eine E-Mail mit einer kurzen Zusammenfassung dessen, was bis jetzt gelaufen war. Dann kam die Bitte um die Erlaubnis, nun auch Fortunat einzuweihen.

Wer hätte auch etwas dagegen einwenden können?

Samuel bat Fortunat um einen Termin, denn das, was er ihm zu sagen hatte, ließ sich nicht telefonisch oder schriftlich mitteilen.

An einem schönen Oktobertag trafen sich die beiden im Landgasthof „Lamm". Es bedurfte fast eines halben Tages, bis Fortunat alles erfahren hatte.

Obwohl er nie geglaubt hatte, sein Vater habe etwas mit der Tötung seiner Mutter zu tun, war er doch sehr erleichtert über das, was ihm Samuel offenbarte. Dass hinter allem sein Großvater stand, konnte Fortunat nicht aus der Fassung bringen. Allerdings hätte er ihm keine Morde zugetraut.

Fortunat ging indes auch mit Samuel einig, dass noch Unklarheiten über das Motiv bestünden. Vielleicht wäre es aber doch möglich, Licht in die Sache zu bringen. Sein Großvater habe sich nicht auf den Tod vorbereiten können. Ein Schlaganfall habe ihn unerwartet aus dem Leben gerissen. Adrian von Büren habe eine Menge Akten hinterlassen. Als sein einziger (legitimer) Nachkomme seien diese ihm zugefallen. Bis jetzt habe er keine Lust verspürt, den umfangreichen Nachlass zu durchforsten. Nun habe sich das aber geändert. Er brauche dafür jedoch mehrere Wochen Zeit.

Es war der 1. November 2006, als wir – Samuel, Kari, Gusti, Moritz und ich – eine SMS von Fortunat erhielten. Er habe ein paar interessante Neuigkeiten für uns. Er schlug uns ein Treffen auf der „Hohlinde" vor. Ob es am 4. November 2006 ginge, das sei ein Samstag.

Auf diesen Tag hatten wir lange gewartet. Fortunat hatte vorher eigens einen speziellen Raum dafür reserviert. Er rückte mit Laptop und Beamer an. Seine Präsentation war mustergültig, allein die Vorbereitung darauf dürfte ihm Spaß bereitet haben. Waren es doch diesmal nicht seine Studenten, sondern interessierte ältere Männer, die ihm an den Lippen hingen.

Wir müssten uns aber ein wenig gedulden, das Spannendste, auf das wir wohl gewartet hätten, komme erst am Schluss.

Adrian von Büren habe in Form von losen Blättern eine Art Tagebuch geführt, die er zusammen mit den entsprechenden Dokumenten in mehreren Bundesordnern ablegte.

Der erste Teil von Fortunats Ausführungen war der Geheimarmee gewidmet. Es war ein Lehrstück verhüllter Schweizer Geschichte.

Nicht alles war für uns neu, aber der ehemalige Medizinprofessor verstand es, viele Zusammenhänge aufzuzeigen, die uns bislang verborgen geblieben waren:

„Die Vereinigung bestand schon seit 1948. Ihr erster Chef war Gustaf Weiland, ein Oberst im Generalstab, übrigens das einzige Mitglied dieses verschworenen Bündnisses, von dem das Militärdepartement offiziell wusste.

Insgesamt waren jeweils etwa hundert Leute im aktiven Dienst dieser Organisation. Eine geheime Stabsstelle im Eidgenössischen Militärdepartement ließ viele hundert Bewerber auf Herz und Nieren überprüfen. In der Regel waren sie verlässliche Mitglieder unserer Gesellschaft: Direktoren, Verbands- und Parteipräsidenten, redliche Politiker, hohe Militärs und zu unserem Erstaunen sogar vereinzelte Gewerkschaftsfunktionäre.

Aus diesen wählte dann der Chef seine Leute aus, sozusagen den engsten Kreis der konspirativen Vereinigung. Wieland soll darauf geachtet haben, dass wirklich nur zuverlässige Personen diese Selektion bestanden. Wer das Auswahlverfahren im EMD bestanden hatte, musste zum Beispiel 1954 noch auf fünf Gretchenfragen eine Antwort mit Begründung geben.

Erstens: Beurteilen Sie Franco insgesamt positiv?

Zweitens: War es richtig, dass die Schweiz während des Zweiten Weltkriegs jüdische Flüchtlinge über die Grenze zurückschickte?

Drittens: Sind Sie für eine enge militärische und nachrichtendienstliche Zusammenarbeit mit dem Apartheidregime in der Südafrikanischen Union?

Viertens: 1954 stürzte die Armee in Guatemala den schweizstämmigen Präsidenten, Jacobo Arbenz Guzmán, mit Hilfe der CIA. Die von ihm durchgeführten Enteignungen von Großgrundbesitzern wurden rückgängig gemacht. Hatte die CIA in diesem Falle richtig gehandelt?

Sechstens: Finden Sie die Vorgehensweise des amerikanischen Senators Joseph McCarthy richtig?

Nur wer all diese – geradezu einfältig naiven – Fragen klar mit ja beantwortete und auch ‚plausibel‘ begründen konnte, durfte in der Geheimarmee mitmachen.

Diejenigen, die nicht aufgenommen wurden, erfuhren den Grund ihrer Abweisung nie.

In einem Tresor des Bundeshauses soll eine Liste von 300 Namen lagern. Es ist vorgesehen, dass dieses Staatsgeheimnis erst im Jahre 2020 gelüftet wird. Von Anfang an dabei war Adrian von Büren, sozusagen die rechte Hand von Wieland.

Hurni gehörte zu keiner Zeit dem engsten Klub der Auserwählten an. Er war einer der Tausenden von Helfershelfern. Als sein direkter Vorgesetzter fungierte ein Oberst von Däniken, der, wie von Büren ebenfalls, dem obersten Chef direkt unterstellt war. Zum Aufgabenbereich Adrian von Bürens gehörten die Beziehungen zu Südafrika und der Kampf gegen ‚subversive Elemente‘.

Er knüpfte die Verbindungen des ABC-Labors in Spiez/Wimmis mit den entsprechenden Stellen in der südafrikanischen Armee. Aus seinen Notizen ließ sich schließen, dass er dabei nicht immer eine glückliche Hand gehabt hatte. Mehrmals sollen Proben von biologischen oder chemischen Substanzen auf dem Weg nach Kapstadt verloren gegangen sein. Äußerst dumm benommen habe sich dabei auch ein Ferdinand Meyer aus Thun. Dieser Mann sei aber ‚entsorgt‘ worden. Er könne keinen Schaden mehr anrichten.

Der Kampf gegen subversive Elemente im Schulbereich habe dagegen außerordentlich gut geklappt.

Ich lege euch noch eine Liste von Universitätsprofessoren, Gymnasial- und Sekundarlehrpersonen vor, die Adrian von Büren denunzieren ließ und dadurch erreichte, dass sie wegen linkem Gedankengut aus dem Schuldienst entfernt oder, wenn das wegen des Lehrkräftemangels nicht möglich war, zumindest stark unter Druck gesetzt wurden."

Fortunat zeigte uns 10 Namen allein aus dem Kanton Bern

„Und nun komme ich zum Kern der Sache", fuhr Fortunat fort. „Was geschah um den 24. August 1954? Da hätten mich die zurückgelassenen Aufzeichnungen ohne eure Hilfe nicht weitergebracht.

Was hätte ich mit solchen Informationen anfangen sollen?

Bei diesen Notizen fehlte übrigens auch das Datum. Ich ging davon aus, dass sie aus dem Zeitraum 1952 bis 1956 stammen mussten.

Erst aufgrund der mir von Samuel zugestellten Unterlagen konnte ich die Kürzel zuordnen, und damit war alles klar."

Wir sahen auf der Leinwand die Projektion der folgenden Notizen Adrian von Bürens:

Y1: Yolanda; Y2: Ferdinand; Y3: Erna Schmidt; K1: Hansueli Knutti; S1: Rieder; S2: Bigler; S3: Anton Minder; A1: Antoinette Schäuble; F1: Fotograf/Passfälscher M. Lanzenrain: Hu1: Adolf Hurni; D1: Gustav von Däniken; H+-: mit H ist der 24. August 1954 gemeint, wobei ‚-‘ die Tage (d), Stunden (h), Minuten (m) davor und ‚+‘ die entsprechenden Zeiten danach bezeichnen; dk: Dufourkaserne; sa: Südafrika

---

Y1 muss verschwinden, jetzt ist der letzte Tropfen gefallen, der das Fass zum Überlaufen bringt. Wenn Y1 liquidiert wird, muss auch Y2 dran glauben; eigentlich noch praktisch, wir können Y2 die Hauptschuld zuschieben. Y1 will sich offenbar mit Y2 nach sa absetzen.

Bankkonten von Y1, Y2 und Y3 überprüfen:

K1 wird mindestens noch S1 und S2 organisieren. Es braucht aber noch S3. Das ist erst 2 Tage vor H möglich.

> *H – 3d: S1 und S2 sind bekannt. A1 soll Pass für S2 und ev. Für S3 bei F1 organisieren.*
>
> *H – 1d: S3 ist bekannt. S3 wird heute noch in Thun erwartet. A1 wird Pass für S3 organisieren.*
>
> *Zeitplan für H:*
> *H – 1h30min: Hu1 holt S3 ab und bringt ihn zur dk; S1 und S2 werden von Militärpersonen zur dk gebracht.*
>
> *H – 1h: Abfahrt dk zum Zielort*
>
> *H + 1min: S1 schüttet Grube mit Y1 zu; dauert ca. 10 min.*
>
> *H + 4 min: Abfahrt von S2 (Fahrer) und S3 mit Y1 nach 46°42'45.88"N/7°37'04.40°O*
>
> (Die Orte werden in der militärischen Sprache in Koordinaten angegeben; die hier bezeichneten sind diejenigen des Höhleneingangs bei der „Alten Schlyffi".)
>
> *H + 20min: Beginn der Entsorgung von S2 nach Anweisung von K1, weitergegeben durch D1.*
>
> *H + 30min: Abfahrt von S1 (Routenplan von D1 ausgehändigt)*
>
> *H + 40min: Hu1 fängt S1 am vereinbarten Punkt (46°43'24.46"N/7°37'04.40"O) ab.*
>
> (Koordinate des Parkplatzes beim Landgasthof „Lamm".)
>
> *H + 1h: S2 und S3 in dk mit Pass und Bahnbilletten entlassen.*
>
> *H + 1d: Hu1 hebt Geld in Zürich ab. (K1 soll sicherstellen, dass Hu1 seine Schweigepflicht ernst nimmt. Hu1 ist ein Schwätzer, fast hätte er die ganze Sache vermasselt.)*

Samuel rutschte nervös auf seinem Stuhl hin und her und streckte schließlich den Zeigefinger auf.

Fortunat war ohnehin fertig mit seinem Referat.

„Gut, dass wir dich nicht früher beigezogen haben. Wir wären vielleicht schneller zum Ziel gekommen, aber vieles hätten wir dann nicht erfahren. Wir können über die Beweggründe dieser Untat nur mutmaßen. Sie waren vermutlich privater Natur. Aber: Ohne die Vereinigung der heimlichen Patrioten hätte dein Großvater dieses Verbrechen nie begehen können.

Es wird mir ein Vergnügen sein, Hurni mit den letzten Ergebnissen unserer Ermittlungen zu konfrontieren. Allerdings wissen wir noch immer nicht ganz sicher, was das Motiv von Bürens war. "

Fortunat nickte: „Es muss etwas Finsteres sein. Was habe ich bei meinen Recherchen übersehen? Gibt es noch irgendwo verborgenes Material? Warum war Antoinette Schäuble bei den Morden Mittäterin? Eines steht für mich fest: Sie muss ihre Cousine Yolanda gehasst haben. Aber warum? Wer könnte uns helfen, diese Fragen zu klären?"

„Vielleicht müssen wir uns noch einmal an das Ehepaar Schäuble in Balingen wenden? Obwohl ich die Hand ins Feuer legen mag, dass sie uns nichts willentlich unterschlagen haben."

Fortunat meinte: „Ich werde mich auch abermals in meinem Umfeld umsehen. Vielleicht stoße ich doch noch auf eine verschlüsselte Anspielung, die Beziehung meines Großvaters zu meiner Mutter betreffend. Ich würde Samuel vorschlagen, auch noch einmal mit Christine Durtschi über das Verhältnis meines Großvaters zu Yolanda zu sprechen."

So besuchte Samuel erneut die Stini (Christine Rüegsegger-Durtschi) und sagte ihr ins Gesicht, er glaube, sie habe ihm noch etwas verschwiegen. Vielleicht habe sie das ja nur getan, um Jakob von Büren nicht zu kompromittieren. Was sie über das Verhältnis Adrian von Bürens zu seiner Schwiegertochter wisse?

Später berichtete Samuel seinen Kollegen: „Sie schaute mich aus ihren Augenwinkeln an. Eine leichte Röte huschte über ihr Gesicht. Dann begann sie zu reden.

,Wissen Sie, es gibt Sachen, die es nicht geben darf. Darüber zu sprechen ist eigentlich verboten. Aber irgendwie bin ich es Ihnen nun schuldig, auch mit dem herauszurücken, was ich bislang verschwiegen habe.

Man hätte blind sein müssen, um nicht zu merken, dass die Beziehung zwischen Yolanda und Adrian von Büren viel mehr war als eine Beziehung zwischen Schwiegertochter und Schwiegervater. Aber mich hatte das ja nicht zu interessieren.

Dann geschah etwas, das mir äußerst peinlich war. Ich hatte den Auftrag, bei den alten von Bürens zu putzen. Ich weiß es noch genau. Es war an einem Mittwochmorgen. Eigentlich hätte ich das am Nachmittag tun sollen. Aber ich nahm an, dass den ganzen Tag über niemand zu Hause wäre. So ging ich mal in die Küche, bereitete mir ein Eingeklemmtes mit Salami zu. Im Hause Adrian von Bürens war der Kühlschrank immer prall voll mit feinen Sachen. Und niemand hat sich darüber aufgehalten, wenn die Dienstboten sich daraus bedienten. Die Herrschaften waren diesbezüglich überhaupt nicht kleinlich.

Plötzlich bemerkte ich einen Schatten durch die Mattscheibe in der oberen Hälfte der Küchentür. Ich hatte gerade noch Zeit, mich in die Vorratskammer zu flüchten. Ich wusste sehr wohl, dass ich mich an den Zeitplan zu halten hatte. Und darin stand eindeutig *Nachmittag* und nicht *Vormittag*.

Der Schatten gehörte aber nicht zu Adrian von Büren, sondern zu Yolanda. Und sie war spärlich bekleidet, in Höschen und einem BH, sonst nichts.

Dann tauchte der Herr des Hauses auf. Immerhin in Hose und Hemd. Er tätschelte Yolanda den Hintern. Sie nahmen sich beide eine Orange aus der Fruchtschale und verschwanden wieder. Mir lief der Angstschweiß in Bächen den Körper hinunter.

Nach einigen Augenblicken machte ich mich still davon. Das ist alles, was ich Ihnen bisher nicht preisgegeben hatte.'

,Danke Frau Rüegsegger! Ich bin Ihnen sehr dankbar, dass Sie mich über diese peinliche Angelegenheit doch noch informiert haben.'"

War es zumutbar, Fortunat darüber zu berichten? Sie überlegten hin und her. Schließlich rief Samuel Fortunat an und erzählte ihm alles, was er von Christine Rüegsegger-Durtschi, genannt Stini, erfahren hatte. Fortunat nahm es mit Fassung zur Kenntnis. Ihn könne bezüglich seiner Mutter und seines Großvaters nichts mehr erschüttern. Beruhigend für ihn sei, dass sein Vater nichts mit dem Tod seiner Mutter zu tun hatte. Aber wusste er, dass sie ihn mit Adrian von Büren betrog?

Da wurde ihm plötzlich bewusst, dass er wohl die schriftlichen Hinterlassenschaften seines Großvaters durchackert, diejenigen von seinem Vater aber noch gar nie angesehen hatte. Er wusste, dass Jakob von Büren ein sehr exakter, gewissenhafter Mensch gewesen war. Er hatte alles, was aus seiner Sicht nur im Entferntesten von Bedeutung war, geflissentlich aufgeschrieben. Es musste nicht schwierig sein, seine Tagebücher aufzustöbern.

Fortunat verbrachte wieder ein paar Stunden in seinem Estrich. Er fand schließlich etwa zwanzig kleine handgeschriebene Bände und einen nie geöffneten Brief an seinen Vater. Auf dem Poststempel stand *24.08.1954, 1000 Uhr, Post Gwatt*. Absender: *Yolanda*. Als dieser Brief abgestempelt worden war, war seine Mutter bereits nicht mehr am Leben gewesen.

Der Brief war ins „Thuner Tagblatt" vom 25.08.1954 gelegt worden. Gut möglich, dass ihn Jakob von Büren dort aus irgendeinem Grund verlegt und sich nicht mehr daran erinnert hatte. Fortunat wusste noch, dass in den Wochen vor dem 24. August 1954 seine Eltern kein Wort mehr zueinander gesprochen hatten. Sie schienen sich nur noch schriftlich auszutauschen. Gut möglich, dass Jakob gar kein Bedürfnis mehr hatte, die Briefe seiner Frau zu lesen.

Was in diesem Brief stand, hätte ihn wohl kaum beeindruckt. Anders war es für Fortunat. Dieser Brief würde ihn wahrscheinlich aus der Bahn geworfen haben, hätte er ihn kurz nach dem Ableben seines Vaters gelesen.

Jakob

Endlich habe ich mich von deiner Sippe absetzen können. Wenn du diesen Brief liest, sitze ich bereits in einem Flugzeug, das mich in einen anderen Kontinent bringt. Ich lasse dir Fortunat zurück. Offiziell ist er ja dein leiblicher Sohn und du hast nun die Verantwortung für ihn. Du warst ja immer zu feige, dich bei mir zu erkundigen, wer sein wirklicher Vater ist. Nun sage ich es dir ungefragt ins Gesicht: Es ist dein Vater. Auch wenn Adrian ein Schwein ist, so weiß er wenigstens mit Frauen etwas anzufangen – ganz im Gegensatz zu dir. Ich habe meine Pflicht getan – ich habe deiner verruchten Sippe einen Stammhalter geschenkt. Nun ist es an der Zeit, dass ich endlich das Leben genießen kann. Ich habe noch sehr vieles nachzuholen.

Verreckt in eurem Geld, du, Adrian und deine Mutter ...

Eine glückliche Yolanda

Dass Jakob nicht sein leiblicher Vater war, wusste er ja seit Langem. Doch für Fortunat war und blieb Jakob von Büren immer noch sein richtiger Vater. Viel betroffener machte ihn die Herzlosigkeit seiner Mutter. Warum hat sie die von Bürens derart gehasst?

Adrian schien sich vor diesem Hass offenbar so sehr zu fürchten, dass er keinen anderen Weg mehr sah, als Yolanda wegzuschaffen. Dass er dabei den Tod von zwei anderen Personen in Kauf nahm, war ein weiterer Beleg seiner Menschenverachtung.

Fortunat erhoffte sich, bei der Lektüre der Tagebücher seines Vaters eine Antwort auf diese Fragen zu finden.

Er fand sie schließlich in den folgenden Einträgen:

12. Februar 1943

Offiziersball im Bellevue (in der Stadt Bern): Ich saß mit dem Vater und der Mutter am Nebentisch des Generals. Als Begleiterin haben mir meine Eltern eine Yolanda (mit Nachnamen Knecht) zugeteilt. Ich habe sie vorher noch nie gesehen. Aber das muss man ihr lassen: Sie ist ein hübsches Mädchen. Wir machten beide eine gute Figur auf dem Tanzboden.

13. Februar 1943

Meine Eltern haben mich zum Abendessen eingeladen. Ich kann mir sehr wohl vorstellen, warum. Wegen Yolanda! Sie können einfach nicht akzeptieren, dass ich mir aus Frauen nichts mache. Aber zu einem Mann wie mir gehört in ihren Augen eben eine Frau, und zwar eine standesgerechte.

14. Februar 1943

Ein denkwürdiger Abend gestern! Wie vorauszusehen war, wollten meine Eltern, dass ich Yolanda zu Frau nähme. Sie appellierten an mein Mitgefühl. Yolanda sei in einer schlimmen Lage. Sie sei das Opfer einer Vergewaltigung geworden. Nun trage sie ein Kind unter ihrem Herzen. Der Vater des werdenden

Kindes sei ein Abkömmling einer russischen Fürstenfamilie. Doch Yolanda wolle diesen Mann à tout prix nicht heiraten. Was natürlich verständlich sei.

Mein Vater sagte mir, er habe mit Yolanda geredet. Ich hätte ihr auf den ersten Blick gefallen. Dass ich meinen ehelichen Pflichten nicht nachkommen wolle, wäre für sie kein Grund, auf diese Ehe mit mir zu verzichten. Und ich denke, Mutter hat es schon längst bemerkt: Ich konnte einfach für Frauen nichts mehr empfinden. Das realisierte ich allerdings erst so richtig, als ich unser Hausmädchen geschwängert hatte.

Es gebe übrigens im Leben noch andere Werte als Sexualität, versuchte die Mutter mir einzureden. Sie glaube auch, ich wäre für ihr, Yolandas, Kind, ein guter Vater.

Meine Eltern hatten bereits das Hochzeitsdatum festgelegt: Samstag, den 6. März, in der Kirche zu Scherzligen. Ich sagte ja. Irgendwie war ich es meiner Familie schuldig. In unseren Kreisen war es ohnehin nie üblich, aus Liebe zu heiraten. Dafür waren wir auch nicht zu ehelicher Treue verpflichtet, sofern die Seitensprünge mit der notwendigen Sorgfalt und Diskretion ausgeführt wurden.

15. Februar 1943

Abendessen bei den Knechts. Der Vater von Yolanda, Fritz, war wie viele seiner Altersgenossen im Aktivdienst. Als Major konnte er sich problemlos für den Abend frei machen. Mir fiel auf, dass dieser Mann nicht in bester Verfassung war. Er wirkte nervös und fahrig. Zweimal kippte er mit seinem Ärmel das Weinglas um. Er entschuldigte seinen Zustand mit einer Migräne. Er habe deswegen starke Kopfwehmittel nehmen müssen.

Abgesehen vom Zustand des Hausherrn war es ein einigermaßen gelungener Abend. Ein bisschen irritierte mich, dass Fritz Knecht einigen Fragen, die ich ihm stellte, auswich. Als ich ihn nach seinem Beruf fragte, sagte er Fürsprecher. Aber er habe kein Anwaltsbüro mehr, sondern sei Rechtsberater einer Bank. Welche Bank?, wollte ich wissen. Er überging die Frage und sagte stattdessen zu Yolanda, sie solle doch das Fotoalbum bringen. Dann schauten wir eine Zeit lang Familienfotos an.

Als wir damit fertig waren, nahm Knecht ein Glas in die Hand und bot mir das Du an.

„Fritz, was denkst du über die Niederlage von Stalingrad?"

Er zuckte zusammen. Sein Gesicht wurde ernst, ja fast böse. Die Deutschen hätten eben keinen Zweifrontenkrieg vom Zaume reißen sollen. Mit der Schlacht von Stalingrad sei aber der Krieg noch nicht entschieden.

Damit wusste ich, auf welcher Seite seine Sympathien waren. Nun, sie lagen etwa ähnlich wie diejenigen meines Vaters. Ihn ärgerte der Sieg der sowjeti-

schen Truppen in dieser Schlacht ebenfalls, dies galt auch für eine stattliche Anzahl seiner Offizierskollegen.

Fritz' Gesichtsausdruck hellte sich aber sofort wieder auf: „Sprechen wir doch heute Abend von schöneren Dingen als von diesem hässlichen Krieg." Dann erzählte er von seiner Jugend, seinem Studium und von seiner hübschen Tochter Yolanda. Wie er sich freue über unser gemeinsames Kind. Es sei schön für einen Vater, wenn seine einzige Tochter eine Familie gründe. Ich machte gute Miene zum bösen Spiel.

17. Februar 1943

Als ich heute Morgen mein Büro betrat, lag eine Ausgabe der „Berner Tagwacht" auf meinem Schreibtisch.

(Jakob von Büren war 1943 noch Gerichtsschreiber im Schloss Thun.)

Die Schlagzeile stach mir in die Augen: „Thuner Major wegen Zusammenarbeit mit einer Nazibank beurlaubt". Dann war die Rede von einem F. K. Kein Zweifel: Es musste sich dabei um meinen zukünftigen Schwiegervater handeln.

Ich hatte ja meinen Mitarbeitern gestern von der bevorstehenden Vermählung mit Yolanda Knecht berichtet. Vielleicht hätte ich mich etwas mehr über diesen Fritz Knecht erkundigen sollen.

Im Artikel standen pikante Details über Knechts politische Vergangenheit: Er war einer der Strippenzieher der hitlerfreundlichen Nationalen Front. Er gehörte zu den 200, die 1941 unsere Grundrechte zugunsten des Dritten Reiches einschränken wollten. Auch mein Vater sympathisierte mit diesen Anpassern, besann sich aber in letzter Minute doch noch eines Besseren und trat diesem Klub nicht bei, wohl weniger aus innerer Überzeugung als vielmehr aus Pragmatismus. Schon damals hegte er Zweifel, ob die deutsche Wehrmacht einen Zweifrontenkrieg gewinnen könne. Die Niederlage in Stalingrad hatte ihm nun Recht gegeben.

Auf was habe ich mich nur eingelassen? Nun, es ist nicht mehr rückgängig zu machen. Aber Yolanda kann man deswegen ja keinen Vorwurf machen!

7. März 1943

Die Hochzeit lief im normalen Rahmen ab. Es war ein nettes Fest. Ein Oberst Frick und eine Katharina von Selve waren unsere Trauzeugen. Ich kannte beide nur vom Hörensagen. Sie gehörten zum Bekanntenkreis meines Vaters und wohl auch Fritz Knechts. Alles lief in geordneten Bahnen, wenn auch nicht ganz ohne Zwischenfälle ab. Der erste ereignete sich nach der standesamtlichen Eheschließung im Rathaus von Thun. Als wir mit beiden Elternpaaren und den Trauzeugen aus dem Büro des Zivilstandsbeamten ins Freie traten, empfing uns eine kleine Gruppe von Menschen mit Spruchbändern: „Nazisympathisanten",

„*Die einfachen Leute stehen an der Grenze und müssen sich jeden Rappen vom Mund absparen, während die Bewunderer der braunen Halunken in Saus und Braus leben*".

Ich hatte Verständnis für diese Proteste – dennoch taten sie mir weh. Aber wie können diese Menschen wissen, dass nicht alle aus unseren Familien gleich dachten wie mein Vater oder Fritz Knecht? Ich kam mir dabei ziemlich schlecht vor. Leute, die ich mir eigentlich als Freunde wünschte, betrachteten mich als Feind.

Nach der Vermählung im alten Kirchlein zu Scherzligen gingen wir zur Lände neben dem Bahnhof und stiegen in das für die Hochzeitsgesellschaft reservierte „Spiezerli" (kleines Dampfschiff) ein. Ich schätzte, dass an die 100 Gäste mit an Bord waren.

Es war wunderschön auf dem See: wolkenloser Himmel, Frühlingserwachen am Ufer. Wir legten in Merligen an und gingen ins Hotel „du Lac", um die Feier fortzusetzen.

Dann folgte der zweite Zwischenfall. Mein Schwiegervater ließ sich volllaufen und bedrängte meine Mutter und die Trauzeugin mit anzüglichen Bemerkungen. Schließlich nahm ihn mein Vater am Arm und führte ihn unsanft vom Tisch weg in das für ihn vorgesehene Hotelzimmer. Er musste sich das gefallen lassen. Wie viele Festbesucher erschienen beide in Uniform. Mein Vater hatte die Rangabzeichen eines Obersten und konnte somit frei über rangniedrigere Militärpersonen verfügen.

Die Hochzeitsnacht verbrachten wir in einer Suite dieses Hauses. Ich schlief gut, wahrscheinlich weil ich kräftig dem Wein zugesprochen hatte.

2. Mai 1943

Mein Schwiegervater hat sich gestern erschossen. Er ist damit wohl einer Verurteilung als Landesverräter zuvorgekommen. Morgen werden in Zeitungen zahlreiche Todesanzeigen über ihn erscheinen.

Die Trauerfeier ist für Mittwoch, den 5. Mai, vorgesehen. Zahlreiche Prominenz wird anwesend sein, wohl auch einige unter ihnen, die ihm zum Freitod rieten. Fritz Knecht war eben ein bisschen weniger raffiniert als mein Vater und andere seiner Gesinnungsgenossen. Hätte er das sinkende Schiff noch rechtzeitig verlassen, würde er heute wieder mit rein gewaschener weißer Weste dastehen.

Yolanda hat heute den ganzen Tag geweint.

12. November 1943

Yolanda hat heute im Spital Thun Fortunat geboren. Zum Glück habe ich an ihm noch keine russischen Züge entdeckt ... noch nicht.

5. Februar 1944

Unser neues Haus, das unter Anleitung meines Vaters neben dem meiner Eltern gebaut wurde, ist bezugsbereit.

15. März 1944

Yolanda freut sich darauf, dass wir endlich in getrennten Schlafzimmern übernachten können. Mir ist es auch recht. Sie will aber nicht so weit gehen, den derzeitigen Liebhaber in ihrem Zimmer übernachten zu lassen.

Allerdings muss sie mindestens einmal pro Woche außer Haus schlafen. In einem Berner Hotelzimmer. Ihr Freund sei gerade am Abverdienen des Leutnants in der Kaserne beim Wankdorf.

An solchen Abenden bringe ich Fortunat zu meiner Mutter, die ihn liebevoll umsorgt.

Sie hat mir allerdings schon mehrmals gesagt, ihr passe der Lebenswandel von Yolanda gar nicht. Ich sollte auf sie einwirken, sich ein bisschen mehr zurückzuhalten.

Das werde ich aber sicher nicht tun. Das war Teil unserer Abmachung: Ich habe ja Yolanda alle Freiheiten zugestanden. Wenn ich meinen Neigungen nicht nachgehe, heißt das noch lange nicht, dass für sie dasselbe gelten muss.

8. Juni 1947

Es war wieder ein heißer Tag heute. Schon seit Wochen fiel kein Tropfen Regen mehr.

Wir machten an diesem Sonntag einen Spaziergang in der Schadau.

Zweimal trafen wir auf einen Arbeitskollegen von mir. Beide haben mir zur Wahl als Richter gratuliert. Beim Betrachten von Fortunat schauten sie mich an und sagten: „Da muss man nicht nachfragen, wer der Vater ist."

Das war wohl als Kompliment gemeint. Ich empfand es aber als Schock.

Am Abend schauten Fortunat und ich uns im großen Spiegel des Badezimmers an: Keine Frage, Fortunat glich mir auffallend. Warum hatte ich diese Ähnlichkeit nicht früher bemerkt? Nun war ich nicht mehr so sicher, ob der Vater von Fortunat ein russischer Adliger war.

Ich werde es mir ersparen, Yolanda mit diesen Zweifeln zu konfrontieren. Noch weniger verspüre ich Lust, mit meinem Vater darüber zu reden. Ich habe ihm einiges zugetraut, aber dass er so ein Dreckskerl sein könnte, das hätte ich in meinen wildesten Träumen nicht erwartet. War es mein Vater, der Yolanda vergewaltigte? Oder hatte sie sich ihm aus freien Stücken hingegeben? Ich glaube kaum, darauf eine glaubwürdige Antwort zu erhalten.

15. September 1948

Meine Mutter kam heute zu mir, um Fortunat abzuholen. Yolanda ist für ein paar Tage in die Ferien abgereist. Sie hat mich auf die Ähnlichkeit von Fortunat mit mir angesprochen. Ob ich mir darüber auch schon Gedanken gemacht hätte. Ich nahm sie in die Arme und sagte nichts.

4. Mai 1950

Der Gerichtspräsident aus Wimmis hat mich heute angerufen. Es ging um Yolanda. Mit ihrer Cousine, Antoinette Schäuble, einer Elisabeth Brechbühl, einem Ferdinand Meyer und weiteren Herren, deren Namen mir nichts sagen, habe sie Schießübungen im Steinbruch unter der Moosfluh gemacht. Ich verstehe das wirklich nicht.

5. Mai 1950

Ich hatte heute Abend mit Yolanda eine längere Aussprache. Auf alle meine Fragen ist sie mir ausgewichen. Ich gab ihr klar zu verstehen, dass ich ihre Eskapaden nicht mehr akzeptieren würde.

Ich sprach dann zum ersten Mal von Scheidung. Sie antwortete mir, sie hätte schon mehrmals daran gedacht. Aber sie sei es, die den Zeitpunkt dafür bestimmen werde.

16. Mai 1950

Mein Arzt hat mich angerufen. Man hätte jetzt die Ursache meiner Schmerzen herausgefunden. Er weigerte sich aber, mit mir darüber am Telefon zu sprechen. Ich solle doch rasch bei ihm vorbeikommen. Es waren nur einige Schritte von meinem Büro zu seiner Praxis. Ich hätte gar nicht hinzugehen brauchen. Meine Vorahnungen bestätigten sich. Er eröffnete mir, dass ich einen Prostatatumor hätte und sofort operiert werden müsse. Leider mit dem Risiko, dass ich danach meine ehelichen Pflichten nicht mehr erfüllen könne.

19. Mai 1950

Ich wachte eben aus der Narkose auf. Die Operation sei gut verlaufen. Ich hätte große Chancen, dass der Tumor endgültig entfernt worden sei. Nur eben ... mit dem Problem, dass ich mein Liebesleben nicht mehr in der gewohnten Weise weiterführen könne.

Wenn der wüsste ...! Fast hätte ich gelacht. Aber das wagte ich nicht, aus Angst, die Narben könnten aufreißen.

20. Mai 1950

Yolanda machte mir einen kurzen Besuch. Sozusagen aus Pflicht.

Sie hat ihre Enttäuschung über den gelungenen operativen Eingriff sehr gekonnt unterdrückt.

Ich will weiterleben!

15. Dezember 1950

Mein Arzt hat mich angerufen. Er könne es kurz machen: Nach seinem Ermessen sei mein Krebs besiegt. Er gratuliere mir zu meiner Genesung.

Ich werde Yolanda davon nichts erzählen. Ihre Reaktion darauf könnte mir das Glücksgefühl nehmen.

28. Februar 1954

Yolanda hat schon seit Wochen kein Wort mehr mit mir gesprochen. Sie hat mir nie nahegestanden, aber jetzt kommt sie mir wie eine Fremde vor.

1. März 1954

Mein Vater ist heute Abend bei mir aufgetaucht. Ich war überrascht. Fortunat war bereits zwei Tage bei meiner Mutter, da Yolanda für diese Nacht außer Haus ist. Er hat mich darauf hingewiesen, dass die Männerbekanntschaften Yolandas für unsere Familie allmählich untragbar würden. Ich wäre doch Manns genug, hier endlich Remedur zu schaffen. Dass gerade diese Person mit einem solchen Anliegen zu mir kam, empfand ich als unglaubliche Unverschämtheit. Allein, ich beherrschte mich und antwortete nur mit einem Blick. Und diesen Blick hat der Alte wohl verstanden. Er ging wortlos weg.

5. März 1954

Es gibt immer Dinge, über die Eheleute miteinander sprechen müssten. Yolanda hat nun einen Weg gefunden, dies zu umgehen. Sie beginnt mir Briefe zu schreiben. Sie legt diese auf meinen Schreibtisch.

Einmal erhielt ich sogar einen per Post zugestellt. Was darin stand, perlte an mir wie Wasser auf einer Glasscheibe herunter: Belanglosigkeiten wechselten darin mit unterschwelliger Beleidigung ab.

Ich mache diese Spielchen aber nicht mit. Ich teilte ihr zwischen Tür und Angel mit, dass ich nicht mehr beabsichtige, ihr Geschreibsel weiterhin zu lesen.

29. August 1954

Heute Morgen rief mich unser Zimmermädchen ins Büro an: Sie habe einen Telefonanruf von der Gepäckabgabe im Bahnhof Thun erhalten. Am späteren Nachmittag des 30. Augusts seien zwei Koffer mit Bestimmungsort Flugplatz Kloten abgegeben worden. Diese Gepäckstücke seien aber dort nicht abgeholt und deshalb wieder zurückgeschickt worden.

Das beunruhigte mich. Ich ging sofort zum Bahnhof, um die Koffer abzuholen. Es waren Yolandas Koffer. Unter diesen Umständen entschloss ich mich, diese aufzubrechen, ich hatte ja keine Schlüssel dazu. Sie enthielten die persönlichen Sachen, die man für eine längere Reise benötigt. Ich musste davon ausgehen, dass Yolanda auf dem Weg zwischen Thun und Kloten etwas zugestoßen war. Ich ging sofort auf den Polizeiposten und gab eine Vermisstmeldung auf.

30. August 1954

Mein Kollege Otto Wenger, der Untersuchungsrichter, hat mich kurz nach acht Uhr angerufen. Er könne nicht mehr ausschließen, dass Yolanda einem Verbrechen zum Opfer gefallen sei. In solchen Fällen werde automatisch auch der Ehemann in die Ermittlungen einbezogen. Er rate mir aus diesem Grund, beim Justizdepartement des Kantons umgehend ein Gesuch für eine vorübergehende Freistellung einzureichen.

Ich tat dies sofort.

31. August 1954

Ich mache gerade eine schwere Zeit durch ... Es fällt mir schwer, meine Gedanken in Worte zu fassen ... Ich muss Distanz zur Sache gewinnen. Mir tut Fortunat so leid, ich werde mich in Zukunft mehr um ihn kümmern.

Diese Auszüge hatte Fortunat gescannt und sie uns allen noch am gleichen Tag gemailt. Er habe alles getan, was ihm möglich gewesen sei.

Das, was er gefunden habe, habe ihn sehr betroffen gemacht. Er werde morgen nach Italien reisen, um auf andere Gedanken zu kommen.

Samuel vereinbarte mit uns noch ein Treffen auf der „Hohlinde" – das letzte.

Das bittere Ende

Irgendwie fehlte uns beim Essen der Hunger. Obwohl wir unser Ziel erreicht hatten, waren wir eigentlich nicht zufrieden. Ich schaute der Reihe nach in die Gesichter meiner Kollegen. Alle sahen nachdenklich aus.

Dann brach es aus mir heraus:

„Ein Verbrechen ist aufgeklärt. Aber was haben wir sonst noch erreicht? Eigentlich wenig! 1968 gingen wir für eine gerechtere Welt auf die Straße. Wir realisierten rasch: Das war nicht in ein, zwei Jahren zu schaffen.

Dann begann der ‚Marsch durch die Institutionen'. Viele unserer Mitstreiterinnen und Mitstreiter sind in hohe Ämter aufgestiegen: in die Kollegien der Hochschulen und der Gerichte, in die Parlamente, in die Exekutiven der Städte und der Kantone, einigen gelang sogar der Sprung in den Bundesrat. Nach dem Fall des ‚Eisernen Vorhangs' glaubten wir, dem Ziel nahe zu sein. Doch wie haben wir uns getäuscht! Der Kalte Krieg war zwar vorüber. In fast allen Ländern Europas übernahmen linksgrüne Parteien die Regierung. Aber deren Widersacher schliefen nicht, die Macht lag immer noch in ihren Händen. Von Hinterzimmern aus gelang es ihnen, häppchenweise die Staatsgewalt abzubauen und das soziale Netz zu zerreißen.

Als dann auf dem Balkan noch ein blutiger Bürgerkrieg ausbrach, zerplatzten die Illusionen vieler wie Seifenblasen. Und es ging in diesem Stil weiter. An der Schwelle des neuen Jahrhunderts wählte die Bevölkerung des mächtigsten Landes des Westens einen Präsidenten, der, unfähig, einen ganzen Satz fehlerfrei zu sprechen, zwei blutige Kriege vom Zaume riss, die immer noch andauern und bis jetzt gegen eine Million Tote gefordert haben. Die ganze Welt geriet aus den Fugen. Zehntausende von Vertriebenen suchten Zuflucht in unserem Lande. Plötzlich waren die den Kalten Kriegern abhandengekommenen Feinde wieder da: die Menschen mit dem Namens-Ende ‚-ic', die Menschen moslemischen Glaubens, die Menschen mit dunkler Hautfarbe."

Kari Räber unterbrach mich: „Ich teile deine Analyse. Du hast allerdings etwas vergessen zu erwähnen: Auch wir werden zu den Feinden gezählt – wir, die ‚Gutmenschen', wir, die ‚Achtundsechziger'."

Nun stellte Fortunat von Büren eine Frage, und gab gleich die Antwort darauf: „Wisst ihr eigentlich, woher der Begriff ‚Gutmensch' stammt? Der Nazi-Journalist Julius Streicher soll diesen als Erster lanciert haben. Er verunglimpfte damit einen katholischen Bischof, der sich öffentlich gegen die Ermordung von geistig Behinderten auflehnte. Joseph Goebbels nahm die Wortschöpfung dankbar auf und flocht sie in viele seiner Hetzreden ein. Ein halbes Jahrhundert später fischte ein milliardenschwerer Hassprediger mit Schweizer Pass und süddeutschem Migrationshintergrund den ‚Gutmenschen' wieder aus der braunen Mottenkiste und baute ihn in seine hämischen Reden ein. Heute ist dieses Unwort offenkundig salonfähig!"

Gusti Leibundgut gab zu bedenken: „Vielleicht sollten wir uns fragen, weshalb es (wieder) so weit kommen musste. Viele von uns haben zu lange geschwiegen. Sie hätten sich in der Öffentlichkeit weit mehr gegen populistische Demagogen zu Wehr setzen können. Doch noch ist nicht alles verloren. Ich bin jedenfalls nicht bereit, unser Land kampflos diesen finsteren Gestalten zu überlassen."

Wir nickten betreten.

Und nun meldete sich der eher schweigsame Moritz Bratschi zu Wort: Er sei über das Ergebnis unserer Ermittlungen alles andere als glücklich. Wir hätten ein Verbrechen aufgeklärt, das einen unserer Kollegen direkt betroffen habe. Keinem der dafür verantwortlichen Halunken sei deswegen auch nur ein Haar gekrümmt worden. Alle hätten sie als ehrbare Bürger das Zeitliche gesegnet. Nur ein gesellschaftliches Umfeld, das durch Intoleranz, Spießbürgertum und Selbstgefälligkeit geprägt gewesen sei, habe so etwas möglich gemacht. Wir dürften diese Geschichte doch nicht einfach in unserem Gedächtnis versenken und mit ins Grab nehmen.

„Wer schreibt ein Buch darüber?"

*

Übrigens: Samuel besuchte einige Tage später Hurni und führte ihm sozusagen den Schlussbericht unserer Ermittlungen vor. Dass er als Vollstrecker eines Mordes entlarvt wurde, habe ihn allerdings kaum aus der Bahn geworfen. Tief getroffen habe ihn dagegen, dass von Büren ihn als Schwätzer disqualifizierte. Sein Gesicht sei bei dieser Nachricht aschfahl geworden.

*

Hurni verschied noch in derselben Nacht an einem Herzstillstand.

Lebende und verstorbene Persönlichkeiten aus dem Umfeld dieser Geschichte

Arbenz Guzmán Jacobo (* 14. September 1913 in Quetzaltenango, Guatemala; † 27. Januar 1971 in Mexiko-Stadt). Arbenz war von 1951 bis 1954 Präsident Guatemalas. Arbenz wurde 1913 als Sohn eines Schweizer Immigranten und einer Mestizin geboren. Er versuchte in seinem Land durch Enteignung der Großgrundbesitzer und der sich in US-Besitz befindenden Bananenkonzerne das Los der bitterarmen Bevölkerung zu verbessern. 1954 wurde er durch einen von der CIA (Auslandsnachrichtendienst der USA) inszenierten Putsch gestürzt und aus dem Lande verjagt.

Aznar López, José María (* 25. Februar 1953), spanischer Politiker der rechtsgerichteten PP (Partido Popular), war von 1996 bis 2004 Ministerpräsident. Seine Politik war neoliberal geprägt; außenpolitisch suchte Aznar die Nähe der Regierung des US-Präsidenten *George W. Bush*. 2004 wurde die PP-Regierung dann – vor allem wegen des spanischen Engagements im Irakkrieg und als Folge der nachweislich irreführenden Informationspolitik nach den Anschlägen vom 11. März 2004 in Madrid – abgewählt.

Basson, Wouter (* 25. Februar 1953 in Kapstadt). Von Beruf Arzt. Er wird zu den kaltblütigsten Killern des Apartheidregimes gezählt. Die Anklage beschuldigt ihn, zum Mord angestiftet zu haben, letale Substanzen für die Liquidierung von politischen Gefangenen verteilt und selber Todesspritzen gegeben zu haben. Zeugenaussagen und sichergestellten Akten zufolge hat ein Forscherteam auf seine Anweisung hin Seuchenerreger gezüchtet, um Teile der schwarzen Bevölkerung zu sterilisieren oder auszurotten. Nelson Mandela, der unbeugsamste aller Widerstandskämpfer, sollte an Krebs sterben – verursacht durch Karzinogene aus Bassons Labors. Der Deckname seiner Mission lautete „Project Coast", „Projekt Küste", Aufbruch zu neuen Ufern. Gemordet wurde im alten Stil. In Südafrika vergleicht man den Doktor und seine Handlanger mit Naziwissenschaftlern.

Basson wurde mehrmals vor Gericht gestellt. Immer gelang es seinen Anwälten, den Prozess zu blockieren. Die Welt wartet immer noch auf die Verurteilung dieses Massenmörders. An dieser Stelle wäre noch darauf hinzuweisen, dass Basson sehr eng mit dem abgesetzten Chef des Schweizer Militärgeheimdienstes, Peter Regli, zusammengearbeitet hatte.

Cincera, Ernst (* 14. Mai 1928 ; † 30. Oktober 2004), Schweizer Politiker und Mitglied der FdP. Bekannt wurde Cincera in den 70er Jahren als „Subversivenjäger". Er trug dabei den Decknamen „Cäsar". Cincera hatte zwischen 1972 und 1974 Aufzeichnungen von rund 3500 Personen gesammelt und diese Interessenten aus Wirtschaft, Verwaltung und Politik zur Verfügung gestellt. Dabei bediente er sich eines großflächigen Informantennetzes. Hauptziel Cinceras war es, den Arbeitgebern zu ermöglichen, linksstehende bzw. „gefährliche" Stellenbewerber auszusortieren. Die berufliche Laufbahn von vielen Menschen wurde so beeinträchtigt. Die Mitarbeiter, welche Ernst Cincera Informationen vermittelten, waren häufig Gymnasiasten und Studenten. Diese infiltrierten als links eingestufte Jugendorganisationen und Parteien. Deren Aktivitäten konnten so beobachtet und die Mitgliederbestände erfasst werden. Häufig gerieten die Spione mit dem Gesetz in Konflikt. Sie wurden allerdings oft von der Polizei und von Schulvorstehern geschützt. Die so zusammengetragenen Informationen wurden in Karteien archiviert und schließlich an staatliche Behörden sowie an die Armee weitergegeben. Aufgedeckt wurde das Geheimarchiv im November 1976 durch einen genialen Husarenstreich. Eine Gruppe linksgerichteter Aktivisten brachte sich in den Besitz der Schlüssel zum Archiv. In einem „Demokratischen Manifest" berichteten die mutigen Rechercheure ausführlich von ihren dortigen Entdeckungen. Sie wurden zwar wegen Hausfriedensbruchs verurteilt. Doch sie erreichten durch ihre Aktion, dass sich ein Großteil der politischen und wirtschaftlichen Elite von Cinceras Methoden distanzierte. Der Subversivenjäger war damit sozusagen über Nacht politisch zur Strecke gebracht worden.

Frick, Hans (* 1882; † 1975), Dr. phil.-hist, Berufsoffizier, 1941 bis 1945 Kommandant. der 7. Division, 1945 bis 1953 als Korpskommandant Ausbildungschef der Armee. Frick schrieb in den 1930er-Jahren unter dem Pseudonym „Bubenberg" nazi-, mussolini- und francofreundliche Artikel in diversen Tages- und Wochenzeitungen.

McCarthy Joseph. Die McCarthy-Ära (benannt nach dem US-Senator *Joseph McCarthy*) war geprägt durch einen strammen Antikommunismus und eine Hatz gegen alles, was im Verdacht stand, von linkem Gedankengut durchsetzt zu sein. Sie dauerte von 1948 bis etwa 1956. Während dieser Zeit verfolgte die US-Justiz so genannt „linke" und gesellschaftskritische Gruppen, aber auch deren angebliche Sympathisanten. Zahlreiche Kulturschaffende, Intellektuelle und Wissenschaftler beschuldigte man „unamerikanischer" Umtriebe, vielen von ihnen wurde ohne irgendwelche Beweise vorgeworfen, kommunistische Agenten zu sein. Unzählige verloren deswegen ihre materielle Existenz, einige wenige konnten sich den Häschern McCarthys durch Flucht in die Alte Welt entziehen. McCarthys Kampf gegen alles Linke brach 1955 zusammen, als seine Verhöre zum ersten Mal im Fernsehen ausgestrahlt wurden. Dies ermöglichte der breiten Öffentlichkeit einen Einblick in McCarthys umstrittene Praktiken. Erst danach begannen die Medien, Geschichten über Personen zu verbreiten, deren Leben durch McCarthys unbewiesene Anschuldigungen ruiniert wurde. Sozusagen über Nacht verschwand diese finstere Figur des Kalten Krieges aus dem Rampenlicht. McCarthy war ein starker Trinker. Er starb 1957 an Leberzirrhose.

Meier 19. Kurt Meier (1925 bis 2006) war Detektivwachtmeister der Stadtpolizei Zürich. Kurt Meier mit der korpsinternen Nummer 19 (Meier 19) begann sich zunehmend an Fällen von Protektion, unzulässiger Beeinflussung und krasser Ungleichbehandlung in seinem Arbeitsumfeld zu stoßen. Er bemühte sich intensiv um die polizeiinterne Abklärung solcher Vorkommnisse. Meier aber wurde dabei immer wieder von seinen Vorgesetzten hingehalten. Schließlich wandte er sich 1967 über eine Anwältin an die Öffentlichkeit. Dass dabei auch interne Polizeiakten als Belege benutzt wurden, trug ihm eine Klage wegen Amtsgeheimnisverletzung ein. Es kam zu einer Verurteilung, mit der unehrenhaften Entlassung aus dem Polizeidienst als Nebenstrafe. *Paul Bösch*, *Meier 19*, Eine unbewältigte Polizei- und Justizaffäre, 1997, ISBN 3 85791 290, legte die Hintergründe dieser größten Polizei- und Justizaffäre Zürichs offen. Es ist die Kriminalgeschichte um ein perfektes Verbrechen, das Sittenbild einer Zeit, als Prominente sich mit ihren Strafzetteln vertrauensvoll an ihre Freunde im Polizeikader wandten.

Weber, Max (*2. August 1897 im Industrie- und Arbeiterquartier Zürich-Aussersihl; † 2. Dezember 1974). Der Sozialdemokrat *Max Weber* war von 1951 bis 1953 als Finanzminister im Bundesrat. 1930 verweigerte er aus pazifistischer Überzeugung den Militärdienst, was ihm eine Gefängnisstrafe von fast einem Jahr eintrug. Von 1939 bis 1951 und 1955 bis 1971 gehörte er dem Nationalrat an. Max Weber war neben seinen politischen Ämtern auch außerordentlicher Professor für Sozial- und Finanzpolitik an den Universitäten Bern und Basel.

Pinochet, Augusto José Ramón (* 25. November 1915 in Valparaíso; † 10. Dezember 2006 in Santiago de Chile) Pinochet war ein chilenischer General und Diktator.
Vom 11. September 1973 bis zum 11. März 1990 regierte er Chile erst als Vorsitzender einer Militärjunta und später als Präsident (ohne jemals gewählt worden zu sein), nachdem er den Putsch gegen den damaligen sozialistischen

Präsidenten Salvador Allende angeführt hatte. Während Pinochet von der breiten Weltöffentlichkeit, den meisten Historikern und Politikwissenschaftlern wegen der unzähligen Menschenrechtsverletzungen scharf verurteilt wurde, verteidigten ihn andere. Dies galt sowohl für Chile, wo sich Pinochet einer breiten Unterstützung in den Rechtsparteien, in Unternehmerkreisen und in der Mittel- und Oberschicht erfreute, als auch für viele andere westliche Länder, in denen konservative Ökonomen die neoliberalen Strukturreformen ab 1975 vorantrieben. Ende der 1990er Jahre geriet der nun abgesetzte „Staatsführer" zunehmend unter Druck. Während eines Besuchs in der Schweiz – er wollte sich dort mit alten Freunden aus dem rechtskonservativen Dunstkreis helvetischer Prägung treffen – wurde er des Landes verwiesen, kurze Zeit später sogar in London verhaftet und einige Wochen eingekerkert. Schließlich wurde ihm in Chile der Prozess gemacht. Aus gesundheitlichen Gründen wurde Pinochet 2001 für nicht verhandlungsfähig erklärt; er starb, bevor er verurteilt werden konnte.

Roosevelt, Franklin Delano (* 30. Januar 1882; † 12. April 1945). Roosevelt war von 1933 bis zu seinem Tod 1945 der 32. Präsident der Vereinigten Staaten von Amerika (USA).

Sager, Peter (* 17. Januar 1925 in Bern; † 1. Juli 2006 in Blonay, Waadt). Sager tat sich in seiner Politiker-Karriere als Kämpfer gegen den Kommunismus hervor. Der Politikwissenschaftler begann ab 1948 mit dem Aufbau einer Osteuropa-Bibliothek. 1959 gründete er das Schweizerische Ost-Institut (SOI) in Bern. Über das Dokumentations- und Informationszentrum vertrieb Sager Analysen und Studien über Osteuropa und die Sowjetunion. Er saß während mehrerer Amtsperioden als SVP-Vertreter im Nationalrat. Sein Engagement richtete sich vor allem gegen die Schweizer Linke oder Personen und Organisationen, die Sager als „links" bezeichnete. Er zog sozialdemokratische Nationalräte und sogar den damaligen Programmdirektor des Schweizer Fernsehens vor Gericht. Sager verlor jedoch all diese Prozesse. Er überwarf sich nach dem Ende des Kalten Krieges mit seinem Parteifreund und nachmaligen SVP-Bundesrat Christoph Blocher.

Salazar de Oliveira, António (* 28. April 1889; † 27. Juli 1970). Salazar war von 1932 bis 1968 Ministerpräsident bzw. Diktator von Portugal. Er stützte seine Macht auf Großgrundbesitzer und Militärs. 1968 wurde Salazar von Marcelo Caetano abgelöst. Am Charakter der Diktatur änderte dies nur wenig. Caetano wurde 1974 durch die sog. Nelkenrevolution, einen gewaltlosen Volksaufstand, gestürzt.

Schwarzenbach, James (* 5. August 1911; † 27. Oktober 1994) James Schwarzenbach gründete in den 1960ern die Nationale Aktion, eine rechtsnationale, fremdenfeindliche Partei, die zu einem Sammelbecken für ehemalige Nazis und andere Rechtsradikale wurde. Schwarzenbach sympathisierte in den 1930er-Jahren mit den nazifreundlichen Frontenbewegungen. 1934 spielte er eine führende Rolle bei den gewalttätigen Übergriffen gegen das Kabarett „Pfeffermühle". Diese Theatergruppe setzte alles daran, die Schweizer Bevölkerung gegen die aufkeimenden faschistischen Schreckensherrschaften in Deutschland, Italien, Österreich und Ungarn aufzubringen. Schwarzenbach machte keinen Hehl aus seinen großen Sympathien für den spanischen Diktator Franco und pflegte nach dem Zweiten Weltkrieg Briefkontakt zu einem ehemaligen Obersturmbannführer der Waffen-SS. Pikantes Detail: Der heutige Rechtsaußenpolitiker und Redaktor des xenophoben Hetzblattes „Schweizer Zeit", Ulrich Schlüer, war in den 1970er-Jahren Adlatus (persönlicher Assistent) von Schwarzenbach.

Harry S. Truman (* 8. Mai 1884 ; † 26. Dezember 1972) Truman war der 33. Präsident der Vereinigten Staaten von Amerika (1945-1953)

Streicher, Julius (* 12. Februar 1885; † 16. Oktober 1946). Er war Gründer, Eigentümer und Herausgeber des antisemitischen Hetzblattes „Der Stürmer". Streicher wurde 1946 vom Internationalen Militärgerichtshof in Nürnberg wegen Verbrechen gegen die Menschlichkeit zum Tod durch den Strang verurteilt und hingerichtet.

Zapatero, José Luis Rodríguez (* 4. August 1960) ist ein spanischer Politiker der sozialistischen Partei PSOE. Seit dem 16. April 2004 ist er Ministerpräsident.

Erfundene Personen

Ich-Erzähler und sein Umfeld

*Paul **Burger***; *Traugott Burger*, Vater von Paul

Studienfreunde von Paul Burger und ihr Umfeld

*Samuel **von Allmen***, Kriminalkommissar im Ruhestand
*Moritz **Bratschi***, ehemaliger Regierungsstatthalter
*Otto **Horlacher***, Professor am gerichtsmedizinischen Institut der Universität Bern
*Gusti **Leibundgut***, Archäologe
*Kari **Räber***, ehemaliger Gerichtspräsident
*Fortunat **von Büren***, emeritierter Medizinprofessor; *Yolanda von Büren-Knecht*, Mutter von Fortunat; *Jakob von Büren*, Vater von Fortunat; *Adrian von Büren*, Großvater von Fortunat; *Elfriede Knecht*-Schönborn, Mutter von Yolanda; *Fritz Knecht*, Vater von Yolanda; *Antoinette Schäuble*, Cousine von Yolanda; *Gerhard Schäuble*; Neffe von Antoinette; *Gertrud Schäuble*, Gatte von Gerhard; *Max Ramseier*, illegitimer Sohn von Jakob von Büren; *(Maria) Dolores Ramseier*, Gattin von Max; *Berta Ramseier,* Mutter von Max*; Oesch*, Ehemann von Berta Ramseier; *Wilhelm Schönborn*, ehemaliger SS-Gruppenführer und Onkel von Antoinette Schäuble; *Ursus Niklaus Krähenbühl*, Gymnasialrektor, Vorgesetzter von Max; *Oberst Frick* und *Katharina von Selve*, Trauzeugen von Jakob von Büren und Yolanda Knecht; *Konrad Käser, Benedikt Muralt, Tscharner* Berufskollegen und Freunde von Jakob von Büren.

Ehemaliger Fussballer des FC Thun und ihr Umfeld

*Markus **Hänni***
*Otto **Kernen***
*Peter **Imobersteg*** , *Elisabeth Brechbühl*, Geliebte von Peter; *Martin Brechbühl*, Arzt, Vater von Elisabeth
*Ferdinand **Meyer***; *Irma Meyer*, Mutter von Ferdinand; *Otto F. Meyer*, Vater von Ferdinand; *Erna Schmidt-Meyer*; *Franz Schmidt,* Gatte von Erna; Albert Stähli, Fürsprech, Anwalt von Otto F. Meyer; *Abraham Wyler*, Freund und Mentor von Ferdinand
*Arnold **Santschi***; *Carla*, Gattin von Arnold; *Trudi Brawand-Santschi*, Schwester von Arnold

Hausangestellte, Dienstboten und ihr Umfeld

Emma **Böhlen**, *Walter*, Gatte von Emma und Arbeitskollege von Traugott Burger; *Willy*, Sohn von Walter und Emma; *Ueli Horlacher*, Gemeinderat von Zwieselberg

Christine **Durtschi**, Hausangestellte bei den von Bürens

Oskar **Fankhauser**, Dienstbote bei den alten von Bürens; „*Goliath*" einiger Zwillingsbruder von Oskar Fankhauser, Dienstbote die der Arztfamilie Brechbühl

Militär, Polizei, Justiz und ihr Umfeld

Dr. Armin **Bisang**, Chemiker, Labor Spiez/Wimmis

Bigler und *Rieder*, Strafgefangene, Mitglieder des Exekutionskommandos

Oberst der Artillerie **C. B.**, Todesfahrer

Antonio **Cordella** alias *Anton Minder*, Mitglied des Exekutionskommandos; *Susi (Ruchti)-Rohrbach*; ehemalige Verlobte von Anton Minder; *Wanzenried*, Großbauer in Rüschegg

Guyer, Wachtmeister Kriminalpolizei Zürich; Gottfried *Winterhalder*, Kriminalkommissar, Stadtpolizei Zürich; *Neuenschwander*, Wachtmeister Kantonspolizei Thun; *Zbären*, Gefreiter Kantonspolizei Thun

Adolf **Hurni** ; *Aurelia Carmela*, Gattin *von Adolf* ; *Chantal,* Animierdame von Hurni im Zürcher Niederdorf

Hansueli **Knutti**, Hauptmann im militärischen Nachrichtendienst, ehemaliger Fremdenlegionär

M. **Lanzenrain**, Passfälscher

„**Ottokar**" Dienstkollege von Adolf Hurni, und V-Mann von Guyer; „*Pascal*", genialer Hochstapler, V-Mann von Wachtmeister Guyer; „*Sebastian*" Verwandter und V-Mann von Guyer

Oberst **Scheidegger**, Militärjustiz; Hauptmann *Talamona*, Militärjustiz; Gustav *von Däniken*, Hauptmann im militärischen Nachrichtendienst

Otto **Wenger**, Untersuchungsrichter in Thun

Tante **Rosa**, „Betreuerin" von Anton Minder in der Erziehungsanstalt Winterau, Baselland

Sachverzeichnis und Glossar

ANC. Seit dem 9. Mai 1994, dem Ende des Apartheid-Regimes, stellt der ANC die Regierung der Republik Südafrika. Der erste Präsident Südafrikas, aus den Reihen des ANC war der legendäre Nelson Mandela.

ABC-Labor Spiez/Wimmis. In diesem Labor, das immer noch dem schweizerischen Departement (Ministerium) für Verteidigung, Bevölkerungsschutz und Sport (VBS) unterstellt ist, wurde und wird immer noch bezüglich chemischer und biologischer Kriegsführung an der Weltspitze mitgemischt. Die Gerüchte hielten sich hartnäckig, dass zwischen Wissenschaftlern im Dienste der Schweizer Armee und den Forschungsstätten des Apartheidstaates bis 1989 ein reger Austausch von Informationen stattfand.

Spätere Untersuchungen konnten dies aber nicht belegen: Der damalige verantwortliche Chef des militärischen Nachrichtendienstes, *Peter Regli*, ließ die Akten darüber vernichten.

AHV. Die Alters- und Hinterlassenenversicherung ist die obligatorische Rentenversicherung der Schweiz. Sie bildet die erste – staatliche – Säule des schweizerischen Dreisäulensystems und dient der angemessenen Sicherung des Existenzbedarfs. Die AHV hat den Charakter eines Solidaritätswerks.

Apartheid. Im Jahr 1948 gewannen in Südafrika die niederländischstämmigen Nationalisten klar die Wahlen. Damit kam die burische Partei (National Party/United Party) an die Macht. Diese regierte bis 1989 das südliche Afrika.

Die Buren sind Calvinisten. Der Genfer Reformator *Johannes Calvin* vertrat die so genannte Prädestinationslehre (die Lehre von der Vorbestimmtheit des menschlichen Schicksals). Aus dieser Tradition heraus konnte die Rassentrennung gerechtfertigt werden. Die Lehre Calvins steht heute noch in evangelikalen Kreisen hoch im Kurs. In Guatemala berief sich etwa der evangelikale Diktator *Rios Montt* auf Calvin. Er ließ Zehntausende von Indios ermorden. Der Sieg der burischen Nationalisten war eng verknüpft mit dem Zweiten Weltkrieg. Unter dem zuvor amtierenden Premierminister Jan Christiaan Smuts beteiligte sich Südafrika an der Seite der Briten an militärischen Auseinandersetzungen. Die Nationalisten hingegen waren gegen eine Einmischung in das kriegerische Geschehen und sympathisierten offen mit dem deutschen nationalsozialistischen Regime.

Dem Apartheidregime im südlichen Afrika haben bekannte Schweizer Politiker bis zu dessen Sturz die Stange gehalten. Der Prominenteste unter diesen war der nachmalige SVP-Bundesrat *Christoph Blocher*.

217

Bernburger (Burger von Bern). Die Burgergemeinde Bern setzt sich aus ca. 17.300 Angehörigen der 13 Gesellschaften und Zünfte sowie den Burgerinnen und Burgern ohne Zunftangehörigkeit zusammen. Ursprünglich bildeten die Mitglieder der Burgergemeinde das Patriziat des Stadtstaates Bern, im 16. und 17. Jahrhundert einer der bedeutendsten auf der Alpennordseite. In der zweiten Hälfte des 19. Jahrhunderts öffnete sich die Burgergemeinde und erlaubte es auch gewöhnlich Sterblichen, ihr beizutreten, dies allerdings gegen Bezahlung einer beträchtlichen Geldsumme. Die Knechts sind Abkömmlinge eines alten Berner Burgergeschlechts. Im 16. und 17. Jahrhundert gab es im Oberland mehrere Landvögte mit diesem Namen.

BGB. Die BGB (Bauern-, Gewerbe- und Bürgerpartei) hatte sich in den 1980ziger Jahren einen neuen Namen gegeben: Sie heißt heute SVP (Schweizerische Volkspartei) und ist deutlich nach rechts abgedriftet.

Chunscht. Mit Chunscht (alt-alemannisch) bezeichnete man im Berner Oberländer Dialekt Holzkochherde. In anderen Deutschschweizer Regionen meinte man damit eine heizbare Ofenbank (Teil des Kachelofens).

Divisionsgerichte. Anders als fast alle demokratischen Staaten unterhält die Schweiz auch in Friedenszeiten Militärgerichte. Vor 2004 hießen diese Divisionsgerichte

Forum Politicum. Die Dachorganisation linker Studentinnen und Studenten an der Universität Bern von 1968 bis in die Mitte der 70ziger Jahre.

Freisinnig demokratische Partei (FdP). Freisinnig demokratische Partei der Schweiz (FdP). Bis in die 1980er Jahre die dominierende Partei in unserem Lande. Noch einige Jahre nach dem Zweiten Weltkrieg stellten die Freisinnigen die Mehrheit im Bundesrat. Bei den Wahlen von 2007 kam die Partei gerade noch auf 16 % der Stimmen.

gänggele. Berndeutscher Dialektausdruck; Geld für Süßigkeiten oder unnütze Dinge ausgeben.

Karette. Darunter versteht man in der Schweiz eine Schubkarre.

Goof. Schweizerisch für kleines ungezogenes Kind

Guntelsey. Schießplatz im Glütschbachtal im Süden von Thun. Die „Guntelsey" ist die größte Freiluftschießanlage der Schweiz.

Guardia Civil. ist eine spanische paramilitärische Polizeieinheit. Unter Franco wurde die Guardia Civil als Repressionsinstrument gegen politisch Andersdenkende genutzt.

Höseler. Schweizerisch für Angsthase, Feigling.

Industriegebiet im Südwesten Thuns. Im Südwesten von Thun gab es damals drei große Betriebe mit insgesamt mehreren tausend Beschäftigten: das private Buntmetallwerk „Selve&Co" sowie die Munitionsfabrik (M+F) und die Konstruktionswerkstätte (K+W), beides Bundesbetriebe. Das „+" zwischen den Buchstaben bedeutet nicht etwa ein Additionszeichen sondern symbolisiert ein Schweizer Kreuz.

Die **Jenischen.** (oder auch Jennischen) sind ein eigenständiges Volk. Ihre Herkunft ist ungewiss. Nach einigen Quellen sollen die Jenischen aus dem Gebiet der heutigen Schweiz stammen. Im Zuge des Bauernkrieges (1520 bis 1525) sollen viele von ihnen in die umliegenden Länder ausgewandert sein. Fast alle sprechen noch heute einen alemannischen Dialekt. Gelegentlich werden sie als Roma bezeichnet, gelegentlich auch als weiße Zigeuner. Sie haben anders als die Roma eine weiße Hautfarbe. Die Verwechslung mit den Roma ist damit zu erklären, dass die Jenischen als Randgruppe der Gesellschaft oft in ähnlichen Berufen (Scherenschleifer, Korber, Gaukler) tätig sind und ein nomadisierendes Leben führen. In der Schweiz gibt es noch gegen 50.000 Jenische, von denen immerhin noch über 3000 keinen festen Wohnsitz haben. Auch in Frankreich, vor allem im Elsass, sollen sich noch mehrere Tausend von ihnen aufhalten. In Deutschland, Österreich und Ungarn sowie in den anderen Ländern West- und Mitteleuropas wurden die Jenischen während der Naziherrschaft weitgehend ausgerottet. Zehntausende kamen in den Konzentrationslagern zu Tode, viele mussten sich einer „Zwangsintegration" in die Gesellschaft unterziehen. Letzteres wurde im vergangenen Jahrhundert bis 1970 leider auch in der Schweiz praktiziert

Jucharte. 1 Jucharte = 36 Aren = 3600 m^2.

Karbid. Eigentlich müsste es Calciumcarbid heißen. Mit Wasser zusammen erzeugt Calciumcarbid das mit sehr heller Flamme brennende Gas Acetylen (Ethin C_2H_2). Noch in den 1920er Jahren wurden Fahrzeuge wie Autos, Fahrräder und sogar Lokomotiven mit Carbidlampen ausgerüstet. Bei Feuerwehren in ländlichen Gebieten bediente man sich bis um 1960 starker Karbidlichter für Nachteinsätze. Noch bis fast 1970 war am Eingang des Simmentals eine Karbid-fabrik in Betrieb. Als Rohstoffe für dieses Produkt wurden Kohle und Kalkstein verwendet.

Lichtpausen. Darunter versteht man ein fotochemisches Kopierverfahren, das noch bis Ende der 1960er üblich war. Dieses Verfahren benötigt ein Spezial-papier. Kopien damit haben eine relativ niedrige Auflösung.

Merängge. International Meringues genannt; ein Schaumgebäck aus gezucker-tem Eischnee.

PSOE. Die Spanische Sozialistische Arbeiterpartei (span. Partido Socialista Obrero Español, kurz: der PSOE) ist eine mitte-links (sozialdemokratisch) ausgerichtete politische Partei. Sie wurde 1879 (und trägt seit 1888 den jetzigen Namen) gegründet. Vorsitzender der PSOE ist seit 2000 *José Luis Rodríguez Zapatero*

PUK. Eine PUK (parlamentarische Untersuchungskommission) wurde 1990 wegen Ungereimtheiten im EMD (schweizerisches Militärdepartement) einge-setzt. Sie stieß bei ihren Recherchen auf die geheime Armee „P 26" und den geheimen Nachrichtendienst „P 27". Diese privaten Verbände waren mit Waffen und Sprengstoff ausgerüstet. Wäre ein Krieg ausgebrochen, hätten die Einheiten der „P 26" Tausende von unbescholtenen Bürgerinnen und Bürgern eingekerkert. Der Bundesrat hätte dann keine Möglichkeit mehr gehabt, auf sie Einfluss zu nehmen. *Efrem Cattelan*, der Chef von „P 26", bezog für seine Aktivitäten ein Gehalt von 240.000 Franken im Jahr.

Die PUK stellte auch fest, dass im EMD Fichen von verdächtigen Personen angelegt worden sind.

Bundesrat *Kaspar Villiger*, der damalige Militärminister, war zwar nicht An-gehöriger der „P 26" und „P 27", doch schien er mit diesen Geheimbünden zu sympathisieren. Jedenfalls versuchte er, die Ermittlungen der PUK ins Leere laufen zu lassen. Zuvor hatte er monatelang immer nur so viel zugegeben, wie ihm die Medien nachweisen konnten. Mehrfach musste er seine Aussagen zurücknehmen und korrigieren. Dank der Dominanz von FdP, SVP und teils auch der CVP überstand Kaspar Villiger diesen für unser Land beispiellosen Skandal.

Rufst du, mein Vaterland ist die ehemalige Schweizer Nationalhymne. Der Text dazu wurde 1811 vom Berner Philosophieprofessor Johann Rudolf Wyss verfasst. Da es in unserem Land zu dieser Zeit so gut wie keine Liedermacher gab, musste die Melodie der britischen Königshymne entlehnt werden. Infolge zunehmender internationaler Kontakte im 20. Jahrhundert kam es mitunter zu komischen Situationen. Bei Staatsbesuchen und (eher selten) bei Sportanlässen musste die gleiche Hymne zweimal abgespielt werden. 1961 wurde der Schweizerpsalm als Nationalhymne eingeführt.

Saisonnier. Damit sind ausländische Arbeiter gemeint. Ein Saisonnier durfte maximal neun Monate am Stück in der Schweiz wohnen und arbeiten. Nach dieser Zeit musste er für mindestens drei Monate die Schweiz wieder verlassen. Der Saisonnier durfte sich auf dem schweizerischen Arbeitsmarkt nicht frei bewegen: Arbeitsstellen-, Berufs- und Kantonswechsel waren bewilligungspflichtig. Nur in wenigen Ausnahmefällen wurde diesbezüglichen Gesuchen entsprochen, und auch nur dann, wenn der (bisherige) Arbeitgeber damit einverstanden war. Einem Saisonnier war der Familiennachzug untersagt. Viele Saisonniers waren Familienväter.

Selve. 1895 gründete der Industrielle Gustav Selve in Thun die Schweizerischen Metallwerke Selve & Co. Die Firma umfasste vorerst 15 Arbeitskräfte. Hergestellt wurde Kupfer für Telefondrähte und Messing für Patronenhülsen, deren Abnehmer die Eidgenössische Munitionsfabrik war. 1905 konnten bereits 200 Arbeiter beschäftigt werden. Bald einmal waren es mehr als 1000 Beschäftigte und die Selve mauserte sich zu einem der bedeutendsten Industrieunternehmen des Berner Oberlandes. Im April 1979 erwarb der Spekulant Werner K. Rey die Gesamtheit der Selve-Aktien von der Gründerfamilie. Rey, der später wegen Betrugs für mehrere Jahre ins Gefängnis musste, blutete die Firma aus. Verschiedene Auffanggesellschaften versuchten zu retten, was noch zu retten war. Vergebens. 1991 musste das einst stolze Buntmetallwerk seine Tore schließen und Hunderte von Arbeitnehmer standen auf der Straße.

Spitex. Spitex bedeutet spitalexterne Hilfe, Gesundheits- und Krankenpflege, das heißt Hilfe, Pflege und Beratung außerhalb des Spitals oder Heims, also bei den Pflegebedürftigen zu Hause.

SVP. Schweizerische Volkspartei, derzeit wählerstärkste Partei in der Schweiz. Sie vertritt nationalistische, isolationistische und fremdenfeindliche Positionen. Sie wird oft mit der neonazistischen NPD (nationaldemokratischen Partei Deutschlands), dem französischen Front National unter dem Rassisten Jean-

Marie Le Pen oder der rechtsextremen Freiheitlichen Partei Östereichs (FPÖ) verglichen.

Tagwacht. „Berner Tagwacht“, gegründet 1892 als Organ der Sozialdemokratischen Partei des Kantons Bern; ab 1906 als Tageszeitung erschienen. 1987 Auflösung der Parteibindung. Die „Berner Tagwacht“ erschien bis zum 29.11.1997 als letzte links-grüne Tageszeitung der Schweiz; von Mitte Januar bis zum 22. Juli 1998 als lokale Wochenzeitung unter dem Namen „Die Hauptstadt“.

Totsch (m). Einfältiger Mensch, wird im Schweizer Dialekt bisweilen noch als Schimpfwort für Frauen verwendet.

Tschingg. In der Schweiz (und in Teilen Österreichs) benutztes Schimpfwort für Italiener. Das Wort ist von der italienischen Zahl fünf (cinque) abgeleitet. „Tschingg“ ist seit Ende des 19. Jahrhunderts in der Schweiz gebräuchlich. Heinrich Federer verwendete das Wort „Tschingg“ 1924 in seiner Erzählung „Weihnachten in den sibyllinischen Bergen“.

Tschugger. Der berndeutsche Ausdruck „Tschugger“ für Polizist soll von der Berner Gemeinde Tschugg kommen. Die Berner Patrizier Berset und Steiger hatten ihre Sommerresidenzen in Tschugg, einem sehr fruchtbaren Gebiet. Um die reiche Ernte nach Bern abzuführen, mussten die Trosse vor Wegelagerern beschützt werden. Mit dieser Aufgabe betraute man die kräftigsten Männer aus Tschugg. Ein Teil von ihnen fand dann eine Anstellung in der Stadt Bern, um die Residenzen der Patrizier zu bewachen. Der Begriff ist seit dem Fall des Alten Bern negativ belastet und zu einem Schimpfwort für Polizisten geworden. In Tschugg wird auch heute noch Weinbau betrieben; der dort hergestellte Wein wird ebenfalls als „Tschugger“ bezeichnet. Die Stadtpolizei Bern, sie ist heute in der Kantonspolizei aufgegangen, soll während Jahrzehnten über eine Spezialabfüllung des „Tschuggers“ erhalten haben.

Schadau. Schloss Schadau. Bedeutender Schlossbau der Romantik. Erbaut wurde die Schadau um 1850 für den Neuenburger Bankier Abraham Denis Arnold de Rougemont. Heute wird im Schloss ein großer Gastrobetrieb geführt.

Schloss Wimmis. Das Gebiet unterhalb der Moosfluh gehört zum Bezirk Niedersimmental. Amtssitz des Niedersimmentals war das einst mittelalterliche Städtchen Wimmis. Im Hochmittelalter wurde Wimmis von den Bernern vollständig zerstört und verlor seine Stadtrechte. Nach der großen Verwaltungsreform (2007 bis 2009) im Kanton Bern wurden die Amtsbezirke Nieder-, Obersimmental, Saanen und Frutigen zusammengelegt. Wimmis ist seitdem auch nicht mehr Bezirkshauptort.

Verdingkind. Das Stichwort „Verdingkind" führt zu einem der dunkelsten und längst noch nicht aufgearbeiteten Kapitel der schweizerischen Vergangenheit. Bis in die sechziger Jahre des 20. Jahrhunderts war Kinderarbeit kein Tabu. Fiel in einer armen, kinderreichen Familie der Ernährer durch Tod oder Krankheit aus, reichte oft das Geld zum Decken der Grundbedürfnisse nicht mehr aus. In diesen Fällen wurden häufig Kinder an Bauern abgegeben. Dort wurden sie nicht selten wie Sklaven behandelt. Viele dieser Verdingkinder wurden zu gebrochenen Menschen und fristeten als Erwachsene ein elendes Dasein als Knechte und Mägde. Bei Urnengängen wurden die männlichen Dienstboten – die weiblichen hatten ohnehin keine politischen Rechte –häufig als Stimmvieh missbraucht, sie durften Wahlzettel nur unter den Augen ihrer Herren ausfüllen.

Historische Karte von Thun und Umgebung um 1945

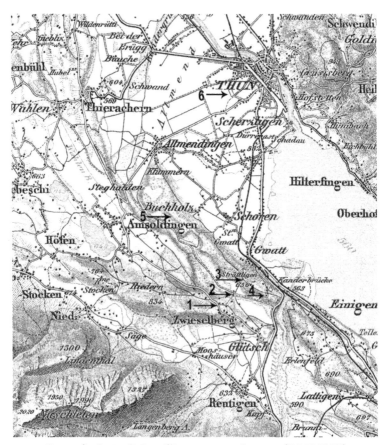

Reproduziert mit Bewilligung von swisstopo (BA110313)

1) Haus der Eltern von Paul Burger
2) Alti Schlyffi
3) Übergang der historischen Straße auf der Gwattegg
4) Strättligburg
5) Guntelsey
6) Dufourkaserne

Peter Beutler, geboren 1942, aufgewachsen in Zwieselberg. Verheiratet, Vater von zwei erwachsenen Töchtern, dreifacher Großvater. Studium der Chemie an der Universität Bern, Doktorat, Postdoktorat an der Montanuniversität Leoben, Forschungstätigeit in einem (nicht mehr existierenden) Luzerner Industriebetrieb, Unterricht am Kantonalen Lehrerseminar Luzern (heute Pädagogische Hochschule Zentralschweiz), Lehrer am Gymnasium Musegg/Luzern, 1995 bis 2007 sozialdemokratisches Mitglied des Luzerner Kantonsparlaments, seit 2007 im Ruhestand.